ECOS DO ESPAÇO

MEGAN CREWE

ECOS DO ESPAÇO

Tradução
JACQUELINE DAMÁSIO VALPASSOS

Título do original: *Earth & Sky.*

Copyright © 2014 Megan Crewe.

Copyright da edição brasileira © 2015 Editora Pensamento-Cultrix Ltda.

Publicado mediante acordo com Sandra Bruna Agencia Literaria, SL e Adams Literary.

Texto de acordo com as novas regras ortográficas da língua portuguesa.

1ª edição 2015.

Todos os direitos reservados. Nenhuma parte desta obra pode ser reproduzida ou usada de qualquer forma ou por qualquer meio, eletrônico ou mecânico, inclusive fotocópias, gravações ou sistema de armazenamento em banco de dados, sem permissão por escrito, exceto nos casos de trechos curtos citados em resenhas críticas ou artigos de revistas.

A Editora Jangada não se responsabiliza por eventuais mudanças ocorridas nos endereços convencionais ou eletrônicos citados neste livro.

Esta é uma obra de ficção. Todos os personagens, organizações e acontecimentos retratados neste romance são produtos da imaginação do autor e usados de modo fictício.

Editor: Adilson Silva Ramachandra
Editora de texto: Denise de Carvalho Rocha
Gerente editorial: Roseli de S. Ferraz
Produção editorial: Indiara Faria Kayo
Assistente de produção editorial: Brenda Narciso
Editoração eletrônica: Join Bureau
Revisão: Nilza Agua

Dados Internacionais de Catalogação na Publicação (CIP)
(Câmara Brasileira do Livro, SP, Brasil)

Crewe, Megan
 Ecos do espaço / Megan Crewe ; tradução Jacqueline Damásio Valpassos. – São Paulo : Jangada, 2015.

 Título original : Earth & sky
 ISBN 978-85-5539-030-2

 1. Ficção canadense   2. Ficção fantástica I. Título.

15-06682   CDD-813

Índices para catálogo sistemático:
1. Ficção : Literatura canadense em inglês   813

Jangada é um selo editorial da Pensamento-Cultrix Ltda.

Direitos de tradução para o Brasil adquiridos com exclusividade pela
EDITORA PENSAMENTO-CULTRIX LTDA., que se reserva a
propriedade literária desta tradução.
Rua Dr. Mário Vicente, 368 – 04270-000 – São Paulo, SP
Fone: (11) 2066-9000 – Fax: (11) 2066-9008
http://www.editorajangada.com.br
E-mail: atendimento@editorajangada.com.br
Foi feito o depósito legal.

Para Deva, que me inspirou a escrever sobre uma garota
com a cabeça cheia de números.

1.

ostaria de pensar que o tribunal não vai ser um problema. Ele é mais antigo do que a minha casa, mais antigo do que a nossa escola. A fachada cinzenta e gasta, com manchas escuras se esgueirando pelas bordas dos blocos de pedra e pelos sulcos das colunas decorativas, combina com o céu nublado. Mas já estou tensa, me preparando contra a incerteza de um lugar onde nunca estive antes.

O restante da turma que tem aula de leis e Direito com a senhora Vincent já está reunido na calçada em frente ao tribunal, enquanto os últimos retardatários ainda se juntam ao grupo. A qualquer momento, a senhora Vincent vai aparecer e nós vamos entrar. Eu me concentro no prédio. Dezoito janelas: seis em cada um dos três andares. Quatro colunas caneladas diante da entrada. Cinco jovens carvalhos espaçados a distâncias iguais no pequeno gramado ao lado dos degraus da frente. As folhas outrora verdes já começam a ficar salpicadas de vermelho e amarelo.

A tensão nos meus ombros relaxa. Jaeda está parada na borda do gramado, vestindo um moletom com capuz do mesmo tom de vermelho das folhas, num vistoso contraste contra sua pele marrom-escura. Ela parece uma modelo num catálogo de moda Outono/Inverno. Está rindo de uma piada que Daniel — com seu chapéu-coco *vintage* enterrado sobre os olhos sorridentes — acabou de contar. Não muito longe, três caras do time de futebol estão relembrando e simulando as jogadas do jogo de ontem. Um dos gêmeos está provocando cócegas no pescoço da namorada com um graveto. Ao meu lado, Angela está tirando sua câmera da bolsa para tirar uma foto para o jornal da escola. Nada nem remotamente anormal.

Uma brisa úmida de outubro sopra sobre nós e Angela estremece de frio.

— Por que a senhora Vincent nunca chega na hora?

Consulto o meu relógio.

— Ela já deve estar chegando. — A média da senhora Vincent é de cerca de sete minutos de atraso, mas vinte e três é o seu recorde. Hoje, já era para a aula ter começado há quatorze minutos.

— Alguém deveria denunciá-la — reclama Angela, protegendo o queixo por trás da gola da jaqueta de camurça. Nós duas sabemos que ela não está falando sério. Há um acordo tácito entre todos aqui, e que eu suspeito que exista em todas as turmas da senhora Vincent: damos cobertura a ela sempre que preciso. Porque, ao contrário da maioria dos professores que aparecem na hora certa, quando ela está na sala de aula, ela nos faz sentir como se estivéssemos aprendendo coisas que realmente queremos saber.

Presumo que a minha melhor amiga só esteja aborrecida por causa do mau tempo, mas, quando ela afasta a franja escura para o lado, percebo que um vinco se formou entre as suas sobrancelhas. Conheço Angela desde que tinha 8 anos, e aquela ruga significa que está remoendo alguma preocupação. Olho para longe, pensando numa forma de abordar o assunto, e é quando eu noto o cara.

Ele está sentado na extremidade de um banco do outro lado da rua, parcialmente escondido atrás de um caminhão estacionado, mas, no instante em que meus olhos batem nele, sou tomada de assalto por uma convicção: *ele não deveria estar lá.* Minha pulsação dispara e minha boca fica seca, sinto a pele ao mesmo tempo gelada e febril. E dentro da minha cabeça algo fica martelando sem parar, dizendo que algo na presença daquele cara ali está *errado, errado, errado.*

Meus mecanismos para enfrentar o estresse são tão arraigados que, mesmo que parte de mim responda com *ah, Deus, de novo não*, minha mão está automaticamente se enfiando no bolso da calça jeans, buscando as contas de vidro da minha pulseira de fibras de cânhamo. Meus dedos giram cada esfera em torno das cordas tecidas três vezes, simultaneamente com o meu mantra silencioso: *três vezes três é nove. Três vezes nove é vinte e sete. Três vezes vinte e sete é oitenta e um. Três vezes oitenta e um...*

Há uma confiabilidade perfeita na matemática. Não importa quantas vezes você realize a mesma operação, a resposta é sempre a mesma. Enquanto os fatores vão se multiplicando em seu padrão inabalável, meu batimento cardíaco se estabiliza, os calafrios vão diminuindo e o sentimento de que algo está *errado* desaparece. Tudo como deveria, porque o cara parece um ser humano normal e nada ameaçador.

Ele está concentrado no livro aberto apoiado no colo, seu cabelo preto cai sobre a testa numa franja diagonal repicada, veste um blazer cinza de veludo cotelê sobre uma camiseta cujos dizeres não consigo ler por causa do caminhão. O canto da sua boca está curvado para cima, como se tivesse lido algo engraçado. A julgar pelas roupas e pelo que dá para ver de seu rosto, acho que ele está na faculdade. Talvez esteja esperando um amigo que mora nas proximidades antes de ir para o campus.

Eu me viro antes que ele me pegue olhando e fico estudando o tribunal novamente, enquanto as últimas ondas da sensação de que algo está *errado* diminuem. Dezoito janelas: seis em cada um dos três andares. Quatro colunas caneladas.

Mais um desastre mental evitado.

Já faz um tempão desde que um momento desses tomou conta de mim e me tirou o chão, mas as lembranças são tão vívidas como se tivesse acontecido ontem. Os soluços trêmulos na garganta, o balbucio frenético. Não importa o quanto eu venha praticando o autodomínio, sei que o perigo de um colapso total está apenas a um deslize de distância.

A pior parte — pior do que o pânico e a imprevisibilidade das sensações — é que não importa o quanto elas sejam ou pareçam intensas ou reais, ou o quanto eu queira reagir, nunca há nada de realmente *errado*. As sensações são inevitáveis e implacáveis, e absolutamente sem sentido.

— Skylar — me chama Angela. — Terra chamando Sky*!

Eu pisco e viro a cabeça para olhar para ela, sorrindo automaticamente. — Desculpe. Estava pensando na prova de química.

A mentira vem automaticamente também, mas com uma pontada de culpa. Ela se encaixa na imagem que meus amigos têm de mim — *Sabe como Skylar é, sempre tão focada, não admira que seu cérebro precise de uma recarga de vez em quando!* — Mas eu só me tornei a Skylar-segura-e-controlada no ensino médio. Uma das razões pelas quais Angela e eu somos amigas é que ela nunca questionava quando, ainda no primário, de vez em quando eu decidia aleatoriamente que precisávamos brincar em outro lugar no quintal ou ir a uma loja diferente, ou por que razão eu realmente detestava uma determinada canção. Mesmo nas ocasiões em que eu não conseguia fugir rápido o suficiente e o pânico tomava conta, ela aceitava as minhas débeis desculpas e apenas parecia feliz quando eu estava bem de novo. Ela encarava esses "surtos" como uma espécie de reação alérgica estranha, mas inofensiva, e eles aos poucos foram ficando para trás. Só que, na realidade, eu não os superei. Simplesmente passei a fingir melhor.

— Como se você fosse ter alguma dificuldade com a prova — zomba Angela, revirando os olhos. — Temos que repassar as fórmulas de novo na hora do almoço, ok? Elas sempre fazem sentido quando você explica, mas uma hora depois já esqueci tudo. — Ela golpeia a testa com a mão dramaticamente e então se anima. — Lá vem ela!

A senhora Vincent acaba de virar a esquina, andando o mais rápido que os saltos finos de suas botas de cano curto permitem. Ela para em frente ao nosso grupo, ajeitando os cabelos despenteados pelo vento de volta ao habitual corte Chanel. Ruivos: a cor que eu gostaria que os meus tivessem, em vez de castanhos com reflexos laranja.

---

* Em inglês, céu. (N. da T.)

— E mais uma vitória do transporte público sobre a pontualidade — reclama ela, sorrindo para nós. — Bem, aqui estamos. Vamos entrar e ver um pouco das leis em ação.

Ela nos conduz através das portas duplas, como o capitão de uma brigada invasora. Um segurança faz uma verificação rápida em nossas mochilas e depois marchamos até as escadas. Meu olhar bate num canto vazio no primeiro patamar. *Errado*. Minha mão já está no bolso quando um calafrio me invade, mas o sentimento não é tão forte como foi com o sujeito lá fora. Só preciso girar três contas na pulseira antes que se dissipe.

Duas vezes em dez minutos. Às vezes, consigo passar um dia inteiro sem nenhum. Entretanto, já deu para sentir que não será o caso hoje: o dia vai ser pesado, ao que parece. Inspiro fundo e me concentro nas costas de Daniel, que caminha à minha frente. No balanço de seus ombros e no ponto onde seu pescoço pálido encontra o suéter.

O suéter é verde-folha. Acho que é o favorito dele. Ele o usou pelo menos uma vez por semana no último outono e inverno. Estava com ele na segunda vez que saímos, quando eu disse adeus e corri para a porta da minha casa no instante em que ele estava prestes a me beijar e algo na droga da iluminação da rua pareceu *errado* e a minha mente se dispersou.

Também estava com o mesmo suéter na semana seguinte, no dia em que me aproximei dele na lanchonete e ele falou comigo como se eu fosse apenas uma garota qualquer com quem estudava na mesma turma, e eu soube que não haveria outro encontro.

É um belo suéter, mas eu meio que o odeio.

Agora Jaeda está conversando com os caras do futebol, o que me dá um tantinho de tranquilidade, mesmo que ela e Daniel sejam apenas amigos e nada mais que isso, desde o segundo ano. Mesmo que eu já tenha tido a minha chance.

Angela tosse afetadamente de brincadeira e eu desvio o olhar, ruborizando. Ela sorri para mim, sabendo quem eu estava olhando. Mas, quando eu franzo o nariz para ela, Angela abaixa a cabeça e percebo novamente aquela ruga de preocupação na pele morena da sua testa. Eu tinha quase esquecido.

A mãe de Angela a vinha pressionando ainda mais por causa de suas notas agora que estávamos no último ano, ameaçando tirar a câmera dela se não tirasse "A" direto. E Teyo, o cara que ela estava criando coragem para chamar para um encontro de estudo, havia começado a sair com uma caloura na semana passada. Ou a preocupação podia ser com algo que ela ainda não tinha mencionado. Às vezes Angela gosta de contar as coisas, mas às vezes prefere guardá-las só para si.

— Se eu não estou autorizada a me preocupar com a prova de química, você também não está — brinco, mantendo um tom alegre.

— Ah, não é isso. Juro que eu vou ter um aneurisma durante o baile de Halloween. Mais duas pessoas que deveriam fazer a decoração caíram fora na reunião de ontem. Então a coisa toda cabe só a mim e... a mim. Todo mundo vai saber de quem é a culpa se tudo sair horrível!

Eu sorrio de verdade. Esse é um problema que eu posso resolver.

— Eu vou ajudar você. E aposto que Bree também vai.

— Sério? Eu sei que você não curte muito trabalhos manuais. E vocês duas estão ocupadas com o cross-country no momento.

— Não o dia todo. É só você me dizer o que tenho que fazer e eu faço. Sei que seja lá o que for que você planejou vai ficar incrível.

— É verdade! Você vai adorar. Decidi escolher um tema tradicional, bem gótico, mas também com uma pitada de glamour da era de ouro de Hollywood. Você não vai acreditar nos candelabros impressionantes que eu consegui num mercado das pulgas, e Lisa encontrou um veludo maravilhoso para as mesas e...

Entramos no amplo saguão no terceiro andar, sob o teto guarnecido de vigas de madeira aparente. Enquanto nos encaminhamos para as portas do outro lado, a senhora Vincent bate palmas para chamar nossa atenção. Angela e eu nos aproximamos rapidamente, parando ao lado de uma das janelas arqueadas que dão para o estacionamento lá embaixo.

— Em alguns minutos, vamos ser convidados a entrar para assistir a alguns casos apresentados ao juiz — explica a senhora Vincent. — Lembrem-se de que não se trata de julgamentos com um júri e várias testemunhas e interrogatórios. Com esse tipo de caso, cabe praticamente ao juiz...

Não consegui ouvir o resto da frase. A voz dela foi cortada por uma pancada oca que pareceu vir diretamente de dentro dos meus ouvidos.

E então o saguão estoura violentamente numa explosão de luz e calor.

Ela me atinge, minha visão fica branca; minha pele, escaldante; e minha cabeça dói como se alguém houvesse me golpeado com um tijolo. Por cima disso tudo, uma sirene de alerta repete *ERRADO, ERRADO, ERRADO* sem parar, abafando todos os outros sons.

Não consigo respirar. Minhas pernas bambeiam. Arquejo desesperada e um guincho escapa da minha garganta.

Esse barulho me traz de volta. Meus dedos estão agarrados à moldura da janela. De madeira bela e polida. Há dois minúsculos entalhes na superfície debaixo do meu polegar. Sob os meus pés, o piso frio é firme e liso, exceto pela rachadura na borda do meu calcanhar direito. Estou aqui, no tribunal. O prédio não está pegando fogo. Não explodiu.

A gritante sensação de *errado* recua, mas só um pouquinho.

Uma mão toca no meu cotovelo.

— Sky? — Angela me chama. O saguão está voltando a entrar em foco, mas meus pensamentos continuam girando. Todos ao meu redor estão agitados e murmurando, por confusão ou diversão. Como se não se importassem com o que acabou de acontecer. Como podem estar tão calmos? Por pouco todos nós não fomos pelos ares.

Não. Não, fomos. O suor cobre a minha pele, mas eu não estou nem um pouquinho chamuscada. Não há gosto de cinza ou enxofre na minha boca, só o sabor ácido do pânico. Um sabor que eu conheço muito bem. Eu pisco e o mundo volta ao seu lugar. Foi tudo na minha cabeça, como sempre. A explosão, a luz, o calor, nada daquilo foi real.

No entanto, a sensação de que algo está *errado* ainda estremece o meu corpo. Enfio a mão no bolso. Sinto as contas lisas da pulseira contra os meus dedos. *Três vezes três é nove. Três vezes nove é vinte e sete.* Dezesseis carros no estacionamento lá embaixo. Cinco na cor prata, quatro pretos, três vermelhos, três marrons, um branco.

— Está tudo bem, Skylar? — pergunta a senhora Vincent.

A sensação recua mais um pouco, mas não vai embora. Por que não me deixa em paz? Continuo torcendo as contas enquanto olho para cima. A senhora Vincent está me observando com a testa franzida. Quase todo mundo está olhando. *Daniel* está olhando. Estou morta de vergonha. Vinha conseguindo manter o controle tão bem e agora isso...

Eu nunca senti nada assim antes, tão vívido, tão intenso. *O que* foi isso? Já cheguei a *três vezes 59.049 é 177.147* e a sensação de *errado* ainda persiste, zumbindo na minha cabeça.

Mas não estou totalmente descontrolada. Posso dar um jeito na situação. Recomponho-me e limpo a garganta.

— Eu estou bem — respondo, forçando uma risada que soa só um pouco rouca. — Eu... Foi uma aranha. Uma bem grande. Eu sou ligeiramente aracnofóbica. Desculpe, senhora Vincent.

Para meu alívio, várias pessoas riem. Acreditaram. Duas meninas perto de mim dão um passo para o lado, vasculhando a parede, preocupadas. Todo mundo volta a se virar para a frente. Gostaria de pensar que o olhar de Daniel se demora em mim um milissegundo a mais, uma fração mais preocupado do que os outros, mas ao mesmo tempo quero que ele esqueça que isso aconteceu.

A senhora Vincent hesita e depois volta para o seu discurso introdutório. *Errado, errado, errado*, sussurra a voz no fundo da minha cabeça. Angela lança o braço em volta de mim, seu ombro batendo no meu.

— Fala a verdade — murmura. — Você precisa se sentar ou respirar um pouco de ar fresco? A senhora Vincent vai nos deixar sair.

Olho em seus grandes olhos cor de café que conheço tão bem e há tanto tempo, mais da metade da minha vida. Eu poderia contar a ela. Tenho pensado sobre isso. Ela não nunca se perturbou com nenhuma das minhas esquisitices até hoje.

No entanto, a minha verdade não é a verdade dela. Aqueles olhos não captaram sequer um vislumbre do que quase me derrubou. Não há nenhuma maneira de eu mostrar a minha verdade a ela. Gostaria que essa não fosse a minha verdade. Daria qualquer coisa para viver em seu mundo, o mundo em que todos os outros vivem, onde tudo permanece sólido e definido e *certo* como deveria.

— Obrigada — digo. — Eu estou bem.

A classe se move em direção à porta, que acaba de abrir. Angela me dá outro olhar atento e preocupado e, em seguida, solta o braço. Enquanto seguimos o grupo, olho para o saguão uma última vez. Meus passos vacilam.

Ele está lá. O cara de blazer de veludo cotelê cinza, encostado na parede perto da escada por onde subimos. Ele ainda está com o livro na mão, examinando a capa, mas um calafrio percorre a minha coluna, me dizendo que um segundo antes de eu olhar, ele estava nos observando. Quando foi que ele subiu até ali?

— Todos já entraram? — a senhora Vincent pergunta. Desvio os olhos dele e caminho através da porta, deixando o cara para trás.

2.

Eu me esforço ao máximo para aparentar normalidade pelo restante da excursão do colégio ao tribunal, durante o almoço e a prova de química, sorrindo e acenando, e fazendo comentários quando necessário, tentando fingir que eu não estou desmoronando por dentro. Mas estou. O sussurro de *errado* continua permeando os meus pensamentos, com um monótono latejar na minha mente e calafrios que me percorrem da cabeça aos pés. Não importa quantas vezes eu torça as contas da pulseira e multiplique até bilhões, a sensação de *errado* não vai embora.

Por que não vai embora?

Quando me sento para jantar com meus pais, naquela noite, a cada pergunta que dirigem a mim, cada vez que dizem o meu nome, a fraca mas implacável sensação de que nada disso deveria estar acontecendo ecoa através de mim. *Errado, errado, errado.* Minhas bochechas começam a doer com o esforço de manter o sorriso.

Nada está errado, digo a mim mesma. *Nada.*

O sussurro me ignora.

Nunca foi assim antes. As sensações podiam ser aleatórias, mas elas sempre passavam num minuto ou dois, desde que aprendi a controlá-las. Mesmo em todos aqueles anos antes, quando eu ainda não sabia fazer isso e às vezes me descontrolava, eu só precisava me afastar do que quer que fosse que houvesse desencadeado as sensações e ficava bem. Entretanto, estou a quase dois quilômetros do tribunal, os meus dedos estão doloridos de apertar as contas e eu já inventariei cada mancha nas janelas e cada grumo na minha salada de batata. E nada disso está funcionando.

Depois do jantar, luto com a lição de casa de cálculo. Normalmente, eu simplesmente me esqueço da vida nas perfeitas fileiras de equações que se desenvolvem e preenchem o papel quadriculado, mas meu corpo se mantém tenso, me afastando dos exercícios. Meu lápis quebra duas vezes.

Coloco para tocar a minha seleção musical daquilo que os meus pais chamam de "clássicos antológicos" e repinto as unhas com o meu tom de esmalte favorito, rosa perolado. As canções soam metálicas aos meus ouvidos. Minha mão treme e borro o dedo com o esmalte.

Nem ao menos encontro consolo na leitura do decrépito volume encadernado em couro sobre história romana que garimpei na semana passada num dos brechós que Angela e eu frequentamos. Geralmente, acho que é calmante ler sobre pessoas que viveram há tanto tempo, mas que ainda assim pensavam e agiam totalmente como os homens de hoje. Tantas catástrofes e tanto tumulto ao longo dos séculos, e ainda estamos aqui. Fico imaginando como seria visitar as ruínas e pisar o mesmo solo em que tantos pés ancestrais caminharam um dia, e deixar a minha própria marca.

No entanto, hoje isso não está funcionando, esse murmúrio insistente não para.

Errado, errado, errado.

Fecho o livro e me deito na cama. Olhando para o teto, sigo os contornos dos adesivos de estrelas que brilham no escuro, que coloquei quando tinha 9 anos e nunca me preocupei em remover. Minha visão turva. Esfrego os olhos, mas o medo já se instalou.

Talvez isso não vá parar desta vez. Talvez o que quer que seja que há de errado comigo, um feixe de nervos qualquer no meu cérebro que dispara aleatoriamente com esses impulsos sem sentido, tenha afinal entrado completamente em pane.

Quando eu estava no fim do primeiro grau, quando as sensações saíam do controle uma ou duas vezes por semana, e eu gritava e chorava por causa delas o tempo todo, porque eu não sabia o que mais poderia fazer e não sabia que elas não significavam nada, meus pais me levaram a uma psicóloga. Tenho certeza de que ela era bem intencionada. Mas, fosse o que fosse que havia de errado comigo, ela só fez piorar. Após perguntar sobre os padrões e gatilhos, que eu caprichei tanto em responder, esperando que ela pudesse consertar tudo, as sensações começaram a vir mais frequentemente. Eu fiquei com tanto medo de que elas fossem me assombrar a cada hora, a cada dia, que comecei a me forçar a esconder o meu sofrimento, da maneira que era possível a uma criança de 7 anos, dando o melhor de mim para convencer a ela e aos meus pais que eu estava bem. Até que comecei a fingir tão bem que eles decidiram que eu estava me recuperando.

Como os meus pais vão se sentir quando descobrirem que eu nunca me recuperei? Se eu não superar isso, se eu simplesmente não puder lidar mais com isso sozinha, terei que dizer a eles. Não se passou sequer um dia inteiro e eu já estou exausta de segurar o pânico.

Fecho os olhos e visões de hospitais e jalecos inundam a minha cabeça. E se ninguém puder me consertar? Já andei consultando manuais de diagnóstico — eu não me encaixo em nenhuma forma típica de qualquer distúrbio normal. Talvez eu continue a piorar cada vez mais. Como é que eu vou viajar pelo mundo assim? Como eu poderei fazer uma faculdade? Minha vida toda — *tudo* o que eu quero fazer...

Não, eu não posso pensar dessa forma.

Eu me levanto da cama e pego o laptop. Há mais uma coisa que pode me distrair. Eu não recorro a isso muitas vezes, porque começou a me parecer uma indulgência pouco saudável. Noam fugiu quando eu tinha 5 anos e duvido até que eu fosse reconhecê-lo se o visse agora. Mas, se um pouco de indulgência mantiver minha sanidade, não me importo que ela pareça inútil.

Digito uma única palavra na busca por imagem: "Multidão". Por vários e longos minutos, vasculho foto após foto buscando o rosto do meu irmão.

Procurando em cada canto, cada sombra. Como se talvez desta vez, depois de todo esse tempo, eu fosse descobrir para onde ele foi.

Não descubro, é claro. Mas, depois de eu ter procurado através de algumas páginas de resultados, o esmagador terror recuou o suficiente para que eu possa fechar o navegador e colocar para rodar um dos meus filmes do Cary Grant. Um pouco de humor, um pouco de colírio para os olhos. Daniel se parece um pouco com ele.

Enquanto as imagens piscam em toda a tela, afundo de volta no meu travesseiro. Em algum momento antes dos créditos, o cansaço me vence e eu adormeço.

O bipe estridente do despertador me puxa de volta para a consciência na manhã seguinte. Gemo e rolo, ainda cansada. Então me lembro de ontem.

Fico deitada imóvel, esperando. Minha cabeça parou de latejar. O sussurro de *errado* cessou.

Desligo o alarme e recosto-me contra a cabeceira de carvalho da cama. Meu quarto parece o mesmo de sempre. A estante recheada com livros de história e de ciência e romances clássicos. A gravura emoldurada de um dos desenhos de Da Vinci ao lado dela. Duas fotos pregadas na parede sobre a minha escrivaninha: Angela e eu na nossa formatura do primeiro grau, tirada por minha mãe; e Bree, Lisa, Evan e eu sorrindo e brandindo espetos de marshmallows em nosso acampamento no primeiro ano do segundo grau, tirada por Angela. Abro a gaveta da minha mesinha de cabeceira. Dez contas de vidro na minha pulseira. Três vidrinhos do meu esmalte de unhas favorito. Mais uma fotografia, com o canto superior direito vincado: eu encarapitada no colo do meu irmão Noam, em meio a um mar de papéis de presente, no Natal, quando eu tinha 4 anos e ele, 14.

Tudo está como deveria. Tudo está certo.

Deixo escapar uma risada. Não sei por que desta vez essa sensação levou tanto tempo para desaparecer, mas estou bem agora. De qualquer forma, tão bem quanto consigo estar.

O jato do chuveiro nunca me pareceu tão delicioso. Na cozinha, experimento um estranho prazer com o tilintar dos flocos de cereal caindo na minha tigela tão maravilhosamente normal. Minha mãe entra, seu cabelo — no mesmo castanho no tom de canela que o meu, abanando num rabo de cavalo apertado. Ela está usando o seu "uniforme" de trabalho: calça de moletom com listra lateral, camiseta amarela e agasalho esportivo com capuz e logotipo que anuncia a sua posição como *personal trainer* na academia Steel & Sweat, no centro.

— Não vai treinar cross-country hoje? — ela pergunta.

— O treino é no período da tarde, às terças-feiras — eu a lembro. — O treinador tem outros compromissos extracurriculares de manhã.

— Ah, certo. Não se esqueça de me avisar quando as finais forem marcadas, ok? Estarei lá.

— Primeiro, eu vou ter que me classificar.

— Você vai. — Ela aperta o meu ombro ao passar por mim. — Pense positivo.

Eu me pergunto, como faço toda vez que ela recita esse slogan, se mamãe realmente pensa positivo sobre tudo ou se, como eu, ela é boa apenas em parecer positiva, não importa o que esteja acontecendo em sua cabeça. É uma daquelas coisas que eu desejaria poder perguntar, mas não pergunto. Eu me comprometi a ser o tipo de garota com que os meus pais *não têm* com que se preocupar, e eu gostaria de manter as coisas assim enquanto puder. Com sorte, para sempre, se eu não tiver outro ataque como o de ontem.

Depois que ela pulou para dentro do carro com o meu pai, cujo escritório fica a apenas alguns quarteirões de distância da academia, faço minha ronda, verificando todas as janelas e a porta dos fundos, abrindo e fechando os trincos três vezes até estar convencida de que tudo esteja trancado. Seguro. Protegido. Soaria tolo se eu contasse isso a alguém, porém, ajuda a tranquilizar a minha mente durante o dia. Então coloco a mochila no ombro e saio de casa.

O colégio fica a cinco minutos dali e essa é uma das razões que levaram os meus pais a escolher este bairro. Meu olhar perambula pelos dois lados da rua, enquanto caminho. O número 208 tem uma placa de "Vende-se" que não estava lá antes. Uma perua que não reconheço está estacionada na entrada do 175 — ou acabaram de comprá-la, ou alguém está de visita. Quando viro a esquina, a visão do prédio de concreto do colégio me faz repassar a agenda do dia. Cálculo. Inglês. Almoço: ajudar Angela com a decoração da festa. Física. Espanhol. Prática de cross-country até as cinco. Dar aulas particulares para Benjamin das cinco e meia às seis e meia. Depois, ir para casa para...

Meus pensamentos e meus pés param de súbito na borda do pátio diante da entrada principal.

Como de costume, grupos de estudantes estão por ali, conversando e acenando para os amigos. E parado do outro lado da grade de ferro perto do rack de bicicletas está um cara que reconheço, mas não da escola. Um cara com cabelo preto e franja desfiada e blazer de veludo cotelê cinza.

O rosto dele está inclinado em direção ao céu, os olhos fechados, como se estivesse bebendo da luz do sol que banha sua pele marrom-dourada. *Errado*. Estremeço e agarro minha pulseira.

Por que ele está ali? Ontem foi a primeira vez que eu o vi na vida. Ele aparenta ser jovem o suficiente para ser um veterano como eu, porém, não frequenta este colégio. E não parece que ele esteja planejando se juntar a nós, pela maneira como se manteve afastado, longe da agitação em torno da entrada.

Enquanto giro as contas de vidro e a sensação desaparece, seus lábios se curvam num sorriso lento, quase bobo. Ele abaixa a cabeça para olhar os alunos que passam. Está nos observando, como fez no tribunal. Um eco da explosão imaginada me invade e minha coluna vertebral se enrijece.

Eu deveria seguir em frente, da maneira como faria habitualmente, como se ele nem estivesse lá. No entanto, a ideia de ir até o meu armário e depois me sentar na sala de aula sabendo que ele está ali, observando e aguardando — o quê? — me dá arrepios.

Isso é patético. Como ele poderia ter algo a ver com o que deu *errado* no tribunal ontem, quando eu sei que aquilo foi um truque da minha mente? Ele provavelmente acabou de se mudar e este é o seu primeiro dia. O fato de ele estar no tribunal foi uma coincidência, ou ele deveria ter se juntado à nossa aula, mas é tímido demais. O que explicaria por que ele está afastado de todos agora também. Posso provar isso facilmente indo até lá falar com ele.

Respirando fundo, contorno lentamente o pátio. A camisa que o cara está vestindo sob o blazer hoje é verde-musgo, com um símbolo prateado no peito que lembra um sol radiante. Calça jeans escura, tênis marrom. Pendurada no ombro esquerdo, uma bolsa de couro escuro. Sua mão repousa sobre ela, um pouco possessiva, como se estivesse preocupado que alguém pudesse tentar roubá-la.

Na verdade, ele é bem bonito e tem um ar descolado e atual que me faz imaginá-lo dedilhando uma guitarra no palco de um café da moda. Dou uma nova avaliada enquanto passo pelo bicicletário: ele é realmente um gato. Só de estar parado ali, ele tem uma presença que faz com que o resto do mundo em torno dele pareça de alguma forma desbotado. Meu coração dispara.

Quando me aproximo da grade, seu olhar passa por mim sem se deter e depois volta de repente. Seus olhos são de um azul profundo impressionante.

— Oi — falo, sorrindo. — Começando hoje?

Ele olha para mim, tenso. Por um segundo, acho que ele vai sair correndo. Em seguida, sua postura relaxa.

— Começando? — ele pergunta.

— No colégio — esclareço. — Nunca vi você por aqui antes. Sou Skylar.

— Ah! — Cai a ficha dele. Os cantos de sua boca se curvam para cima, como se eu tivesse contado uma piada. — Não, não sou estudante. Estou só visitando. — Sua voz é suave, com uma inflexão que soa quase britânica, mas também com um leve sotaque, como se o inglês não fosse sua língua nativa.

Ergo as sobrancelhas.

— Então, por que você está de visita aqui? — Cannon Heights High não é um destino turístico.

— Isso não é importante — ele responde e depois, com naturalidade, pergunta: — Você estava no tribunal ontem, não estava?

— Eu... Sim.

— Você se assustou com uma aranha.

Então ele *estava* mesmo nos observando. Sinto um arrepio na nuca.

— O que você estava fazendo *lá*? — pergunto.

Desta vez, ele ignora completamente a minha pergunta.

— Foi uma reação e tanto por uma coisa tão pequena como uma aranha. — Ele dá um passo até a grade, invadindo o meu espaço pessoal, e sua presença de repente parece mais intimidadora do que atraente. Dou um passo para trás.

— Eu realmente não gosto de aranhas — invento, de forma mais enfática do que pretendia. Ele me encara, como se avaliasse a minha resposta. Eu deveria ir embora. E depois? Avisar o segurança de que tem um cara estranho-mas-não-necessariamente-perigoso no pátio? Fingir que ele não está aqui, observando a nossa escola por algum motivo que ele não quer explicar?

Antes que eu consiga decidir, ele parece terminar sua avaliação.

— Tudo bem — diz ele, como se isso realmente não importasse, de qualquer forma. Sua atenção se desvia de mim e seu rosto se ilumina. Olho para trás, por cima do ombro, para saber o que ele viu.

Jaeda acabou de entrar no pátio. Seus cabelos crespos estão soltos, formando um halo em volta da cabeça, e sua pele reluz como se tivesse sido polida. A boca do cara exibe aquele sorriso bobo que eu vi antes. Se ele não estivesse me deixando nervosa, eu reviraria os olhos.

— Ok. Então você é um *stalker**.

Seu olhar desliza de novo para mim, sem expressão, como se ele nem ao menos tivesse me ouvido. Sou invadida pela raiva. Então, talvez o meu sorriso não brilhe tão maravilhosamente como o de Jaeda, mas sou eu quem está aqui na frente dele; sou eu quem está falando com ele. Fui eu quem teve de lidar com o estranho ataque de pânico que ele me causou ontem e a alucinação ainda mais estranha que veio depois. Todas essas sensações horríveis e idiotas sobre as quais eu não posso fazer nada a respeito.

A visão do saguão explodindo se mistura com a minha frustração atual e, antes que eu tenha tempo para pensar melhor, acrescento:

— Ou o quê? Você está decidindo onde vai colocar sua bomba?

---

* Pessoa que fica observando e seguindo outra obsessivamente, às vezes, com intenções criminosas. (N. da T.)

Enquanto estou falando me dou conta do pouco sentido que isso vai fazer para alguém que não pode ler a minha mente. Entretanto, tudo o que desejo é provocar nele uma reação. Mas, mesmo assim, não poderia esperar que ele recuasse da maneira como fez, arregalando os olhos. A raiva em mim se esvai. Será que ele sabe do que estou falando? Seria possível que... fosse essa a razão de ele estar no tribunal?

Sim, pois eu ainda não sei por que ele está *ali*. Ou o que ele tem na bolsa.

Dou mais um passo para trás.

— Deixa pra lá. Tenho que ir para a aula.

— Espere — seu tom é de surpresa. — O que você quis dizer com uma bomba?

— Nada. Falei por falar. — Abro um sorriso que espero que pareça adequadamente envergonhado e começo a me afastar, mas ele me segue ao longo da grade para onde ela se abre para o pátio e para os degraus que dão na calçada.

— Não — ele diz, com ansiedade na voz. — Você viu alguma coisa ontem? A explosão... se você... Havia mesmo uma aranha?

— Skylar! — Uma voz grita atrás de mim, e é o som mais maravilhoso que eu já ouvi. Lisa e Evan estão parados na porta do colégio. Lisa me chama com um gesto. — Eu preciso de sua ajuda na última questão da lição de casa. Por favor?

— Tenho que ir — lanço para o cara que-pode-ser-um-terrorista.

— Ei, espere! — insiste ele, estendendo a mão para mim, e eu corro dele. O sinal toca e o bando de estudantes no pátio se aglomera em torno de mim, e eu vou na onda em direção às portas.

— Com quem você estava falando? — Lisa pergunta, me cutucando enquanto entramos. — Ele era bem gatinho.

Evan faz uma careta para a namorada e eu forço uma risada, tentando agir naturalmente.

— Só um cara — respondo, arriscando uma olhada para trás. Já não consigo vê-lo agora.

Mas ele está lá fora, sabe algo sobre o que eu senti ontem e eu não tenho a menor ideia do que isso significa.

3.

Cálculo é a minha aula favorita, mas o cara assustador lá fora a arruinou. Não consigo me concentrar... meu pensamento volta para ele a todo instante. Como ele poderia saber sobre a explosão que imaginei ontem? Por que ele está na nossa escola agora?

A única coisa que sei com certeza é: seja o que for que ele está a fim de fazer, não quis me contar. O que significa que provavelmente é algo que ele sabe que ninguém iria aprovar.

Não adianta eu ficar lutando para me concentrar com esse pensamento me atormentando. Por isso, assim que o senhor Stahler termina seu discurso de abertura, peço licença para ir ao banheiro. Em vez disso, dou uma escapulida por uma das portas traseiras e telefono para a polícia do meu celular.

— Tem um cara estranho rondando o colégio Cannon Heights High — relato para o policial que atende à ligação. — Ele parece suspeito, como se estivesse tentando vender drogas ou algo assim.

Na verdade, eu não acho que a coisa tenha a ver com drogas, mas acho que esse detalhe vai trazer a polícia para cá rápido. O policial me diz que estão enviando alguém e, quando desligo, uma calma cai sobre mim. Se esse cara realmente for um problema, eu não estou preparada para lidar com ele, mas a polícia deve estar. E, mesmo que ele ainda não tenha feito nada ilegal, umas perguntinhas da polícia talvez o assustem antes que o faça.

Meu truque parece funcionar; não vejo mais o cara ao longo de todo o dia na escola. Não há sinal dele quando Bree e eu partimos com o restante da equipe de cross-country após o sinal tocar. Mas, enquanto corremos pelo parque, meus olhos vigiam as pessoas que passam. Uma mecha de cabelo preto aqui. Uma jaqueta cinza lá. A cada vez sinto um aperto no coração antes de conseguir registrar o resto. Rosto pálido... baixo demais para ser ele.

— Você está bem, Sky? — Bree pergunta depois de um tempo, apertando mais o seu rabo de cavalo crespo.

Eu não tinha percebido que meu nervosismo era tão evidente.

— Ah, sim — respondo. Sorriso automático. — O dia hoje foi puxado.

— Nem me fale. Você não vai acreditar no que Mack aprontou em geografia.

É difícil falar muito quando você está correndo, então voltamos para o silêncio das respirações reguladas. Gostaria de saber se Angela comentou o meu pequeno surto de ontem com Bree.

Tenho que parar de pensar nisso... e naquele cara.

Concentro-me no ritmo constante das minhas passadas. No balanço dos braços, nos pulmões se enchendo, nos pés batendo no asfalto. Esquerda, direita, esquerda, direita, um após o outro, mantendo a cadência. Isso absorve a minha atenção.

No final do treino, troco de roupa e me ponho a caminho da casa de Benjamin e, a essa altura, já não estou pensando no cara, nem no tribunal ou em qualquer outra coisa a não ser na hora que tenho pela frente. Ben resmunga muito quando estamos trabalhando em sua lição de casa de matemática da quinta série, mas, às vezes, quando eu encontro as palavras certas e o faço compreender um conceito, vejo esse estalo de compreensão e admiração se estampar em seu rosto, como se cortinas sobre os mistérios do universo fossem afastadas. E esses momentos fazem valer a pena todo o meu árduo esforço. Não há nada melhor do que saber que estou passando para outra pessoa a importância dos números... a segurança da sua infalibilidade.

A aula particular de hoje passa muito rapidamente. Aceno para a mãe de Ben, enquanto me dirijo à calçada diante da casa deles. Ela retribui o gesto antes de fechar a porta. Então eu me viro e minhas pernas travam.

O cara da jaqueta de veludo cotelê está parado na calçada, umas duas casas à frente, com sua bolsa no ombro, como se estivesse esperando por alguém. Ele dá um passo na minha direção, quando os nossos olhos se encontram, e eu percebo que é verdade. Ele está esperando por mim.

Meu primeiro impulso é voltar correndo para a casa de Ben, mas, se esse cara for perigoso, eu acabaria tornando-os um alvo também. Recuo ao longo da calçada, puxando meu celular da mochila.

— Oi — o cara diz, no tom calmante que as pessoas normalmente empregam com crianças pequenas e os mentalmente enfermos. — Eu só quero falar com você. Peço desculpas se a assustei mais cedo. — Ele abre os braços, acho que para mostrar que suas mãos estão vazias. Se o gesto teve a intenção de me tranquilizar, foi inútil.

— Você está me assustando *agora*. — Como ele sabia que eu estaria aqui? Ele deve ter ficado rondando a escola depois do treino e me seguiu. O que ele quer?

Será que está tentando silenciar uma testemunha? Eu nem sei o que eu testemunhei ontem. Entretanto, ele sabe que eu reagi a algo no tribunal. Talvez tenha até descoberto que eu telefonei para a polícia alertando sobre ele esta manhã.

Minha mão se fecha com força em torno do celular. — Se você não sair daqui, vou ligar para a polícia. Só vai levar um segundo.

Ele para, a cerca de um metro e meio de distância.

— Seja lá o que for que você viu ontem, não fui eu quem provocou. Está bem? Eu estava lá para impedir. É o meu trabalho proteger as pessoas. Eu me certifiquei de que a bomba fosse encontrada a tempo, para evitar a explosão.

Seu trabalho? Impedir? Minha cabeça é um mar de dúvidas. Isso não parece totalmente implausível. Talvez eu esteja me comportando de forma embaraçosa, imaginando todo tipo de coisa, quando ele é apenas um policial disfarçado, de aparência jovial. Pode ser que tenha ficado rondando a escola porque suspeitava que alguém de lá fosse o verdadeiro terrorista.

Só que agora estou pensando na bomba que, aparentemente, não era apenas fruto da minha imaginação.

Ele tocou no assunto. Então quer dizer que realmente havia mesmo uma bomba? Como isso é possível?

— Você viu alguma coisa, não foi? — continua ele, enquanto eu fico ali, paralisada. — Algo que assustou você. E, pela maneira como agiu, acho que não foi a primeira vez. Pode ser que eu saiba por que isso acontece com você. E essa é a razão de eu estar aqui. Acho que posso ajudar.

— Ajudar? — repito. Sua expressão é séria, mas ele pode ser apenas um bom ator. Não entendo por que um criminoso estaria me seguindo por aí, porém também não vejo por que um policial faria o mesmo.

Ele sabe a razão... por que eu vi algo que não estava lá? Por que o meu cérebro entra em pane com cantos vazios e postes de iluminação?

— Sim, eu gostaria de *ajudar* — ele repete, enfatizando a palavra com um aceno vigoroso. — Se você me contar um pouco mais, posso descobrir o que está acontecendo em sua mente e o que você pode fazer a respeito.

Um raio de esperança transpassa minha apreensão. Quer dizer que ele pode consertar isso? Se ele realmente entende o que há de errado comigo e sabe como impedir que isso aconteça...

Eu nunca mais teria que passar por aquilo que senti ontem. Conseguiria parar de me preocupar se da próxima vez vou demorar a captar a sensação e perder o chão completamente.

Eu poderia baixar a guarda e simplesmente *viver*.

— O que tem na sua bolsa? — pergunto, ainda segurando o telefone.

Sua mão se move rápido para a bolsa com a mesma possessividade que notei esta manhã. O canto de sua boca se curva para cima.

— Você acha que eu tenho uma bomba aqui dentro?

— Eu não sei — respondo. — Se você não tem, por que não me mostra o que tem aí dentro?

Ele hesita, apenas o tempo suficiente para que o meu polegar comece a avançar em direção à tecla de chamada, e, então, dá de ombros e vira a bolsa para a frente. Eu me preparo enquanto ele solta as fivelas e levanta a aba.

— Um livro de poesia — ele revela, puxando o livro que estava lendo no tribunal. O título está escrito no que eu penso serem caracteres chineses. Por sua aparência, eu teria imaginado que ele tinha ascendência indiana ou do sul da Itália ou mesmo hispânica, difícil de definir qual, mas, também, ninguém precisa ser chinês para ler chinês. Ele guarda o livro novamente.

— Uma garrafa de suco de laranja. A embalagem do sanduíche que comi no almoço. Pacotinho de chiclete. Caneta. E isto.

A última coisa que ele apresenta é um embrulho de tecido preto lustroso, mais ou menos do tamanho de uma manta dobrada. Ele o segura pela parte superior, que tem a curvatura de uma capa protetora de terno, e o sacode para abri-lo. O tecido se derrama como uma mancha de óleo, empoçando aos seus pés. Mesmo à mortiça luz do final de tarde, posso ver as imagens distorcidas da rua em torno refletidas em sua superfície.

— O que é isso?

— Difícil de explicar. Mas acho que nós dois podemos concordar que não é uma bomba, certo?

— Certo. — Eu me aproximo dele, até estar perto o suficiente para tocá-lo. Sua mão que segura o pano fica tensa, mas ele não me impede. O tecido sob os meus dedos lembra seda e é mais leve do que eu esperava, quase vaporoso. Estou refletida nele agora, uma silhueta ondulante.

Meu primeiro pensamento, ridiculamente, é que Angela seria capaz de matar para ter toalhas de mesa para a festa de Halloween feitas daquele material. A segunda coisa que me ocorre é que não se trata de nenhum tipo de tecido que eu já tenha visto ou tocado antes. Mesmo assim de perto, não consigo perceber o menor indício da trama nem da textura das fibras. É liso como plástico. Só que o plástico não pode se mover assim. Que estranho.

Em seguida me ocorre que, se o cara quisesse me agarrar, me machucar, poderia ter feito isso agora. Mas só está ali parado, esperando. Mesmo sem olhar diretamente para ele, tenho a mesma sensação de novo, de que ele é de certa forma mais sólido e mais real do que as casas atrás dele, a calçada sob os nossos pés. O impacto de sua presença me tira o fôlego.

Não é atração ou alarme ou qualquer outra emoção que eu possa identificar. Não sinto o friozinho na barriga que Daniel me dá, nem tampouco o desejo de fugir. Mas é alguma coisa. Um sinal de que ele sabe como neutralizar tudo de *errado* em minha vida?

Quando recolho a mão, ele dobra o estranho tecido e mete-o na bolsa outra vez. Ele sorri e me estende a mão.

— Oi. Eu me chamo Win. Você disse que seu nome é Skylar?

— Sim — confirmo. Aceito com cautela a mão estendida para mim. Ele a aperta brevemente e a solta.

— Eu vi algumas cafeterias no caminho para cá — ele diz, apontando para o seu lado direito, em direção à rua por onde vim até a casa de Ben. — Você escolhe o lugar, eu peço alguma coisa pra gente comer e conversamos?

Eu hesito. Meus pais vão estar me esperando para jantar logo mais e Angela deve passar lá em casa mais tarde, para trabalharmos nos últimos detalhes da nossa apresentação de Inglês. Mesmo assim, ainda tenho um tempinho.

Não há nada que ele possa fazer comigo num lugar público, rodeado de gente, que ele já não poderia ter feito se quisesse. Ele pode estar fazendo algum jogo bizarro comigo, mas vou sobreviver a isso. Eu poderia não sobreviver se deixasse passar a chance de descobrir se ele realmente entende o que há de errado comigo e sabe como corrigir isso. Ontem, estive a um segundo de perder totalmente a razão. Eu daria qualquer coisa para nunca mais ter que enfrentar esse medo novamente.

— Tudo bem — concordo. — Vamos conversar.

4.

Estar disposta a conversar não significa que eu esteja deixando a cautela de lado. Mantenho o celular na minha mão enquanto nos dirigimos à Michlin Street. Win procura me tranquilizar, mantendo uma confortável distância entre nós. Há certa pressa em seus passos, mas ele parece satisfeito por caminhar em silêncio. Quando viramos a esquina, deixando a rua residencial e entrando no fluxo dos compradores noturnos e da clientela dos restaurantes, volto a guardar o telefone na minha mochila. Neste bairro boêmio, reduto de artistas, situado um pouco ao norte demais para poder ser considerado centro da cidade, sinto-me em casa. Do outro lado da rua, dois casais estão sentados nos bancos pintados em cores vivas do lado de fora do Pie Of Your Dreams, onde nós cinco — Angela, Bree, Lisa, Evan e eu — devoramos um merengue de limão inteiro na semana passada. Mais adiante, nesse mesmo quarteirão, fica a loja de antiguidades onde encontrei o meu livro de história romana e Angela, os candelabros para o Halloween. Win e eu esnobamos uma cafeteria pertencente a uma cadeia de fast-food, lotada de universitários — deu para ouvir o som pop e estridente quando passamos pela porta do estabelecimento — e a lanchonete vegetariana hippie-chique que Bree adora. Um cartaz de "Precisa-se de Garçonete" está pendurado na vitrine. Não posso me esquecer de avisá-la.

Um pouco depois do brechó onde Angela compra a maior parte de suas roupas, chegamos a um café indie com poltronas baixas e mesas de madeira escura posicionadas perto da vitrine da frente. Não sou muito de beber café, já que basta um pouquinho só de cafeína para me deixar agitada, mas estive aqui algumas vezes para tomar um lanche. Quando entramos, a música ambiente é um jazz clássico, tocando baixinho. O rico aroma de café torrado se mistura com o cheiro de madeira envernizada e couro envelhecido.

— Legal esse lugar — comenta Win, parando para sentir o clima do ambiente. Ele inclina a cabeça. — Que músico está tocando?

— Hum, não manjo muito — respondo. — O pessoal que atende deve saber.

Ele concorda com a cabeça e vai caminhando para a pequena fila do balcão de pedidos. Enquanto o sigo, um cara fortão trajando um terno risca de giz sai repentinamente da fila de retirada dos pedidos. Seu cotovelo bate no meu braço e o líquido escuro do seu copo espirra na parte da frente de sua camisa.

— Ah, pelo amor de Deus... — ele murmura. O jovem que está com ele tira o copo de sua mão para que ele possa enxugar com um guardanapo a mancha marrom em expansão. O papel absorve algumas manchas, porém não todas. — Eu não tenho tempo de voltar para trocar de camisa.

— Desculpe — falo, mesmo que tenha sido ele quem não estava olhando para onde estava indo. Ele olha para mim e revira os olhos para o céu antes de se virar para o seu assistente.

— Isso vai fazer você parecer mais acessível para a plateia — o jovem sugere. — Acontece com todo mundo.

— Vamos resolver isso e pronto. A gravata cobre quase toda a mancha... Suas vozes se desvanecem enquanto eles se apressam em direção à porta.

— Algum problema?— Win pergunta, quando eu me junto a ele na fila.

— Apenas um resmungão que pensa que é o centro do universo.

— Eu conheço alguns desses. — Win ri e puxa a carteira do bolso de trás. — O que você vai querer?

Nada de café, se pretendo manter a mente clara.

— Um chocolate quente pequeno. E um biscoito de manteiga de amendoim. Mas você não precisa pagar para mim.

— Acho que te devo essa, depois da maneira como te assustei.

— Você não tem que pagar para mim — repito com firmeza. Não gosto da ideia de que ele possa pensar depois que eu devo *a ele*. Eu ainda nem sei quem ele é.

Ele aceita a minha declaração com uma leve careta, que desaparece assim que o caixa pergunta qual vai ser o pedido. Pegamos nossas bebidas e escolhemos uma mesa no canto, onde eu me sento de modo a ter visão de todo o salão até a porta do estabelecimento. Win se debruça sobre o café e inala o vapor. Uma expressão sonhadora toma o seu rosto. Em seguida, ele ergue o copo e sorve o líquido.

— Eu nunca vou me cansar dessas coisas. É incrível o que se pode extrair de uma planta.

O que eu *realmente* sei sobre esse cara? Ele salva turmas do ensino médio de bombas, tem a capacidade de concentração de um peixinho de aquário e filosofa sobre café com leite.

— Você queria conversar — eu o lembro — sobre ver coisas estranhas? — Gostaria de chegar logo à parte de *descobrir se ele pode realmente me ajudar*. Mesmo sem cafeína em meu organismo, meu corpo está zunindo com uma mistura de excitação e ansiedade.

— Sim — Win acorda de seu devaneio cafeeiro. — Desculpe. Me diga se isso bate com o que você sente. — Ele vai apontando com o dedo na mesa, como se mostrasse os elementos num diagrama. — De vez em quando, você vai a algum lugar ou vê alguma coisa e sente que aquilo não faz sentido. De alguma forma, deveria ser diferente. Mas não há nenhuma razão óbvia para isso e mais ninguém parece notar.

— Sim — concordo, olhando para ele. A forma como ele explicou... eu não teria conseguido me expressar exatamente dessa forma, mas é exatamente como as coisas são comigo. Ele sorri, tanto com a boca como com aqueles olhos intensamente azuis. É difícil parar de olhar. — Como você sabe?

— Eu experimentei algo parecido. Quando isso começou? Você pode descrever como isso acontece com você?

Passei tanto tempo mantendo essa parte de mim em segredo que minha garganta se fecha. Entretanto, ele sabe — ele realmente *sabe* — sem eu ter dito nada. Quanto mais ele sabe sobre o *errado*? Sobre a forma de fazê-lo parar?

As palavras se derramam da minha boca, mais rápido do que eu pretendia.

— Eu não sei... a primeira vez que eu me lembro de ficar mal foi quando eu tinha cerca de 6 anos. De repente, sinto que algo está *errado*. Todo o meu corpo reage, como um ataque de pânico... Com você também é assim?

— Praticamente — confessa Win. — E essa sensação acontece sempre?

— É o que parece. Por um tempo, quando eu era pequena, eu achava que talvez tivesse algum tipo de sexto sentido; que isso era uma espécie de aviso. Mas nunca há nada de errado. Eu tive que aprender a me acalmar ou então o meu cérebro descarrila totalmente.

Mas se o que ele diz é verdade... se de fato *havia* uma bomba... talvez as sensações não sejam sem sentido, afinal de contas. Talvez eu só não as entenda. Pode haver algo mais *errado* do que ser explodido?

— O que acalma você? — Win pergunta, inclinando a cabeça.

É incrível ser capaz de falar com alguém sobre tudo isso. Alguém que entende, que não olha para mim como se eu fosse louca. A vontade de contar tudo é avassaladora. Tomo um gole da minha caneca antes de continuar, para me acalmar.

— Focar em pequenos detalhes ao meu redor — respondo. — E números. Números são bons... o três, especialmente. Tenho uma pulseira; eu multiplico por três, usando as contas de vidro.

— Uma pulseira?

— Não é nada mágico. — Puxo-a para fora do meu bolso, porém meu corpo se recusa timidamente a entregá-la na mão dele.

Win olha para ela.

— É pequena demais para o seu pulso.

— Quando eu comecei a fazer a multiplicação, usava a pulseira que meu irmão me deu, quando eu era muito menor. As tiras de cânhamo começaram a se desgastar depois de um tempo, então eu as substituí por novas, conservando as contas, mas me pareceu... certo deixá-la do mesmo tamanho.

Corro o dedo sobre uma das contas. O colorido azul e roxo está desgastado pelos anos de uso, já não tão brilhante como era naquela primeira pulseira. Eu me lembro de como, aos 5 anos, fiquei radiante ao saber que meu irmão estava fazendo algo só para mim. Ele me levou até a loja para escolher minhas contas favoritas e eu fiquei observando ele trançar os fios de cânhamo. Ele nem imaginava como eu iria precisar da pulseira no futuro.

Tal como acontece com todas as minhas lembranças de Noam, o pensamento vem com uma pontada de culpa. Um eco de uma outra lembrança, a última: a sua silhueta magra no canto da minha visão, acenando da porta antes de desaparecer para sempre.

Meus dedos se mudaram para a terceira conta de vidro, as multiplicações de três a todo vapor na minha mente, antes de eu me dar conta do que estou fazendo. Um calor inunda meu rosto. Não tinha a intenção de dar uma demonstração. Enfio a pulseira de volta no bolso.

Win não comenta o meu deslize.

— Então não há nenhum padrão para o início das sensações? — pergunta ele.

Faço uma pausa. Esse é o tipo de pergunta que a minha terapeuta da infância teria feito.

— Na verdade, não. Exceto... Eu comecei a reparar que a maioria delas parecia vir associada a coisas que são novas, ou recentes de alguma forma. Parei de ir a estreias no cinema e de comprar livros que fossem lançamentos, e até mesmo de ir a lugares novos, quando posso evitar. De certo modo, me ater a coisas mais antigas parece ajudar. E com você?

— É mais ou menos assim — diz Win. — Acontece mais com coisas novas do que antigas. Isso bate. Você teve alguma dessas sensações sobre alguma coisa recentemente? Além da bomba, eu quero dizer.

— Não tenho certeza — respondo. — Elas não são nada divertidas... então eu procuro esquecê-las assim que acabam. Mas sobre a bomba... você disse que estava no tribunal para ter certeza de que ela não explodiria...

então quer dizer que realmente havia uma bomba? Como você sabia? As suas sensações o avisaram?

— A bomba não é importante — ele corta, com um gesto de indiferença. — Eu cuidei dela. Tem certeza de que não se lembra de mais nada?

— Por que isso importa?

— Isso pode fazer diferença. Pense nisso por um instante.

A ligeira impaciência em sua voz me deixa em alerta. Ele está se esquivando das minhas perguntas. Eu revelei tanto a ele e, tirando suas sugestões iniciais sobre o que eu experimento, tudo o que ele disse foi vago, para não dizer uma completa evasão. Como é possível que uma sensação de *errado* que possa ter me ocorrido na semana passada possa ser mais importante do que ele impedir a explosão de um prédio?

Talvez a intenção dele nunca tenha sido me ajudar. Meu estômago se contrai. Bem, eu não sei o que ele quer, e não vejo por que eu deveria quebrar a cabeça para responder, se ele vai ficar de boca fechada.

Dou uma mordida no meu biscoito. À nossa volta, os frequentadores da cafeteria batem papo amigavelmente. Cinco garotas do primeiro ano do segundo grau fofocam diante de suas canecas com cobertura de chantilly. Uma dupla de senhores de meia-idade discute um vídeo exibido num de seus laptops. Uma barista está limpando a mesa em frente à nossa, seu longo cabelo castanho balançando com os movimentos do braço.

Tudo está bem. Seguro. Normal.

— E então? — insiste Win.

— Eu já lhe disse — respondo. — Eu não registro nada. E não acho legal que você faça todas as perguntas e não responda às minhas. Quem *é* você?

— Eu já lhe *disse* — responde ele. — Meu nome é Win. — Como se isso realmente explicasse tudo. Como se eu estivesse criando caso à toa. Ele suspira, colocando as mãos em torno de sua caneca de café. — E se eu disser que eu sou um... um investigador especial sobre esse tipo de fenômenos?

A julgar pela hesitação no meio de sua frase, parece que ele está inventando essa história na hora.

— Eu diria que você teria que ser mais convincente. *Que* fenômenos? As sensações significam alguma coisa? De onde elas vêm? Você não explicou nada.

— O problema de explicar... bem...

Ele interrompe a fala. Seus ombros enrijecem. De repente, ele está empurrando a cadeira para trás e estendendo a mão para pegar a minha.

— Nós temos que ir.

Ok, essa situação está saindo do controle.

— O quê? — surpreendo-me. — Eu não...

Então esqueço o que vou dizer, pois, atrás de Win, um outro casal está entrando na cafeteria. Pelo menos, julgo ser um casal à primeira vista, porque são um homem e uma mulher, e eles aparentam ter a mesma idade: trinta e poucos anos, creio. Mas, no segundo em que atravessam a porta, a mulher toma a dianteira com um ar de autoridade. O homem a acompanha, enquanto esquadrinham o interior da cafeteria. É difícil tirar os olhos dela, pois é muito impressionante: alta e magra em seu caban feminino marrom, com a pele extremamente pálida e o cabelo tão louro que é quase branco, mas que parece natural, não descolorido. Entretanto, não é isso que me faz ficar tensa.

Estou sentada em frente a Win há tanto tempo que até me desliguei da estranha presença que ele tem. Vendo os recém-chegados, foi como se ele próprio reentrasse em foco. Porque o tal casal também tem essa mesma característica. Os contornos de seus corpos são tão definidos e seu colorido tão vívido, que eles fazem o restante das pessoas ao seu redor, até mesmo a parede atrás deles, parecerem desbotados.

Win se vira para olhar. Uma palavra que não faz parte de qualquer língua que eu conheça escapa de seus lábios, mas soa claramente como um palavrão. Ele se vira novamente para mim, agarrando o meu pulso.

— Venha. *Agora.*

No mesmo instante, os olhos da mulher pálida encontram os meus através do salão. Um calafrio me atravessa. Ela faz um gesto quase imperceptível para o companheiro e diz em voz baixa, mas clara:

— É ela.

5.

Win puxa o meu braço, de costas para a mulher. O olhar dela ainda está fixo em mim. Sua boca se curva num sorriso de escárnio. Ela avança numa velocidade predatória, e é aí que o meu corpo acorda e decide que é hora de sair de lá.

Deslizo para fora de minha cadeira. Win sai me rebocando pela cafeteria, com a mão apertada ao redor do meu pulso e a mandíbula contraída. É tão óbvio que ele está com medo que isso me deixe ainda mais apavorada. Nunca vi essa mulher na minha vida — eu me lembraria daquele olhar gelado. Como ela pode me conhecer?

O que ela quer comigo?

— Ei! — Um dos baristas grita quando Win empurra a porta dos fundos na qual se lê "entrada somente para funcionários". Olho para trás apenas o tempo suficiente para ver a mulher pálida galopando atrás de nós, levando a mão para algo fino em seu quadril. Meu coração dispara e eu corro aos tropeções atrás de Win. Atravessamos a toda velocidade uma sala estreita repleta de prateleiras de caixas e pallets de plástico até a pesada porta na extremidade oposta. Win a empurra e dá uma bufada de alívio quando ela se move.

— Quem... — começo a perguntar.

— Deixe isso pra depois; agora, venha — ele rebate. — Rápido!

Largamos a porta escancarada atrás de nós. Saio esbaforida para o beco. Win não para nem por um segundo. Ele gira nos calcanhares e me arrasta para a rua que avista para além dos fundos dos edifícios vizinhos. Acompanho o ritmo, meu pulso dolorido entre seus dedos. Estou dividida entre querer livrar meu braço de seu aperto e me preocupar com a possibilidade de ele quebrar meus ossos antes de me soltar.

— Se alcançarmos aquela rua, conseguimos despistá-los — explica ele. Então a porta por onde saímos bate novamente e ele arranca numa corrida desabalada.

Corro atrás dele, me desviando do lixo que se derrama de uma lixeira transbordante e patinhando através de uma poça. Passadas martelam a calçada atrás de nós. Mais rápidas do que as nossas. Ouço um som vibratório e metálico, como uma guitarra desafinada. Win pragueja novamente, me puxando para o lado, enquanto uma rajada de luz explode nas grades de uma escada de incêndio, tão perto que as faíscas chamuscam minha bochecha.

Minha respiração estremece, mas não tenho tempo para tentar descobrir que diabos foi aquilo. O final do beco que se abre para a rua está apenas a um edifício de distância. Arfando e procurando acelerar minhas passadas, sinto meu braço livre marcar o ritmo da corrida freneticamente. Win vira à esquerda e depois à direita, e o meu pé derrapa num saco plástico amassado. O som metálico se repete.

Uma dor atravessa o meu cotovelo esquerdo, extraindo um grito da minha garganta. Meus músculos se contraem e meus pés embaralham debaixo de mim. Win me ergue e me arrasta para a calçada movimentada.

A dor desaparece enquanto nos misturamos com a clientela noturna. Por um instante, fico aliviada. Então percebo que simplesmente não consigo sentir meu braço. Está dormente da mão até o ombro, tão entorpecido que tenho que olhar para baixo para me certificar de que ainda está lá. Quando tento mexê-lo, não consigo sequer mover a ponta de um dedo. Meu braço parece oco.

O choque nubla os meus olhos de lágrimas, mas meus pés continuam correndo. Win corre em disparada pela rua e eu o sigo. Não sei o que mais posso fazer além disso.

Pneus cantam. Alguém grita em nossa direção. Meu braço esbarra molemente contra a lateral do corpo, como uma coisa morta. A náusea me invade. Ignoro-a, concentrando minha mente na simples tarefa de pisar firmemente no chão, uma passada após a outra.

Não posso cair. O que quer que possa acontecer se a tal mulher nos alcançar com certeza será ainda pior do que isso.

Alcançamos a calçada oposta a tempo de contornar um ônibus que está parando na esquina. Win espia por cima do ombro e, em seguida, faz uma curva acentuada em direção à entrada de uma loja ao nosso lado. Ele puxa o meu pulso, o que eu ainda consigo sentir, para me fazer agachar com ele por trás da vitrine. Fico olhando para os objetos reluzentes que revestem as prateleiras à nossa volta durante vários segundos antes que minha mente registre o que vejo. Sapatos. Estamos numa loja de sapatos.

— O que... — eu começo a falar, mas não consigo sequer imaginar o que perguntar.

Win encosta um dedo em meus lábios. Ele endireita o corpo para espiar por entre as botas forradas com pele que estão alinhadas no expositor próximo à vitrine da frente. Seu peito está ofegante, produzindo um estranho estalo a cada respiração. A mulher que está experimentando um par de sapatos de saltinhos baixos olha para nós. Uma funcionária vem em nossa direção.

— Eu não sei o que vocês estão fazendo — ela fala —, mas...

Win se levanta de um salto.

— Peço desculpas. Já estamos de saída.

Estamos? Corro atrás enquanto ele dispara porta afora.

— Rápido. Eles vão demorar pra perceber que não corremos nessa direção. Precisamos sair do alcance deles.

Ele começa a correr de volta pelo caminho que viemos. Meus olhos vasculham ao redor, porém não há sinal da mulher que estava nos perseguindo

— a mulher que *atirou* em nós. Ela deve ter passado a loja. Atravesso a rua correndo atrás de Win, viramos a esquina e saímos numa rua diferente. Meu braço ruim balança frouxamente ao meu lado.

Num minuto, deixamos a maior parte do movimento para trás. Minha pele formiga. Estamos cercados por casas agora. Não há lugar para nos escondermos, se a mulher nos encontrar novamente.

— Para onde vamos? — pergunto.

— Não é muito longe. Ela não vai pensar em nos procurar lá.

Vou me contentar com isso, por ora. Corremos por mais alguns quarteirões e viramos outra esquina, até chegarmos a uma rua comercial menor e a um prédio baixo e cinzento, com uma placa que diz "Garden Inn". Win se esgueira para dentro e para no saguão. Ele se apoia na parede, com a mão pressionada no peito. Sua pele está com uma palidez cadavérica. Agora ele não apenas está ofegante, como seu peito está literalmente chiando.

Não entendo... não corremos assim tão rápido. Eu mal perdi o fôlego e, além disso, ele parece razoavelmente em forma...

— Você vai ficar bem? — pergunto. — Tem uma bombinha de asma ou algo assim?

— Eu estou bem — ele responde com dificuldade. — Só preciso... de um segundo. É que... o ar não é...

Ele se interrompe e não prossegue. Fico ali, enquanto ele recupera o fôlego. O homem careca na recepção nos ignora em favor de sua TV na parede. Sinto um formigamento em toda a pele entre meu ombro e o polegar.

Testo os músculos. Ainda não consigo sentir muita coisa, mas acho que a dormência está passando. Graças a Deus. Mas há uma marca estranha e áspera na manga do meu casaco. Olho para a manga e torço-a para examiná-la.

Meu corpo congela. Logo acima do cotovelo há uma marca de um pouco mais de um centímetro de largura e cinco centímetros de comprimento. Não há um rasgo ou uma perfuração. Parece que as fibras sintéticas derreteram numa cicatriz crespa onde o tiro me pegou.

E se a mulher tivesse me atingido nas costas? Na cabeça?

Que *tipo* de arma ela usou para me acertar? Verifico a pele por baixo. Está lisa e intacta. Como é possível que o mesmo tiro que derreteu meu casaco tenha deixado minha pele ilesa, ao mesmo tempo que entorpeceu todos os meus nervos? Nenhuma das leis da ciência que conheço pode me fornecer uma explicação para isso.

Win endireita o corpo, parecendo um pouco menos "moribundo".

— Por aqui — ele indica.

Ele cambaleia através do saguão até uma porta emoldurada por mármore falso. Só depois de eu o seguir até um corredor repleto de portas numeradas e de ele tirar do bolso uma chave é que me ocorre que ele está indo para o seu quarto neste hotel. Um quarto no qual ele espera que eu entre com ele, sozinha.

Eu ainda não sei nada sobre ele além de seu nome e do fato de que ele está associado a algumas pessoas muito estranhas e violentas. Ele correu para longe delas, mas isso não prova que seja melhor do que elas.

Win caminha um pouco mais antes de perceber que eu parei.

— Meu quarto é logo ali — diz ele.

— Eu não vou a lugar nenhum até que você me diga o que está acontecendo — respondo. Sinto contrações musculares no ombro, a sensibilidade retornando com alfinetadas de dor.

— Não podemos falar sobre isso no meio do corredor — ele ressalta, conseguindo soar exasperado, apesar da respiração ainda difícil.

— Então vou embora — retruco. — Talvez eu não devesse ter vindo com você, para começo de conversa. Por que essas pessoas estão nos perseguindo? Com que intenção você me meteu nisso?

— Era você que estavam procurando — revela.

Lembro-me, com perfeita clareza: o momento em que o olhar da mulher pálida cruzou com o meu. *É ela*. Mas eu também me lembro de como Win reagiu antes mesmo que eles entrassem na cafeteria.

— Você sabia que eles estavam vindo. Você sabia que eles eram perigosos antes de fazerem qualquer coisa. Obviamente, isso tem algo a ver com você.

— O que eu sei é que você vai ficar ainda mais encrencada se for lá fora e eles a encontrarem de novo — responde ele.

— Então é melhor eu ir à polícia. Talvez eles possam realmente deter essas pessoas. — A imagem da mulher pálida lampeja em minha mente:

a sua velocidade atlética, suas passadas confiantes. Hesito. — A menos que *eles* próprios sejam uma espécie de policiais.

— Você sabe de algum policial por aqui que use armas como essa? — Win pergunta, levantando uma sobrancelha, enquanto acena com a cabeça em direção ao meu braço. A carne abaixo do meu ombro ainda está dormente. Tento dobrar o cotovelo, sem sucesso.

— Eu não sei — respondo. — Eles podem ter toda espécie de armas sofisticadas se forem do FBI ou de alguma divisão especial do exército.

— Eles não são do FBI, nem do exército ou qualquer coisa assim — Win esclarece. — E não existe força policial na Terra que faça alguma ideia de como lidar com eles.

— E você? — desafio. — Tudo o que fez até agora foi me fazer perguntas estranhas e inventar histórias sobre por que você se importa comigo. Eu prefiro me arriscar com a polícia.

Sua expressão vacila.

— Você não entende...

Não, eu não entendo nada sobre ele ou sobre o que aconteceu. Entretanto, sei que não confio nele, e ele praticamente admitiu que tem uma relação qualquer com aquela mulher.

— Tem razão, eu não entendo — respondo, dando um passo para trás. — Mas, a menos que você me explique de verdade o que está acontecendo...

Ele olha para mim e depois para o chão. Bem, aí está a resposta para a minha pergunta. Viro-me e começo a voltar para o saguão, não totalmente certa do que vou fazer quando chegar lá. Sinto meu estômago se contrair. Será que ligar para a polícia resolveria uma situação como esta?

Acho que vou ter que descobrir.

Estou quase na porta quando ouço a voz de Win.

— Espere. — Eu volto a olhar para ele. Sua mandíbula está cerrada e seus olhos faíscam com algo que tanto pode ser medo, agitação ou ambas as coisas.

— Vou contar — ele fala apressadamente — a história verdadeira desta vez, prometo. Se você ficar para ouvir. Eu *posso* protegê-la das pessoas que nos perseguiam. E... você poderia me ajudar.

Faço uma pausa. Não sei que diabos ele pensa que eu posso fazer por ele, mas parece que ele realmente está falando sério.

Ele pode estar certo sobre a polícia. Pelo menos, se eu for prestar queixa, seria melhor eu ter alguma ideia de quem são essas pessoas. De onde encontrá-las. E do que mais elas são capazes.

— Só que eu ainda não tenho a menor intenção de ficar trancada num quarto com você — declaro.

Win pensa um pouco.

— Acho que eles têm um terraço na cobertura. Quando cheguei, a moça da recepção comentou alguma coisa sobre o café da manhã ser servido lá quando o tempo está bom. Que tal irmos para lá?

Bem, se por acaso eu não gostar do aspecto do tal terraço, é só eu dar meia-volta e ir embora, então...

— Está certo — aceito. — Vamos pelas escadas.

Deixo que ele suba na minha frente, para que eu possa ficar de olho nele. Sinto agulhadas e formigamento no meu pulso e na parte superior do braço. Já consigo contrair os dedos e o polegar agora. Um progresso.

Quando acabamos de subir os três lances de escada, Win está ofegante, mas ele sai para o terraço caminhando de forma bastante firme. Senta-se perto de uma das empoeiradas mesas de plástico e gesticula para que eu me sente na cadeira em frente a ele.

— Você pode ficar mais perto da porta — ele sugere. — E há uma escada de incêndio ali — ele aponta com a cabeça para um local a poucos metros da cadeira —, no caso de ainda não se sentir suficientemente segura.

Se eu precisasse, poderia obviamente fugir dele. Puxo a cadeira e me sento fora do seu alcance. O frio úmido e pegajoso dessa noite de outono começa a incomodar. Ajusto melhor o meu casaco em volta do corpo.

— Ok — falo. — Explique.

Fico esperando que ele se lance direto numa história elaborada. Em vez disso, ele fita a mesa com a testa franzida. Então ergue os olhos.

— Eu não estava mentindo para você porque queria — ele explica. — Não devemos contar a ninguém. Jamais. Essa é a regra mais importante.

Mas acho que o que nós estamos tentando fazer agora é mais importante do que essa regra. Acho que *você* é mais importante.

Não tenho ideia do que pensar disso. Win esfrega a parte de trás do pescoço e suspira.

— A razão pela qual eu estava tão cansado agora — ele explica — não é por causa de nenhum problema de saúde. É porque ainda não estou totalmente ajustado à atmosfera daqui, nem à gravidade. Há mais oxigênio e menos gravidade no meu planeta.

6.

No seu *planeta*?

Isso não está acontecendo. Eu não posso estar ouvindo isso realmente. Mas estou e Win está olhando para mim com os lábios ligeiramente contraídos, como se soubesse como isso parece ridículo... como se soubesse, mas não pode fazer nada, porque é verdade. Ok. Então ele é doido.

Tão logo chego a essa conclusão, já estou me levantando para ir embora.

— Não, espere — diz ele, lançando-se para a frente e estendendo a mão para me deter. Quando me afasto para trás, sua mão recua e fica suspensa no ar, num gesto suplicante. — Deixe eu contar tudo. Não estou mentindo, juro. Posso até provar para você. Por favor.

Fico ali, paralisada. Não estou disposta a ouvir uma história longa e maluca. Só que, de fato, coisas muito estranhas estão acontecendo, não é? Enfermeiros de uma clínica que quisessem arrastá-lo de volta para a ala psiquiátrica não portariam armas esquisitas de entorpecimento/derretimento. E, enquanto olho para ele, fico mais uma vez impressionada com sua incrível solidez: quando minha atenção está concentrada nele, o mundo ao nosso redor começa a parecer diáfano como papel de seda.

Minha mão desliza para o meu bolso e meu polegar se põe a girar as contas de vidro. Depois de algumas voltas, consigo respirar de novo. Mas não volto a me sentar.

— Estou esperando.

— Meu planeta — continua Win, rapidamente —, Kemya. — Ele pronuncia o "K" de forma quase indistinta, vibrando o fundo da garganta, a característica de seu sotaque que eu não pude definir de onde era, o que adiciona um toque perturbador de autenticidade. — Acho que se poderia dizer que temos vindo "estudar" a Terra. Ver como as pessoas aqui lidam com problemas. Como experimentam as possibilidades.

— Impedindo tribunais de explodir e perseguindo garotas do ensino médio?

— Eu não estava fazendo isso. — Ele para e parece se recompor. — Nós temos um tipo de... máquina, que pode criar um campo especial. Quando estamos dentro do campo, podemos viajar entre o presente e o passado. Mudar os acontecimentos. Observar resultados diferentes.

Ele gesticula com a cabeça em direção ao céu escuro.

— O maior gerador de campo temporal jamais criado está lá em cima, escondido dos sensores e telescópios de vocês. Está produzindo um campo que envolve todo o seu planeta. Como se ele estivesse envolto numa redoma de vidro gigante.

Ele corre o dedo pela poeira em cima da mesa, desenhando um círculo que suponho que deva representar a Terra, e um ponto que deve ser esse tal gerador pairando acima dela. Em seguida, um círculo maior, que se estende a partir do ponto em toda a volta, envolvendo o primeiro círculo por completo. Meu peito aperta, como se fosse a mim que ele estivesse confinando.

— Temos uma equipe de cientistas e Viajantes que trabalha num satélite adjacente lá em cima — conta Win, batendo no ponto que representa o gerador. — Eles mantêm o campo em operação e monitoram tudo por aqui, e vêm para cá, quando têm de fazer alterações que acham que serão informativas.

As palavras são tão técnicas e específicas que levo um momento para absorver o seu pleno significado.

— Então você está me dizendo que é um alienígena *e* um viajante do tempo. E que você e outras pessoas do seu... seu planeta, vêm brincando com as coisas aqui embaixo, bagunçando as nossas vidas?

— *Eu*, propriamente, não — revela Win. — Quero dizer, não muito. Eu acabo de terminar meu treinamento. Mas há muitos outros Viajantes... e isso vem acontecendo há milhares de anos. Eu não...

— Milhares de anos?— interrompo. Meu estômago gela. Não. Preciso de alguma coisa, um movimento de pálpebra, um tremor de músculo, que me diga que ele está fazendo hora com a minha cara. No entanto, sua expressão é mortalmente séria.

É muito louco para ser verdade. Não tem condição.

— Eu também não gosto disso — enfatiza Win. — Há um grupo dentre nós que não acha que isso seja certo. Queremos encerrar o campo temporal e parar com a experimentação. Para deixar a Terra em paz. — Ele corre o polegar sobre seu desenho, borrando o segundo círculo, a "redoma de vidro".

Bem, se isso não fosse uma loucura, seria desse lado que eu estaria, sem sombra de dúvida.

— É por isso que estou aqui — ele continua. — Estamos procurando por... O líder do nosso grupo projetou uma arma que pode destruir o gerador, derrubar todas as defesas. Há um monte. Mas ele quase foi pego pelos Executores, nossa divisão de segurança, pessoas como as que nos perseguiram hoje. Então ele desceu à Terra e escondeu a arma, num local onde o restante de nós poderia recuperá-la mais tarde para terminar o trabalho.

Não sei o que mais posso fazer além de entrar no jogo.

— Ok. E você acha que ele a escondeu *aqui*?

— Não — responde Win. — É mais complicado que isso. O restante do grupo, que está procurando Jeanant, nosso líder, está no passado agora. Mas esta é a época em que ele veio pela primeira vez para a Terra, de modo que fui designado para ficar aqui, caso houvesse algum tipo de sinal quando ele chegasse. Fui pulando de país em país, em busca de algo incomum. Vim para esta cidade, porque ouvi sobre a bomba no tribunal.

— Mas nenhuma bomba explodiu — relembro-o. — Bem, pelo menos ainda não. Você disse...

Ele disse que impediu a explosão.

— Eu vim e fiquei vigiando, e percebi rapidamente que a bomba não tinha nada a ver com Jeanant — explica Win. — Mas fiquei esperando semanas, passando pela mesma semana, repetidas vezes, e eu não sei o que está acontecendo com os outros. Não deveríamos estar aqui, por isso o nosso equipamento é limitado, especialmente o de comunicação. Eu vou ser chamado de volta quando eles conseguirem, mas isso ainda não aconteceu. Eu não sabia se os Executores tinham descoberto. Se os outros poderiam estar em perigo. Então, eu vi a sua turma e... Foi horrível, depois. — Ele parece subitamente nauseado. Visões de ambulâncias, macas, fumaça e carne humana queimada passam pela minha cabeça e meu próprio estômago se convulsiona.

— Eu sabia que seria bem simples voltar e salvar todos vocês — ele prossegue. — Um pequeno gesto para compensar um pouco do estrago que os Viajantes têm causado por aqui na Terra. E, ao mesmo tempo, eu poderia distrair quaisquer Executores que estivessem perseguindo o restante do grupo. Eu não queria deixá-los chegar muito perto.

A sensação de calor abrasante e o som da explosão me voltam de forma tão vívida que sinto o gosto de cinza na boca. Se de fato acredito nele, o tribunal realmente chegou a explodir. E, então, Win mudou alguma coisa e evitou que isso acontecesse. E depois...

Após a explosão, que não aconteceu, tudo pareceu *errado* para mim. Onde quer que eu fosse, todos com que conversei. Por horas.

Talvez o problema não estivesse com o mundo inteiro. Talvez o que estivesse *errado* era eu ainda estar nele.

— Quando você assistiu, pela primeira vez... — falo —, todos nós morremos.

Ele balança a cabeça afirmativamente.

Sua confirmação despreocupada me faz engasgar. Aspiro profundamente o ar frio. Não é verdade. É apenas uma história. Como poderia ser verdade?

Uma história para encobrir *o quê*? O que poderia ser pior do que isso?

— Você veio à minha escola esta manhã — digo. — Você ainda estava nos observando. — Lembro-me do momento em que o rosto dele se iluminou. — Você estava esperando Jaeda?

— Quem?

— Cabelo preto, pele escura, muito bonita... — Eu arqueio as sobrancelhas.

Um rubor se espalha sob sua pele marrom-dourada.

— Ah... Não teve nada a ver com ela. Voltei para ver se os Executores haviam registrado a mudança, começado a investigar. E eu tinha notado sua reação, quando a explosão era para ter acontecido, e achei que poderia ser uma boa ideia observá-la um pouco. Eu realmente reparei em... como é mesmo o nome dela, Jaeda? No outro dia também. Ela tem uma... aparência que se destaca. Foi bom ver que ela estava bem.

É claro.

— Então, eu estava certa, desde o começo — falo. — Você é um *stalker*.

— Não foi *assim* — ele protesta. — Eu a vi ao todo por uns quinze minutos, se tanto. E eu tinha um bom motivo para querer checar você.

Cruzo os braços sobre o peito, levantando o queixo. Isso é ridículo. Nada explodiu, ninguém morreu, eu estou bem.

— Não sei por que eu deveria acreditar em alguma coisa do que você disse — questiono. — Há cerca de um bilhão de histórias mais plausíveis que poderia ter contado. Onde está a prova que você afirma ter? É só o fato de eu ter sentido algo estranho ontem?

— Não — Ele se levanta e põe sua bolsa em cima da mesa. — Eu vou mostrar. Você escolhe o tempo e o lugar. Se pudesse ver qualquer lugar, qualquer momento do passado... aonde você iria?

Certo. Isso é uma piada. Meus pensamentos voltam à leitura da noite anterior.

— Claro — zombo. — Por que não? Vamos visitar o Coliseu Romano. Primeiro século d.C. Quando aconteciam os jogos. Você vai puxar isso da bolsa?

— Pode-se dizer que sim — responde ele, enquanto abre a bolsa. — Nós Viajamos nisto.

Ele tira da bolsa o embrulho daquela espécie de tecido cintilante que tanto me fascinara mais cedo e o desenrola. Com um toque de seus dedos, há um clique mecânico e uma linha o divide ao meio para que ele possa abri-lo como uma imensa capa.

— Qualquer lugar, qualquer época — profere ele, com uma suavidade reverente em seu tom e no manuseio do pano. — Você vai ter que vir para dentro, é claro.

Vamos viajar no tempo numa toalha de mesa brilhante? Essa foi a parte mais maluca até agora. Balanço a cabeça que não, sem conseguir conter uma gargalhada.

Win apruma os ombros. Com um movimento experiente dos pulsos, ele gira o pano em volta dele. Por um instante, vejo sua silhueta desaparecer por entre as dobras do tecido escuro.

E, então, de repente, já não posso vê-lo, nem o pano.

Giro a cabeça em torno. Não há nada no terraço, senão as mesas vazias e eu. O vento brinca com os meus cabelos. Postes de luz brilham à distância. Para onde diabos ele foi?

Estou indo verificar a escada de incêndio quando a voz de Win sai do ar onde ele estava antes.

— Eu estou bem aqui.

O ar se "rompe" e a superfície brilhante do tecido volta a se revelar. Só que não se parece com uma capa agora: parece mais uma tenda estreita, com o topo arqueado, uns sessenta centímetros mais alta do que Win e com quase um metro e meio de largura. Win está me espiando por entre as abas de sua entrada, com a boca curvada num sorriso torto, como se me desafiando a tentar explicar *isso*.

Eu... realmente não encontro nenhuma explicação racional. Pisco e a cena diante de mim não muda. Se isso é loucura, então, eu sou louca também.

Win inclina a cabeça.

— Você vai vir buscar a sua prova ou não?

Meu coração palpita. Eu poderia ir embora e me arrepender para sempre, imaginando o que teria acontecido se eu tivesse aceitado o convite. Ou, eu poderia arriscar. Se a sua "prova" não se sustentar, bem, eu vou saber com certeza que nada disso é verdade.

Dou um passo em direção a Win. Ele recua um pouco para abrir espaço para mim. Hesito um instante, mas entro. A aba de tecido tremula para baixo depois que me esgueiro para dentro dessa espécie de tenda, porém a luz não é bloqueada. Posso divisar os contornos pálidos do terraço lá fora e os edifícios além dele pelo lado de dentro.

Ao meu lado, Win tamborila o tecido, que emite um zumbido, e uma tela ondulante se acende, mostrando uma série de símbolos dançantes.

— Então, essa coisa vai nos levar voando através do espaço e do tempo? — De certa forma, tudo parece ainda mais absurdo quando digo isso em voz alta.

Os dedos de Win pairam sobre os dados a poucos centímetros da tela, cujo brilho reflete no seu rosto atento.

— Está mais para quicar do que voar — ele esclarece. — Lembra quando eu comparei o campo temporal com uma redoma de vidro? Pois é, batemos na superfície interna da redoma e voltamos para baixo. O campo faz a maior parte do trabalho.

Com um som de satisfação, ele dá um tapinha na tela com a palma da mão. A tela desaparece.

— Este pano, que poderíamos chamar de Tecido de Transporte no Tempo... TTT ou 3T, para abreviar, é um modelo mais antigo — diz ele. — A Viagem não é tão suave como...

O restante de sua sentença é cortado por uma guinada. As formas nas paredes da tenda se desfazem e meu estômago parece que foi parar na garganta. Estamos nos deslocando para cima e para o lado, girando e trepidando, como se estivéssemos presos numa espécie de elevador biruta. O ar emite um som agudo. Fecho os olhos e aperto a mandíbula para não gritar.

Sinto um estremecimento e, então, estamos despencando. Minha mão tateia em volta e agarra a primeira coisa sólida que encontra. Minha cabeça parece estar prestes a ser arrancada do pescoço. Meus pulmões estão comprimidos.

Paramos com um solavanco. O zunido em meus ouvidos cessa, deixando apenas um leve tinido.

Descubro que o que agarrei foi o cotovelo de Win. Abro os olhos e os fecho novamente, lutando contra a vontade de vomitar. Ok. Isto definitivamente não é apenas uma toalha de mesa.

— Sinto muito. É sempre horrível da primeira vez.

Inspiro profundamente e expiro devagar. As várias partes do meu corpo se acomodam em seus devidos lugares. Experimento abrir as pálpebras um instante e olho de relance para Win.

— Melhora com o tempo?

Ele dá um sorriso.

— É difícil dizer. Mas, quando se dá conta de aonde você pode ir, você para de se importar.

Aonde você pode ir. Arrisco um olhar ao redor. As paredes estão escuras, exceto por um retângulo de luz amarela na nossa frente. Vultos ondulam por ele. Eu não sei onde nós estamos agora, mas não se parece nadinha com o terraço.

— Pronta? — pergunta Win.

Não deveria ter concordado com isso se não estava.

— Pronta — respondo, sem me dar a chance de pensar melhor.

Ele afasta o pano.

7.

Sou banhada pela luz radiante do sol que bate obliquamente no chão coberto de areia. Uma brisa preguiçosa sopra sobre mim, trazendo o cheiro picante de suor e algo putridamente metálico. Sangue, percebo quando minha visão se ajusta. Manchas escuras entram em foco um pouco além do corredor de pedra que nos abriga, a Win e a mim. A figura numa fina armadura de bronze atravessa a entrada, lança em riste. Mais longe, do outro lado da arena, silhuetas de animais e homens se contorcem e se separam. Gritos ecoam pelos elevados muros, pintados de um bege e vermelho que combinam com a areia salpicada de sangue. Do alto, chegam a vibração e os aplausos das arquibancadas. Alguém bate os pés pesadamente sobre o nosso corredor abrigado do sol.

Prendo o fôlego. Grãos de areia batem na minha boca.

— O Amphitheatrum Flavium — Win entoa ao meu lado. — Dia 6 de abril, 81 d.C.

Faz calor. O suor está escorrendo pelas minhas costas, por baixo do casaco. Estendo a mão através da aba do pano para tocar a parede da passagem. A pedra é dura sob os meus dedos. Sólida. Real.

Como pode ser real?

A menos de trinta metros de distância, um rinoceronte arremete contra um grupo de gladiadores, arremessando longe um deles, com as tripas se derramando pela ferida aberta em seu ventre. Win faz uma careta. Do meu ângulo de visão, percebo uma adaga ser erguida e atingir o rinoceronte na espádua. Um leopardo espreita, lançando um olhar resoluto para o nosso corredor, ao passar. Recolho-me de volta ao abrigo do pano. Enquanto o leopardo caminha em nossa direção, um ruído estrondoso começa em algum lugar ao fundo da passagem atrás de nós. Estamos presos, cercados por barulho, violência e história.

— Me leva de volta — me ouço balbuciar em meio às batidas do meu coração disparado. — Eu quero voltar agora.

As palavras mal saíram da minha boca, quando uma chuva de flechas voa pelo ar. Uma perfura a anca do leopardo, outra se choca contra as pedras da parede e uma terceira está vindo diretamente sobre nós. Eu me encolho contra a parede do pano enquanto Win puxa as abas para fechá-las. Há um baque surdo e um som quicado quando a flecha ricocheteia no tecido. Foi por um triz. Fecho meus olhos bem apertados.

— Me leva de volta!

Nós já estamos em movimento. Naquele turbilhão, sendo chacoalhados de um lado para o outro novamente. Pressiono os braços em volta da cabeça e conto as batidas frenéticas do meu pulso.

Pousamos com um estremecimento. As abas do pano se abrem. Uma luz mortiça atinge o meu rosto junto com uma brisa sussurrante, e eu ergo a cabeça. O terraço do hotel está lá para me receber de volta.

Saio da tenda cambaleando. Sinto o concreto firme sob os meus pés. O ar é fresco e úmido novamente.

Mas ainda posso ver o gladiador eviscerado caindo. Ainda sinto o gosto do grão salgado na minha língua. Ainda ouço o silvo da flecha que quase nos atingiu.

Eu inspiro e expiro, tentando tirar o cheiro de dor e morte dos meus pulmões.

— Nós estávamos realmente lá — digo. — Viajamos de volta no tempo.

— Sim — confirma Win. — Você acredita em mim agora?

Enquanto ele dobra o pano e mete-o na bolsa, eu afundo numa das cadeiras do terraço, correndo os dedos pelo meu cabelo molhado de suor. Percebo vagamente que consigo dobrar o braço esquerdo agora, embora a articulação do cotovelo ainda esteja formigando.

Agora há pouco, eu estava na Roma Antiga, em 81 d.C.

E o que dizer do resto? Win veio do planeta Kemya? Alienígenas vêm alterando a história da Terra ao longo dos séculos, dos milênios? Eles estão olhando para nós agora, para o meu planeta, como se fosse o aquário deles?

Eu morri ontem?

Tudo isso é demais: imenso, terrível. No entanto, não posso negar o que aconteceu. Essa parte da história dele, pelo menos, é real.

— Por que você está me contando tudo isso? — pergunto. — Para que você precisa de mim?

Win se senta na minha frente.

— Acho que você é capaz de sentir quando o passado foi alterado — ele sugere. — As mudanças feitas durante a sua vida, pelo menos. As sensações sobre as quais me falou... uma parte de sua mente está se lembrando de coisas que experimentou de forma diferente antes da alteração.

— *Por quê?*

— Eu não sei — ele admite. — Ouvi dizer que é cientificamente possível que as alterações tenham algum efeito sobre os terráqueos que são particularmente sensíveis. É improvável que você seja a única pessoa que passou por isso. Mas os Viajantes não devem interagir com os habitantes locais, a menos que seja absolutamente necessário. Eu não acho que alguém antes de mim já tenha identificado alguém como você.

Se ele estiver certo, então, cada sensação de *errado*, cada ataque de pânico que eu me convenci de que não significava nada... Eles foram de fato reais. Algo realmente estava errado.

O banco em que Win se sentou, vazio a primeira vez que fui ao tribunal. Algum objeto que antes estava no canto da escadaria. A explosão. *Alterados*. Minha vida reescrita.

O sussurro de *errado, errado, errado* começa a ecoar na minha cabeça. Como fez durante toda a tarde e a noite de ontem. Dizendo que eu não deveria estar aqui.

Eu deveria ser um corpo queimado e sem vida deitado num necrotério.

Não. Desvio o olhar de Win, para o terraço. Sete mesas. Quatro cadeiras em torno de cada uma delas, exceto a do canto, que tem apenas três. Estou aqui. Eu sou real. Luzes amarelas brilham em duas janelas do apartamento em cima da loja do outro lado da rua. Um gato rajado magricela caminha pela borda do telhado vizinho.

Aqui. Real.

Viva.

— Você percebe o que isso significa — Win está dizendo. — Se você pode rastrear as alterações, pode nos ajudar a descobrir para onde ir. Jeanant disse que iria fazer pequenas mudanças, algumas para distrair os Executores e algumas que só o nosso grupo saberia que eram significativas, para nos levar até a arma escondida. Você pode nos ajudar a encontrá-las.

Certo. Não se trata apenas de viajar através do tempo. Trata-se também de seguir um rebelde do espaço sideral. Encontrar uma arma alienígena. Destruir um gerador em órbita acima da minha cabeça.

— Não — digo.

— Isso nem vai ser tão difícil. Se você apenas...

— *Não*. — Levo as mãos ao rosto, segurando a pulseira, sentindo o tilintar da rotação de cada conta contra a minha pele. Entretanto, meus pensamentos disparam, indo e voltando muito rápido para eu acompanhar, e sob tudo isso aquela vozinha ainda está murmurando, *errado, errado, errado*.

— Você nem deveria estar falando comigo — falo.

— Não deveria — ele concorda, baixando a voz. — Mas todas as formas como prejudicamos a sua gente, todas as formas como a nossa interferência aqui atrasou o desenvolvimento do seu povo, isso tudo aconteceu porque ninguém teve coragem de desafiar os nossos antigos pressupostos. Jeanant não teria chegado tão longe como chegou se ele tivesse continuado a andar na linha, e não sei se o restante de nós também. Talvez a gente *precise* de você, se quisermos acabar com isso. Ajudar a derrubar o gerador pode ser a coisa mais importante que eu farei na minha vida inteira. Então, se for preciso quebrar algumas regras para garantir que essa missão seja cumprida, então essas regras terão que ser quebradas.

A determinação em sua voz é inegável. Não sei no que acreditar. Não consigo absorver tudo isso. Vou "dar pau" que nem um computador com excesso de operações ao mesmo tempo.

— Preciso ir para casa — começo a dizer. Minha garganta está raspando. — Estou atrasada. Meus pais vão ficar preocupados. É muito para a minha cabeça; por ora, não consigo assimilar mais nada.

— Se você ao menos pensasse no assunto... — Win pede.

Como se eu fosse conseguir deixar de pensar nisso tudo.

— Eu preciso ir para casa — repito, já me levantando.

Ele se levanta também, segurando o meu braço.

— Será que você poderia pelo menos... se estiver em condições de conversar mais amanhã... me encontrar aqui? No saguão de entrada? Antes da escola, ou depois, qualquer horário...

— Ok! — falo, apenas para que ele cale a boca. — Ok.

A decepção se estampa claramente no rosto dele, como se adivinhasse que eu não tenho certeza de estar falando sério. Mas eu puxo o meu braço e vou embora.

Estou a meio caminho de casa quando um pensamento terrível perfura a névoa que nubla a minha mente.

Os Executores sobre os quais Win falou. Soldados alienígenas ou não, eles me encontraram no café. Win não chegou a me contar como. Poderiam me encontrar novamente, agora?

Seja no que for que Win está envolvido, ele admitiu que está quebrando as regras. Como eles vão reagir se descobrirem que ele não apenas me contou, mas também me *mostrou* como ele viaja através do tempo?

Meus dedos deslizam para a marca derretida na minha jaqueta. Meu olhar esquadrinha a rua escura. Não há nenhum sinal de que alguém esteja me seguindo. Mas, se eles são viajantes do tempo também, devem ter panos como o de Win, certo? O que significa que podem aparecer do nada, bem na minha frente, se quiserem.

Minhas pernas estancam no meio da calçada. Quero tanto voltar para casa que meus ossos doem, mas talvez eu não esteja tão segura em casa, afinal de contas.

Então, onde estaria segura? De volta ao hotel com Win? Não, eles me encontraram com ele, antes.

Consulto o meu relógio. Quinze para as oito. Normalmente, eu estaria de volta bem antes das sete. Meus pais já devem estar começando a ficar preocupados. O que eles vão pensar se eu ligar e der alguma desculpa estranha para não voltar hoje?

Imaginar os seus rostos ansiosos reforça a minha determinação. Já estou encrencada o suficiente, não vou deixar que isso atrapalhe a vida dos meus pais também. Se aquela mulher pálida e seu capanga aparecerem na minha casa, então volto correndo para o Win. Não antes disso.

Enrolo os dedos em volta da minha pulseira e sigo em frente, cronometrando o giro das contas e a cadência das multiplicações com os meus passos.

Quando chego à porta de casa, já consegui driblar toda a confusão de Win-alienígenas-*errado*-máquina do tempo-*errado*-minha morte-*errado*. Não desapareceu, mas acho que posso reprimi-la o suficiente para agir normalmente.

Ouço o farfalhar da cortina da sala de estar, e posso adivinhar que o meu pai estava ali esperando por mim, aguardando para me ver chegar. Então, quando abro a porta, já estou com uma expressão de culpa muito sincera no rosto.

Meu pai está parado na sala, verificando a correspondência de hoje. Ele ergue a vista, como se não soubesse que eu estava chegando, e minha mãe mete a cabeça pela porta da cozinha.

— Até que enfim — ela diz jovialmente, mas posso perceber a tensão em seus ombros. — Eu estava prestes a ligar para a mãe do Benjamin, para saber se ela tinha pedido para você ficar até mais tarde.

— Sinto muito — me desculpo, escondendo com cuidado a parte derretida na manga do meu casaco, enquanto o penduro. — Encontrei com

Bree a caminho de casa e ela estava chateada com o lance com um cara, então a gente saiu e conversou um pouco. Só percebi que me esqueci de ligar quando cheguei aqui.

— Tudo bem — conforta minha mãe. — Você já tem 17 anos, deveríamos ficar felizes de você aparecer para jantar.

— Você está aqui, isso é o que importa — meu pai reitera, com o seu habitual sorriso amável. — Vamos comer.

— Vocês não têm que esperar por mim — falo, enquanto o sigo até a sala de jantar.

— Não é nada de especial, apenas minha sopa com tudo que tinha na geladeira — declara mamãe. — O tempo de cozimento extra faz com que fique ainda melhor.

Entretanto, quando nos sentamos ao redor da mesa, um fantasma se senta conosco. A lembrança que ocorre a todos nós, mas evitamos mencionar: a noite de espera ao lado das janelas e de telefonemas cada vez mais preocupados depois que meu irmão saiu com sua mochila, com a promessa de me trazer um pirulito Ring Pop da loja de conveniência, e não voltou mais para casa. Dá para ver isso no tremor das mãos da minha mãe enquanto ela mergulha a concha no ensopado para nos servir, na forma como meu pai olha para mim por um instante, enquanto eu pego a minha colher, como se ele ainda não estivesse convencido de que eu realmente estou aqui.

Então uso meu tom de voz mais despreocupado e conto sobre a senhora Cavoy me puxando de lado para elogiar o meu projeto de física, sobre a colagem de flores de seda preta para a decoração do baile de Angela, sobre Bree e eu conseguirmos completar nossa corrida de três milhas em menos de dezoito minutos pela terceira vez esta semana. Para mostrar a eles que a filha deles está feliz, indo bem; que ela não vai a lugar nenhum. É a melhor maneira que tenho para compensar a preocupação que os fiz passar: lembrar o quanto eles não têm que se preocupar comigo.

A única vez que vacilo na minha encenação é quando o meu pai diz:

— Sua turma fez uma excursão ao tribunal ontem, não foi? Você não nos contou sobre os casos que viu lá.

Num instante, volto ao saguão do tribunal e para a explosão de luz e a onda de calor. O eco de um outro passado, onde a explosão foi real e letal, e eu não *estaria* aqui agora. O passado que Win afirma ser o verdadeiro, antes de ele mudar as coisas.

Esta cena, a família feliz em torno da mesa, nunca teria existido. Meus pais estariam lamentando minha morte, a segunda perda de um filho. Minha mão aperta a colher.

— Hum, eu não tenho certeza se eu deveria falar sobre eles — digo, o que não deixa de ser verdade, uma vez que eu mal me lembro de qualquer coisa daquela manhã, exceto o meu pânico. Minha voz falha. Disfarço, enchendo a boca com uma colherada de sopa.

Quando olho para a janela, eu meio que espero um olhar gelado encontrar o meu. Mas não há nada lá fora, apenas a escuridão.

Ao final do jantar, quando estamos tirando os pratos, a persistente tensão já se dissipou. O fantasma de Noam já não parece pairar entre nós, embora ele se mantenha na minha cabeça. Carrego a máquina de lavar louça e a ligo, e quando minha mãe e meu pai se instalam no sofá para pesquisar o que está passando de bom esta noite na TV, escapulo discretamente para o andar de cima.

O quarto entre a suíte principal, que dá para a frente da casa, e o meu, nos fundos, agora serve como um misto de quarto de hóspedes e sala de ginástica. Ele era o quarto de Noam. Durante anos, eu pude empurrar a porta e ver seus esboços pregados na parede, os vistosos tênis Converse azuis, que ele usava até as solas descolarem, em seu lugar de honra, ao pé da cama. Então, um dia minha mãe decidiu que a espera não estava nos fazendo nenhum bem. Voltei para casa depois de passar um fim de semana na casa dos meus avós e encontrei todas as coisas de Noam embaladas em caixas de papelão.

Ela não jogou nada fora. A maior parte das caixas está empilhada no sótão e duas delas ela mantém no armário que era dele, ao lado da estante estreita que guarda seus pesos e colchonete de exercícios. Suspeito que ela as deixou lá para de vez em quando ela e meu pai poderem fazer o que estou prestes a fazer agora.

Verifico a janela do quarto primeiro, certificando-me de que nenhum atirador alienígena está à espreita lá fora. Então vou até o armário e abro as abas da caixa de cima. Há uma pilha de cadernos de Noam, uma caixa de tintas acrílicas, um enorme canivete suíço, que ele disse que iria usar quando fosse acampar. Minha mão é atraída para a gasta luva de beisebol, nos fundos da caixa. Eu a pego. Deslizo minha mão para dentro, respirando o cheiro de couro velho, e viajo de volta no tempo da única forma que as pessoas deveriam fazer.

Eu tinha 4 anos quando Noam decidiu entrar para o time de beisebol. Todos os seus amigos já estavam lá. Então eles passavam horas no quintal treinando com a bola, praticando arremessos, e depois iam para o parque com o bastão, após o aviso de mamãe para que não quebrassem nenhuma vidraça.

Certa manhã, cansei de ficar só assistindo. Antes de seus amigos chegarem, peguei a luva, entrei decidida em seu quarto e declarei que iria jogar também; me pareceu natural que meu irmão mais velho ficasse me zoando. Ele se postou a poucos metros de distância no quintal e eu ergui a luva grande demais para mim, para tentar pegar a bola que ele jogou. Nas duas primeiras vezes, a bola passou de raspão e foi cair na grama. Eu odiei aquela bola. Não era justo.

Noam se agachou na minha frente e disse:

— Ei, a terceira vez dá sorte! — E então ele arremessou a bola para mim tão suavemente que ela caiu direto na luva que a esperava. Lembro-me de ficar eufórica, parecia um feito tão miraculoso! — Viu? — ele disse. — Você pode fazer qualquer coisa.

De volta ao presente, tiro a luva. Tantas emoções se represaram na minha garganta que eu não consigo engolir.

Mesmo depois de doze anos, dói. Eu não sei por que ele foi embora. Não consigo imaginar o que poderia ter acontecido de tão ruim aqui que ele não aguentasse mais ficar, limpasse sua conta bancária e fosse embora, para nunca mais falar com qualquer um de nós novamente.

Um pensamento faísca no fundo da minha mente. Desejei tantas vezes poder voltar no tempo e perguntar por que ele fez isso... Se o pano especial de Win pode nos fazer voltar no tempo dois mil anos, doze anos seria fichinha...

As imagens do Coliseu inundam a minha cabeça — sangue, areia, gemidos de agonia, o silvo de uma flecha —, expulsando o ar de meus pulmões. Afasto a luva de beisebol. Ainda há tanta coisa que eu não entendo sobre Win e sua história! E o que ele iria me pedir em troca de um favor como esse?

— Sky?

Mamãe entra no quarto. Eu fecho a caixa e me viro.

— Eu só... — começo a falar, porém não sei como explicar o que estou fazendo aqui.

— Está tudo bem — ela assegura. — Aceitar que Noam foi embora não significa que você não pode se lembrar dele.

Esfrego o polegar e o indicador, trazendo de volta a sensação do couro desgastado.

— Ele era um bom irmão — confesso. — Enquanto estava aqui.

Ela sorri.

— Ele era um irmão *incrível*. Sabe, não é nossa intenção reagir exageradamente quando você se atrasa um pouco ou não temos certeza de onde você está...

— Eu sei, mãe — falo. — Isso não me incomoda.

Ela coloca o braço em volta de mim e aperta meu ombro, e eu me inclino para ela. Uma parte de mim queria que eu pudesse lhe contar tudo, mas a maior parte de mim está aliviada por ela não ter notado nada de errado. Assim posso fazer de conta um pouco mais que isso é verdade.

A campainha toca e a minha mãe se endireita, arqueando as sobrancelhas. Meu coração dispara antes de eu me lembrar.

— Deve ser a Angela — falo. — Esqueci de comentar que ela passaria aqui: temos uma apresentação sobre *Hamlet* para a aula de Inglês e precisamos ensaiar.

— Desde que ela não fique até muito tarde, tudo bem — diz mamãe, com um último aperto em meu ombro.

Ainda sinto um instante de apreensão antes de abrir a porta, enquanto me preparo para deparar com um sorriso de escárnio num semblante pálido. Quando dou de cara com o rosto sorridente de Angela, meu alívio é óbvio.

— O que foi? — ela pergunta ao entrar.

— Nada de mais — respondo. — Não vejo a hora de acabarmos logo com essa apresentação. — É verdade. Angela pode ser tímida, mas ela lida bem com a parte da interpretação, mesmo quando se trata de atuar usando o vocabulário arcaico de Shakespeare. Para mim, é sempre penoso ter a turma inteira com os olhos em mim, cada hesitação e gesto de nervosismo amplificados.

— Bem, eu peguei emprestados uns trajes do departamento de teatro. Acho que o senhor Nebb vai gostar — conta Angela, subindo a escada comigo. — Portanto, tudo o que está faltando é definir o que vamos dizer, no fim da apresentação, sobre o quanto a cena é "profunda e significativa". E ensaiarmos.

— Eu fiz algumas anotações... — Remexo os papéis sobre a minha escrivaninha.

Quando me viro, Angela está sentada de pernas cruzadas, nos pés da cama, olhando para a gravura do Da Vinci com um ar de admiração.

E eu penso: se eu tivesse morrido na explosão ontem, ela também teria. Ela, Daniel, Jaeda e todo mundo da classe da senhora Vincent. Apagados como os traços de giz em um quadro-negro.

Estive tão distraída com as partes assustadoras e loucas da história de Win que deixei passar isso. Eu não queria acreditar; não queria enfrentar, mas tenho consciência de que o que eu senti ontem foi algo muito significativo. Algo importante e terrível.

Muito possivelmente, só estamos vivos graças a ele. Deve haver um milhão de outras coisas que ele poderia ter "mudado" para distrair os Executores, mas ele escolheu nos salvar.

Isso poderia mudar, não poderia? A qualquer momento, sem aviso prévio. Um arrepio percorre o meu corpo. Ele disse que havia outros Viajantes. Bastaria apenas um pequeno ajuste de alguém, em algum lugar lá fora, para desencadear uma nova sucessão de eventos nos quais eu não exista mais. Qualquer um de nós — eu, Angela, meus pais — poderia simplesmente desaparecer num piscar de olhos, sem que ninguém soubesse a diferença.

— Você está bem? — Angela pergunta e eu saio do transe. Ela está me olhando com aquela ruga de preocupação na testa, e sei que a razão para isso neste momento sou eu.

— Sim — me apresso em responder. — Aqui está. Tem esse lance todo sobre o significado da peça dentro da peça...

Eu me sento ao lado dela, despejando os pontos que anotei, mas não estou nisso por inteiro. Parte de mim está imaginando Win naquele hotel decadente e brega, se preocupando com os amigos *dele*, tentando fazer seus próprios planos. Quem quer que ele seja, seja lá o que ele realmente esteja fazendo, ele é a única pessoa que eu conheço que tem a possibilidade, por mínima que seja, de nos proteger. De deter essas alterações.

E ele acha que eu posso ajudá-lo.

Quando acompanho Angela até a porta uma hora mais tarde, só tenho uma vaga ideia do que decidimos. Enquanto ela caminha até a rua, não consigo deixar de olhar para o céu, para as poucas estrelas brilhantes o suficiente para serem visíveis mesmo contra a poderosa iluminação da cidade. E talvez haja um satélite cheio de cientistas de algum planeta distante cutucando o nosso mundo como se nós realmente fôssemos peixes num aquário. Sinto meu peito apertar.

Tenho medo que tudo isso possa ser mesmo verdade. E, se for, tenho medo do que vai acontecer com a gente a seguir. Win assumiu um risco por mim, disse ele, porque essa sua suposta missão poderia ser a coisa mais importante que ele fará em toda a sua vida. Se for verdade, não consigo pensar em nada mais importante do que isso que pudesse acontecer na minha própria.

Preciso voltar e falar com ele de novo amanhã. Pela primeira vez na vida, eu poderia ter a chance de consertar o que está *errado*.

8.

À s sete e quinze da manhã seguinte já estou saindo pela porta da frente.

— Boa corrida! — meu pai grita da cozinha.

E é o que eu faço, porém não em direção ao parque, para o treino de cross-country. Meio quarteirão depois, diminuo o ritmo de corrida para passadas largas e constantes, deixando a cadência dos meus passos aclarar meus pensamentos, enquanto enveredo pelas ruas que me levam ao Garden Inn.

Na translúcida luz do amanhecer, tudo parece perfeitamente normal. Folhas secas rodopiam pelos gramados, carros trafegam pelas ruas. Vou registrando os detalhes automaticamente: sedan azul, carro esporte dourado, caminhão cinza com uma crista de ferrugem ao longo do para-choque traseiro. Uma melodia popular ecoa através das portas abertas de uma cafeteria; um avião corta o céu deixando atrás de si uma trilha de fumaça.

Quando finalmente chego ao hotel, eu quase espero descobrir que tudo foi um sonho. Mas então a porta se abre e Win sai para a calçada. Meu estômago se contrai ao constatar a sólida realidade da situação.

O cabelo de Win está amassado e seu rosto parece cansado, como se ele tivesse tido tanta dificuldade para dormir quanto eu. Eu tinha avisado que *era possível* que eu viesse hoje. Será que ele ficou esperando ao lado da porta esse tempo todo?

Pelo jeito, ele não estava mesmo brincando quando disse como isso é importante para ele.

Ele sorri para mim e seu alívio transparece apesar do cansaço em seus olhos, e de repente fico impressionada com sua extrema juventude. Com toda certeza, ele tem no máximo um ou dois anos a mais do que eu apenas. E nem consigo imaginar como deve ser estar no lugar dele nessa equação, encalhado no tempo, sendo caçado por ferozes soldados munidos de armas tecnologicamente avançadas.

— Obrigado por ter vindo — agradece ele. — Desculpe ter deixado você tão perturbada ontem.

— Foi muita coisa para digerir de uma só vez — respondo. — Ainda estou meio apavorada.

— Mas você vai ajudar?

— Eu... — Ele não faz rodeios, não é? — Olha, eu não sei em quanto disso tudo eu acredito. Só sei que, se pessoas estão brincando com o tempo, com o que acontece em nossas vidas, eu quero que isso acabe.

— E nós vamos acabar com isso — garante Win. Seu olhar vasculha a rua de alto a baixo. — Você confia em mim o suficiente para entrar agora? Não podemos correr o risco de alguém ouvir o que vamos conversar.

Ele tem razão. Porque nem eu mesma deveria saber.

Ele poderia ter me levado para qualquer lugar, para qualquer época, quando eu entrei debaixo daquele pano com ele ontem à noite. Se o que ele quer de mim fosse algo que pudesse tomar à força, ele teve muitas oportunidades.

— Ok — digo, e o sigo.

Enquanto atravessamos o saguão, eu me lembro de entrar aqui ontem aos tropeções e do horrível chiado da respiração de Win. Minha mão toca o ponto derretido na manga da minha jaqueta. Pergunto:

— Aquelas pessoas que foram atrás de nós no café, os Executores... Eles poderiam descobrir que você está hospedado aqui? Ou onde eu moro, qual a minha escola?

— Eles teriam que nos localizar novamente. É uma cidade grande.

— Mas eles sabiam onde procurar por nós ontem.

— Sim. — Win abre a porta que leva ao corredor dos quartos. — Eu acho que... devemos ter alterado algo acidentalmente na linha do tempo ou no café, e os cientistas perceberam.

Rememoro nosso trajeto a caminho do café.

— Tudo o que fizemos foi entrar e comprar nossas bebidas. Será que eles estavam acessando os registros da cafeteria?

— Pouco provável. Mas teve aquele homem com quem você falou, lembra? O que parecia irritado.

— É verdade. Ele esbarrou em mim e derramou café na camisa. — Eu hesito. — E ele disse algo sobre ter que ficar diante de uma plateia. Isso pode ter sido gravado. Você acha que seus cientistas notariam algo tão pequeno como uma mancha de café numa transmissão de TV?

Pergunta idiota, creio eu, quando se trata de pessoas que podem saltar dois milênios em questão de segundos.

— Os computadores fazem parte do trabalho — responde Win. — Pixel por pixel, seria fácil de pegar.

— Então quanto cuidado eu preciso ter? — pergunto. — Quero dizer, todo tipo de coisa deve ter mudado por toda a cidade se uma bomba que era para explodir não explodiu. Mas, mesmo assim, eles conseguiram descobrir que um pequeno detalhe era importante?

Win para em frente a uma porta no final do corredor e procura a chave no bolso.

— Ah, isso é culpa minha — ele declara.

— Como assim?

— Bem, o que aconteceu no café teria sido uma *nova* mudança — diz ele. — Quando eu parei o homem-bomba, isso deu início a uma diferente cadeia de acontecimentos, um conjunto de dados alterados. Depois de esperar alguns dias, eu pulei de volta para ontem de manhã, para ver se os

Executores tinham percebido e para dar uma outra olhada em você. Não tive a intenção de mudar mais nada e não sabia que eu iria acabar falando com você. O acidente no café desencadeou uma nova série de alterações. Infelizmente, isso os levou direto a nós. Os Executores devem ter questionado o cara, descoberto como ele conseguiu a mancha e qual a sua aparência.

Ele empurra a porta.

— Mas, enquanto eu não fizer mais mudanças aqui, nada mais que você fizer irá se destacar. Tudo vai se misturar na mesma cadeia. Felizmente, eu vou partir em breve, e é a mim que eles realmente querem apanhar.

— E quanto à viagem à Roma Antiga ontem? — pergunto.

— Eles não são capazes de rastrear as viagens no tempo — responde ele. — Isis, a nossa principal tecnóloga, colocou um misturador de frequências em nossos 3T. Para evitar qualquer rastreamento.

— Tudo bem. — Uma coisa a menos para eu me preocupar, acho.

Entro no quarto. Penduradas no nicho do armário, as roupas formam uma fileira bem organizada: alguns pares de jeans e várias camisetas e suéteres em uma ampla gama de tons, do vermelho vivo ao roxo escuro. Não fosse por isso, dificilmente seria possível adivinhar que há alguém hospedado neste quarto. O edredom listrado de azul e verde já está cobrindo a cama impecavelmente, e não há nada espalhado pelo piso acarpetado. O ar reciclado não carrega outra coisa senão um leve perfume do aromatizante de lavanda. Pelo que Win disse, ele se muda tanto — de lugar para lugar e de época para época — que não deve fazer muito sentido se instalar pra valer.

Porque ele não é o universitário descolado que aparenta ser. Ele faz parte da mesma organização estranha que os cientistas sobre os quais estamos falando.

Win gesticula para que eu me aproxime da mesinha com tampo de vidro na outra extremidade do quarto. Ele pega sua bolsa e senta-se perpendicularmente a mim, tirando o tecido negro brilhante de dentro dela.

— É muito simples. Jeanant, a pessoa que construiu a arma e a trouxe para cá, deixou uma mensagem para Thlo, seu braço direito, e que ela só receberia se ele não tivesse sucesso. Para explicar o seu plano, e onde ele iria esconder a arma se tivéssemos que recuperá-la. A mensagem precisava ser vaga, é claro, porque os Executores poderiam interceptá-la, mas ela diz que faz alusão à França e tempos de rebelião.

Minha mente viaja de volta às minhas aulas de História, alguns anos atrás.

— Isso não facilita muito as coisas. Só a primeira Revolução Francesa durou toda uma década.

— Eu sei — diz Win. — É por isso que nós não sabemos exatamente onde procurar. Ele deu algumas outras pistas e, como eu disse antes, ele pretendia fazer pequenas alterações para nos ajudar a encontrar a época e o lugar certos, mas, ainda assim, teve que ser cauteloso. Se os Executores descobrirem onde procurar primeiro e encontrarem a arma antes de nós... — ele faz um gesto, fechando os dedos na palma da mão e, em seguida, abrindo-os rapidamente, simulando uma explosão — todo o seu trabalho seria perdido. Mas é nisso que você pode ajudar. Você, obviamente, já leu pelo menos um pouco sobre a História da França.

Ele levanta a maior dobra do pano como se ele fosse um notebook. Quando aperta os cantos, o tecido se mantém aberto nessa posição. Ele dita um comando em voz baixa, numa língua desconhecida, e a tela que ele usou para programar nosso destino ontem brilha na metade inferior. Ele movimenta os dados, seus dedos manipulando o ar acima da tela como se tecesse fios invisíveis, só tocando o tecido vez por outra. Um quadrado branco desbotado surge na metade superior, onde a tela estaria se aquilo fosse realmente um notebook, e não um grande pano dobrado.

Fico boquiaberta. Trato de me recompor quando Win empurra o computador de pano na minha direção. Os contornos luminosos de um teclado tradicional se formaram na metade inferior. A tela mostra o que parece ser uma janela normal de navegador.

— Entre os sites que você já visitou, tente se lembrar se algum deles lhe causou aquela sensação estranha... a página inteira ou, melhor ainda, alguma parte específica...

— Oh! — exclamo, tentando me recuperar do choque. — Hum, lembra que eu disse que são principalmente coisas novas que me causam a sensação? Na Internet, nada "envelhece". Eu sou a aberração da turma, que vai para a biblioteca e procura coisas nos livros.

— Tudo bem... Então você pode dar uma olhada nos livros que você já leu. O resultado seria o mesmo.

— Talvez. — A questão é que eu leio livros justamente porque eles *não me dão* a sensação. Mas não custa tentar. — E o que acontece, se eu encontrar alguma coisa?

— Você me diz, e isso vai me dar um ponto de partida para seguir o rastro que Jeanant deixou — esclarece Win. — Assim que conseguirmos a arma, podemos partir, concluir a missão de destruir o gerador e ninguém mais será capaz de fazer alterações por aqui.

Olhando para a peça multifuncional de pano, começo a achar a ideia da existência de cientistas de outro planeta mais plausível. E, do jeito que Win falou, seu plano parece perfeito. E é isso que dá margem a uma impertinente dúvida.

Eu não tenho como saber de fato de que lado ele está, não é? Ele me pareceu determinado ontem, com certeza, mas talvez sua missão não seja bem a que ele revelou. Talvez os Executores sejam aqueles que tentam impedir o seu grupo de fazer experimentos com a Terra, e os rebeldes sejam os que alteram tudo.

As únicas mudanças que ele mencionou foram as que ele ou esse tal de Jeanant fizeram. Quem sabe o que ele realmente está procurando durante a Revolução Francesa?

— Você pode provar isso? — questiono, pensando na nossa conversa de ontem à noite.

— O quê?

— Você pode provar isso? — repito. — Que se eu indicar algum ponto da História, seja lá o que você fizer lá vai de fato ajudar a proteger a Terra? Que é mesmo por essa razão que você está aqui?

Win parece genuinamente surpreso, como se ele não pudesse imaginar como alguém poderia pensar de outra maneira; por outro lado, ele também se parece com um verdadeiro ser humano, enquanto afirma ser um alienígena.

— Você ainda não acredita em mim — ele conclui.

— Eu acredito que você pode viajar através do tempo — justifico.

— Eu acredito que *alguém* está brincando com a História. Entretanto, por que eu deveria acreditar que a razão para visitar a França na época da Revolução não é apenas para que mais alterações sejam feitas?

Ele abre a boca e depois a fecha novamente. Então, seu rosto se ilumina. — Eu posso mostrar — ele afirma, pegando o computador de pano. — Eu posso mostrar o quanto isso é importante para nós, como estamos empenhados para libertar a Terra.

Ele belisca alguma coisa na parte inferior do computador e o navegador da Internet desaparece. — Todo aquele que se junta ao nosso grupo assiste a essa gravação — continua ele, com um tom de reverência na voz. — É uma... creio que se pode chamar de uma declaração de compromisso com a missão. Trata-se de um discurso que Jeanant fez uns anos antes de vir para cá para pôr seu plano em prática.

Uma imagem clara se materializa na tela. Win gira o computador de pano de volta para mim.

A gravação é centrada num homem, mostrado da cintura para cima, na frente de um fundo de mármore claro pontilhado com pequenas reentrâncias. A borda angular de alguma coisa que eu não consigo precisar bem o que é, mas parece pertencer a uma peça de mobiliário, corta o canto inferior direito da imagem. Isso e o tecido fino, sem costura e de textura extremamente delicada da camisa que o sujeito está usando me dá a sensação de que a gravação poderia muito bem ser de outro mundo, embora o cara pareça tão humano quanto Win.

O cara — Jeanant, o tal líder sobre o qual Win tem falado — não parece ter mais do que vinte e poucos anos. Seu cabelo preto encaracolado amontoa-se sobre as orelhas quando ele balança a cabeça, e sua pele bronzeada reflete a luz uniforme. No entanto, é a sua postura que prende a minha atenção. Dos ombros aprumados até a inclinação da cabeça, ele exala uma firme determinação, como se estivesse exatamente onde precisa estar.

Então ele começa a falar, num tom de voz grave que me chega através dos invisíveis alto-falantes do computador de pano, nas entrecortadas, ainda que reverberantes, sílabas do que poderia ser uma língua alienígena. Após um segundo, uma tradução computadorizada para o inglês entra em ação e essa voz mecânica sem entonação passa a se misturar com a voz de Jeanant.

— Não importa onde nasceram, quem são seus antepassados, o que está escrito em seu código genético — diz ele. — Todo ser consciente que pensa e sente merece o nosso respeito. Cada um deles merece a chance de determinar o curso de sua própria vida, sem manipulação externa. Porque não importa o que alguns de nós gostem de dizer, eles têm sua própria mente, com suas próprias e singulares concepções do universo, que são tão válidas e significativas como as de qualquer outra pessoa.

Ele pontua seu argumento com um movimento das mãos.

— Olhem para esses seres e lembrem-se de que eles poderiam ter sido nossos amigos — continua ele. — Poderiam ser nossos professores, de um jeito muito melhor do que o modo como são usados agora. Mas não até que façamos a coisa certa e os libertemos do que não passa de uma forma de escravidão. E nós podemos fazer isso. Podemos não ser a maioria, mas, se aprendemos alguma coisa com todos os nossos séculos de estudo, é que um pequeno grupo pode fazer a diferença. Repetidas vezes, nos incontáveis dados reunidos, já vimos isso acontecer. Cada um de nós nesta sala é válido e digno também e, trabalhando juntos, podemos nos tornar algo poderoso. Se tivermos a coragem de correr esse risco, de questionar aqueles que nos mantêm presos nos mesmos velhos padrões, poderemos nos tornar algo tão incrível que faremos nossas vidas tomarem um rumo completamente diferente, do qual poderemos nos orgulhar. Alguém aqui pode pensar num objetivo melhor do que esse?

Suas palavras ecoam dentro de mim. *Não*, penso. Isso é o que tenho desejado mais do que tudo, por toda a minha vida: ser poderosa o suficiente para corrigir todos os *errados* inexplicáveis à minha volta. Para fazer minha vida tomar um novo rumo sem eles.

A gravação congela. Consigo desgrudar os olhos da tela. Win tem os olhos fixos na imagem, como se o discurso de Jeanant o tivesse atingido tão profundamente quanto a mim. Acho que se há um cara no universo inteiro que merece ser seguido, esse cara é Jeanant. Não acho que eu já tenha visto outro alguém com uma *certeza* tão palpável, e tão apaixonado em sua convicção.

— O que você acha agora? — Win pergunta em voz baixa. Acho que, se Win está ajudando Jeanant a atingir a meta que propôs, eu também estou nessa. E acho que a óbvia admiração em seu rosto seria uma coisa difícil de forjar. Entretanto, não posso deixar de perguntar:

— Então, por que *você* está aqui? Por que isso é tão importante para você a ponto de fazê-lo vir até aqui?

— Concordo com ele que é errado o modo como temos tratado este planeta — Win responde, dobrando o pano e metendo-o na bolsa. — E... colocar um ponto final nas Viagens também vai ajudar o nosso povo. Lá, de onde venho, não temos o que vocês têm aqui. A comida, as árvores, o sol! Tanto espaço... — Ele olha através da janela com genuína admiração, e eu me lembro do meu primeiro vislumbre dele na escola, com o rosto voltado para o céu. — A maneira como vivemos, não é como as pessoas deveriam viver. Não sei como alguém pode se sentir confortável lá. A Terra também não é um verdadeiro lar para mim, mas aqui eu posso, pelo menos, me sentir mais *eu mesmo*. Como deveria ser.

Ele prossegue:

— Pelo menos posso ter isso de vez em quando. Todos os demais, todo mundo que não é um Viajante... meus pais, meu irmão, meus amigos... se as coisas continuarem como estão, eles não vão chegar a ver ou sentir nada assim, nunca. Mas, quando destruirmos o gerador de campo de tempo, todos os cientistas lá em cima *terão* de ver que é hora de se concentrarem em melhorar a nossa situação em Kemya, em vez de focar em outro planeta. Então todos nós poderemos ter um mundo como este, um dia.

Tento imaginar um planeta sem árvores, sem sol, sem espaço. Ele pinta o mundo dele como um lugar horrível. Mas, se é tão ruim assim, por que seus cientistas preferem fazer experiências conosco a procurar corrigir os problemas do seu próprio planeta?

A pergunta deve parecer ceticismo em meu rosto. Antes que eu possa perguntar, Win acrescenta às pressas:

— E haveria alguns benefícios imediatos para mim e minha família. Thlo terá muita influência no Conselho quando isso acabar. Se eu conquistar o respeito dela, teremos muito mais opções. Nós não somos considerados dignos de muito agora. Tenho sorte de terem me aceitado no treinamento para Viajante... não há jeito de eu ir mais longe, a menos que eu faça algo grande o suficiente para que eles me levem a sério.

Ele baixa o olhar, torcendo a alça da bolsa entre as mãos. Gostaria de saber se está com vergonha de admitir a posição de sua família ou que seus motivos não são totalmente altruístas. O engraçado é que sua confissão afasta o restinho de dúvida que eu ainda tinha. Ele não precisava me dizer isso. Poderia ter fingido que sua motivação eram os grandes atos heroicos. Se estivesse mesmo fingindo.

De certa forma, queremos a mesma coisa. Viver como as pessoas devem viver, num mundo que é *certo*. Eu não sei o que aconteceu com o planeta dele para que as coisas estejam tão ruins lá, mas sei o que é se sentir em desacordo com o seu entorno, não ter nada com que você possa contar, e consigo ouvir o eco disso em sua voz. Sei que eu faria qualquer coisa para corrigir isso.

— Ela vai ficar muito impressionada se você levar a arma sozinho para ela, não é?

— Eu diria que sim. — Ele ri e ergue os olhos para mim. — Então, você vai verificar os livros para ver se nota alguma coisa?

Salvar o mundo indo para a biblioteca. Não parece tão grandioso quanto o discurso de Jeanant, mas ainda não tenho certeza se estou pronta para lidar com qualquer coisa grandiosa.

— Acho que não custa tentar. — Eu me levanto. — Posso dar uma passada na biblioteca depois da escola, hoje. Supondo que os Executores não vão me dar um tiro antes.

É uma tentativa de fazer piada, mas não tem a mínima graça. Principalmente porque tenho certeza de que a mulher pálida *vai* mesmo me dar um tiro caso volte a me localizar.

Quando me viro para sair, Win se levanta.

— Espere. Tome. É melhor você levar isto.

Ele tira o blazer e levanta a manga da camiseta. Há uma tira fina e prateada em torno do seu braço. Parece metal sólido, mas, quando ele a puxa, ela se divide em uma longa faixa que balança como um talharim. Ele a oferece a mim.

— Coloque isto em torno do braço ou do tornozelo — ele pede. — Se alguém que não é da Terra ficar a cerca de trinta metros de você, isto vai começar a vibrar e não vai parar até que se afaste novamente. Foi como eu soube que os Executores estavam do lado de fora do café ontem, antes de aparecerem. Eles estão patrulhando a cidade, isto vai ajudá-la a ficar fora do caminho deles.

O material é mais suave do que seda e firme como aço entre os meus dedos. Como isso é possível?

Alienígenas, penso, e, pela primeira vez, a palavra não me dá vontade de rir. Não consigo pensar em outra explicação que se encaixe.

Deslizo a tira em volta do meu tornozelo direito. Assim que as extremidades se tocam, elas se fundem. A tira de metal macio assenta imóvel e suavemente contra a minha pele.

— Essa coisa não está fazendo nada agora, e você está a menos de trinta metros de distância de mim — eu observo, enquanto puxo a meia sobre ela.

— O dispositivo está sintonizado para mim — Win esclarece, com um sorrisinho. — Não adiantaria muito se ele ficasse vibrando o tempo todo por minha causa.

— Certo. — Porque este é dele, ele o tirou do braço para me emprestar, em vez de me oferecer outro. O que significa que ele provavelmente não tem um de reserva. Ele disse que não tem um monte de equipamentos. Eu paro com as mãos ainda no tornozelo. — *Você* não precisa dele?

— Posso fugir mais rápido do que você, se os Executores me encontrarem — ele acrescenta, dando uma palmadinha na bolsa. — E você pode ser a chave para rastrear as pistas de Jeanant, eu não correria o risco de que algo acontecesse a você. De qualquer forma, vou ficar aqui a maior parte do tempo.

Esperando por mim para apresentar um relatório. Como se tudo dependesse de mim. Endireito o corpo.

— Você não tem outras tarefas?

— Não exatamente. A maior parte do trabalho consiste em simplesmente ficar de olho nas coisas: acompanhar os noticiários, realizar buscas na Internet. No caso de haver alguma alteração.

— Enquanto todo mundo está na França.

Ele dá de ombros, de um jeito que me parece forçado.

— Alguém tinha que ficar aqui. Eu sou o mais novo recruta. É assim que as coisas são.

O mais novo recruta e, pelo que ele disse, um do qual o seu povo espera menos por algum motivo relacionado à sua família. A julgar pela tensão em sua postura, eu me pergunto se ele suspeita de que seja esse o maior motivo.

— Bem, obrigada — agradeço, olhando para o meu tornozelo.

Win coloca a mão sobre a minha, nas costas da minha cadeira.

— *Eu* é que agradeço — ele se adianta. — É graças a você que eu tenho uma chance de resolver isso.

Sinto um formigamento na pele. A mão dele está quente, mas não é só isso. Ela parece estar, inexplicavelmente, mais *ali* do que qualquer outra coisa, ser mais real do que o encosto da cadeira sob a palma da minha mão, do que a manga do meu casaco roçando o meu pulso. Como se os seus dedos pudessem afundar nos meus.

O pensamento me faz estremecer e Win retira a mão.

— Está tudo bem — deixo claro. — Foi só uma coisa estranha que eu senti. Em você e nos Executores ontem, também. Acho que é uma... coisa alienígena.

Ele franze a testa.

— Que tipo de "coisa alienígena"?

— Eu não sei — respondo, fazendo um gesto com a mão, como se aquilo não tivesse importância. Eu estou meio sem jeito agora, como se acabasse de apontar uma marca de nascença feia que eu deveria fingir não perceber. — Não é nada de mais. É só que... quando olho para você e o toco, você parece que está mais aqui, entende? Mais sólido do que todo o resto. Não é nada de mais.

Estou pronta para ir embora, mas o olhar no rosto de Win me detém.

— Ah... — ele se surpreende. — Você consegue sentir isso também?

Um arrepio corre pelas minhas costas.

— O quê? O que é que tem?

— Mais uma razão de por que é importante determos as mudanças logo. — Ele parece procurar as palavras. — Sabe... as fitas de vídeo que os terráqueos costumavam usar? Se você copiar a gravação de uma fita para outra e depois fizer uma cópia dessa cópia para uma terceira fita, e continuar fazendo isso, cada vez que o vídeo é copiado, ele perde alguma coisa. A imagem começa a ficar menos nítida, não é?

— É — concordo, pensando na estática nos vídeos caseiros dos meus avós.

— É mais ou menos a mesma coisa com as mudanças de tempo — Win explica. — Toda vez que o mundo é reescrito, os átomos e as suas ligações se rompem. Quando isso acontece uma ou duas vezes, não se consegue nem mensurar a alteração. Entretanto, isso vem se repetindo há milhares de anos. O equilíbrio está começando a ser abalado: estão acontecendo mais terremotos, mais secas, mais doenças, mais instabilidade em todos os sentidos.

— O desânimo transparece na voz dele. — O tecido que sustenta a vida neste planeta está se rompendo.

9.

Deixo Win e seu quarto de hotel para trás quando vou para a escola, mas suas palavras não me saem da cabeça. A névoa da manhã permanece nas ruas, encobrindo a cidade. Eu me pego tocando as coisas por onde passo — gradis, postes, troncos de árvores —, para me certificar de que ainda são reais. Para me tranquilizar com a sua superfície sólida sob os meus dedos.

O povo de Win supostamente vem mudando a história do nosso planeta há milhares de anos. E o planeta tem aguentado firme esse tempo todo. Então a Terra não vai se desintegrar de uma hora para outra se sofrer mais uma alteração.

Mas não posso deixar de pensar em todos os desastres naturais noticiados nos últimos anos. Mudanças climáticas catastróficas, novos surtos de gripe, tsunamis, furacões. *O equilíbrio está começando a ser abalado.* Quanto tempo o planeta ainda vai resistir? Tudo que Win faz, cada alteração que seu grupo de rebeldes causa, cada mudança provocada pelos Executores ao tentar pegá-los, tudo isso significa reescrever uma vez mais a história do planeta, não é? Eu já posso ter revivido essa caminhada para a escola uma dezena de vezes e não saber disso.

A ideia me deixa com o estômago embrulhado. Meto a mão no bolso buscando a minha pulseira e giro todas as dez contas. Depois que termino, continuo apertando-a contra a palma da mão, como se ela pudesse me ancorar a este lugar. A este agora.

Talvez eu possa fazer mais desta vez. Mais do que escapar para os meus números e rituais e esperar a sensação desagradável passar. Eu não quero cruzar os braços e deixar o mundo desmoronar.

E se Win estiver certo e eu puder mesmo notar alguma pista no passado? Se encontrar essa pista para ele significa que Win e seu grupo vão poder colocar um ponto final em todas as alterações, em todas as "regravações", e a sensação de *errado* irá embora, então, uma vez que eu tenha feito isso, não teria mais que fingir ser normal: eu simplesmente *seria* normal.

Minha mente volta ao discurso de Jeanant. *Poderemos nos tornar algo tão incrível que faremos nossas vidas tomarem um rumo completamente diferente...*

Espero que isso seja verdade.

A visão de tráfego mais pesado à frente me empurra de volta ao presente. Para chegar à escola a partir do hotel Garden Inn, tenho que atravessar a Michlin Street, onde os Executores nos perseguiram ontem.

Permaneço nas ruas laterais até estar cinco quadras além do café, e depois atravesso a rua rápida como um raio, olhando para os dois lados da rua. Nem sinal da mulher pálida ou do seu capanga. Sigo para o bairro residencial do outro lado e viro outra esquina. Assim que as lojas estão fora de vista, relaxo. Ok, a parte mais difícil já passou!

Dou mais uns dois passos, quando a tira metálica ao redor do meu tornozelo começa a vibrar.

Eu vacilo e depois congelo no lugar. Um homem está saindo de uma casa na rua com sua filha pré-adolescente, mas parece improvável que os Executores viajem com crianças. Win disse que o alcance do alarme era de cerca de trinta metros. O alienígena, seja quem for, pode estar fora da vista, depois de um cruzamento ou em alguma entrada de garagem.

Meu braço contrai no ponto onde a mulher pálida atirou em mim. O que vão fazer comigo se me virem de novo?

A vibração da tira metálica atinge um tom mais alto. Suponho que isso significa que eles estão se aproximando. Giro ao redor. Não sei de que lado eles estão vindo. As árvores e arbustos parecem muito expostos, mas, na metade do quarteirão, vejo dois carros estacionados próximos um do outro, perto de uma lata de lixo deixada na calçada.

Disparo para lá e me abaixo entre os carros. Com um puxão, arrasto a lixeira para o espaço entre eles. Agora estou oculta de três lados, pelo menos.

A vibração em meu tornozelo tornou-se um zumbido silencioso, porém frenético. Agacho ali entre os para-choques, o fedor azedo de lixo velho se misturando com o cheiro oleoso dos carros. Um portão range. Um SUV passa por mim.

Passos rápidos martelam contra o concreto, vindo na minha direção.

Eu me abaixo mais, agarrando a minha pulseira. Tudo que preciso é que eles passem direto por mim, sem que me vejam. Basta que passem por ali e sigam adiante, e tudo vai ficar bem.

Os passos soam como se estivessem quase em cima de mim quando, de repente, param abruptamente. Por alguns segundos, só escuto o ruído do tráfego distante.

Espreito pelo espaço estreito entre a lata de lixo e o para-choque do sedan marrom, e meu coração dispara. É o homem que estava com a mulher pálida ontem, estou quase certa disso. Minha atenção concentrou-se principalmente nela, mas ele está usando um casaco azul-marinho parecido. E ele se destaca contra o gramado atrás dele como se fosse colorido e o fundo apenas preto e branco. Mesmo que seja outro cara, acho que ele não é humano.

Ele vira a cabeça, rastreando algo do outro lado da rua. Sua mão desliza sob o casaco, para onde suspeito que sua arma esteja escondida. Inclino-me apenas o suficiente para avistar a calçada oposta. Uma jovem com cabelo castanho-claro caminha devagar, esperando seu cachorrinho Yorkshire, que fareja os gramados.

Olho para trás, para o homem, a tempo de ver sua expressão mudar da aversão para o desapontamento. Sua mão pende ao lado do corpo. Ele pensou que a jovem fosse alguém em que ele poderia precisar atirar, mas...

Alguém do sexo feminino e jovem, com cabelo castanho-claro. Mordo o lábio. A garota é um pouco mais velha do que eu e seu cabelo é mais comprido e acinzentado, mas, de longe, considerando que ele só me viu de relance antes, posso entender o motivo de sua confusão.

Definitivamente, eles não estão atrás apenas de Win.

Encolho-me ainda mais, com o rosto contra os joelhos. Se o homem olhar para a lata de lixo...

Seus passos passam por mim e depois param de novo. Mas é apenas uma pausa rápida antes de ele continuar andando. Fico ali, toda encolhida, enquanto o som de seus passos vai desaparecendo. A vibração da tira metálica diminui junto com eles. Depois de um minuto, ela cessa. Conto mais sessenta segundos antes de espiar por cima do porta-malas do carro, na direção que o homem seguiu. Ele se foi.

Sigo uma rota ligeiramente tortuosa pelo restante do caminho para a escola, correndo ao longo das ruas e, finalmente, disparando na direção da entrada principal. A tira metálica não volta a vibrar. Lá dentro, eu me encosto contra a parede e recupero o fôlego. Eu me sinto tão esgotada quanto estaria se houvesse passado a última hora treinando cross-country.

Não faz nem uma hora desde que estive com Win e, mesmo com o encontro com o Executor, cheguei vinte minutos adiantada.

Eu só quero me esgueirar para o banheiro, me fechar num cubículo e ficar lá sentada, apenas respirando e descansando por um tempo. Mas, quando consigo me descolar da parede, meus olhos batem na placa no final do corredor, acima da porta da biblioteca. Quanto mais cedo eu encontrar o que Win precisa, mais cedo ele poderá seguir em frente com sua missão... e levar os Executores com ele.

Recompondo-me, entro na biblioteca e vou direto para a seção de História. França. Época da Revolução. Não me lembro quais exatamente consultei para o meu trabalho. Uns poucos livros se concentram na primeira, e mais conhecida, Revolução Francesa, e vários outros cobrem o período geral. Puxo um, depois outro, folheando-os.

Nada neles me impressiona. Bem, ainda tenho a biblioteca pública. Muitas vezes, vou direto para lá para fazer minhas pesquisas, porque eles têm um acervo muito maior.

E se eu não encontrar nada lá também? Já posso imaginar a cara de decepção de Win. Ele tinha tanta certeza de que eu poderia ajudar. Mas, talvez, a minha sensibilidade não produza nada de bom para nós, nem para o mundo, no final das contas. Talvez nós dois tenhamos que simplesmente ficar de braços cruzados, esperando e torcendo para que alguém melhore as coisas.

Essa possibilidade me assombra durante todo o caminho para a aula de Direito. Eu preciso me deparar com o olhar perplexo no rosto de Angela quando eu me deixo cair na cadeira ao lado dela para emergir dos pensamentos que me ocupam a mente.

— Tudo bem, Sky? — ela pergunta. — Bree me disse que você perdeu o treino desta manhã.

Meu estômago se contrai. Nada está bem. E, embora Angela tire de letra a minha patente estranheza, suspeito que alienígenas viajantes do tempo possam estar manipulando qualquer coisa.

Desvio o olhar. Os caras do futebol estão fazendo palhaçadas no fundo da sala. Jaeda está olhando para eles, com o queixo escondido por sua gola alta e ampla e as sobrancelhas arqueadas, achando graça. Daniel está sentado em seu lugar, do outro lado da sala, próximo da parede, batendo a ponta da caneta contra os lábios, enquanto seu vizinho aponta algo no livro didático.

Ao olhar para ele, algo me ocorre. Toda sensação de *errado* que tive... Era um sinal de que as coisas haviam sido diferentes antes. Quer dizer que aquela vez em que ele se inclinou para me beijar e o poste elétrico me assustou... houve outra vez em que isso não aconteceu? Que ele me beijou? E depois?

Quem sabe o que poderia ter acontecido, em outra versão da minha vida?

Claro que a outra versão, sem qualquer mudança, provavelmente teria envolvido todos nós explodindo dois dias atrás.

Mas nós não explodimos. Nada explodiu, ninguém morreu, Daniel nunca foi meu namorado. Esta é a vida que eu tenho agora. E, tanto quanto qualquer outra pessoa sabe, tanto quanto Angela sabe, é a única vida que já tivemos. Encontro os olhos da minha melhor amiga novamente. Mesmo que eu achasse que ela iria acreditar em mim, por que eu iria querer que ela se sentisse tão mal como eu estou me sentindo, sabendo o que eu sei?

— Eu acordei com dor de cabeça — minto, odiando a facilidade disso. — Demorou um pouco para os analgésicos fazerem efeito. Mas estou bem agora.

Aquela ruga aparece em sua testa. Antes que ela insista para descobrir mais, mudo de assunto.

— Então quer dizer que você vai nos colocar para trabalhar novamente na hora do almoço? Por enquanto, a decoração do baile está ficando sensacional.

— Você acha mesmo? — ela busca confirmação, toda alegre. — Estamos quase terminando. Quero tirar algumas fotos fantásticas na sexta-feira.

— Vai ser incrível.

Nossa conversa é interrompida quando a senhora Vincent entra na sala de aula a passos largos, mas, durante toda a aula, sinto Angela me observar, como se estivesse procurando sinais de que não estou bem. Por isso dou o melhor de mim para aparentar que estou *perfeitamente bem*. Quando nós cinco nos reunimos na sala de arte na hora do almoço, rio com os relatos dramáticos de Lisa das mais recentes travessuras de seus irmãos gêmeos e dos comentários secos de Evan. Comemoro quando Bree me conta que Rob cumprimentou-a pela boa corrida após o treino de cross-country, e me junto a Angela para insistir que ela o chame para sair imediatamente. Colo mais flores e pinto lâmpadas com tinta carmesim, enquanto o ar se enche de fumaça ácida.

Mas não importa o quanto eu me esforce para me distrair com nossa conversa, minha atenção não está ali. Parte da minha mente está de novo com Win, ouvindo-o explicar como o tecido do mundo está desmoronando. Quando cruzo os tornozelos, percebo o suave peso da tira de alarme. Quanto tempo até ela começar a vibrar de novo?

— Lisa, Evan e eu estamos indo até a Michlin Street comer umas tortas — Bree me comunica, quando estamos saindo da aula de ciência da computação, a nossa última matéria do dia. — Você quer vir com a gente?

A lembrança da corrida frenética de ontem invade a minha mente.

— Ah — digo —, eu... eu realmente preciso terminar o relatório do laboratório. Gostaria de poder ir.

Ela me dá um empurrãozinho.

— Você se esforça demais, sabia? Dá um tempo.

— Vou dar — respondo. — Amanhã. — Supondo que o mundo ainda esteja inteiro até lá.

— Vou cobrar isso de você — ela me avisa, sorrindo, antes de se virar e seguir pelo corredor, em direção ao seu armário.

Angela está enfurnada na sala de arte, dando os retoques finais em seus enfeites, então não tenho que dar desculpas a mais ninguém antes de dar o fora dali. Ando rápido durante todo o caminho até a biblioteca local. Felizmente, onde quer que os Executores estejam agora, seus caminhos não se cruzam com o meu. Atravesso como um raio as portas duplas da biblioteca sem ser incomodada.

Lá dentro, serpenteio por entre as fileiras de mesas de madeira e a escada, com o seu gasto carpete cinza. Uma dupla de funcionárias está conduzindo um grupo de crianças pequenas até a seção infantil. Passo apressada por elas, rumo à seção de não ficção. Os números de catálogo nos rótulos amarelados rolam diante de meus olhos enquanto me aventuro nas profundezas tranquilas entre as prateleiras. Aqui está: História... História da Europa... História da França. Minha mão pousa sobre as lombadas encapadas de plástico.

Nenhum deles me parece especialmente familiar. Eu sei que folheei um monte de livros tentando encontrar boas fontes para o meu trabalho, na esperança de encontrar uns dois que não fossem muito áridos, para que eu conseguisse extrair um genuíno prazer em sua leitura, enquanto fazia a minha pesquisa. Levei uma grande pilha deles para uma das mesas e avaliei-os um por um, verificando o sumário, lendo as primeiras páginas...

Minha memória retrocede de volta àquela pilha irregular de livros, às conversas em voz baixa em torno de mim, à almofada áspera da cadeira e... uma pontinha de pânico se instala. Ali. Eu estava sentada ali. Um volume fino, cheirando a mofo, aberto diante de mim, reconfortantemente antigo; um sentimento de que fui traída quando uma série de palavras numa página desperta o refrão de *errado, errado, errado*.

Fico olhando para os livros na minha frente. Havia alguma coisa, então. Uma mudança, a pista de que Win precisa.

Qual deles foi? E se não estiver aqui?

Alguma parte do meu cérebro, obviamente, não esqueceu aquela inesperada traição por parte da História, porque, enquanto dou um passo atrás, examinando as prateleiras, meus olhos se cravam direto na lombada alta e fina, cor de vinho com letras brancas. *Revoluções Francesas Subsequentes*.

Aquele. Peguei-o na época, pensando que poderia ser interessante me concentrar nos conflitos posteriores, menos estudados, sobre como a primeira revolução de fato não resolveu todos os problemas que o povo esperava que resolvesse. Meus dedos se retesam antes de puxar o livro da estante.

Eu nunca provoquei deliberadamente uma sensação de *errado* antes. Faz muito mais sentido evitá-las. Mesmo que sejam apenas algumas palavras em uma página, mesmo que eu agora tenha razões para acreditar que essas sensações não vêm de alguma falha no meu cérebro, mas de uma percepção real, minha mão se retesou. Escolho um canto isolado e me sento no chão, abrindo o livro sobre o meu colo.

Passo os olhos rapidamente sobre o sumário e viro a página para a introdução. Meus olhos voam direto para o segundo parágrafo.

Apesar da segunda e da terceira revoluções francesas serem comumente identificadas como dois eventos separados, é claro que a Revolução de julho de 1830, conhecida como Os Três Dias Gloriosos, foi, em muitos aspectos, uma precursora direta da...

O "Três" salta aos olhos e me nocauteia. Pisco, um fantasma de meu desconforto anterior passando por mim. Não sinto isso como uma traição apenas porque a História normalmente é uma coisa segura para mim. Parece-me uma traição porque considero o três o meu número, o número que afasta a sensação de *errado*. Mas, desta vez, o *três* é que estava errado.

Porque alguém alterou isso.

Controlo a minha inquietação e ponho-me de pé. Tenho que mostrar isso para o Win. Talvez seja tudo de que ele precisa.

Passo pelo procedimento para a retirada do livro no piloto automático, já contando os quarteirões para o Garden Inn na minha cabeça. Estou tão concentrada nisso, e em como vou evitar os Executores se ainda estiverem patrulhando, que a mão que toca o meu ombro enquanto me dirijo para a saída da biblioteca me pega completamente de surpresa. Eu me viro rápido e o livro escorrega das minhas mãos, forçando-me a agarrá-lo no ar para não deixá-lo cair. E ali está Win, sorrindo timidamente para mim.

— Eu não queria assustá-la — ele assegura. Seu olhar mergulha para o livro e sua expressão fica séria. — É isso? Você encontrou alguma coisa?

Ele está parado bem no meu espaço pessoal, tão próximo e *real* que meus pulmões se comprimem e eu tenho que dar um passo atrás.

— Como foi... você esteve me seguindo o tempo todo?

— Você disse que iria a uma biblioteca depois que suas aulas terminassem — diz ele. — Esperei lá fora para ver qual delas, mas não quis distraí-la. Então, encontrou alguma coisa?

Acho que ele não está completamente por dentro das regras de etiqueta básicas dos seres humanos, tal como a de que seguir garotas por aí sem avisá-las é bastante assustador.

— Acho que sim — respondo, subitamente hesitante. Quero ouvi-lo exclamar que eu mandei bem, que eu forneci a peça que faltava e que vai garantir a segurança da Terra. Mas e se eu não consegui? E se for apenas mais um impulso sem sentido? — Eu não sei se é o que você estava procurando, mas alguma coisa parece fora de lugar.

Uma dupla de garotos esbarra em nós ao atravessar a porta. Win faz sinal para que eu o siga. Enquanto desço os degraus, a tira de alarme começa a vibrar contra o meu tornozelo. Eu congelo.

— Ele disparou — anuncio. — O alarme.

— Você quer dizer agora?

— Sim.

— Volte, então. — Ele agarra meu pulso como fez no café ontem, puxando-me através das portas da biblioteca. Poucos passos depois da entrada, a vibração na tira cessa.

— Parou — digo e ele balança a cabeça, sem parecer particularmente tranquilo.

— Podemos estar bem — ele fala —, mas é melhor nos manter em movimento. Avise-me se o alarme disparar de novo. Sabe dizer se este lugar tem outra saída?

— Acho que há uma daquele lado — aponto.

Contornamos o balcão da recepção e a escadaria, e depois passamos por uma porta menor, que dá para um gramado pontilhado por mesas de pedra com tabuleiros de xadrez no tampo. Continuamos andando, descendo a calçada. A tira de alarme não está vibrando.

— Tudo bem? — Win pergunta. Confirmo com a cabeça. — O que você encontrou?

Eu quase havia me esquecido. Puxo o livro de onde eu o venho mantendo, aninhado debaixo do braço, e o abro na página certa. Win vira uma esquina e eu me apresso para emparelhar com ele.

— Isso — falo, apontando a frase. — *Três Dias Gloriosos*. O número parece errado.

Win tira o livro das minhas mãos, parando de repente para olhar para ele.

— Os Três Dias Gloriosos. Começando em 27 de julho de 1830, em Paris. É um detalhe tão pequeno, que nem faz parte do principal período revolucionário, e deve ser por isso que os outros não conseguiram descobrir esse tempo todo. — Ele faz uma pausa, olha em volta e começa a andar novamente. — Mas tudo bem. Eu mesmo posso verificar.

— Você não pode contar a seus amigos para que eles possam ajudar?

— A comunicação através do tempo é difícil — ele explica. — E todo o nosso pessoal foi reunido extraoficialmente, por baixo dos panos. Como eu disse antes, nosso equipamento é limitado. Isis nos forneceu dispositivos que podem enviar sinais entre nós, mas o máximo que eles conseguem fazer é tirar a pessoa do que ela está fazendo e marcar um encontro para poder conversar apropriadamente. Pelo que sei, Thlo já percebeu essa parte e deve estar muito à frente, e eu só os estaria atrasando. Não vou chamá-los até que tenha algo concreto.

Olho para o livro.

— E, tem outra coisa, acho... Você disse que há Viajantes oficiais mudando as coisas o tempo todo também. Não dá para saber se foi Jeanant quem fez essa alteração.

— É muito provável que tenha sido ele — diz Win. — Os Viajantes regulares não costumam alterar coisas tão antigas. Houve alguns erros, no início, em que uma pequena mudança alterou séculos de História de uma forma que ninguém esperava, e não há um jeito fácil de consertar as coisas. Por isso os cientistas restringiram as experiências para tentar minimizar a amplitude do impacto. Ninguém autorizado estaria fazendo mudanças quase duzentos anos atrás.

— Mas talvez eu esteja percebendo algo que foi alterado na época anterior à proibição dos cientistas, então — observo.

Ele faz que não com a cabeça.

— *Você* só tem condições de perceber as mudanças que foram feitas por Viajantes na sua própria época, durante a sua vida. Mudanças de coisas que você já experimentou uma vez e que foram então reescritas. As alterações que alguns Viajantes fizeram centenas de anos atrás, já estavam em vigor antes de você nascer. Você não é capaz de perceber a diferença com essas. Entretanto, Jeanant veio para cá durante a sua época, ele está fazendo as alterações agora. Tenho praticamente certeza de que é ele.

O pensamento de milhares de anos de mudanças que eu não tenha notado, por cima das pequenas alterações que consigo identificar, me oprime. Levo uns segundos antes de perceber que Win ainda está olhando para mim, me observando com uma apreciação sincera que faz minhas bochechas corarem. Ele fecha o livro e o devolve para mim, voltando a sorrir.

— Você é incrível.

Seus dedos roçam os meus com uma *realidade* esmagadora, e seus olhos brilham enquanto ele sorri para mim. Meu coração dispara.

Então ele para no meio do caminho, olhando para as casas das redondezas enquanto puxa a bolsa. A bolsa que contém o seu 3T.

Tudo bem. Porque ele não é um cara normal, que eu conheci na escola; ele é um alienígena. Um alienígena que provavelmente só está satisfeito comigo porque fui útil para ele.

O que quer que tenha havido de agradável naquele momento é engolido pelo meu embaraço.

Win não parece ter notado. Ele tamborila a parte de cima de sua bolsa e, em seguida, inspira profundamente. Seu olhar volta a se encontrar com o meu. — Skylar — ele diz —, eu quero que você venha comigo.

10.

Se eu não estivesse tão abalada, provavelmente teria percebido imediatamente o que Win quis dizer.

— Ir com você... para o hotel? — pergunto, e ele ri.

— Para a *França* — ele responde.

Para a França. Para Paris, 27 de julho de 1830.

Relembro a minha primeira viagem através do tempo: a trepidação, a queda vertiginosa, a enxurrada de luzes e sons, areia e sangue. Meus dedos procuram o meu bolso, pressionando as contas da pulseira contra o meu quadril.

— Tenho que encontrar a trilha que Jeanant deixou para nós — Win está dizendo. — Se chegarmos lá rápido o suficiente, talvez você seja capaz de sentir o que mais ele fez.

Já estou balançando minha cabeça negativamente:

— Não sei se consigo repetir a dose.

— Claro que consegue — encoraja Win. — Depois que se viaja no tempo a primeira vez, as viagens seguintes não parecem tão ruins.

— Mas... vai ter uma revolução acontecendo. Não apenas lanças e flechas, mas armas. Balas voando. Baionetas golpeando e cortando.

— Não vamos pular direto para o meio dela — Win explica. — Não sou descuidado. Vamos começar pelo início, antes de a luta começar, e nos manter longe das áreas mais perigosas. O 3T tem todas as informações de que precisamos para isso.

E se a trilha de Jeanant nos levar direto para as áreas perigosas?

— Você não precisa realmente de mim agora, não é? — observo. — Você sabe para onde ir, você tem suas pistas ou seja lá o quê. Você está treinado para toda essa coisa de viajar no tempo. Eu não tenho a mínima ideia do que estou fazendo.

Win deixa escapar uma bufada.

— Eu sei — diz ele. — Mas eu estarei lá para me certificar de que você fique bem. E ainda posso precisar de você. Se os outros passaram as últimas semanas pesquisando e nem ao menos chegaram até aqui, até o ponto em que você foi capaz de chegar numa única tarde, o restante da trilha de Jeanant pode ser tão difícil de seguir como o início. Não saberei até chegar lá. Se chegarmos lá e as pistas forem óbvias, posso trazê-la de volta. — Ele faz uma pausa e aponta para o céu.

— *Eles* não acham que um terráqueo possa fazer metade do que você já fez contra eles. Pensam que têm todos aqui completamente sob seu controle. Mas você provou que eles estão errados. Não se sente bem em saber que neste momento você está mudando as coisas com as próprias mãos, em vez de continuar a ser manipulada?

Lembrando o que ele disse esta manhã sobre *fazê-los* levá-lo a sério, eu me pergunto o quanto ele está falando sobre si mesmo, além de mim. Entretanto, admito que a ideia de escapar da vigilância daqueles olhos lá em cima, de começar uma rebelião dentro do "aquário", com certeza me empolga um pouquinho.

Se realmente for assim tão fácil ele me tirar de lá e me trazer de volta... Acho que, do ponto de vista dele, é. Uma simples questão de entrar debaixo do pano e, no segundo seguinte, já não estar mais aqui, sem deixar rastro. Como Noam.

Sinto um nó na garganta. Se eu for com Win, desaparecer pelo tempo num piscar de olhos, será exatamente como Noam. Esta noite seria a repetição daquela noite em que ele se foi. Como Win disse, seus companheiros estão procurando a arma de Jeanant há semanas. Quanto tempo nós levaríamos nisso, mesmo que minha sensibilidade ajude? Enquanto os meus pais estariam aqui, a princípio preocupados, depois em pânico, e, em seguida, talvez até mesmo de luto, chorando por mim, achando que também me perderam...

Isso iria matá-los.

— Não importa — digo. — Não posso. Não posso simplesmente partir e deixar todo mundo se perguntando o que aconteceu comigo.

— Eles nem vão perceber que você se ausentou — garante Win, parecendo achar graça agora. — Trata-se de viagem no tempo. Não importa quanto tempo fiquemos por lá, posso trazer você de volta apenas alguns segundos depois do momento em que partimos, depois que terminarmos de fazer o que precisamos.

Claro. Esfrego as têmporas. Tenho o hábito de pensar que o tempo significa alguma coisa. Para o povo de Win, o tempo não significa nada.

— Não é só por mim, nem por você apenas — Win acrescenta. — É para o seu *mundo* inteiro. Assim que encontrar a arma, assim que destruirmos o gerador, todos os terráqueos serão capazes de tomar suas próprias decisões sem que ninguém lá em cima fique brincando com as suas vidas. E... Veja, mesmo que eu descubra que realmente vou precisar de sua ajuda na França, se você decidir que para você já basta, trago você de volta imediatamente. Prometo. — Ele toca o centro de seu peito e recita algumas sílabas complicadas naquela sua linguagem alienígena um pouco arrastada, antes de mudar para o que, suponho, seja a tradução: — Por meu coração, por Kemya.

Ele pode prometer qualquer coisa agora. Não tenho como obrigá-lo a me trazer de volta para casa, quando estivermos a oceanos e séculos de distância; não sei operar o 3T sozinha.

Mas ele tem razão. Todos os que me são caros estão em permanente risco, à mercê dos tais cientistas que nos controlam. O que Win está me pedindo não significaria apenas pôr um fim em minhas sensações de *errado* e a perspectiva de um futuro normal para mim: é ter a certeza de que os meus pais, Angela e, que diabos, a própria estrutura do planeta ainda possam ter um futuro. Não foi isso que eu desejei toda a minha vida? Uma resposta para o que estava *errado* e uma maneira de fazer isso parar?

Tudo isso está sendo colocado ao meu alcance, e eu aqui toda indecisa e presa à ideia de um passado no qual eu nunca me encaixei.

"Presos aos mesmos velhos padrões", a voz de Jeanant ecoa na minha cabeça. Não é isso que eu quero. A palavra sai da minha boca antes que eu tenha tempo de mudar de ideia.

— Ok.

— Maravilha — Win sorri, como se soubesse que eu acabaria concordando, o que de certa forma me tranquiliza e me dá uma pontada de desconforto ao mesmo tempo. Ele me faz sinal para nos dirigirmos à sombra de uma entrada de garagem entre duas casas. Depois de se certificar de que não há ninguém por perto, ele tira o pano da bolsa.

Sou invadida por uma onda de ansiedade.

— Nós vamos *agora*? — Olho para o meu casaco roxo berrante, meus jeans. — Assim? — Suspeito que a minha roupa não pareceria muito comum na França do século XIX.

— Não — Win concorda. — Tenho minhas roupas de Viajante, mas você precisa de trajes para passar despercebida. Podemos passar na sua casa sem que nos vejam?

— Meus pais ainda estão no trabalho.

— Ótimo. Qual é o seu endereço? — Ele sacode o pano para desdobrá-lo, enquanto abre um sorriso. — Podemos chegar lá num instante.

O pano dá um ligeiro solavanco depois que Win digita as coordenadas, mas depois disso não se move. Ele franze a testa e digita no painel com mais força. Estou me lembrando do que ele disse sobre o pano ser um "modelo antigo", quando sinto um tranco. Meu estômago dá uma cambalhota. De repente, estamos parados no hall de entrada da minha casa.

— É bem mais fácil quando não se vai muito longe — esclarece Win. Então acho que não estou me acostumando a viajar no tempo tão rápido quanto deveria.

Enquanto o conduzo ao andar de cima, ele observa o interior da casa, olhando para o piso de madeira e as gravuras emolduradas na parede com igual fascínio. No corredor, ele para diante de uma paisagem a óleo retratando uma floresta, que meu pai comprou de um pintor local, com a mão pairando sobre a imagem, traçando as curvas do rio.

— Essa paisagem é de um parque estadual a cerca de uma hora daqui — digo a ele. — Nós costumávamos fazer caminhadas lá quando eu era mais nova. É ainda mais bonito no outono.

— Imagino, os vermelhos e amarelos devem ser impressionantes. Meu pai adoraria poder ver isso... pessoalmente, não apenas numa gravação. Ele sempre diz que as cores e texturas não são a mesma coisa quando você não pode... — Seu repentino entusiasmo esmorece. — Ele pensa muito nesse tipo de coisa. — Ele se afasta, espiando por cima do corrimão, e depois encara a fileira de portas à nossa frente. — Você sempre morou aqui?

— Desde que tinha 2 anos — respondo.

— É tão grande!

É apenas uma casa de três quartos, de tamanho normal. O que ele acharia das enormes casas de campo dos subúrbios, como a que a tia de Bree possui?

— As casas em seu planeta não são assim? — arrisco perguntar.

— Não. Não temos tanto espaço. — Ele encolhe os ombros. — Mas nós o utilizamos da forma mais eficiente possível. E quando os cientistas começarem a se concentrar mais lá do que aqui, as coisas vão melhorar.

A pergunta que comichava na minha garganta esta manhã me ocorre novamente.

— Por que os cientistas de seu planeta se importam tanto com experiências na Terra, afinal? Especialmente se há coisas que precisam ser consertadas lá em... em Kemya.

— Por várias razões — responde Win, entrando no meu quarto quando eu abro a porta. — Mas a maior delas é o egoísmo. Vai levar anos, provavelmente décadas, antes que Kemya possa chegar perto do que vocês têm aqui.

Os cientistas, os Viajantes, aproveitam para desfrutar por alguns momentos ao menos de um lugar que tem vastos espaços abertos, ar fresco e... tudo mais. — Seus braços abertos parecem abarcar a floresta pintada, a casa...

Café, lembro. *Sol.*

— Eles não querem desistir dessa liberdade para passar em nosso planeta todo o tempo que seria necessário para fazer um mundo como este lá — ele prossegue. — Outras pessoas podem fazer isso, a próxima geração. Entretanto, eles estão dizendo isso há muito tempo, há dezenas de gerações. Eles convencem a todos de que isso é para o nosso bem, para a nossa segurança, "para o bem de Kemya", quando provavelmente não aprenderam nada de útil em *séculos*...

Ele se interrompe antes que o tom de sua voz continue subindo. Eu não entendo como brincar com a História da Terra poderia ter a ver com a segurança de alguém, mas o medo que me invade ofusca essa curiosidade.

— Você tem certeza de que eles vão parar? — pergunto. — Eles não vão simplesmente construir um novo gerador?

— Jeanant achava que seria um golpe muito grande — conta Win. — Thlo concorda. Eles vão perder toda a História a que tivemos acesso até agora... se você abrir um novo campo, só pode viajar de volta para o ponto em que começou. E isso agitaria todo mundo. Mais pessoas iriam querer uma mudança, se ficasse óbvio que teríamos de tomar uma decisão.

Espero, por nós dois, que ele esteja certo.

— Então acho melhor começarmos a nos mexer — digo, com alegria forçada. — Aqui está o meu guarda-roupa.

A fileira de blusas, calças e uns poucos vestidos no armário é ordenada por cores. Win dá uma analisada nas roupas, deslizando os cabides. Ele puxa para fora um vestido leve, na altura dos tornozelos, e uma blusa azul abotoada na frente que eu não usava desde o meu estágio no setor de correspondências no escritório do meu pai, alguns verões atrás.

— Acho que estas roupas seriam as mais adequadas — sugere. — Mas, provavelmente, vamos precisar sujá-las, para que não pareçam tão novas.

Seu olhar bate em minhas mãos quando ele me passa os cabides.

— E o povo pode estranhar a cor das suas unhas. Você pode remover o esmalte rapidamente?

A cada segundo, a "viagem" que estou prestes a fazer parece mais real. Eu realmente estou fazendo isso. Fecho a mão quando ela começa a tremer.

— Me dá cinco minutos? — pergunto, e ele concorda.

Sento-me na beira da cama, apanhando o removedor de esmalte na mesinha de cabeceira. Ele observa a foto de Noam comigo no Natal. Meu olhar se prende à imagem. Outro passado. Outra viagem no tempo que poderíamos fazer, se Win concordasse.

Talvez, quando tivermos terminado... Quem sabe haveria uma chance?

A ideia paira no fundo da minha mente enquanto começo a remover o esmalte das unhas. Win examina os livros na minha estante, as fotos na parede. Ele bate o nós dos dedos contra a superfície de madeira da minha escrivaninha como se apreciasse o som que faz. Em seguida, mexe no *touchpad* do meu laptop e ri quando a tela se ilumina.

— Muito abaixo dos seus padrões técnicos? — brinco, pensando em seu fantástico computador de tecido.

— Mesmo assim, é impressionante o quanto as pessoas aqui conseguiram realizar, apesar de tudo — ele reconhece. — E tão rapidamente, também. Tantas mudanças em apenas alguns anos.

Enquanto retiro o esmalte dos últimos dois dedos, ele se aproxima e espia dentro da gaveta do criado-mudo. Ele pega um dos vidrinhos de esmalte, e, em seguida, o segundo e o terceiro.

— São todos da mesma cor — comenta.

— É o único que eu uso.

— Então por que você precisa de três? Ah! — ele continua, antes que eu possa responder —, você disse que três é um número significativo para você. Você multiplica por ele.

— É. — Hesito. Ainda não estou acostumada a falar sobre isso, sobre os rituais que fui criando para conseguir lidar com os meus problemas. — Eu sei que é estranho. Só que... eu me sinto melhor se eu tiver três vidrinhos. Se um derramar e o outro quebrar, ainda tenho mais um. Sabe o que diz o ditado, né? "A terceira vez dá sorte"... é mais ou menos isso.

Fecho a gaveta e pego o vestido.

— Então, acho que preciso me trocar.

— É claro — diz Win, não se tocando com a indireta. Ergo as sobrancelhas para ele.

— Eu preciso que você saia do quarto.

— Oh. Sim. — Seu olhar desliza sobre o meu corpo e, em seguida, volta para o meu rosto, o seu próprio ruborizando. Eu poderia ter ficado zangada com a olhada que ele me deu, mas é bom saber que ele é suficientemente semelhante a um humano a ponto de ficar envergonhado. — De qualquer forma, eu preciso cuidar de algumas coisas no hotel.

Assim que ele sai, visto o vestido e a blusa. Meus dedos se atrapalham com os botões. A roupa fica ridícula com meus tênis de corrida, por isso trato de desenfurnar minhas botas pretas de inverno, amarradas com cadarço até o alto, que podem se sair melhor na tarefa de se misturar com a moda parisiense do século XIX. Desde que ninguém preste muita atenção aos meus pés. Respiro fundo.

Uma batida na porta me causa um sobressalto.

— Quase pronta? — Win pergunta.

Ele já esteve em seu quarto de hotel, fez tudo o que precisava e está de volta. Também ficarei fora pouquíssimo tempo. Viajarei séculos e estarei de volta em casa antes de meus pais chegarem do trabalho.

— Pode entrar — respondo. Paro por um segundo diante do espelho. Meu cabelo ficou todo armado devido ao vento lá fora. Pressiono-o para baixo.

— Acho que é melhor você usar algo na cabeça — sugere Win. Ele também trocou de roupa, tirou a jaqueta de veludo cotelê e a calça jeans e colocou uma camisa larga e umas calças feitas de um material parecido com lona, de cor parda, apenas um tom mais claro do que a sua pele. Roupas de Viajante, disse ele. Um pouco estranhas, mas... não. Olhando para elas novamente, percebo que são totalmente modernas. Parece uma escolha esquisita para o nosso destino, mas não vou discutir.

— Eu não tenho nenhum chapéu adequado — falo.

— E um xale?

— Tenho cachecóis.

— Servem.

Corro lá embaixo e pego na cesta ao lado do cabide de casacos o mais largo dos meus dois cachecóis, bege e fino. Subo a escada em disparada e, quando chego lá em cima, Win já desdobrou o pano e armou-o em formato de tenda no meio do meu quarto. Meu coração começa a bater forte.

— Pronta? — pergunta ele, bruscamente.

Não.

— Espere. — Pego meu jeans do chão, puxo minha pulseira do bolso e, instintivamente, o meu celular. Não há bolsos no meu vestido. Tiro do armário a pequena bolsa de couro marrom-chocolate que Angela me deu no Natal passado e atravesso a alça sobre o ombro, enfiando o telefone e a pulseira dentro dela. A superfície fria das contas me transmite uma suave onda de confiança. Endireito os ombros. — Estou pronta.

Win me conduz para debaixo do pano. As abas se fecham e o quarto lá fora desaparece em contornos cinzentos. O display se torna visível. A mão de Win corre ágil pelos caracteres.

— Vamos para a manhã do primeiro dia e continuamos a partir daí — instrui ele. — A violência começou mais tarde.

— Para mim, parece bom — concordo. Minha voz sai rouca.

— Provavelmente é melhor você ficar de olhos fechados — propõe Win. — Ah, e pode se segurar em mim, se precisar.

Inspiro bem fundo, enchendo os pulmões, e enrosco os dedos em torno da lateral da camisa dele. O espaço é tão apertado que posso ouvir quando ele engole.

— Lá vamos nós.

O 3T se agita para a frente e para trás algumas vezes antes de disparar para cima. Mantenho os olhos bem fechados e os dentes cerrados com tanta força que minha mandíbula dói. A cacofonia é mais suave desta vez, mas o meu estômago ainda fica embrulhado enquanto rodopiamos e caímos. Quando sentimos o solavanco da parada, dou um encontrão em Win. Sinto um gosto metálico na boca. Mordi a língua.

Win pousa a mão de leve nas minhas costas. Abro os olhos.

Sombras oscilam em torno da abertura iluminada à nossa frente, por onde consigo divisar um borrão de movimento através da parede de pano. Gritos repercutem através do tecido.

— Estamos num beco — Win diz, com a voz baixa e inalterada ao lado do meu ouvido. — Temos que sair rapidamente para que ninguém nos surpreenda aparecendo do nada.

— E o que fazemos depois? — pergunto.

— Jeanant deve ter deixado alguma indicação que nos leve até a arma. — responde ele. — Uma pequena mudança, ou talvez algum tipo de mensagem. Vamos ter que procurar. Fique perto de mim e me diga assim que você tiver uma dessas sensações ou se o alarme disparar. E tente não interferir no que está acontecendo. Não queremos provocar nenhuma nova mudança.

Ou os Executores poderiam nos rastrear. Olho para o meu tornozelo, encontrando consolo na tranquilidade da tira de alarme.

— Entendi.

Win estende as mãos para as abas e eu me preparo.

11.

Damos um passo para a frente juntos, pisando os paralelepípedos irregulares do beco, no ar seco e parado cujo aroma de pão quente se sobrepõe a um subjacente e penetrante cheiro de mofo e excrementos. Franzo o nariz instintivamente. Acima dos prédios de pedra escurecida pela fuligem, que se erguem de ambos os lados do beco, o céu é de um azul límpido, e os brilhantes raios de sol produzem áreas sombreadas com bordas muito nítidas. Para além do beco, homens e mulheres cruzam as calçadas em paletós enfeitados e calças leves, blusas de mangas compridas e saias rodadas, apesar do calor da manhã. Toucas brancas protegem as mulheres do sol. Puxo o meu cachecol para a frente, cobrindo melhor os cabelos, e respiro pela boca, já que começa a bater sobre nós um cheiro mais forte de esgoto.

Ouço o barulho de cascos contra as pedras do calçamento, enquanto cavalheiros passam trotando em seus cavalos. Pedestres conversam baixo entre si. Vozes mais elevadas me chegam de pontos além do meu campo de visão, alteando e abaixando o tom de palavras que me soam vagamente reminiscentes das minhas aulas de espanhol, que é aparentado com o francês.

Por isso, talvez eu até seja capaz de entender um pouco. Aprendi o espanhol e o alemão rapidamente. A gramática é uma espécie de matemática mais complicada, quase tão confiável quanto os números.

Win dobra o pano sem demora, com ágeis e precisos movimentos dos dedos. Quando olho para ele, fico impressionada como os seus trajes se enquadram bem: a camisa e a calça castanhas são menos adornadas do que o que vejo à nossa volta, mas, mesmo assim, elas antes pareciam completamente normais no meu quarto, e aqui de alguma forma elas parecem... Oh. Roupas de *Viajante*. Outra estranha tecnologia alienígena, creio eu, que lhe permite se misturar em qualquer lugar.

Ele guarda o 3T na bolsa e, em seguida, me segura pelo cotovelo, guiando-me para a frente como se eu fosse uma criança insegura. O que não está muito longe de como eu me sinto. Pelo menos, ninguém está atirando ainda.

Quando saímos do beco, a cidade me engole, atordoantemente real. A rua diante de nós termina num muro baixo, além do qual posso divisar as águas espumosas de um rio largo. Construções altas em blocos cor de creme ou cinzentos formam uma linha recortada acima da margem oposta. Para além delas, eleva-se o telhado de duas águas e as torres cinzentas do que é ou um palácio ou uma imensa igreja. Notre Dame? Angela saberia dizer. Angela seria capaz de matar para ver isso.

Os gritos ao nosso redor ecoam em meus ouvidos, misturando-se com a brisa forte que sopra do rio. As saias de uma mulher farfalham quando ela passa por nós. O sol está assando minhas roupas e minha pele.

Estou aqui. Eu realmente estou aqui. Estou parada no meio da Paris do século XIX... vendo, sentindo e respirando história viva.

Uma onda de tontura me toma de assalto. Volto a minha atenção novamente para a rua, engolindo o ar empoeirado e estudando os rostos ao redor de nós. Lábios finos ou cheios, peles pálidas ou coradas, mechas e cachos de cabelos louros, castanhos ou pretos... todos desconhecidos. Muitos deles nos encarando ostensivamente, com cara de poucos amigos, enquanto cochicham uns com os outros.

Porque não pertencemos ao lugar.

Sinto um nó nas entranhas e um suor frio cobre a minha pele. Fecho as mãos em punho. Não vou fraquejar logo de cara. Eu *consigo*. Win faz isso o tempo todo e este nem é o planeta dele.

Várias cabeças se viram em direção a uma movimentação nas proximidades. Sigo os seus olhares desconfiados até um grupo de homens em uniformes em azul e vermelho, rifles nos ombros, marchando através de uma ponte que cruza o rio sustentada por pilares de pedra. Soldados.

Win não está olhando para eles.

— Vamos descobrir do que se trata — diz ele, me puxando pelo cotovelo na direção oposta. A cidade parece me engolir enquanto o sigo. Imagens e sons me atingem de todas as direções: olhares hostis, comentários entredentes, o sol ferindo os meus olhos. Minha visão turva. Busco minha pulseira na bolsa.

Três vezes três é nove. Três vezes nove é vinte e sete.

Meus batimentos cardíacos se acalmam o suficiente para que eu possa me concentrar novamente. Homens dispersos agitando maços de papel estão parados ao lado da mureta do rio, junto à porta de uma padaria, diante da vitrine de uma loja de chapéus. Alguns vestem roupas formais, como os homens que passam por nós, enquanto outros parecem mais humildes, com suas camisas brancas soltas e calças cinzentas ou beges. Eles gritam para os transeuntes, oferecendo os papéis. Acho que Win pensa que isso pode ter algo a ver com Jeanant...

Um desses homens, que está mais próximo de mim e Win, pouco mais que um menino, na verdade, percebe que estou olhando para ele e corre em nossa direção. Ele estende as páginas amassadas do topo de sua pilha. É um jornal, com uma manchete em negrito que termina com um ponto de exclamação.

O garoto diz algo, apontando para o artigo. Algumas sequências de sílabas me soam familiares, mas ele está falando rápido demais para que eu possa pescar uma única palavra. Outro arrepio de desconforto me atravessa.

Então Win entra na parada. Responde ao garoto rapidamente, pegando o jornal, e parece fazer algumas perguntas num francês com leve sotaque. Enquanto o olho boquiaberta, eu me lembro do livro em chinês que ele estava carregando, o sotaque britânico do seu inglês, o trabalho para o qual foi treinado. Quando se está viajando pelo tempo através de toda a Terra, aprender alguns idiomas deve ser o mínimo que se espera.

Win está sorrindo quando se vira para mim. Diz algumas palavras em francês antes de cair em si e voltar para o inglês, baixando a voz.

— Na última mensagem que Jeanant deixou para Thlo, explicando o que ele planejava fazer com a sua arma se os Executores o apanhassem antes que pudesse usá-la, ele deu a ela mais dois detalhes para nos ajudar a seguir seu rastro — conta ele. — Algo sobre uma pintura ocultando um segredo, e que deveríamos "ficar de olho nos jornais". Aparentemente, uma lei acabou de ser aprovada aqui restringindo a impressão de jornais. Dezenas de jornalistas estão protestando hoje. Estão escrevendo sobre todos os problemas com o atual governo, pressionando as pessoas a agir.

— Essa é uma das maneiras de iniciar uma revolução. Você acha que era isso que Jeanant queria dizer com "jornais"?

— O que mais poderia ser? Venha! Precisamos pegar vários diferentes, o maior número possível. Ele deve ter deixado alguma pista num deles.

Ele sai caminhando rápido pela rua, aceitando todos os jornais que lhe oferecem, agradecendo os jornalistas com um aceno de cabeça. Como não posso falar com eles, examino o nosso entorno. Eu deveria estar ajudando, procurando coisas *erradas*, buscando pistas de outro tipo. Mas tudo parece estranho e fora do meu controle. Uma sensação indefinível de mal-estar continua correndo por mim, como a que me perseguiu por horas após a explosão revertida.

Nada na cidade ou nas pessoas ao meu redor está *errado*. Apenas eu. Elas estavam vivendo a vida delas muito antes da minha existência. Eu não me encaixo aqui. Não sou nem mesmo uma intrusa, sou apenas um grão de poeira em meio às altas construções.

Um zumbido surdo enche a minha cabeça. Enquanto corro atrás de Win, começo a sentir náuseas. Cambaleio, tateando em busca da minha pulseira. Minha mão não encontra as contas de vidro a tempo.

Eu me debruço, com ânsia de vômito. Minha garganta queima, mas não sai nada. Engulo em seco, trêmula, o gosto ruim de bile enchendo minha boca.

— Skylar?

Consigo endireitar o corpo. Win está parado diante de mim, protegendo-me da rua.

— Você está bem? O que está acontecendo?

Há uma nota de impaciência por baixo de sua preocupação.

— O que você acha que aconteceu? — falo. — Eu não estou acostumada a isso, lembra?

— Eu sei muito bem disso, mas não esperava... Você vai ficar bem?

— Só me dá... — Dou um passo para trás, passeando os olhos pelos prédios em torno. Meus dedos se fecham em torno das contas. Mais cinco lojas antes da próxima rua transversal. Um cartaz sobre o restaurante ao nosso lado traz o nome do estabelecimento em caracteres floreados. Uma silhueta magra se movimenta furtivamente por trás das cortinas verdes de uma janela do terceiro andar. *Três vezes... Três vezes... Três vezes...*

Mesmo que eu não seja muito mais do que um grão de poeira aqui, tudo o que tenho a fazer é ir com a maré e jogar pelas regras desta época, deste lugar. Não foi isso que eu passei a última década da minha vida tentando fazer, me integrar? Isto aqui é apenas uma versão mais radical do jogo. Eu consegui enganar os meus colegas de classe, meus amigos, meus pais. Posso lidar com isso também.

O mal-estar vai desaparecendo lentamente. Win muda o peso do corpo de um pé para o outro, com o olhar fixo no meu rosto. Sua expressão me parece a de um menino preocupado por ter quebrado o seu brinquedo favorito. Acho que minha aparência não está nada boa.

Eu ainda não me *sinto* nada boa, mas estou bem o suficiente para continuar.

— Tudo bem — digo. — Já passou. E agora?

Win franze os lábios.

— Comece dando uma olhada nisso aqui — ele instrui, passando a coleção de jornais para mim. — Você não precisa entender o que está escrito, basta ver se sente alguma coisa estranha.

Examino as manchetes e as letras antiquadas abaixo delas enquanto descemos a rua. Algumas palavras parecidas com o espanhol me chamam atenção, como *mal, mentir, colère...*; e, aqui e ali, entendo alguma com um equivalente em inglês, mas, no todo, os artigos não passam de uma sopa de letrinhas para mim. Passo os olhos em cada linha, virando as páginas, enquanto Win aceita mais jornais. Ter algo pequeno e concreto no qual me concentrar me ajuda a me desconectar do mundo hostil ao nosso redor. Quando uma nova onda de tontura me ameaça, já estou com a pulseira na mão. Giro as contas e a sensação recua. Aí está, já estou pegando o jeito aqui também.

Olho para trás, depois de terminar de examinar o terceiro jornal, e gelo. Uma dupla de soldados está vindo em nossa direção a passos largos. Um deles está perturbando os jornalistas mais próximos, enquanto passam, mas o outro está de olho em Win. Cutuco o braço dele.

— *Merci!* — ele agradece ao último jornalista e inclina a cabeça para mim.

— Nós já chamamos a atenção de alguém — sussurro. Win olha.

— Nada do alarme em seu tornozelo?

Balanço a cabeça negativamente.

— Então são daqui mesmo — conclui ele. — Mas é melhor não corrermos o risco de um confronto.

Pousando a mão na parte inferior das minhas costas, ele me apressa para virarmos uma esquina. Enveredamos pela ruazinha estreita e nos escondemos atrás de uma pequena igreja abobadada. Win se detém por um instante e espia em torno do ângulo formado pelas paredes da construção. Após um tempo, balança a cabeça:

— Não nos seguiram — ele me tranquiliza. — Imagino que os soldados têm coisas mais importantes com que se preocupar aqui.

Ainda não, ao que parece. As ruas cada vez mais estreitas por onde seguimos estão silenciosas: todas as vozes são abafadas, todos os movimentos, contidos. Poucas pessoas se aventuram por elas, fora da rua principal. Vislumbro rostos aqui e ali através de vidraças engorduradas. Eu havia imaginado gritos apaixonados e tiros de canhão, figuras em debandada pelas ruas. Isso deve vir mais tarde. É o que está se construindo por trás de todas essas portas fechadas.

Ou talvez seja apenas mais uma das maneiras em que estou *errada*.

Acima de nós, uma janela se abre, rangendo. Olho para cima a tempo de dar um grito de alerta. Um punhado de lixo chove em cima de nós. Principalmente em Win: bicos de cenoura atingem sua testa e ombro, um pedaço de barbante se enrosca em seu cabelo. Enquanto ele os sacode fora, gargalhadas agudas ressoam. Dois meninos se inclinam para fora do apartamento do quarto andar e um deles faz um comentário que eu não consigo entender. Pela forma como a expressão do rosto de Win endurece, suspeito que não foi elogioso. Ele se afasta, voltando sua atenção para o seu jornal, quando um terceiro garoto se junta aos outros, segurando o que parece ser um penico.

— Win! — Eu me desvio do caminho, puxando-o comigo, bem na hora em que o fétido conteúdo do penico se esparrama sobre os paralelepípedos. Cerro os dentes contra a ânsia de vômito.

Os meninos zombam enquanto apertamos o passo até a próxima esquina. Não sei por que eles decidiram nos atingir, mas não vou deixar isso me abater. Vou me concentrar em ser grata por ter conseguido me desviar dos dejetos humanos.

Olhando para a impressão pouco nítida dos jornais, tento imaginar o cara da gravação de Win aqui. Jeanant, passeando ao longo do rio, desviando-se do lixo nesse labirinto de ruas. Segurando um desses jornais, com um brilho de determinação nos olhos. Tenho a sensação de que ele apenas teria rido daqueles meninos. *Todo ser consciente que pensa e sente merece o nosso respeito.*

Às vezes, até mesmo eu tenho dificuldade para me lembrar disso.

Esfrego meus dedos manchados de tinta na saia do meu vestido, lembrando-me da sugestão de Win, de que minhas roupas iriam se misturar melhor se estivessem sujas. Win está concentrado em sua própria pilha de papéis.

— Isso tudo parece estar conforme o tipo de retórica que eu teria esperado desta época — ele comenta. — Interessante, porém nada se destaca.

— Bem, Jeanant não poderia deixar a pista óbvia demais, certo?

— Não — Win concorda, com uma gravidade na voz que me lembra de que ele espera que eu seja a solução para esse problema. Examino o meu último jornal, com o coração apertado. E se o meu senso do que está *errado* nem sequer funcione nesta época, a não ser para me dizer quão errado é simplesmente o fato de eu estar aqui?

12.

Continuamos perambulando, folheando os jornais. Tenho a impressão de que Win está andando sem um destino específico em mente, apenas evitando permanecer em qualquer lugar em que possamos chamar a atenção. Descendo uma rua, cruzamos com um par de homens mergulhados em intensa conversação. Um deles brande o indicador no ar e o outro suspira, antes de fazer um breve protesto. Então o primeiro avista a mim e Win. Seus olhos se estreitam. De repente, ele descamba para um discurso inflamado, como se a nossa presença provasse, fosse qual fosse, o argumento que ele estava tentando tornar evidente. Continuo a caminhar, meus olhos treinados vasculhando o meu último jornal.

Win está apenas na metade de sua pilha, já que ele realmente lê os artigos. Ele me passa uma parte dos jornais que ele ainda não verificou, e pega os meus, para dar mais uma olhada. Viro uma página e mais outra. Meu olhar se fixa num nome embaixo de uma manchete.

— Como se escreve "Jeanant"? — pergunto.

— J-E-A-N-A-N-T — soletra Win. — Embora não seja provável que ele fosse usar o seu nome verdadeiro... Mas precisamos ficar de olho em seu codinome, o que ele costumava usar quando o nosso grupo tinha que se comunicar pelos canais públicos. Jeanant passou a usar "Met", abreviatura de Prometeu.

Prometeu. Lembro-me vagamente das aulas de mitologia grega na escola primária. Prometeu foi o cara que roubou o fogo dos deuses para dá-lo aos mortais, não foi? Assim como Jeanant libertando os terráqueos de seu próprio povo? Bastante apropriado.

A curiosidade me mordisca enquanto examino o artigo, que não difere de todos os outros em nada. Nenhuma sensação de *errado*.

— Então, qual é o seu codinome secreto? — pergunto. — É Win mesmo?

— Não — responde ele. — Na verdade, não fui eu quem o escolheu. Outra pessoa sugeriu de brincadeira e acabou pegando.

— Bem, agora eu fiquei com mais vontade ainda de saber qual é.

O silêncio se estende.

— Não pode ser assim *tão* ruim — incentivo.

Ele faz uma careta.

— É "Pogo" — revela. — Uma espécie de abreviação de Galápagos.

— Galápagos? Essa é a brincadeira?

— Não exatamente.

— Então...

— Isso é a cara de Jule — Win resmunga. — Ele disse que eu praticamente fiquei "saltitando no lugar" quando me deixaram vir em minha primeira missão.

Não consigo evitar que minha boca se torça num sorrisinho.

— E o que Galápagos tem a ver com isso?

— É uma longa história. — Ele se apressa em cortar o assunto. — Por que você está me perguntando sobre nomes? Viu alguma coisa?

Indico o artigo.

— Você acha que isso poderia ser de Jeanant? É meio que uma mistura entre o nome dele e o codinome: Jean Ment.

Win arranca o jornal das minhas mãos.

— Pode ser.

Seus olhos brilham quando ele lê o artigo.

— *Deve* ser ele — afirma. — Ele usa uma frase que estava na mensagem para Thlo: "a ideia central de nossa causa".

No final das contas, eu acabei encontrando a pista.

— Então, o que foi que ele disse? — pergunto, me aproximando e me inclinando sobre o jornal.

— Ele está enviando uma mensagem para o "verdadeiro povo" de Paris, a de que espera que eles, ao lutarem por aquilo que merecem, também tomem cuidado para não "destruir os tesouros que devem ser deles mesmos": os museus, a arte...

— O outro detalhe que você disse que ele mencionou, era algo sobre pintura, não era?

— Exatamente — Win concorda com um sorriso. — Que lugar pode ser melhor para pintar sobre algo do que uma galeria de arte? Este artigo poderia ser ao mesmo tempo uma dica para nós e uma maneira de ter certeza de que os revolucionários não destruiriam o que ele deixou.

— Onde devemos procurar primeiro? — pergunto. — Há um monte de galerias de arte em Paris, não?

— O museu do Louvre já existia em 1830 — recorda Win. — Foi convertido em museu de arte e história pouco tempo antes da data em que estamos. Parece ser a nossa melhor aposta. E acho que já estamos perto.

Ele vira à direita, no cruzamento seguinte, e eu o sigo, olhando para os edifícios que são tão altos e próximos que eu só consigo divisar a beirada de seus telhados. Meu couro cabeludo está suando sob o lenço improvisado. Enxugo uma gota que escorre pela lateral do meu rosto e percebo que, provavelmente, acabo de manchar minha bochecha com tinta de jornal. Mas tudo bem. Vai combinar com o meu figurino.

Nada provoca aquela sensação de *errado*. Mas, também, minha sensibilidade especial não fez nada por nós — aqui — até agora. Descobrimos o nosso próximo destino a partir de um nome e informações que Win já sabia. Ele não precisa realmente de mim.

Tento afastar esse pensamento, me sentindo estranhamente desapontada. Isso não deveria importar. O que importa é que, de uma maneira ou de outra, descobrimos onde Jeanant deixou sua arma.

Por fim, chegamos a uma larga avenida arborizada. O prédio do outro lado da rua é tão imenso que a minha primeira impressão é a de que se trata de um castelo. Ele domina o espaço, tão imponente quanto os prédios de vários andares pelos quais passamos, apesar de que as enormes janelas arqueadas formam apenas três fileiras em toda a fachada de pedra.

Entre as janelas e ao longo do telhado, a pedra é esculpida em colunas caneladas, cornijas e figuras humanas e divinas. Mal posso esperar para chegar mais perto, mas a cena na calçada diante da construção me detém.

Soldados com os mesmos uniformes em azul e vermelho que vimos atravessando a ponte encontram-se reunidos ao longo do passeio na base do edifício. Alguns estão patrulhando, outros transportando canhões ou barris, ou pedras, que estão empilhando em barricadas toscas ao longo da calçada. Um soldado atravessa a rua não muito longe de onde estamos, e eu trato de me esconder nas sombras. Uma das frases favoritas de Lisa surge em minha mente, na sua voz jovial: *"Más notícias à frente!"*. No entanto, suspeito que isso seria suficiente para arrefecer sua fanfarrice habitual.

— Aí está ele — diz Win, como se eu não tivesse imaginado. — O Louvre.

— Como é que vamos passar por eles? — pergunto, apontando os soldados com o queixo. Eles não estão com cara de quem está planejando receber visitantes.

Win me dá uma olhada com aquela expressão divertida que já está se tornando familiar, e levanta a aba da bolsa.

Reviro os olhos para mim mesma.

— Claro.

— Você não está notando nada que pareça meio fora de lugar? — ele pergunta.

Por uns instantes, observo a construção e a atividade em torno dela mais uma vez. A visão de todos aqueles fuzis e canhões não acalma propriamente o meu nervosismo, mas nada se destaca.

— Não. Sinto muito.

— Bem, as pinturas ficam lá dentro. Podemos começar saltando para a frente no tempo, para o fim dessa revolução. Jeanant pode ter colocado seja lá o que for que ele quer que encontremos lá dentro em qualquer momento durante esses três dias, de modo que teremos mais chance se chegarmos logo depois dele. Se nos parecer que os cidadãos perturbaram as coisas lá dentro, sempre poderemos voltar no tempo.

— Por mim, tudo bem — concordo.

Win me direciona para o abrigo de um pórtico, fora da vista das janelas acima. Ele estende o pano em torno de nós. Levanto os pés, instintivamente, quando o piso da "tenda" toma forma embaixo deles. Win estala os dedos e pressiona a mão contra a tela de dados.

As paredes estremecem. Eu perco o equilíbrio e me agarro na parte de trás da camisa de Win. E o movimento para. Afinal de contas, viajamos menos de um quilômetro e meio e não mais do que alguns dias.

Então Win abre o pano e o meu queixo cai.

As paredes e o piso do amplo corredor em que chegamos encontram-se iluminados pelo brilho âmbar do entardecer, que banha o recinto através das poucas e altas janelas próximas. Ao nosso lado, um saguão guarnecido por um círculo de figuras em mármore, dispostas sobre pedestais polidos e esculpidas com tantos detalhes que eu poderia tê-las confundido com pessoas de verdade, não fossem elas tão imóveis e descoradas como a pedra branca. Além delas, enormes pinturas cobrem as paredes. O teto curvo se eleva acima de nossas cabeças a mais de seis metros de altura, e é uma obra de arte por si só. Mármore esculpido e reflexos dourados emolduram uma cena de querubins brincando.

Quando baixo os olhos e dou um passo na direção das pinturas, o chão range suavemente. Não reconheço a imagem de uma mulher sentada à margem de um lago, mas o estilo me faz pensar na Renascença italiana. A tela é mais alta do que eu e mais larga do que a extensão de meus braços abertos. Parada diante dela, apenas a textura ondulada das pinceladas me impede de sentir que eu poderia entrar na imagem. Quase a toco antes de me dar conta e recolher a mão de volta.

Esta é provavelmente uma obra-prima. Preservada nos séculos passados para os séculos vindouros.

E aqui estou eu vendo isso, no museu mais famoso do mundo.

Angela teria explodido de emoção artística. Sinto uma pontada de saudade no peito. Queria que ela também estivesse aqui, vendo a pintura comigo.

Talvez um dia vá estar, no futuro que estou protegendo agora. Supondo que consigamos continuar a seguir o rastro de Jeanant até sua arma.

Um estalo forte ecoa através das paredes e eu recuo. Win está parado diante de uma das janelas, olhando para fora.

Outro tiro soa, em algum lugar ao longe, para além do pátio sobre o qual a janela se abre. O pátio em si está vazio, mas, por trás da ala do museu oposta à nossa, um rolo de fumaça sobe para o céu azul-escuro deste fim de tarde.

Eu só ouvi um tiro de canhão em filmes, mas o estrondo que reverbera através do vidro, um momento depois, me faz lembrar as armas que vi os soldados transportando. Aqueles canhões eram reais. Essa fumaça é de um incêndio real. Parece tão distante, do lado de lá da vidraça, mas agora um daqueles majestosos edifícios pelos quais passamos há apenas alguns minutos, e há dois dias, poderia estar queimando. Armas reais estão sendo disparadas por aí; corpos reais estão fugindo das chamas, tombando sobre os paralelepípedos. Os cavalheiros e as mulheres na rua à margem do rio, os meninos que acertaram Win com o lixo... pessoas que já morreram muito antes de eu nascer estão morrendo novamente.

Caminhei entre eles por uma hora ou duas e, no entanto, ainda não faço a mínima ideia de como foi, para qualquer um deles, viver aqui neste presente. Em vez disso, fico preocupada com futuros felizes.

Sinto um nó na garganta. Forço as palavras a saírem.

— Você acha que estamos seguros aqui?

— Parece que o apelo de Jeanant para salvar a arte funcionou — especula Win, inclinando a cabeça para o pátio vazio. — Vamos... temos muito o que fazer ainda.

Os sons da revolução vão diminuindo enquanto continuamos a caminhar pelo corredor, até que tudo que posso ouvir é o barulho dos saltos das minhas botas e dos sapatos de Win. Fico contente por deixar isso para trás, mas, então, sinto uma pontada de remorso. Eu estava lá fora, franzindo o nariz para o mau cheiro e encolhendo-me para me desviar da sujeira, mas eu *posso* escapar. Posso entrar neste museu e fingir que estou curtindo umas grandes férias, e então, num estalar de dedos, posso voltar para casa, onde não há batalhas violentas nas ruas.

Entretanto, não posso fazer nada quanto à violência lá fora. Então, à medida que vamos caminhando, deixo a sensação de paz que emana do pé-direito alto e das paredes claras me invadir. Examino cada relíquia por que passamos, absorvendo as linhas e cores, expressões e gestos.

Isto é o que os seres humanos criaram, apesar das mudanças que o povo de Win operou: coisas belas, coisas significativas, mesmo que a maioria dos símbolos e alusões me escape. É tudo incrível.

Chegamos ao final do corredor e passamos por uma série de pequenas salas interligadas da galeria antes de emergir em outro grande corredor. Win caminha com suavidade e eficiência, mas, quando olho para ele, percebo que está admirando a arte tanto quanto eu.

— Você nunca esteve aqui antes — concluo.

Ele faz que não com a cabeça.

— Há um monte de lugares e épocas na Terra — diz ele. — Eu só vi alguns. Gostaria que tivéssemos tempo para realmente aproveitarmos tudo isso.

Ele não terá chance de fazer isso mais tarde, se seu grupo obtiver sucesso e o gerador for destruído. Não sei por que a história da Terra importaria muito a alguma raça alienígena, mas posso imaginar como alguém pode achar difícil abdicar dessa liberdade.

— Vocês têm a sua própria arte, não têm? — pergunto. — Em seu planeta?

— Meu pai cria imagens — ele conta, hesitante. — Com tinta. Quando dá para comprar. Ele ficaria doido com esse lugar. Não é assim em Kemya... lá não incentivam que se leve a sério qualquer atividade artística, por isso não existem realmente quaisquer tradições, nem professores para se aprender. Você acharia difícil de entender. Temos um ditado — ele fala em sua língua nativa, e traduz: — *"Se algo não constrói, destrói"*. Fazer algo que não tem um uso óbvio é considerado um desperdício, até mesmo destrutivo. O que perderíamos de fato se uma pessoa se aplicasse a algo mais prático e objetivo em vez disso? Faz sentido, é claro. Mas eu ainda me pergunto o que poderíamos fazer se tivéssemos mais oportunidade.

Caramba! Cada vez que ele me conta uma coisa sobre Kemya, eu gosto menos do lugar.

— Você faz alguma coisa... criativa? — não consigo deixar de perguntar.

Ele contorce a boca.

— Eu copiei o meu pai um pouco com a pintura quando eu era mais novo, porque queria fazer o que ele fazia. Antes de saber exatamente o que as pessoas pensavam sobre isso. Enfim, eu não...

Ele se interrompe e, no mesmo instante, eu ouço. O débil som de passos em algum lugar atrás de nós.

Win me empurra para a parede ao lado de uma vitrine exibindo peças de cerâmica com gravuras. A tira de alarme está inerte em meu tornozelo.

— Não podem ser os Executores — sussurro.

— Provavelmente um guarda do museu, então — conclui Win. — É mais seguro estar no trabalho do que lá fora. Se ele vier para cá, posso cuidar dele.

A certeza por baixo de seu tom petulante me faz pensar. Será que *ele* tem uma daquelas terríveis... blasters que entorpecem as pessoas?

Os passos cessam e depois continuam. Esperamos em silêncio. Sinto um toque na minha mão; Win estendeu a dele, curvando os dedos em torno dos meus. A *realidade* do contato pele com pele me envia um estranho arrepio pelo braço, mas é reconfortante também. Um lembrete muito sólido de que eu não estou sozinha. Eu o espio cautelosamente, enquanto ele olha para longe, sua expressão distante, enquanto presta atenção.

Depois de um minuto, tenho certeza de que o som vai se tornando mais fraco. Mais outro e já não consigo ouvir os passos. Win se afasta da vitrine.

— Fique quieta — ele murmura para mim —, e, com sorte, ele nunca vai saber que estivemos aqui.

— E se Jeanant encontrou um guarda quando esteve aqui? — pergunto baixinho, enquanto continuamos a caminhar pelo corredor.

— Tenho certeza de que Jeanant poderia lidar com isso.

Eu franzo a testa.

— O que exatamente você ou ele...

E, então, Win sumiu. Desapareceu. Sem um movimento, sem um som... num piscar de olhos, só que eu não pisquei.

Minha voz morre na minha boca aberta. Giro ao redor, para um lado e para o outro, mas não há uma única indicação de que segundos atrás Win estava ali ao meu lado.

13.

— Win? — chamo, com os punhos cerrados. Não é como antes, no terraço do hotel, quando tudo o que ele fez foi entrar no 3T. Ele não havia armado a tenda com o pano... ele não *fez* nada. Simplesmente desapareceu, bem diante dos meus olhos.

Dou alguns passos para a frente, vasculhando as sombras com os olhos. O corredor está tão silencioso que as batidas do meu coração são ensurdecedoras em meus ouvidos. Nada se mexe. O espaço aberto que momentos antes transmitia tanta serenidade, agora parece terrivelmente solitário.

— Win, se isso for algum tipo de brincadeira idiota...

Mas, pelo pouco que conheço dele, acho difícil acreditar que ele de repente iria começar a pregar peças quando podemos estar a poucos minutos de encontrar o que ele passou semanas procurando.

O que significa... que alguém o levou? Uma armadilha preparada pelos Executores? Algum outro perigo sobre o qual ele não tenha me avisado?

Oh, Deus, e se ele não puder voltar aqui? Se ele estiver preso, se confiscarem dele o 3T...

Fico gelada quando tomo consciência das implicações. Sem Win, *eu* estou presa. Se ele não voltar, não tenho como voltar para casa, nunca mais.

Meus pés vacilam, enquanto abraço a mim mesma.

— Win? — chamo de novo, com a voz trêmula. — Win!

Nenhuma resposta. Corro de volta por onde eu vim, sem saber mais o que fazer. Não posso ir lá para fora, em meio à fumaça e aos tiros de canhão. Não pertenço a este lugar e sinto isso até os ossos. Não falo o idioma. Não conheço ninguém. É cem anos antes de os mais velhos que eu conheci nascerem.

Lembranças do meu lar atravessam a minha mente. Eu sentada à mesa de jantar com minha mãe e meu pai. Brincando com Angela e os outros na sala de arte. O que eu não daria para estar lá agora.

Paro de repente diante da série de salas que atravessamos, abraçando-me com mais força.

— Win! — eu grito.

Ouço um barulho de passos à distância. Meu peito parece que vai estourar de alegria enquanto giro em direção a eles, por toda a fração de segundo que se passa antes que uma voz os acompanhe. Uma voz grossa e rouca berrando uma pergunta em francês.

O guarda. Eu me esqueci dele. Minhas pernas travam. O som de seus passos está mais alto, ele está correndo agora. Que tipo de punição estaria em vigor em 1830 por invasão de um museu real?

Passo abaixada pelas salas interligadas, procurando por algo grande o suficiente para me esconder atrás. Um segundo grito me segue, soando como se o guarda já estivesse no corredor do qual acabei de sair. Atravesso correndo outra porta e então, como por milagre, a voz que eu tanto queria ouvir me atinge.

— Skylar? Estou aqui!

O alívio me bate com tanta força que minha visão fica turva. Corro na direção de onde veio o grito de Win, desviando-me de estandes e bancos, atravessando duas, três, quatro portas mais. Win acaba de chamar meu nome outra vez quando eu irrompo na galeria que ele está atravessando.

Ele para quando me vê, sua boca se curvando, revelando que está um pouco encabulado, mas com um alívio equivalente em seus olhos azuis-escuros. Suspiro fundo e limpo as lágrimas que começaram a escorrer pelo meu rosto. — Ei — Win diz, parecendo assustado. Ele segura meu ombro e sua voz se suaviza. — Eu não iria deixá-la. Não estava esperando que isso acontecesse.

Recomponha-se, Skylar. Pisco furiosamente e uma ríspida ordem ecoa de uma sala próxima.

— O guarda — murmuro, a despeito do nó na garganta. — Ele me ouviu chamando por você e está vindo para cá.

Win já está puxando o pano de sua mochila. Ele o coloca sobre nós.

A sala lá fora fica cinzenta e nebulosa. Mordo o lábio, lutando para acalmar minha respiração. Eu estou bem agora. Não estou perdida, não estou presa no passado.

Win pega a minha mão, como fez antes, apertando-a. Tenho que me segurar para não agarrar os seus dedos. Não preciso de mais esse mico: a essa altura, ele já deve me achar fraca o bastante.

Os passos do guarda se aproximam. Meus ombros se encolhem automaticamente, embora eu saiba que o pano nos mantém invisíveis.

Um homem magro num uniforme cinza-carvão entra na sala. Ele examina o cômodo com os olhos apertados, tamborilando os dedos na coxa, logo abaixo da pistola no coldre.

Enquanto o guarda espia atrás de uma estátua no canto, Win solta a minha mão para abrir a bolsa. Ele tira dali uma pequena esfera azul-acinzentada do tamanho de uma ervilha. Quando desliza o polegar sobre ela, o objeto solta um suave zunido. Duas bordas planas materializam-se como asas. Ele o aproxima do rosto e sopra sobre ele. Em seguida, impele-o por entre as abas do tecido.

A esfera desaparece do outro lado. Por alguns segundos, não acontece nada. O guarda resmunga para si mesmo e vasculha a sala com os olhos mais uma vez. Em seguida, um distinto som de estalidos soa à nossa esquerda, para além das salas que ele ainda não verificou.

O guarda se vira. Atravessa a porta correndo, gritando um aviso. Seus passos ressoam no chão como trovoadas e gradualmente desaparecem enquanto ele persegue o barulho fugidio.

Win abre as abas do 3T, sorrindo.

— Aquele pequenino dispositivo tecnológico é o que você provavelmente chamaria de uma distração — explica ele, em voz baixa. — Aquela coisa vai fazer barulho suficiente para mantê-lo ocupado por algumas horas, caçando-a, e nunca entrar no mesmo espaço em que estivermos.

Estou um pouco impressionada, mas Win parece tão impressionado com ele próprio que não sinto necessidade de dizer coisa alguma.

— O que diabos aconteceu? — pergunto. — Como você chegou aqui?

— Eu fui, hum, *apanhado pelo paradoxo* — Win diz, voltando para o corredor onde havia desaparecido. — Simulamos cenários de prática no treinamento para nos preparar para reconhecer essa sensação quando ela está prestes a acontecer, mas ela chega rápido demais e eu acho que estava distraído. — Sua expressão volta a ficar encabulada. — O campo temporal não permite determinados tipos de paradoxos, como o encontro de alguém do seu futuro. É como se todos carregássemos por aí essa grande bolha do nosso presente, qualquer que seja a época fora do campo, e se duas bolhas colidem — ele bate uma palma na outra — quem é do tempo posterior é tirado do caminho.

De repente, estou visualizando Win como um peixinho dourado flutuando em nosso aquário Terra numa bolha de ar. Colidindo com outro peixinho...

— Então tem mais alguém aqui? — pergunto, minha cabeça girando. — Alguém do seu povo? A tira de alarme não disparou.

— Eu teria sido atirado para longe antes mesmo que houvesse qualquer chance de ouvi-los — esclarece Win. — Um paradoxo tem um alcance maior do que o alarme. — Ele faz uma pausa enquanto saímos para o corredor. — Mas você não.

— Obviamente. — Considero a sua explicação. — Eu nunca estive fora do campo. Isso significa que eu não tenho uma "bolha"?

— Aparentemente, não. Nós nunca discutimos como as Viagens funcionariam com os terráqueos, já que os terráqueos jamais deveriam Viajar. — Ele olha para baixo enquanto caminha, a compreensão nascendo em seu rosto. — Há uma boa chance de que tenha sido Jeanant quem me atirou para longe. Se ele estivesse aqui agora, já que você não pode ser atingida pelo paradoxo, você poderia *falar* com ele, descobrir tudo que precisamos saber!

Antes que eu possa responder, ele está me puxando em direção à vitrine atrás da qual nos escondemos antes.

— Como você sabe que é ele? — pergunto.

— Sabemos que Jeanant estava pensando em estar aqui em algum momento nestes três dias. Não há razão para qualquer outro Viajante ter estado no mesmo lugar num período tão curto de tempo.

Ele para quando chegamos à vitrine, a poucos passos de onde ele havia desaparecido antes.

— Eu não devo ir adiante — Win alerta. — É possível que não seja ele, por isso tome cuidado. Mas apresse-se. Eu não acho que Jeanant gostaria de ficar aqui por muito tempo.

Minha mente ainda não digeriu muito bem esse novo desenvolvimento.

— O que eu faço se não for ele?

— Volte correndo para cá. Eu não vou passar deste ponto.

Hesito e Win segura meu braço.

— Por favor — suplica ele, concentrando toda a intensidade daqueles olhos azuis em mim. — Você sabe quanto tempo nos custou para chegar até aqui. Se você puder falar com ele, não vai mais precisar se preocupar em decodificar pistas. Você pode levá-lo a contar exatamente o que precisamos saber. Diga... diga que Thlo a enviou. Se ele souber que você está aqui por ela, ele vai explicar tudo.

E então isso vai acabar, o grupo de Win terá o que eles precisam e eu poderei voltar para o mundo ao qual pertenço.

— Ok — concordo. — Só... não se mova um centímetro.

Ele concorda com a cabeça.

— Vá!

Posso sentir o seu olhar me seguindo enquanto corro pelo corredor. Estou prestes a fazer algo que ele achava que era impossível. Por baixo do meu nervosismo, meu corpo formiga de empolgação.

Vou encontrar o cara da gravação. Falar com ele, mostrar que não é apenas o seu povo que está tomando uma atitude pelos nossos planetas.

Esse pensamento me encoraja. Caminho mais rápido, passando por uma série de pinturas. Um enorme vaso decorado com padrões geométricos. Uma fileira de bustos de homens que devem ser famosos. Uma caixa de pedra delicadamente entalhada que parece um caixão.

Na metade do corredor, a tira ao redor do meu tornozelo começa a tremer. Uns trinta metros. Diminuo o ritmo. O tremor sobe para uma vibração frenética quando me aproximo de uma porta larga que conduz a uma galeria lateral.

Espreito através da entrada e só vejo uma grande sala acarpetada, repleta de pinturas. Entretanto, há outra porta menor ao lado da primeira. Um débil som de raspagem vem dela.

Entro na sala pisando silenciosamente. A galeria ao lado encontra-se igualmente vazia, mas o som ficou mais alto. Então, quando já estou no meio do caminho para a próxima porta, ele para. Sapatos pisam levemente o chão. Meto a cabeça pela soleira da porta e espio.

É ele.

Reconheço o cara da gravação no mesmo instante. Jeanant. Ele está parado ao lado do banco estofado no meio da sala, analisando as pinturas na parede à sua frente. Uma sombra de barba escurece a pele bronzeada do seu queixo e uma mancha azulada cobre o seu polegar direito, como se estivesse sujo de tinta e ele não tivesse conseguido removê-la completamente. Uma cartola como as que alguns dos homens na rua estão usando inclina-se sobre seu cabelo preto encaracolado. Ele está usando um paletó enfeitado sobre uma camisa e calças idênticas às roupas de Viajante de Win, mas, de alguma forma, ele faz com que pareça um traje apropriado, em vez de um monte de roupas aleatórias misturadas. A confiança que eu vi na tela não era apenas uma performance. Está nele agora, em sua expressão, na forma como está parado, quando não tem consciência de que alguém o está observando.

Tomo coragem e atravesso a porta.

Jeanant vira a cabeça rapidamente. Seus olhos castanho-escuros conectam-se com os meus e todo o impacto de sua presença me atinge: a *realidade* que me pareceu atração quando me aproximei de Win pela primeira vez, e terror, quando me confrontei com a mulher pálida. Estou impressionada com a sensação de que nós estamos exatamente onde precisamos estar, não apenas Jeanant, mas eu também.

Seu nome entala na minha garganta. Antes que eu possa me recuperar, ele se vira, recobra a compostura e ergue a cartola, para me fazer uma ligeira mesura. Enquanto endireita o corpo, ele diz algo naquela voz grave, controlada, algo que soa bastante amigável, embora eu não faça a mínima ideia do que as palavras signifiquem. Porque ele está falando em francês. Claro. Ele haveria de presumir que qualquer incauto vagando por ali deveria ser um francês.

Entretanto, mesmo que eu o tenha interrompido e, até onde ele possa saber, eu não passe de um mero inconveniente, está esperando pacientemente que eu responda.

— Jeanant? — digo. — Eu preciso...

No momento em que o seu nome passa através de meus lábios, sei que cometi um erro. Sua expressão se fecha. Ele leva a mão velozmente para o seu lado. Uma lasca de gelo atinge o centro do meu abdômen, fazendo com que a minha frase seja interrompida com um engasgo.

Enquanto ele recolhe uma espécie de bolsa de lona que está sobre o banco e tira dela um familiar pedaço de seda negra, Jeanant diz algo no tom levemente arrastado do idioma alienígena que ouvi Win falar algumas vezes. Sua voz é desafiadora.

Ele deve pensar que eu sou uma Executora, que estou aqui para prendê-lo.

— Não! — eu grito. Tento dar um passo na direção dele, mas o frio se infiltrou através de meus membros e minhas pernas não respondem. — Eu não sou...

Ele já está jogando o pano em torno do corpo. Sua forma desaparece em meio à sua superfície oleosa que brilha, refletindo o ambiente que nos rodeia. — Sou uma amiga de Thlo! — eu me forço a falar, um segundo antes de o frio congelar a minha mandíbula.

O pano desapareceu e eu não posso fazer coisa alguma além de ficar ali parada. Jeanant não retorna. Não sei se ele chegou a ouvir minhas últimas palavras.

Estou congelada. Win está longe demais para me ouvir chamá-lo, se eu pudesse chamá-lo. Meu peito aperta, porém, mal comecei a entrar em pânico e já começo a sentir um formigamento sobre a minha pele. Meus dedos das mãos e dos pés estão se mexendo. A paralisia já está passando.

Seja o que for que Jeanant atirou em mim, não tem a metade da potência das armas dos Executores. Ele não estava tentando me machucar. Apenas me atrasar, para que ele pudesse fugir.

Faço uma careta interiormente. Ele estava *bem* ali e eu não consegui dizer nada de útil. Eu já deveria saber que ele estaria preocupado com a possibilidade de os Executores rastrearem-no, assim como Win. A única razão de Jeanant estar aqui, escondendo a arma, é que eles já quase o pegaram.

Ao mesmo tempo, aquele estranho senso de propósito permanece dentro de mim. Eu realmente sou uma parte dessa missão agora. E se eu tiver outra chance de falar com Jeanant, não vou estragar tudo.

Meu olhar vagueia pela sala enquanto o meu corpo volta à vida. Tenho certeza de que havia tinta em seu polegar, mas não vejo qualquer mensagem ou dica que ele estivesse cobrindo. Não há brilho de tinta úmida em nenhum lugar.

O frio escoa do meu corpo. Eu me sacudo, esfrego os braços e volto para Win.

14.

— Por que você não explicou a ele? — Win quer saber enquanto caminhamos pelo corredor até a sala onde eu encontrei Jeanant.

— Ele não me deu chance! — justifico.

— Não posso acreditar que ele estava aqui, que você falou com ele e que nós ainda... — ele se interrompe, com uma bufada estrangulada.

Nem eu. Mas Win não está em posição de me criticar.

— Não se pode dizer que você tenha feito muito para me preparar — observo. — "Vá lá, depressa, faça ele contar!". Eu *tentei*.

— Bem, nós vamos ter que tentar de novo — diz Win, como se estivesse falando mais para si mesmo do que para mim. — Agora que sabemos que isso pode ser feito, precisamos apenas encontrar o momento certo.

Então eu vou ter outra chance. Deixo escapar um suspiro que eu não percebi que estava segurando.

— Você poderia vir comigo da próxima vez, assim ele saberia que eu estou com o seu grupo, não é? — sugiro, enquanto o conduzo pela série de salas menores da galeria. — Quero dizer, eu sei dessa coisa toda do paradoxo que atira vocês longe quando acontece de vocês serem de duas épocas diferentes, mas você não está *tão* longe assim no futuro dele, não é? Algumas semanas? — Minha mente começa a girar, trabalhando através dessa equação física distorcida. — Você só precisaria descobrir onde ele estava algumas semanas depois que ele veio pela primeira vez à Terra, para que as suas... bolhas se alinhem.

— Ah. — Win limpa a garganta. — Na verdade, são anos.

Eu paro na porta e o encaro.

— *Anos?* Mas você disse que só estava à espera de ter notícias dos outros... eu sei que você disse que eram só algumas semanas.

— E isso é verdade — confirma Win lentamente, como se eu fosse tão obtusa que não descobri isso por conta própria. — Thlo, eu e os outros só estamos na Terra há cerca de quatro semanas. Mas não podíamos correr para cá no segundo em que Jeanant desapareceu. Thlo ainda nem tinha recebido a sua mensagem explicando o que ele havia feito, só muito tempo depois. Ele sabia que, assim que os Executores percebessem que ele foi o responsável pela tentativa de ataque, começariam a investigar quem havia se associado com ele. Se Thlo também fosse apanhada, não conseguiríamos fazer nada. Então ele programou a mensagem para ser transmitida só depois que houvesse se passado muito tempo, a fim de que a suspeita fosse esquecida. Além disso, não é fácil cruzar toda a galáxia de Kemya até aqui. Especialmente quando você está fazendo isso sem permissão oficial. Armar o plano, reunir equipamentos e suprimentos secretamente, arranjar uma nave... demora um pouco.

Minha mente está rodando de uma forma totalmente diferente agora.

— Então, espere, de quantos anos estamos falando?

— Quase onze anos, pelo nosso sol — revela ele. — Que equivale a algo em torno de dezessete anos para vocês.

— Jeanant vem de um passado há dezessete anos? Então, por que...?

— Não — diz Win. — Eu já lhe disse antes, o presente de Jeanant, o momento em que ele desceu à Terra, é o mesmo que o seu tempo presente... onde eu conheci você. *Eu* pulei para trás dezessete anos terrestres para chegar lá.

Win é do meu futuro. Ele podia ter me visto dezessete anos mais velha?

Não, porque eu não tinha um futuro antes de Win chegar. Eu morri com a bomba no tribunal.

Pressiono minha mão contra a testa, como se isso fosse acalmar meus pensamentos. Nada disso importa agora. Eu deveria me concentrar no que está diante de mim.

Duas fileiras de botões de marfim na almofada do banco. Três ranhuras em cada uma das pernas arqueadas. Duas pinturas na parede oposta a mim, sete lá, para onde Jeanant estava olhando. Vermelhos e verdes, azuis e amarelos, em tons ricos de tinta a óleo.

— Podemos saltar para trás um pouco mais cedo? — atrevo-me a perguntar quando me sinto mais estável. — Eu poderia alcançar Jeanant quando ele chegasse ao museu.

— Estamos vagando por um tempo — Win fala. — Eu duvido que ele tenha chegado mais cedo do que nós. E duas versões de você no mesmo edifício, ao mesmo tempo... É simplesmente uma má ideia. Pelo menos sabemos que sala ele escolheu. Diga-me novamente o que aconteceu, o que ele estava fazendo.

— Ouvi um som de raspagem — conto. — Quando cheguei a esta sala, Jeanant estava aqui, olhando para aquela parede. — Aponto. — Eu acho que ele tinha tinta azul na mão.

Win vai para o local que indiquei no chão, franzindo a testa para as pinturas. Ele cruza os braços diante do peito e fico impressionada com a diferença entre ele e o homem que estava ali antes. A frustração de Win irradia dele, como se o meu fracasso houvesse lançado todos os seus planos por terra, mesmo que, meia hora atrás, ele não tivesse a mínima ideia de que fosse realmente possível que eu pudesse falar com Jeanant.

De sua parte, ele nunca teve um plano sólido, não é? Está certo que ele está disposto a correr riscos, mas com ele é tudo na base do "vamos tentar fazer isso e ver aonde isso nos leva". A missão em si, a ideia de salvar a Terra, era de Jeanant.

Porque Jeanant é a primeira pessoa de seu povo a dar um passo à frente e realmente fazer algo sobre o campo temporal. E mesmo depois de achar que os Executores o tinham apanhado, ele agiu e falou com tanta confiança, que parecia ser capaz de enfrentar um exército inteiro se preciso fosse, e talvez até sair vitorioso. Tanta confiança que eu ainda posso senti-la ecoando dentro de mim.

Nós sobrevivemos aos Executores na lanchonete, às ruas de Paris, ao guarda do museu. Vamos passar por isso também. Pela primeira vez na vida, eu não vou recuar nem ficar esperando de braços cruzados que meus problemas desapareçam.

— Você está vendo alguma coisa que possa ser uma pista? — pergunto.

Win sacode a cabeça. Ele se aproxima mais, estudando cada um dos quadros na parede. Há um navio num mar tempestuoso, uma floresta sombria, uma mulher reclinada ao luar, um caçador saltando uma sebe com o seu cavalo, uma família reunida em torno de uma lareira bruxuleante, um retrato de um jovem de ar austero e dois corvos sobrevoando uma pradaria. Todos eles têm toques de azul aqui e acolá.

— Imagino que nenhum desses quadros esteja assinado por Jean Ment, não é? — digo. O canto da boca de Win se contrai, como se estivesse dividido entre sorrir e franzir a testa.

— Infelizmente não — ele responde. — E nem por Jeanant ou Met também...

Met. O codinome ficou pairando no ar. Olho para as imagens novamente e a resposta me vem. Win olha para mim, arregalando os olhos, ao mesmo tempo em que me viro para ele.

— *Prometeu.*

Que deu o fogo aos homens.

— Eu deveria ter percebido isso logo de cara — Win censura a si mesmo, um pouco sem fôlego, estendendo a mão para a pintura da família junto à lareira. — É perfeito. Só o nosso grupo sabe que ele usava esse nome. Os Executores jamais iriam sacar.

Ele coloca a pintura no chão e se agacha diante dela, correndo os dedos ao longo de sua moldura dourada. Ela range quando ele enfia os dedos num canto da tela, e eu estremeço.

— Você vai quebrá-la! — aviso.

— Pelo que sabemos, a pintura foi destruída antes que Jeanant acrescentasse o artigo no jornal sobre proteger a arte — argumenta Win, encolhendo os ombros. — Tenho que verificar... Aqui vamos nós.

A quina da moldura se solta do quadro, e noto que, ao pressionar a tela, os dedos de Win adquiriram o mesmo tom azulado que tinha o polegar de Jeanant. Mas não consigo deixar de me agoniar enquanto ele arranca a tela. Essa poderia ser uma obra-prima perdida, só agora recuperada.

Claro, uma obra-prima humana. Considerando o que Win disse antes sobre arte e desperdício, acho que até ele não considera a destruição de uma pintura da Terra uma grande perda.

— Encontrei! — ele comemora. Win puxa algo semelhante a uma placa de plástico do espaço entre a lona e sua armação. Embutida no material com aparência de plástico há um retângulo de metal entrecortado por linhas prateadas.

— O que é isso? — eu pergunto. Com certeza não se parece com uma arma capaz de explodir um enorme satélite.

— Uma placa de circuito — Win responde, sorrindo. — Eu diria que um sistema de orientação ou um processador, já que essas são as partes que teríamos mais dificuldade de fabricar por conta própria quando reconstruirmos a arma. E... — Ele toca as linhas de minúsculos caracteres vermelhos impressos ao longo da aresta da placa. Eles me lembram aqueles na tela do 3T.

— Estas devem ser as indicações de Jeanant para a próxima peça do quebra-cabeça. — Seus olhos dardejam sobre eles, seu corpo praticamente tremendo de entusiasmo agora. Ao ver a empolgação em seu rosto, parte de mim deseja estar lá com ele examinando a placa. Entretanto, isso não é o suficiente para me distrair do que ele disse.

— A *próxima* peça do quebra-cabeça? Pensei que você só precisava encontrar uma coisa.

— Bem, nós precisamos encontrar a arma — diz Win. — Jeanant não arriscaria em apostar todas as suas fichas num único esconderijo. Em sua última mensagem para Thlo, ele disse que iria separar as partes mais importantes e espalhá-las entre quatro lugares e épocas diferentes. Assim, mesmo que os Executores encontrassem uma ou duas, com sorte teríamos ainda o suficiente para descobrir o resto.

Ele diz isso com a mesma naturalidade com que falou em destruir a pintura. Como se eu devesse saber disso o tempo todo. Suas palavras anteriores voltam à minha mente: *Vamos ter que tentar novamente.*

E isso não quer dizer aqui. Quer dizer em algum outro lugar, em outro momento. Outra viagem no 3T — e mais outra, e outra — a mais mundos dos quais eu jamais deveria tomar parte. Mundos onde nada será mais *errado* do que eu.

Meu estômago dá um nó.

— Então, nós mal começamos — concluo. — Você só me perguntou se eu poderia ir para a França. Você simplesmente achou que eu o seguiria aonde quer que você precisasse ir?

— Bem, eu... — Ele olha para mim e sua voz vacila. — Você disse que iria me ajudar.

— Da maneira que você falou, me pareceu que seria apenas um lugar. Como se fôssemos apenas fuçar um pouco em Paris e depois voltar para casa, nada mais.

Sua boca se abre. Dá para ver que ele está fazendo força para manter aquela expressão inocente. Não funciona. Seus olhos se desviam de mim e depois voltam. E, de repente, eu entendo.

— Você sabia que eu provavelmente não viria se você me contasse tudo — constato. Eu sou uma espécie de nova e formidável ferramenta de detecção de mudança e ele precisava me trazer junto, então me disse o que achou que iria me convencer e deixou de fora todos os outros detalhes importantes. O que eu quero pouco importa, desde que a missão seja concluída.

— Eu não queria complicar as coisas.

— Você *decidiu* não me contar toda a verdade.

E deu certo. Aqui estou eu. Sem a menor condição de voltar para casa, a menos que ele me leve.

Minha pulsação se acelera. Busco a minha pulseira, o conforto dos números, mas a ideia de tentar me recompor com ele ali parado me olhando como se eu fosse uma aberração só faz eu me sentir pior. Girando nos calcanhares, deixo a sala.

— Skylar! — Win grita para mim, mas eu o ignoro. Caminho decidida de volta para o grande corredor e não paro até alcançar uma das altas janelas do museu.

Ela oferece uma vista da cidade, em vez de se abrir para o pátio interno. As armas e os canhões estão momentaneamente em silêncio, porém dois rolos de fumaça ainda serpenteiam na direção das nuvens sobre os telhados de pedra entalhada.

Encosto a testa contra o vidro, absorvendo a cena lá embaixo enquanto giro as contas da pulseira. Consigo divisar uma dezena de árvores de troncos finos ao longo da avenida. A folhagem verde e viçosa flutuando na brisa. Manchas indefiníveis de fuligem, lama ou algum outro líquido escuro se esparramam pelas pedras. Na esquina, há um corpo estatelado e imóvel, trajando um uniforme vermelho e azul.

O que estou fazendo aqui?

A resposta vem, espontaneamente, com a lembrança da tenacidade no rosto de Jeanant, enquanto ele falava contra os Executores. Eu não sou apenas uma variável passiva em algum aquário experimental alienígena. Estou consertando o mundo. Estou corrigindo os *erros*.

Simplesmente não consigo deixar de pensar que eu estaria fazendo um trabalho muito melhor se Jeanant fosse o meu guia.

Ouço Win andando atrás de mim, mas não me dou ao trabalho de olhar. Ele para ao lado da janela.

— Sinto muito — fala ele com firmeza. — Conhecer você foi uma oportunidade que jamais sonhei encontrar, a chance de tornar a nossa missão muito mais fácil. Eu não queria perder isso. Entretanto, nunca fiz algo assim antes... trazer comigo um terráqueo. Nunca deveria ter feito isso. Eu não sabia quanto deveria contar.

— Você acha que foi fácil para mim? — retruco. — Você, pelo menos, já fez *algo* assim antes. Eu realmente queria ajudar e sei como é importante para você encontrar essa arma, mas não foi justo me pedir para tomar uma decisão assim sem me dizer no que estávamos no metendo de fato.

— Eu sei. Sinto *muito*. E você sabe disso agora: mais três épocas, mais três partes da arma. — Ele se inclina para trás, contra a parede. Com o canto do olho, vejo sua cabeça virar, examinando o corredor. Seu tom de voz se alegra. — Não foi de todo ruim, não é? Você acabou conhecendo Paris. Uma Paris que ninguém que você conhece jamais conseguirá visitar.

Parte de mim quer bater nele, no entanto deixo escapar uma risada.

— Acho que sim. — Não posso dizer que não desejaria ter conhecido esta Paris. Que não é emocionante pensar que um dia eu poderei visitar o Louvre na minha própria época e ser capaz de constatar como ele mudou nos últimos dois séculos.

— Você quer que eu a leve de volta? — Win pergunta.

Então olho para ele. Sua mandíbula está contraída, a boca pressionada numa linha reta, como se desejasse que não tivesse dito isso. Mas ele disse. Apesar de que completar sua missão possa depender do fato de eu poder falar com Jeanant, de eu poder sentir as alterações.

De certa forma, isso significa mais do que qualquer outra coisa que ele disse desde que o conheci. A lembrança de casa me invade de saudade, mas eu me obrigo a fazer uma pausa. Analiso a minha raiva, a sensação de ter sido enganada, a ansiedade subjacente. Nada do que eu já passei até agora pode ser classificado como totalmente insuportável. Meu polegar corre pelas contas da pulseira. Acho que consigo aguentar mais.

Não acho que poderia suportar voltar a viver a minha antiga vida, sentindo cada pequena mudança, sabendo o que elas significam, sabendo que o grupo de Win ainda está lutando para impedi-las... e lutando com mais dificuldade, porque eu simplesmente desisti e deixei o medo me vencer. Jeanant encontra-se ainda mais deslocado do que eu, a uma galáxia de distância de casa e anos de diferença de qualquer membro de seu próprio povo, e ele não deixou isso detê-lo.

Respiro fundo, tentando aliviar o nervosismo provocado pela ideia de saltar para outro ponto qualquer da História em que me sentirei um peixe fora d'água. Eu não irei desistir, mas isso não significa que eu não possa pedir alguma coisa em troca.

— Não — respondo. — Não desse jeito. Mas, antes de partirmos para onde e quando precisamos ir agora, acho que eu me sentiria melhor se você me levasse para casa antes, apenas por alguns minutos. Só para eu... recuperar o fôlego. — E recuperar o equilíbrio antes que o meu mundo vire de pernas para o ar novamente.

— E depois disso você viria comigo? — pergunta Win.

— E depois disso eu viria com você — confirmo. — Ainda precisamos salvar o meu planeta, não é?

Ele abre um sorriso.

— Realmente precisamos.

15.

Eu me apoio no canto do parapeito da janela. A pedra dura me escora.

— Você já sabe qual será a nossa próxima parada? — pergunto para Win.

Ele levanta a placa de plástico alienígena.

— Ainda não — confessa. — É como a mensagem de Jeanant para Thlo: uma espécie de enigma, no caso de os Executores colocarem as mãos nele. A primeira parte não é muito difícil. Ele diz para pegarmos o número de anos que a primeira mensagem dele levou para chegar até nós e multiplicá-lo por duzentos e sessenta e oito, contando do zero. Thlo disse que a mensagem chegou exatamente três anos e meio depois que ele desapareceu, então...

— 938 — respondo automaticamente. Win pisca para mim, surpreso. — Os números são a minha especialidade, lembra? Esse é o ano que teremos de visitar? 938 d.C., suponho... provavelmente é isso que significa o "contando do zero".

Ele me abre um sorriso lentamente. Um sorriso que torna difícil lembrar que ele não é um garoto humano, mas um alienígena.

— Sem dúvida — ele concorda. — O restante é mais obscuro, no entanto. "Onde o pequeno dragão assusta o grande dragão. O sinal irá apontar para o céu."

— Dragões — reflito. — Então... em algum lugar na Grã-Bretanha medieval? Seria a época certa para isso.

— Na verdade — Win diz com um arzinho condescendente que acaba com qualquer benevolência que seu sorriso despertou em mim —, os dragões são muito mais ligados a várias culturas asiáticas do que à Europa. É mais provável que ele estivesse se referindo a isso.

Eu me contenho para não revirar os olhos.

— Ok, você pode ser mais específico? A Ásia é um grande continente.

— Me dê um segundo. A pista deve estar nesse ano específico...

— Você acha que pode ser outra revolução? — pergunto. — Esse é o tipo de lance de Jeanant, certo? O trecho sobre os dragões soa como algum tipo de revolta.

— Claro. Isso vai ajudar a reduzir o universo de possibilidades. — Ele tira da bolsa o 3T e desdobra-o em sua forma de laptop.

—- Você tem acesso à Internet aqui? — pergunto ceticamente, enquanto ele o apoia no parapeito da janela ao lado.

— Não. Mas há uma abundância de informações armazenadas no próprio tecido. É difícil encontrar qualquer coisa *rapidamente*, peneirar tudo isso, mas o que precisamos saber está aqui, em algum lugar.

— E o restante do seu grupo? — pergunto. — Você tem a prova de que está no caminho certo agora. Você não deveria informá-los?

Ele faz uma pausa, o brilho da tela lançando um tom esverdeado em sua pele castanho-dourada. Em seguida, ele balança a cabeça negativamente, com ênfase.

— Ainda não há necessidade. Estamos indo muito bem por conta própria. Se pudermos alcançar Jeanant no próximo local, pode ser que consigamos terminar tudo ali mesmo.

Eu não vejo por que ter um pouco de ajuda extra não seria uma coisa boa, mas logo em seguida um canhão dispara lá fora, fazendo a parede tremer. Win estremece ao me ver pular para trás. Alguém está atirando direto no edifício.

— Espero que este lugar aguente — Win observa, virando-se para a tela. Com o coração disparado, eu me debruço na janela e espio lá fora, pensando que eu deveria sugerir que ele faça a pesquisa dele lá na minha casa. As sombras em toda a avenida do Louvre estão se alongando, enquanto o sol afunda por trás dos telhados ao longe. Não consigo divisar qualquer movimento entre eles. Há apenas uma dupla de pássaros pairando em círculos no céu, onde um dos rolos de fumaça esvaneceu-se num estreito fio e...

Há uma nova coluna de fumaça se elevando entre as outras duas, grossa e cinzenta. No instante em que bato os olhos nela sou tomada por um tremor desconfortavelmente familiar de *errado, errado, errado*. Suo frio.

— Win — chamo. — Win!

— O quê?

Por um segundo, tudo que consigo é pressionar o dedo contra o vidro, já que a sensação de *errado* me sufoca. Minha outra mão busca às cegas a minha pulseira.

— Lá — forço-me a falar —, aquela fumaça. Acho que alguma coisa foi alterada.

Win olha para mim. Um daqueles palavrões alienígenas escapa de sua boca.

— Vem da direção que viemos — falo. — Será que *nós* fizemos alguma coisa...

— Se a alteração tivesse sido ocasionada por nós, você jamais notaria nada de diferente — ele fala. — No entanto, talvez a gente tenha mudado outra coisa. Os Executores devem ter nos rastreado de alguma forma.

Nem bem essas palavras deixam a boca de Win e a tira de alarme ao redor do meu tornozelo começa a vibrar.

— Eles estão perto! — alerto-o, afastando-me da janela.

Win se volta para o computador de pano apressadamente.

— Eu já consegui reduzir o universo de busca — diz ele. — Só preciso de uns segundinhos, agora.

Ele corre velozmente os dados pela tela. Verifico as duas extremidades do corredor. A tira de alerta agora está vibrando apenas ligeiramente, mas isso pode mudar a qualquer momento.

— Não poderíamos sair daqui primeiro e aí você continuar procurando? E se *não tivermos* mais esses segundinhos?

— Se eu parar, terei que recomeçar tudo de novo... Achei! O rio Bach Dang. Ele estende uma das mãos para mim, enquanto a outra coloca o 3T em formato de tenda. — Venha!

Meu olhar desliza através da janela e capta um movimento do lado de fora. Uma figura pálida ladeada por duas mais escuras, marchando através da avenida em direção à nossa ala do museu. No instante em que meus olhos batem neles, a mulher pálida ergue a vista para a janela onde estou. A ordem gritada que ela emite me chega através do vidro e Win agarra o meu braço. Entro atabalhoadamente debaixo do pano, esbarrando em Win.

— Ela está lá fora, ela me viu — balbucio enquanto as abas se fecham.

— Bem, num instante você não estará mais aqui — responde Win, pressionando a tela interna. — Segure firme.

Mal tenho tempo para pensar *"Segure firme em quê?"* antes que o 3T dê um solavanco e meu estômago salte junto com ele. Tropeço em Win, tapando minha boca com a mão para conter uma onda de náusea. E, então, terminou. Win pragueja baixinho e pressiona a tela novamente. Espio através da parede translúcida do tecido e reconheço o mesmo corredor amplo do Louvre, os bustos enfileirados, as janelas altas. Não nos deslocamos mais do que alguns metros.

— O que...

— Deixe eu descobrir o que aconteceu! — Win se antecipa.

O pano dá uma sacolejada. Consigo manter o equilíbrio, mas a minha cabeça está girando. As paredes externas do Louvre surgem em torno de nós, borradas através do pano. Nós Viajamos só até o pátio do museu.

Um modelo mais antigo, Win me explicara antes, justificando a forte trepidação durante os deslocamentos. Será que o 3T pifou? Win bate a mão contra a tela, mas desta vez o pano não se move nem um pouquinho. Ele se inclina para a frente, com a cabeça baixa, murmurando algo baixinho. Parece quase como se ele estivesse rezando. Eu me abraço, preparando-me para ver a mulher pálida irromper pela porta diante de nós. Talvez devêssemos sair e correr.

— Você vai funcionar — Win rosna para a tela, como se pudesse intimidar o pano para que funcione corretamente. Seus dedos voam sobre os caracteres. E o mundo que nos rodeia finalmente desaparece.

Fecho os olhos com força. O chão debaixo de mim estremece e o ar zune. Deve ser esta a sensação de ser apanhado por um furacão. Mas, pelo menos, parece que desta vez estamos realmente indo para algum lugar.

Aterrissamos com um solavanco e um zumbido nos meus ouvidos. Apenas uma luz fraca penetra na parede de tecido, através do qual percebo prédios de ambos os lados, porém o barulho do tráfego de automóveis e da batida de um hip-hop também chegam até mim. Já não estamos no Louvre, nem em Paris. Deixamos os Executores para trás. Suspiro aliviada.

— A terceira vez dá sorte — murmuro. — Onde estamos?

Win consulta a tela. Sua postura relaxa.

— De volta à sua cidade. Na tarde em que saímos.

— Ah! — exclamo. — Eu estava pensando, tipo, *minha casa*, ou...

— Eu sei. Mas... Eu não esperava que os Executores nos encontrassem tão rápido.

— A gente deve ter produzido outra mudança no museu, certo? — indago, mas, no momento mesmo em que essas palavras saem da minha boca, franzo a testa. Que mudança poderíamos ter feito que, de alguma forma, entrasse nos registros dos Executores? A única pessoa que encontramos foi aquele guarda, que nem chegou a nos ver. E, mesmo assim, a mulher pálida parecia saber exatamente onde e quando nos encontrar. — O que pode ter sido?

— Eu não sei — responde Win, com voz firme. — Eles não devem ser capazes de decodificar o sinal dos 3Ts depois do que Isis fez. Acho que estamos bem. Só achei que era melhor tomar precauções. Se eles realmente descobriram como nos rastrear, saltar para a sua casa iria levá-los direto para lá.

A ideia daquela mulher pálida parada na minha porta da frente envia um calafrio através da minha espinha.

— Nós ainda podemos ir para lá; a chance de eles nos rastrearem é pequena — Win continua, mas sacudo negativamente a cabeça.

— Não. — Não vale a pena corrermos nem um risco mínimo só para rever o meu quarto por alguns minutos. Isso aqui já está bom.

— Me avise quando você estiver pronta para seguir em frente — pede Win. *"De preferência, logo"*, dá para ver que ele está pensando. Com a ideia dos Executores nos seguindo pairando sobre mim, voltar para casa não é tão reconfortante quanto eu esperava.

— Por que nossas bolhas de tempo não colidem com a dos Executores e vice-versa? — pergunto, enquanto saímos do 3T para o beco.

— O grupo que está me procurando é do mesmo presente que eu — Win esclarece. — Nossos campos temporais são praticamente iguais. Há, entretanto, um pequeno espaço de manobra: se eles levam meia hora para notar alguma mudança que acidentalmente causamos, não podem aparecer lá no mesmo momento em que fizemos a mudança, pois a diferença de meia hora entre nossas "bolhas" iria afastá-los. É por isso que eles não apareceram no segundo em que entramos na cafeteria outro dia. E é por isso também que devemos evitar ficar em qualquer lugar por muito tempo.

Certo. Toco as paredes dos edifícios enquanto caminhamos em direção à rua. Os tijolos e o concreto são tranquilizadoramente reais, mas não *tão* reais. Espio uma rua de comércio que me é vagamente familiar. Acho que fica perto da academia da mamãe... Ah! Quando fui com ela no dia Traga Seus Filhos para o Trabalho, alguns anos atrás, nós almoçamos naquele restaurante ali no fim da rua. Lá tem um bolo Floresta Negra pelo qual ela é doidinha.

Essa lembrança me situa mais firmemente no lugar. As pessoas que passam por nós são um borrão de jeans e casacos modernos, tênis de corrida e saltos agulha, telefones celulares nas mãos ou nas orelhas. O ar que respiro é maculado pelo escapamento dos veículos e pelo cheiro salgado e gorduroso proveniente do restaurante *fast food* ao nosso lado. A tensão no meu peito se alivia um pouco.

Este é o meu mundo. Ainda aqui, exatamente como estará me esperando quando eu voltar de onde quer que nós iremos a seguir. Meto a mão em minha bolsa e envolvo o meu celular com os dedos. Poderia ligar para a Angela, Lisa ou Bree... até mesmo para a minha mãe ou o meu pai, se eu quisesse. No entanto, não sei o que diria ou se com isso eu poderia produzir alguma mudança inadvertidamente e atrair os Executores para cá. Mesmo assim, é bom saber que eu poderia.

Win desloca o seu peso de um pé para o outro, numa impaciência silenciosa. Eu só pedi alguns minutos aqui, mas agora que estou de volta, rodeada pelas imagens e sons familiares, a ideia de deixar tudo isso para trás outra vez é dolorosa.

Eu poderia ficar aqui, afinal de contas. Eu poderia simplesmente sair andando e voltar para casa.

E deixar Win enfrentar os Executores sozinho. E voltar atrás com a minha palavra. *Ainda precisamos salvar o meu planeta.* Quem garante que esta cidade realmente estará aqui amanhã, se os outros Viajantes continuarem fazendo suas alterações experimentais?

Pressiono a mão contra a parede lateral do restaurante, deixando a sensação da minha cidade me impregnar. As sensações do mundo que eu estou defendendo. Então, viro-me para Win.

— Ok — digo. — Estou pronta. — E, dessa vez, acredito mesmo nisso.

Voltamos para as sombras do beco e para debaixo do 3T. Enquanto as pregas do pano negro se fecham em torno de mim, eu me lembro daquelas primeiras tentativas, trepidantes e frustradas, que fizemos para sair do Louvre.

— Eles não fizeram nada para prejudicar o seu 3T, não é? — quero saber.

— O quê?

— Os Executores. O tecido não funcionou nas duas primeiras tentativas.

— Oh, não, ele só estava sendo caprichoso. Como um... um motor de carro afogado. Eu só precisei insistir um pouquinho e tudo bem. Conseguimos chegar aqui, não chegamos?

Eu preferiria ter feito isso em um 3T novinho em folha, top de linha, que não "afogasse". Acho que é isso que está dando pistas para os Executores. Pelo menos Win parece não achar que é um problema que vá piorar.

Ele já deve ter programado o nosso próximo destino no tecido, porque só precisou tocar o painel e nós já decolamos. Fico quase aliviada ao sentir a trepidação, o movimento de rotação que diz que estamos realmente Viajando. Firmo o corpo e controlo a minha náusea.

Demora um pouquinho até que batemos no chão. Há árvores por todos os lados à nossa volta, bem próximas das laterais da tenda.

— Estamos nas colinas sobre o rio Bach Dang, no Vietnã, 938 d.C. — Win anuncia. — Véspera da grande rebelião. A batalha ocorre no rio, assim sendo, seja qual for a pista que Jeanant nos deixou para encontrarmos a próxima parte da arma, provavelmente ela está lá embaixo.

— Por que não podemos ir direto para lá? — pergunto, e, logo em seguida, me dou conta sozinha da resposta. — Porque, se os Executores rastrearem o nosso deslocamento, isso iria levá-los direto até nós e Jeanant.

— Eles não devem ser capazes de fazer isso — Win diz, assim como fez antes. — É só uma medida de precaução. Mas, mesmo assim, temos que nos mexer.

Ele recolhe o 3T rapidamente e revela uma estrada de terra marcada por pegadas e sulcos de rodas de carroça. A brisa é fria e úmida, com o mesmo cheiro do parque lá perto de casa depois de uma chuva, só que mais pungente. Win começa a seguir pela estrada, dobrando o tecido enquanto caminha. Minhas botas chapinham nas poças de lama pegajosa enquanto eu corro para alcançá-lo. Samambaias enormes guarnecem as margens da estrada, ao redor dos troncos cobertos de musgo das árvores de folhas largas, com galhos tortuosos carregados de cipós. Insetos zumbem estridentes em torno de nós. Tudo isso me oprime de tal forma que, por um segundo, não consigo respirar. Curvo os dedos em direção à palma da mão, tentando trazer de volta a sensação dos prédios da minha cidade e, em seguida, concentro a minha vista na bolsa de Win, nas bordas arredondadas das fivelas de latão, nos arranhões no couro liso. A presença sufocante da selva recua.

A estrada contorna uma encosta repleta de aflorações rochosas cobertas de líquen. Estamos quase chegando ao topo quando galhos estalam em algum lugar atrás de nós. Eu recuo, dando um passo em direção ao abrigo das árvores. Win se vira. Ninguém à vista, porém continuamos a ouvir um ruído surdo vindo em nossa direção. Como um tropel de pés pisando forte a terra batida. A tira de alarme em torno do meu tornozelo está quieta.

— Não é o seu povo — falo para Win.

— Então, provavelmente é mais uma tropa do exército chegando — Win sussurra. — Vamos sair do caminho. Se eles nos virem, poderíamos alterar alguma coisa.

Eu já estava concordando com Win desde que ele disse a palavra *exército*. Ele enveredou pela fechada vegetação rasteira, comigo atrás dele, gotas de água salpicando minha blusa e vestido. As folhas serrilhadas arranham os meus braços. Ao empurrá-las para longe do rosto, calafrios deslizam pelos meus dedos. Afasto minhas mãos delas.

Win parou. Ele agarra o meu pulso e me abaixa por trás de uma samambaia particularmente grande.

O som da marcha está ficando mais alto. De onde estamos agachados, consigo divisar nesgas da estrada esburacada. Não há nenhum outro som além dos passos e do zumbido dos insetos.

Em seguida, eles entram no meu campo de visão: um batalhão marchando em quatro fileiras, armaduras chapeadas, capacetes redondos e reluzentes, espadas balançando em seus quadris. Eles marcham com passadas largas, em perfeita sincronia. Apesar da estrada lamacenta, os uniformes de cada soldado parecem novos e limpos.

Bem, isso parece uma força revolucionária muito mais eficaz do que os moradores dispersos que vimos em Paris. Organizada, disciplinada. Em poucos minutos, eles saem de nossas vistas, a caminho do cume da colina.

— Eles estão indo se juntar à batalha que vai acontecer ao longo do rio nos próximos dias — Win diz calmamente. — O Exército chinês está vindo ao seu encontro, para acabar com os rebeldes vietnamitas. Mas, desta vez, os vietnamitas vão ganhar sua liberdade.

Ele me faz um gesto para nos embrearmos ainda mais na selva.

— Há mais soldados vindo. É mais seguro ficarmos fora da estrada.

Contornamos as árvores e tropeçamos numa trilha estreita quase paralela à estrada. Estudo a parte de trás da cabeça de Win, que balança ligeiramente no ritmo de seus passos, tentando imaginar as gigantescas bases de dados a que ele deve ter tido acesso em seu planeta natal. Catálogos de milhares de anos de História de toda a Terra. Eu nunca ouvi falar dessa batalha. Ele sabe muito mais sobre a história do meu planeta do que eu, e sou eu quem vive aqui.

A grande questão que tem sido torturante para mim se levanta.

— Por que o seu povo começou a fazer isso, pra começo de conversa? — pergunto. — Estudar a Terra, fazer experiências... Sua ciência está anos-luz à frente da nossa; vocês não se preocupam com a arte; vocês têm que atravessar a galáxia só para chegar aqui... o que vocês esperam aprender de um bando de seres humanos?

— Ah... — Win se vira para trás, para me olhar, com cara de quem engoliu uma mosca. — Isso é muito complicado.

— Como se tudo o que você já me disse até agora também não fosse! Tente.

Ficamos em silêncio enquanto continuamos subindo a parte mais íngreme da colina, agarrando-nos nos cipós e perturbando flores que expelem baforadas de um perfume pesado e enjoativo no ar. Win está arfando tão alto com o esforço que começo a me preocupar que os soldados lá na frente possam ouvi-lo. Ele oscila um pouco, mas continua caminhando, já que a trilha começa a se inclinar para baixo. Ainda sem me responder.

— Win, por que você não pode simplesmente me falar? Eu não vou sair por aí contando os seus segredos... ninguém acreditaria em mim se eu tentasse.

— Não vejo por que isso é importante — diz ele.

— Quero entender por que vocês fizeram isso com a gente — retruco, e ele faz uma careta.

— Não é uma boa história — Win responde. — Ninguém realmente fala sobre ela, a não ser para lembrar a nós mesmos... Muito tempo atrás, alguns do nosso povo cometeram um erro incrivelmente grande. Um erro tão grande que destruiu o nosso mundo.

— Assim do nada?

Ele balança a cabeça, confirmando.

— Uma nova tecnologia foi introduzida e implementada, sem ser exaustivamente testada como deveria e... imagine se todas as usinas nucleares da Terra derretessem simultaneamente e depois explodissem, e multiplique por cem. Só tivemos tempo de evacuar algumas pessoas para o que se pode chamar de estação espacial que estava orbitando o planeta antes que a atmosfera lá embaixo fosse completamente envenenada.

— Oh! — exclamo, um calafrio de horror correndo através de mim. *Todas as usinas nucleares multiplicadas por cem.*

— Todos nós vivemos nessa estação espacial desde então — ele continua. — Expandindo-a e melhorando conforme o necessário. E supostamente fazendo planos para seguir em frente. Quando o desastre aconteceu, nossos cientistas já estavam explorando planetas visando estabelecer uma colônia. Mas, então, depois do acidente, todos estavam com medo de correr rápido demais e cometer outro erro, perdendo o pouco que tinham conseguido salvar. Você tem que entender, no início, era o destino de todo o nosso povo em jogo. Assim que definimos um rumo, só teríamos uma chance.

— A Terra era um desses planetas? — eu arrisco. — Para *colonizar*?

— Obviamente, isso não aconteceu — ele se apressa em dizer. — Eles queriam executar alguns experimentos em algum lugar, para ver que tipo de desafios poderiam enfrentar, e como os habitantes lidariam com isso. E usar um campo temporal para que pudessem fazê-los repetir os eventos e verificar quais os fatores que influenciavam o resultado. Eles escolheram a Terra. A ideia original era executar uma série de testes relativamente breves e então se mudar para cá, mas, depois de alguns anos de ensaios e Viagens, os cientistas começaram a notar discrepâncias nas leituras. Eles perceberam que as alterações estavam deteriorando o planeta.

Ah.

— Vocês não queriam um planeta que já estava começando a desmoronar — concluo. Era bom o suficiente para os Viajantes darem uma escapadinha e brincar com ele, porém, não era bom o suficiente para ser um lar. Não que eu quisesse que o povo de Win viesse morar com a gente, absolutamente; mas isso dói, mesmo assim. O pensamento de que eles nos usavam e continuariam usando até que não servíssemos para mais nada, a não ser sermos jogados fora. Quanto tempo vai levar, depois que nós os detivermos, para o mundo se recuperar?

— Devíamos ter parado com isso há muito tempo — confessa Win. — Eu sei disso. Muitos de nós sabem. Só que os cientistas, especialmente esses que fazem o trabalho com o campo temporal, são respeitados, e eles gostam da maneira como as coisas são. E quando se tem sido tão cauteloso por tanto tempo, é difícil até mesmo pensar em fazer algo arriscado. Ninguém sabe o que estará esperando por nós em outro planeta.

— Mas vocês estão todos presos naquela estação espacial... você disse que as pessoas que não são Viajantes nunca saem de lá.

— Nós vivemos assim há tanto tempo que ninguém conhece nada diferente. A maioria das pessoas não vê qualquer necessidade de pressa. — Ele faz uma pausa. — Mas Jeanant e Thlo suspeitam que, quanto mais tempo ficarmos adiando, mais provável será que os motores da estação irão falhar quando finalmente deixarmos a órbita.

A brisa bate sob o meu lenço e a umidade fresca que ela carrega faz com que a lã grude em meu pescoço.

— Então eles vão nos fazer passar o diabo, destruir o *nosso* planeta e talvez até mesmo acabar com as chances de sobrevivência do seu próprio povo, apenas para evitar um pouco de risco...

— Você entenderia melhor se tivesse crescido lá — argumenta Win.

— Mas eu odeio isso também.

A trilha contorna um espigão de rocha escarpada que se projeta do solo e, quando chegamos do outro lado, as árvores são menos densas, dando-nos um vislumbre da terra lá embaixo: um rio largo e azul serpenteia através da selva, com bancos de areia que cintilam à luz do sol que perfura as nuvens. À nossa esquerda, ao longe, ergue-se a muralha circular de uma cidade com telhados marrons terminando em pontas afiadas.

Win respira fundo, admirando a vista. A reverência em seu rosto é quase dolorosa de olhar. Ela sufoca a minha raiva. Fazem sentido agora os seus comentários sobre falta de espaço, árvores e sol. Ele nem sequer tem um *ar livre*, um *lado de fora* no lugar de onde ele vem.

Ele se vira e se apressa. A minha visão parece ondular enquanto o sigo. A trilha se estreita, a selva se adensa e então o caminho se inclina mais fortemente para baixo.

Meus pés derrapam no solo escorregadio. Agarro os galhos de uma árvore nova próxima para recuperar o equilíbrio. A sensação da casca úmida envia um tremor através dos meus dedos. As árvores abafam a vista, troncos, cipós e folhas duas vezes maiores do que a minha cabeça se amontoam em volta de mim. Estendo as mãos tentando agarrar caules, galhos. Eles parecem escorrer por entre os meus dedos. Minha pele é muito fina.

Sacudo a cabeça, mas a sensação persiste: o mundo em torno de mim se expande e contrai, como se eu tivesse entrado num labirinto de espelhos num parque de diversões. Minhas pernas vacilam e eu me agarro a uma samambaia, sentindo como se minhas mãos estivessem prestes a passar através dela. Não é como Paris. Ou talvez seja, só que... mais.

Mil anos de alterações, de distorção e degradação, que os átomos que compõem o meu corpo experimentaram e esta selva não.

À minha frente, Win ainda se destaca contra a floresta com sua presença alienígena, entretanto eu preciso olhar fixo para perceber isso. Porque não é que eu esteja me diluindo, é este mundo passado que é mais sólido do que o que eu estava antes.

Remexo a minha bolsa em busca da minha pulseira, enquanto me esforço para continuar descendo a trilha, tentando contar os pontos nas folhas, os seixos no chão. Tudo o que eu olho ecoa essa *solidez* para mim. A selva balança, ou talvez seja eu.

A superfície lisa das contas de vidro encontra as pontas dos meus dedos no instante em que meu calcanhar pisa numa pedra solta. Eu nem sequer tenho a chance de recuperar o equilíbrio antes de perder o chão.

16.

Busco às cegas por algo em torno de mim para me equilibrar. Minha mão livre encontra apenas ar. Atinjo o chão batendo primeiro o quadril e um grito escapa da minha garganta.

Mudas de árvores e arbustos me arranham enquanto eu rolo pela encosta. Meu tornozelo bate contra um tronco de árvore e uma dor aguda irradia por toda a minha perna. Eu continuo rolando, até que meus dedos conseguem agarrar um cipó. Torço os braços, mas consigo deter a queda. Respiro fundo, com o coração disparado e a cabeça latejando.

— Skylar! — Pedregulhos rolam quando Win volta correndo pela trilha. Ele desce pela minha esquerda até onde estou, escolhendo o caminho. — Você está bem?

— Eu não sei. — Meu ombro lateja enquanto eu ergo o tronco escorando-me nas mãos. Meu tornozelo, o que bateu no tronco da árvore, está irradiando uma dor aguda. A lingueta da minha bota está dobrada para o lado, e um grande arranhão vai do tornozelo até a metade da minha panturrilha. O sangue goteja da pele ralada.

Mexo o pé e a dor se intensifica apenas um pouquinho. Acho que consigo andar. Só não dá para disputar uma corrida hoje.

— Seu tornozelo não parece muito ruim — diz Win, esperançoso.

Pena que o restante de mim ainda se sente um lixo. Olho para cima e a selva me pressiona com uma onda de tontura. Fecho os olhos. Então percebo o que está realmente errado com o meu tornozelo.

— A tira de alarme! — Torço-me ao redor, procurando no solo úmido ao meu lado. Deve ter se soltado com o impacto. Espio por entre as árvores, tentando descobrir em qual delas bati o tornozelo. Elas se confundem.

Win congela.

— Ela soltou? Mas, então... Tome isso. — Ele me joga um quadradinho de tecido marrom que tirou da bolsa. — Coloque isso na ferida. Vou procurar a tira.

Ele sobe pela encosta sem esperar para ver se eu peguei o quadradinho, empurrando de lado caules e folhas enquanto vasculha o terreno. Eu até ficaria chateada se também não desejasse tanto poder estar lá com ele para ajudar a procurar. Pego o quadradinho de tecido e coloco-o sobre a parte mais sangrenta da ferida. No instante em que aplico pressão, o quadradinho parece fundir-se com a minha perna. A linha entre a sua borda e a minha pele esmaece. Eu vacilo, mas depois estendo a mão para cutucá-lo. Não consigo sentir a borda. Como é que vou *tirar* essa coisa depois?

Acima de mim, na encosta, Win pragueja.

— Não está aí? — pergunto.

— Ela pode ter se... desintegrado — responde ele, afastando outro arbusto. — O equipamento tecnológico dos Viajantes é programado para fazer isso na atmosfera da Terra, em determinadas condições, para se ter certeza de que nada é deixado para trás acidentalmente, que os habitantes possam estudar. Sua queda pode ter desligado alguma coisa.

Fico desanimada.

— Então não vamos ter nenhum aviso se os Executores aparecerem.

Ele balança a cabeça negativamente.

Isso... não é bom. Meus pensamentos ainda estão nadando na minha cabeça como se ela estivesse cheia de água. Busco a minha bolsa e o pânico se apodera de mim quando percebo que ela está aberta. Mas tanto o celular quanto a minha pulseira estão lá dentro. Puxo a pulseira para fora e seguro-a contra a palma da mão, deslizando os dedos sobre as contas. Lentamente, o peso da História recua.

— Bem, você disse que não é provável que eles estejam rastreando nossas Viagens, certo? — pergunto. — Nós só precisamos ser ainda mais cuidadosos com as mudanças do que quando estávamos em Paris.

— Vamos ter que fazer isso — Win concorda. — Você consegue se levantar?

Eu agarro um galho baixo e ponho-me de pé. Sinto uma pontada no tornozelo, mas não muito forte. Por que me sinto tão fraca? Engulo. Minha boca tem gosto de terra.

A última vez que bebi alguma coisa foi mil anos depois de agora.

— Nós deveríamos ter trazido cantis — digo, numa fraca tentativa de fazer uma piada, enquanto Win faz o caminho de volta até mim.

— O quê? — pergunta Win. — Oh. Eu tenho. Venha, você pode beber enquanto caminhamos.

Enquanto escolhemos com cuidado o nosso caminho de volta à trilha, Win abre a sua bolsa e me passa um frasco estreito contendo um líquido de cor azul. Quando finalmente descubro como abrir a estranha tampa, minhas mãos estão tremendo. Levo o frasco aos lábios. O líquido é frio e levemente doce. À medida que ele desliza pela minha garganta, meus pensamentos se aclaram. A tontura residual desaparece.

— Viajar exige muito de você — constata Win. — Você provavelmente também deveria comer alguma coisa. Tome.

Ele troca o frasco por um saquinho plástico. Estava esperando algum tipo de lanche exótico alienígena, mas trata-se de algo bem comum na Terra entre os trilheiros: o mix padrão de amendoins, amêndoas e frutas secas. Acho que para Win, *esse* é um lanche exótico. Meto alguns punhados na boca. Quando olho em volta, a *solidez* da selva não me parece tão imponente.

O chão começa a se nivelar à medida que nos aproximamos da trilha. O sol brilha aqui e ali através do véu cinzento das nuvens, mas o ar é tão úmido que minhas roupas parecem frias contra a minha pele. A bainha do meu vestido foi rasgada pelos espinhos e galhos, e manchas de terra se misturam com as de tinta.

Enquanto guardo em minha bolsa o saquinho plástico com o mix de frutas secas do qual só comi a metade, Win estende a mão indicando uma parada.

— Puxe o cachecol sobre o rosto — sugere ele. — Nós já vamos nos destacar mais do que eu gostaria. Acho que vai ser mais seguro se ficarmos completamente fora do caminho dos habitantes locais.

Por mim, tudo bem. Puxo as dobras do cachecol sobre o meu nariz, minha respiração tornando o ar sob o tecido ainda mais úmido.

A trilha desaparece na densa vegetação. Nós prosseguimos com dificuldade pela margem da selva.

— Jeanant deveria ter deixado uma outra pista, como ele fez com os jornais em Paris — diz Win. — "O sinal irá apontar para o céu", dizia a mensagem. Assim que você sentir qualquer coisa que pareça estranha...

Como se eu precisasse de um lembrete da minha função aqui.

Um punhado de árvores pontilha o chão gramado à nossa frente, que vai dar numa estrada bem pisada. Por outro lado, a grama dá lugar a trechos alternados de pântano e de margem amarela rochosa, inclinando-se para baixo em direção à água verde escura. O rio é tão largo que mais parece um lago, embora sua superfície se agite devido à corrente. Há uma névoa de umidade soprando dele.

Num trecho da margem, várias dezenas de homens estão reunidos, debruçados sobre longas varas de bambu. Chapéus cônicos de palha sombreiam os seus rostos enquanto eles cortam as extremidades das varas com facas, deixando-as pontudas. Todos eles se movem com a mesma espécie de ritmo firme e eficiente que os soldados que passaram por nós, nem uma palavra trocada entre eles. Uma pilha de varas já preparadas aguarda ao lado da estrada.

— É assim que eles vão vencer os chineses — Win murmura para mim com empolgação. — Eles prendem essas varas abaixo da superfície e atraem os navios inimigos para eles. Estratégia Brilhante. Vão conseguir matar ou capturar a maioria dos adversários, incluindo o príncipe que os lidera, e ao mesmo tempo perder poucos de seus próprios soldados. Uma vez eu assisti à filmagem de satélite desse episódio, mas... estar aqui é diferente.

A maneira como ele está olhando para os trabalhadores e falando sobre eles, como se esta batalha estivesse sendo apresentada para seu entretenimento, me causa verdadeiro mal-estar. Quando ele olha para mim, erguendo as sobrancelhas como se para compartilhar a emoção, preciso desviar o olhar para longe.

— Quando o exército chinês vem?

— Eles chegam amanhã. Estes são os últimos preparativos. E, então, todo mundo aqui vai ser livre para se governar pela primeira vez em centenas de anos.

Apesar do meu desconforto, essas palavras me tocam. Se essas pessoas podem derrotar um poder maior, com boas táticas e algumas peças de madeira estrategicamente colocadas, não é tão insano assim pensar que Win e eu... e Jeanant... possamos derrotar os Executores, não é?

Um som de arrastar de pés à nossa direita chama a minha atenção. Avisto uma figura em meio à vegetação: um menino, de não mais do que 9 ou 10 anos de idade, creio, desce escorregando de um galho no qual ele devia ter estado empoleirado. Seu chapéu de palha está pendurado em suas costas. Espia ao redor com os olhos arregalados e seu olhar me encontra. Ele para boquiaberto.

Win murmura um palavrão quando o garoto dispara em direção à margem do rio.

— Vamos andando — fala ele. — Antes que alguém venha investigar. — Ele me puxa de volta para o emaranhado de selva mais denso. A voz esganiçada do menino nos chega através das árvores. Avançamos o mais rápido que conseguimos, sendo obrigados a contornar moitas de samambaia. Eu continuo olhando para trás, mas ninguém parece estar nos seguindo. Mas isso não significa que o menino ter nos visto não vai mudar alguma coisa.

— Com toda essa tecnologia especial para Viajantes de vocês, ninguém pensou em inventar algo que fizesse os habitantes verem vocês como alguém como eles? — pergunto.

Win para, ofegante.

— Na verdade, alguém pensou, sim. Há dispositivos que se projetam sobre o rosto... mas só chegaram às nossas mãos alguns deles. Os outros têm os deles. Teoricamente, eu não deveria ir a qualquer lugar que fosse assim tão difícil de me misturar.

Realmente: acho que na minha época, ele poderia se fingir de turista em qualquer lugar e ninguém duvidaria.

Permanecemos parados por um minuto, esperando e ouvindo, mas tudo que eu consigo escutar é a sua respiração difícil e as folhas sibilando ao vento crescente. Win me faz um gesto na direção do rio. Vamos nos esgueirando furtivamente ao longo dele até que conseguimos avistar a estrada outra vez.

De volta ao ponto em que estávamos, os trabalhadores ainda estão curvados sobre as varas. O menino está percorrendo a faixa gramada entre a selva e a estrada, perscrutando as profundezas da selva, com uma cara fechada que mostra tanto contrariedade quanto determinação. Eu já vi uma expressão parecida no rosto de Benjamin, quando ele se esforça com um novo conceito de matemática que ainda não entrou na sua cabeça.

Acho que para os adultos é mais importante finalizar os preparativos do que verificar a história de um garoto sobre dois estranhos na floresta. E, agora, ele está em busca de mais provas. Tentando ser um herói. Mesmo que eu não deseje que ele tenha sucesso, sinto uma pontada de solidariedade.

— Nada ainda? — pergunta Win.

— Nada parece fora do normal.

Prosseguimos através da selva, permanecendo perto o suficiente da orla da floresta para ficar de olho na estrada e na margem do rio para além dela. Outro batalhão de soldados passa marchando, seguido por uma fileira de burros puxando carroças carregadas com pilhas das mesmas varas de bambu. Meu tornozelo começa a doer num protesto surdo. Há um monte de coisas que apontam para o céu densamente nublado: árvores, telhados, as colinas ao longe. Entretanto, tudo parece perfeitamente normal.

Assim como em Paris. A única coisa que a minha sensibilidade especial detectou em Paris foi o sinal de que os Executores haviam chegado. Não nos ajudou nem um pouco a seguir as pistas de Jeanant. Mas eu me controlo para não falar nada.

Paramos a cerca de dez metros das primeiras construções ao redor da cidade.

— Bem, eu não acho que devemos tentar ir direto para a cidade — comenta Win, depois de um silêncio constrangedor. — Com esse clima de guerra, eles não vão ser acolhedores com estrangeiros. E seria quase inevitável provocarmos uma mudança perceptível. No entanto, eu acho...

Ele é interrompido por um tamborilar nas folhas acima de nós. Começa a chuviscar sobre as nossas cabeças. Procuro abrigo embaixo da árvore mais próxima, enxugando a umidade do meu rosto. Win sorri. Ele abre os braços e levanta o queixo, como se desse boas-vindas à chuva. Ocorre-me que as estações espaciais não têm chuva. Esta pode ser a primeira vez que ele a experimenta.

O tamborilar aumenta de intensidade, de um chocalhar a um batuque. Antes que eu tenha tempo de chamar Win, estamos no meio de um dilúvio. A chuva passa fácil por entre as folhas e desaba sobre nós. Rindo, Win corre para o meu lado. Ele tira o 3T da bolsa e o expande em formato de tenda em torno de nós, e o barulho da chuva se reduz a um denso sussurro ao fustigar as laterais do nosso abrigo.

Passo as mãos para escorrer meus cabelos molhados. Minha blusa também está pingando, meu vestido, minhas botas, tudo está encharcado. A borda do meu cachecol goteja sem parar sobre o meu rosto. Eu o tiro da cabeça e jogo sobre os ombros, tremendo. Não apanho um temporal desses desde que Lisa desafiou a mim e Bree a correr um quilômetro durante a primeira grande tempestade de verão após o nosso ano como calouras no segundo grau, só que naquela ocasião pelo menos tínhamos uma casa onde nos abrigar depois e toalhas para nos secarmos.

O mundo lá fora desaba, como se estivéssemos sob um guarda-chuva debaixo de uma cachoeira. Win faz surgir o painel de dados na parede da tenda.

— Podemos saltar para a frente, esta tarde mesmo ou amanhã de manhã. E ver se então conseguimos encontrar o rastro. Jeanant pode não ter chegado aqui ainda. — Ele ainda está sorrindo.

— Nós ainda não sabemos onde procurar — observo, cruzando os braços sobre o peito. Visualizo Jeanant como o vi no museu e tento imaginá-lo aqui. Para onde ele iria? O que ele usaria?

Não faço ideia. E mesmo que eu o encontre de novo, quais são as chances agora de que ele vá achar que vale a pena falar comigo? Eu devo estar parecendo um pinto molhado. Um pinto enlameado, esfolado e molhado. Pelo menos não pareço nem de longe com qualquer Executor que eu já vi. Embora eu não me importasse de ter agora um daqueles casacos que eles costumam usar.

Ao pensar nisso, não consigo conter uma risada, que sai "pulverizada". Win se vira.

— O que foi?

— Ah, nada — respondo. — Você quer dizer: além do fato de que seria bom poder usar uma toalha e trocar de roupa? De que os Executores podem estar a cinco metros de distância agora e não termos a menor ideia disso? E de que nem temos certeza de que este é realmente o lugar certo? Talvez a primeira mensagem de Jeanant tenha sido entregue tarde demais, e nós devemos estar em um século completamente diferente.

— Ei — Win murmura, tocando meu ombro. — Estamos no caminho certo. Eu tenho certeza disso. Os números, a frase sobre os dragões, tudo se encaixa. Conseguimos ficar à frente dos Executores até agora. Eu a mantive segura, não foi?

Concordo com a cabeça.

— Então, você não precisa se preocupar.

Eu quero acreditar nele. Ele sustenta o meu olhar com seus olhos azuis--escuros completamente sinceros, e meu tiritar de frio se acalma.

— Está certo — digo.

Ele faz uma pausa, seus olhos não deixando os meus. Seu sorriso retorna, mais suave agora.

— Eu não vou deixar que nada aconteça a você.

Sua mão sobe para afastar algumas mechas de cabelo úmido coladas à minha bochecha. Ao contato da nossa pele, a minha consciência se estreita, deixando de lado o mundo assustador lá fora para se concentrar no pequeno espaço entre nós dentro das paredes da tenda. No formigamento que a *realidade* de seus dedos me provoca. Eles se demoram, seu polegar roçando a linha do meu queixo.

Abro a boca, para contra-argumentar ou apenas aliviar a atmosfera subitamente carregada entre nós, mas seus dedos deslizam do meu queixo para a lateral do meu pescoço, produzindo em mim um tipo totalmente diferente de calafrio, e eu nem consigo respirar. Eu me inclino ao seu toque, instintivamente, e é quando ele se curva e me beija.

17.

Só fui beijada por outros dois garotos: Evan, durante uma daquelas brincadeiras bobas de festinhas no primeiro ano do segundo grau, que foi simplesmente desajeitado, e meu namorado no segundo ano, que me dava uns beijos babados e vinha cheio de mãozinhas pra cima de mim, o que, em parte, é a razão pela qual ele foi meu namorado por apenas dois meses.

O beijo de Win é a um só tempo mais experiente e mais delicado. Uma pergunta, não uma exigência. Mas o contato de sua boca contra a minha provoca uma faísca de eletricidade que percorre os meus nervos, tão real e tão *presente* que me tira do chão. Antes que minha mente tivesse registrado por completo o que está acontecendo, meus dedos se enrolaram em sua camisa e os meus lábios se entreabriram. Win deve ter entendido isso como uma resposta, porque ele se aproxima lentamente, intensificando o beijo. Sua presença irradia à minha volta, sua pele macia, seu hálito quente e...

Ele recua, no que me parece o meio da coisa, com um suspiro trêmulo. Não se afasta muito, porém, já que eu ainda estou agarrando sua camisa. A mão dele desce para descansar no meu pulso e eu o solto, piscando perplexa, minha boca ainda entreaberta. Eu a fecho bem depressa quando o meu torpor momentâneo começa a se dissipar. Isso foi... eu nem ao menos... Meus pensamentos ainda estão desconexos, e lá está ele me olhando de novo, com uma intensidade estudada. Uma intensidade que deixa o meu corpo tenso, embora eu não possa explicar por quê.

— Bem — digo, tentando encontrar palavras —, o que foi isso?

— Eu, ah... — Ele baixa o olhar brevemente antes de me lançar um sorriso tímido. — Desculpe. Fiquei me perguntando como seria.

No começo, estou muito confusa para entender. Por que exatamente ele está se desculpando? E como *o que* seria? Não acredito nem por um segundo que esta foi a primeira vez que ele beijou alguém.

Então o seu polegar, tão estranhamente sólido, alisa a parte de trás do meu pulso e a ficha me cai. Ele está olhando para mim da mesma forma como fez quando estava tentando me fazer lhe contar a respeito das minhas sensações sobre as alterações. E também quando eu encontrei a alteração no livro de história. Cheio de espanto e *curiosidade* científica.

Antes disso, ele sequer havia falado com um terráqueo antes. Que dirá beijado uma.

Eu recuo, puxando a mão. Será que eu própria teria correspondido ao seu beijo se eu não tivesse sido esmagada pela *realidade* alienígena dele? Foi uma reação automática e idiota, e eu cedi a ele como uma garotinha apaixonada. E eu não tenho certeza nem se *gosto* dele. Uma raiva tão grande me domina que eu mesma me espanto por carregar um sentimento tão forte em mim.

— Eu não estou à disposição para as suas experiências — dou-lhe uma cortante.

A expressão de Win congela com um ar de culpa por um instante, antes de ele começar a protestar, e isso me diz tudo que eu preciso saber.

— O quê? Eu...

— Eu não sou. Uma experiência. Sua — rosno, apontando o indicador no ar entre nós, de forma que ele se vê obrigado a dar um passo atrás. A raiva me faz sentir muito mais forte do que as incertezas que me sufocavam alguns minutos atrás. — Eu sou uma pessoa, com pensamentos e sentimentos que são tão importantes quanto os seus, mesmo que seu povo tenha campos temporais e espaçonaves capazes de atravessar galáxias e todo tipo de tecnologia que eu nem consigo imaginar. Estou *tentando* ajudá-lo, e você ainda acha que não há problema em me tratar como se eu fosse um brinquedo, da mesma forma que vocês brincaram com todos na Terra por tanto tempo. E eu estou de saco cheio disso.

— Eu não tinha intenção... — Win começa, e não parece saber como terminar. Ele próprio parece um pouco enojado. Que bom.

— Esse é o problema — prossigo. — Você não tinha intenção. Você só queria ver como seria. Bem, parabéns, agora você sabe.

Ele estende a mão como se quisesse pegar o meu braço, como se pudesse arrancar o perdão de mim, e a lembrança de todas as vezes que ele me segurou antes, puxou-me pelas ruas e através de edifícios e pela selva em que estamos agora atravessa a minha mente. Meu estômago se embrulha. Eu sempre soube que não passo de um instrumento para ele. Entretanto, uma parte de mim acreditava que ele estava começando a me respeitar, pelo menos um pouco, a me ver como algo mais do que um detector de alterações e uma simplória deslumbrada para quem ele pudesse se exibir.

Eu me esquivo dele, em direção à frente da tenda.

— Não me toque — vocifero. — Não *ouse* me tocar de novo. — Ele ainda está muito perto. Eu não suporto estar presa neste espaço apertado com ele, não depois do que aconteceu.

Afasto as abas e me abaixo para sair. A chuva diminuiu para praticamente uma garoa, que salpica o meu rosto e cabelo descoberto. Pego meu cachecol instintivamente, e meus olhos batem em algo pálido movendo-se através da selva mais fechada.

A figura espreitando através dos arbustos está longe o suficiente para que desapareça aqui e ali entre os troncos e samambaias. Ela está vestindo um traje marrom escuro largo, que a cobre dos pés ao topo da cabeça, e seu rosto parece ter o mesmo tom de pele dos habitantes locais. É apenas a mão que a entrega. Um vislumbre de seus dedos pálidos e gélidos enquanto ela segura algo em sua palma para consultá-lo.

A mulher da cafeteria... a Executora. Meu coração dispara.

Então Win surge dobrando o 3T intempestivamente e colocando-o debaixo do braço.

— Skylar, não é... — ele começa a falar, e a cabeça da mulher levanta-se imediatamente. Ela então corre em nossa direção, buscando sua arma na cintura, e eu me viro para Win.

— Os Executores — digo aflita, gesticulando freneticamente.

Win estende o pano antes mesmo que as minhas palavras se desvaneçam no ar, sua mão percorrendo velozmente o painel de dados, enquanto as paredes translúcidas se formam em torno de nós. Um clarão corta o ar. A tenda treme e estala. Mas ainda se move. Nós rodopiamos em direção ao céu.

Com um solavanco, o 3T para ao lado de uma solitária cabana de palafitas perto da estrada. O rio brilha à distância, para além de uma plantação de arroz. O céu clareou. Meus braços doem de tão apertado que os cruzei sobre o peito, mas não consigo soltá-los e relaxar.

— É aqui que queremos estar? — pergunto.

— É a manhã seguinte — responde Win, sem erguer os olhos da tela. — Deixe-me encontrar um lugar melhor.

Num piscar de olhos e após outro solavanco, pulamos de volta para a selva. Por entre as abas da tenda, Win espia em volta, para se certificar de que estamos sozinhos, e depois confirma com um breve aceno de cabeça.

— Precisamos nos afastar um pouco daqui. É possível que eles tenham nos encontrado porque aquele garoto nos viu e algo mudou. No entanto, para eles continuarem a nos seguir tão de perto... Talvez eles tenham realmente descoberto como decodificar o misturador de frequências de Isis para rastrear nossos deslocamentos.

Ah... Ah, que merda.

Eu me abraço com mais força enquanto contornamos apressados uma moita de bambu e atravessamos um amontoado de plantas de enormes folhas cerosas. A saia do meu vestido molhado gruda nas minhas pernas, dificultando os meus passos sobre o chão irregular. E os dois deslocamentos, apesar de curtos, mexeram com o meu senso de equilíbrio. Meu pé desliza sobre um tufo de musgo e eu quase levo um tombo. A mão de Win é rápida para me amparar. Ele a retira do meu cotovelo, tímido, enquanto eu me equilibro.

Não ouse me tocar de novo.

Não quero pensar sobre isso neste momento. Eu não quero falar sobre isso. Eu só quero ter certeza de que não vou levar um tiro daquela mulher maluca ou de seus comparsas. Então finjo que não percebi seu deslize e ele não o menciona. Seguimos em frente como se nada tivesse acontecido.

A selva parece se fechar em torno de mim, me oprimindo. Busco a minha pulseira dentro da bolsa. *Três vezes três é nove. Três vezes nove é vinte e sete.* Estamos passando por um arbusto com frutinhas amarelas circundadas por cinco folhas plumosas. Há dois arranhões na casca dessa árvore.

O rosto de Win está virado para a frente, mas posso senti-lo me sondando com o canto do olho.

— Eu estou bem — comento.

Eu não vou morrer aqui. Vamos ficar um passo à frente dos Executores e, então, voltarei para casa e estarei segura e bem, antes que alguém perceba que eu saí de lá.

Um coro de gritos nos chega através das árvores adiante. Apertamos o passo, descambando para a margem da floresta. Há, na estrada ao longo do rio, fileiras de homens agitados, alguns em armaduras, muitos com camisas e calças simples. Estão pegando as varas das pilhas que vimos serem feitas ontem e correndo em direção à cidade, onde os arcos de uma fileira de embarcações delgadas estão se curvando a partir da água.

— Está começando — diz Win.

— Você não acha que precisamos ficar bem no rio, onde a batalha acontece, não é? — pergunto. Como Jeanant poderia esconder alguma coisa lá? Mas a rebelião está começando e eles estão todos indo embora, e eu não vejo qualquer pista para nos guiar.

— Acho que não — Win concorda. — Mas, quando a maioria deles tiver saído nos barcos, vai ser mais seguro investigar a cidade. O que seria ótimo, se tivéssemos alguma ideia do que estamos procurando.

— Me diga outra vez: o que a mensagem do Louvre dizia exatamente?

Ele pega a placa de plástico na bolsa.

— "Multipliquem os anos que a minha primeira mensagem levou para alcançá-los duzentas e sessenta e oito vezes, contando do zero, onde o pequeno dragão assusta o grande dragão. O sinal irá apontar para o céu."

Enquanto ele diz as últimas palavras, mais um grupo de soldados avança, erguendo as varas restantes. Suas pontas afiadas levantadas para o céu. Perco o fôlego:

— As varas! — exclamo. — Elas são a chave para vencer a batalha, certo? E você disse que eles vão colocá-las no rio, apontando para cima?

— Mas... — Win move-se para a frente, observando os homens marcharem pela estrada. As varas vão deixando traços na areia, porém nenhum permanece. Os primeiros barcos estão zarpando da costa. — Ele não iria colocar *dentro* do rio algo que precisamos encontrar. O risco de perdê-lo seria muito grande.

Repasso as palavras de Jeanant mais uma vez na minha cabeça. Eu o imagino dizendo-as em sua voz suave e cautelosa.

— Talvez seja tarde demais — falo. — Ele disse que o sinal "irá" apontar para o céu... o que poderia significar que não está apontando ainda, mas estará, no futuro. Era para encontrarmos o sinal antes de os soldados levarem as varas.

Os olhos de Win brilham.

— Isso faz sentido. Tudo o que precisamos fazer é saltar para trás uma ou duas horas!

Ele se agacha atrás de um tronco largo, desdobrando o 3T. Eu me aproximo dele o máximo que posso deixando, contudo, um pouco de espaço entre nós. O chão sacoleja debaixo de mim, meu estômago dá uma cambalhota, e lá estamos nós, à pálida luz do sol que acaba de nascer.

Várias pilhas de varas estão distribuídas em intervalos regulares ao longo da estrada. Nós nos aproximamos de uma delas furtivamente.

— Alguma coisa parece estranha em qualquer das varas para você? — Win pergunta. — Vai ser difícil examinarmos uma por uma sem sermos notados.

Eu aperto os olhos para a pilha, mas todas elas têm a mesma aparência.

— Vamos verificar as outras. Tem que haver alguma coisa. — Ou talvez eu esteja errada e a pista não tenha nada a ver com as varas.

Examinamos a próxima pilha e a próxima, e a cada uma chegamos mais perto da cidade. Vasculho a selva com os olhos, mas não há indícios de que a mulher pálida nos seguiu. Ainda não. Sinto falta do contato reconfortante da tira de alarme em torno do meu tornozelo.

Ouço um tropel ao longe. Outro pelotão de soldados marcha pela estrada em direção à cidade, a meio quilômetro de distância, mais ou menos.

— Rápido, antes que cheguem aqui — diz Win. Ele corre para examinar outra pilha de varas na borda de um trecho pantanoso. Um lampejo de cor me chama a atenção. Olho para trás, para os soldados, calculo que ainda estejam a alguns minutos de distância, e atravesso a estrada correndo.

É apenas uma fina tira de pano. Um retalho tingido em três cores — vermelho, roxo e amarelo — preso em uma fenda próxima da ponta de uma vara no fundo da pilha, como se arrancada da roupa de alguém.

— O que foi? — pergunta Win.

— Não é nada — respondo, mas não consigo tirar os olhos da tira de pano. Há *alguma coisa* nela... Estreito os olhos, olhando para a tira o mais fixamente que posso e, de repente, percebo o que é. Ela possui uma *nitidez* alienígena, como se o tecido fosse um pouco mais real do que a própria vara que o rasgou.

— Aquela ali! — eu me corrijo, apontando. Os soldados agora estão perto o suficiente para que eu consiga ouvir um deles fazendo uma pergunta para o outro. Eu agarro a extremidade da vara. Ela só desliza para fora uns poucos centímetros com o meu puxão. Os passos atrás de nós aceleraram para uma corrida.

Droga. Enquanto puxo a vara de novo, Win salta para o meu lado, agarrando-a logo abaixo das minhas mãos. Algumas das outras varas desabam umas sobre as outras, mas nós conseguimos puxar para fora a maior parte da nossa. Com um último puxão, ela está livre.

— Vamos! — Win comanda. Corremos para o outro lado da estrada, segurando a vara entre nós.

Um grito agudo perfura o ar. Um menino, aquele que vimos ontem, acho, está empoleirado numa das árvores da borda da floresta. Ele aponta para nós, chamando os outros, enquanto alcançamos a vegetação rasteira. Tudo o que podemos fazer é continuar correndo. Win puxa a vara das minhas mãos e a coloca debaixo do braço, de modo que não precisamos mais equilibrá-la entre nós. Meu tornozelo começa a latejar, mas eu simplesmente me forço a ir mais rápido.

Olho para trás uma vez, quando contornamos um tronco podre, e vislumbro um chapéu cônico brilhando sob os raios do sol que penetram por entre as copas das árvores. Apenas um, entretanto. Quando olho de novo, um ou dois minutos depois, não há sinal de que alguém tenha nos perseguido tão longe selva adentro. Ou nós os despistamos ou eles decidiram que não valia a pena nos perseguir por causa de uma única vara, tendo centenas de outras.

Win puxa a gola larga de sua camisa por cima da boca para abafar o barulho de sua respiração que, percebo, está cada vez mais difícil. Apesar disso, posso ouvi-lo arfar. Finalmente, quando os meus próprios pulmões estão começando a doer, ele para. Ele se recosta ofegante contra uma rocha, com a vara apoiada no chão, enquanto se recupera da corrida.

Agora que posso dar uma boa olhada, noto um anel de arranhões superficiais ao redor do meio da vara. Eu me inclino. As marcas se parecem com aqueles caracteres alienígenas.

— Aqui — mostro.

Win puxa a vara para ele.

— É isso? — pergunto. — Jeanant deixou outra mensagem?

Ele confirma com a cabeça, mas tem o cenho franzido.

— Acho que são instruções — ele arrisca. — Elas não são muito específicas. Mas, com toda certeza, são de Jeanant. "Nós precisamos nos deslocar sobre a água e entrar" — ele faz uma pausa da maneira como sempre faz quando tem dificuldade de traduzir alguma coisa — "numa escuridão profunda e constante, não importa quão forte o sol esteja brilhando".

— Só isso?

— É o último verso de um de seus poemas. Mas ele se referia à estação espacial, estava falando das passagens internas, os túneis de manutenção.

Por que não estou surpresa ao ver que o cara que falou de forma tão eloquente na gravação também está escrevendo poesia no meio do planejamento de sua rebelião?

— Será que as pessoas aqui constroem passagens subterrâneas? — pergunto. — Ou, talvez... Podem ser cavernas.

— Essas são as possibilidades mais prováveis. — Win apoia a vara sobre a rocha. — Como você soube que era essa a vara?

— Aquele pedaço de pano — respondo, apontando para ele. — Acho que foi Jeanant que o deixou. Ele não me pareceu propriamente *errado*, mas é um pouco mais... real. Assim como você, e ele, e os Executores. — Faço uma pausa. — Mas isso é algo que eu noto por causa da minha "sensibilidade", não é? Ele não sabia que você teria alguém como eu para ajudá-lo... como ele esperava que o seu grupo fosse encontrar a vara?

Win arranca a tira de tecido da fenda onde estava presa. Ela tem apenas o comprimento do seu dedo indicador e quase a mesma largura. Ele a esfrega entre os dedos.

— Deve ser algo de que Thlo conheceria o significado. Ele estava contando com que ela o seguisse até aqui. Ele não sabia quem mais ela iria trazer junto. É uma coisa boa eu ter você.

Ele me lança um sorriso, por apenas um segundo antes que vacile e desvie os olhos para longe. Como se achasse que agora não tem permissão nem sequer de sorrir para mim. Esse gesto me irrita muito. Eu só quero que ele me trate como igual, não como um fantoche para ele usar. Por que isso é tão difícil?

Afastando-se, ele tira da bolsa o 3T. As linhas ondulantes que ele traz à tela lembram vagamente um mapa topográfico sobreposto a uma grade luminosa. Win seleciona um determinado ponto e as linhas se ampliam.

— Há uma rede de cavernas nas encostas das colinas que descemos — diz ele. — E também do outro lado do rio. Acho que devemos começar por aqui, e só darmos outro salto se precisarmos.

— Mas, se ele disse que temos que passar por cima da água...

— Há um riacho, aqui — diz Win, traçando a linha. — Pode ser disso que ele estava falando. Vamos descobrir.

18.

Partimos novamente, Win à frente. Logo, a face cinza pálido de um penhasco paira acima das copas das árvores. Aflorações de rocha atravessam a vegetação rasteira.

A face do penhasco é salpicada de aberturas, muitas delas bem acima de nossas cabeças. Entre elas, cipós, arbustos e até mesmo árvores crescem nos trechos mais largos, como se a pedra estivesse entremeada com bolsões de selva. Nós prosseguimos, examinando as sombrias cavidades. Como vamos saber qual Jeanant usou?

Então eu a identifico. Riscado ao lado de uma grande abertura curva, um símbolo representando uma explosão de chamas.

Prometeu.

— Ei — Win se detém, olhando para o símbolo. Ele dá apenas uns dois passos quando para de repente e tropeça para trás. Ele prende a respiração.

— O que foi? — pergunto, me preparando para algum inimigo invisível. No entanto, percebo que Win está balançando a cabeça, com um sorriso repentino.

— Esse eu percebi a tempo — diz ele. — Se eu continuasse, teria caído no paradoxo das bolhas de tempo. Tem alguém por perto.

— Jeanant? — Ele deve ter colocado essa tira de pano na vara não faz muito tempo. Eu poderia ter minha segunda chance.

— Espero que sim. Não há forma de eu saber com certeza. Você está... disposta a tentar falar com ele de novo?

— Sim — respondo, embora os meus nervos estejam à flor da pele. Mas eu *não* vou estragar tudo desta vez. — Vou mencionar Thlo imediatamente.

— Ótimo. E tome cuidado, caso não seja ele. Se for, depois que ele perceber que você está com o nosso grupo, você não terá que se explicar muito. Precisamos reunir todas as partes da arma. Talvez elas estejam com ele e ele simplesmente as entregue a você; talvez ele possa lhe dizer exatamente aonde precisamos ir. Ele deve saber a melhor maneira de proceder.

— Tudo bem. — É só eu me apresentar e deixar que Jeanant cuide do resto. Não deve ser tão difícil.

— Vou esperar aqui mesmo — avisa Win, afastando-se para o abrigo de uma árvore.

A entrada da caverna tem vários metros de largura e de altura, com um emaranhado de samambaias e mudas crescendo ao longo de uma laje de pedra logo acima dela. Do lado direito, há uma série de pedregulhos dispostos numa linha irregular. Lá dentro, passados poucos metros da abertura, as sombras se fundem numa total escuridão. Endireito os ombros e sigo em frente.

A luz do dia atrás de mim desaparece rapidamente e o ar entre as paredes rochosas esfria, cheirando ligeiramente a calcário. Minhas roupas úmidas gelam a minha pele.

A passagem vai se estreitando até que eu posso tocar ambos os lados com os braços estendidos. Minha noção do espaço à minha frente diminui progressivamente, restando-me apenas impressões difusas. Hesito, mas então me lembro do celular na minha bolsa.

Eu o pego e ligo. A luz do visor ilumina as ondulações do chão da caverna e os gotejamentos de umidade que escorrem pelas ásperas paredes. Meu papel de parede sorri para mim: a foto que Evan tirou de Angela, Bree, Lisa e eu, nossos rostos ensolarados e os dedos levantados em sinal de vitória diante da maior montanha-russa no parque de diversões que visitamos em agosto deste ano. A montanha-russa que me forcei a ir junto com os meus amigos, embora os sobressaltos e sustos do passeio ecoem o pânico das sensações de *errado*.

Também estou fazendo isso — vagar através dos séculos e continentes, segurando a onda, tentando controlar a minha ansiedade — por eles. Para que continue a haver mais verões como esse e mais parques de diversões e mais fotos bobas. Porque estaremos todos a salvo.

A lembrança me estabiliza. Prossigo, segurando a tela junto ao corpo. Não há nada à minha frente, somente escuridão. Continuo avançando mais um ou dois minutos, quando uma luz pisca em meio ao breu.

Congelo. A luz pisca novamente e se estabiliza num brilho tênue. Desligo o meu celular, pisando o chão tão suavemente quanto consigo. À medida que eu me aproximo, percebo que a caverna se bifurca em duas passagens e a luminosidade vem da que fica à minha esquerda. Continuo em direção a ela.

A luz se reflete na parede numa curva da passagem, emanando de algum lugar além da curva. Estou a apenas alguns metros de distância quando uma figura sai de lá ao meu encontro.

A luz só pega a lateral de seu rosto, mas, mesmo que eu tenha soltado um gritinho pelo choque, reconheço Jeanant. Ele ainda está usando suas roupas de Viajante, mas a cabeça está descoberta, os cachos negros estão presos para trás e uma leve capa cinzenta substitui o colete parisiense em seus ombros. Seus olhos se espremem enquanto ele me examina na escuridão.

— Eu conheço Thlo — falo apressada —, não estou com os Executores. Estou tentando ajudá-lo.

A tensão em sua postura relaxa antes de eu terminar a primeira frase. Ele sorri, dando-me um eco da sensação que tive quando o conheci no Louvre. A certeza de que estamos fazendo algo *certo* aqui.

— Eu sei — anuncia ele, calorosamente. — Eu ouvi você dizer quando eu estava deixando Paris, mas não achei seguro voltar. Qualquer mudança na ordem dos meus planos é arriscada. Espero que você possa entender por que eu presumi o pior.

— Está tudo bem — continuo. — Eu deveria ter explicado logo.

Ele caminha em minha direção. Seu olhar não deixou o meu rosto um só instante. Há uma espécie de admiração em sua expressão.

— Eu tenho tentado entender por que, se Thlo percebeu o que eu queria fazer e me seguiu imediatamente, não veio ela própria me encontrar — indaga ele e faz uma pausa. — Mas ela não veio imediatamente, não é?

Balanço a cabeça negativamente.

— Tudo saiu do jeito que você planejou. A primeira mensagem...

— Espere — ele me interrompe, erguendo a mão. — Eu não deveria ter perguntado. É o meu futuro. Eu não quero testar os limites do campo temporal. Qualquer um de nós poderia ser arrebatado pelo paradoxo.

— Na verdade, *eu não sou* do seu futuro — admito. — Sou daqui. Da Terra.

Seus olhos se arregalam, contudo, a admiração neles só se aprofunda. Entretanto, não há neles um pingo da curiosidade científica de Win. Meu nervosismo é evidente.

— Imagino — conclui ele — que seja por isso que você conseguiu se aproximar de mim e os outros não.

— Sim — confirmo. — Temos seguido as suas instruções. Nem sempre rápido, mas...

— Mas você está aqui — diz ele. — Você poderia vir para a luz? Quero ter certeza de que você é real.

Ele faz a curva, em direção à fonte de luz. Eu o sigo até uma ampla alcova, onde a bolsa de lona que ele estava carregando no Louvre encontra-se no chão da caverna, ao lado de um objeto quadrado um pouco mais grosso do que o meu polegar, que está brilhando com uma luz artificial.

— Completamente real — confirmo. Minha voz deve mostrar meu embaraço, porque o seu sorriso se torna irônico.

— Faz vários dias que os Executores estão no meu encalço, então, não tive muita chance de dormir. Uma aparição chegando para me dizer que tudo no que tenho trabalhado tem dado certo... é exatamente o tipo de alucinação que minha mente gostaria de evocar agora.

Aqui, na luz mais clara, posso ver os sinais de tensão. Os vincos ao redor da boca e o tom um pouco acinzentado de sua pele bronzeada, que eu não estou certa de que já estavam lá em Paris. O que para mim equivalia a apenas algumas horas, obviamente, era muito mais tempo para ele. Há quanto tempo ele vem se deslocando através do tempo, distraindo e despistando os Executores, enquanto espera pelas ocasiões mais seguras para esconder as partes da sua arma?

— Eu realmente estou aqui — falo. — E vamos garantir que seu plano irá funcionar. *Eu* vou garantir que ele vai funcionar.

Uma gota de água gelada cai do teto da caverna e um calafrio percorre o meu couro cabeludo. Eu a enxugo tiritando e as sobrancelhas de Jeanant se erguem.

— Suas roupas estão molhadas. Você deve estar congelando.

Antes de terminar de falar, ele já está soltando sua capa. Ele a enrola em torno de mim, prendendo-a na base do meu pescoço. O tecido é tão fino que eu mal posso sentir o peso, mas o frio diminui em todos os lugares em que ele toca.

— Você não tem que me dar isso — eu protesto, apesar de já estar puxando a capa para me cobrir melhor.

— Você precisa disso mais do que eu — ele insiste. — Pelo menos eu estava preparado para esta viagem. É óbvio que você, não. Estou feliz que Thlo confie em você. Ela é brilhante, mas nem sempre foi tão mente aberta como as pessoas da Terra merecem. Deve ser muito difícil para você entender o que o meu povo tem feito ao seu planeta, e, mesmo assim, você ainda veio até aqui para me ajudar. Creio que você seja do nordeste dos Estados Unidos, pelo seu sotaque? E suas roupas são do início do século XXI?

— Certo em ambos os casos — respondo.

— Thlo se aproximou de você aleatoriamente...? — Ele para, parecendo desapontado. — Eu nem perguntei o seu nome.

— É Skylar — respondo. — E, não, não exatamente. — Parece muito complicado tentar explicar a situação de Win, então pulo essa parte. — Eu estava percebendo as alterações. Acontece que eu sou sensível ao que foi mudado no passado. E o seu grupo, hum, reparou que eu estava percebendo.

— Então você sempre sentiu que algo não estava certo? — Jeanant quer saber e eu confirmo com a cabeça. Sua voz suaviza. — Viver com uma sensação que você não tinha como compreender... e lutar ao nosso lado, agora que sabe... não se vê esse tipo de coragem com muita frequência. Obrigado.

Eu é que deveria agradecê-lo. Jeanant tem mostrado mais respeito por mim nos últimos cinco minutos do que Win todo esse tempo que estou às voltas com ele. Eu me pergunto como Jeanant chegou ao ponto em que parou de nos ver como cobaias e reconheceu que também somos pessoas.

— E agora eu preciso me desculpar mais uma vez, por estar falando sem parar — Jeanant continua. — É tão bom poder *conversar* direito com alguém. Entretanto, imagino que você tenha vindo me encontrar por uma razão.

— Sim. Tentamos encontrá-lo novamente para que você possa me dizer como podemos concluir isto.

— Vocês foram tão bem até agora — reconhece ele. — Eu não tenho a menor dúvida de que *iremos* até o fim. Eu só quero que você saiba que gostaria de ter feito isso mais cedo. Eu gostaria que alguém tivesse pensado em fazer isso antes de mim.

— Não é culpa sua — protesto.

— Todo mundo em Kemya tem culpa por esta situação terrível. E a culpa é minha por não ter planejado meus movimentos cuidadosamente o suficiente para destruir o gerador, ou isso já teria terminado, e você, Thlo e os outros jamais teriam que correr perigo. — Sua boca se contrai e ele apruma o corpo com a confiança que agora já me é familiar. — Farei tudo ao meu alcance para garantir que eu não cometa um segundo erro. O que significa que, por mais que eu queira que pudéssemos conversar mais...

Ele se interrompe, sua cabeça voltando-se abruptamente para a abertura da passagem atrás de mim. Sua mão salta para um ponto em seu braço onde o contorno de uma tira fina se revela vagamente através da camisa.

— Eles estão aqui.

Ele apanha sua bolsa e o dispositivo de iluminação quadrado com um suave movimento. Enquanto gesticula para que eu penetre mais fundo na alcova, ele abafa a luz contra a palma da mão.

— Fique aqui enquanto eu os atraio para o outro lado — ele murmura. — Assim que virem que eu fui embora, eles irão atrás de mim.

Não, ele não pode ir, ainda não.

— A arma — eu sussurro. — As peças. Se elas estão com você, pode me dá-las...

— Eu já deixei a segunda peça na parede — diz ele. Ele aperta alguma coisa pequena e plana na minha mão. — Quando você ouvir que os Executores sumiram, torça o canto disso. Vai ajudá-la a encontrar o local. E depois você terá que ir a um lugar não muito longe de sua região dos Estados Unidos, pouco antes de o sangue ser derramado onde as árvores foram derrubadas. Isso é tudo que Thlo precisa ouvir. Tenha cuidado.

Eu tento segurá-lo quando ele se afasta de mim, mas não consigo agarrar sua manga por questão de centímetros. Ele corre em direção à passagem, pouco mais do que uma silhueta magra na débil luz, e eu abro a boca para chamar o seu nome. Então ouço o barulho de passos vindo do outro lado da caverna. Minha voz falha. Os Executores. Um grupo do tempo dele, tem que ser, ou ele os teria afastado devido ao paradoxo, como fez com Win. Se eu gritar, vou trazê-los direto para nós.

Eu pressiono as costas contra a parede. Os pés de Jeanant batem forte contra a pedra enquanto ele se afasta correndo. Alguém grita alguma coisa e os outros passos se aceleram. O brilho fraco da luz de Jeanant desaparece completamente. Um ruído vibrante e estridente ressoa pelo ar e eu estremeço.

Mas eles devem ter errado o disparo ou talvez atirado em Jeanant depois que ele já tinha ido embora em seu 3T. Através da mais negra escuridão, algumas frases murmuradas no idioma alienígena me chegam através da passagem: irritadas, não triunfantes. Alguém suspira. E depois não ouço mais nada.

Enquanto o silêncio se prolonga, eu espero até que já não consiga suportar a escuridão por mais tempo. Então me atrapalho com o dispositivo que Jeanant colocou na minha mão. Um dos cantos se dobra quando eu o pressiono. Eu o torço e luzes se acendem em sua superfície.

É como o quadrado que ele estava carregando. A alcova parece mais estranha agora que estou sozinha nela. O calor da capa de Jeanant me proporciona apenas um pequeno conforto.

Eu provavelmente deveria tê-la devolvido a ele. Mas não houve tempo. Não houve tempo sequer para obter todas as informações dele que acho que Win queria. *Antes de o sangue ser derramado onde as árvores foram derrubadas.* Eu não faço ideia do que isso significa. Talvez Win saiba. Jeanant disse que era tudo de que precisávamos. Acho que ele vai deixar as outras duas partes lá para nós, com as instruções que ele não teve tempo para me dar agora. Pode ser que ele não estivesse com as partes restantes.

Ainda há a que ele disse que deixou aqui. Dou um passo para trás, examinando a parede da caverna e depois passo a correr os dedos sobre ela. Finalmente, a meio caminho do chão, toco um trecho que cede. Escavando-o com as unhas, ergo um pedaço de rocha solta.

Ali está. Outra placa de plástico alienígena, quase tão longa e larga como o meu antebraço, está encravada na fenda que eu abri. Eu a puxo dali. Um retângulo de metal muito parecido com o primeiro que Win encontrou, porém com o dobro do tamanho, está encaixado dentro dele, em meio a linhas de caracteres gravados. E traz outra mensagem.

Meto a placa debaixo do braço enquanto tateio de volta para a passagem. A entrada da caverna é um pontinho brilhante ao longe. Corro em direção a ele, perguntando onde Jeanant está agora. Se este lugar com as árvores é a resposta, se o seu papel na missão terminará lá, será que ele terá condições de ir para casa? Sei que ele não conseguiu voltar para Kemya no presente de Win. Se tivesse conseguido, poderia ter contado tudo isso para Thlo ele próprio, em vez de deixar pistas.

Dezessete anos no futuro, disse Win. Dezessete anos antes de seu grupo e Jeanant poderem se encontrar sem que ocorra o paradoxo temporal. Os Executores até lá terão desistido de sua perseguição?

A escuridão vai ficando para trás, as formas vagas de folhas e troncos de árvores vão entrando em foco para além da entrada da caverna. Eu corro o curto trecho final, ansiosa por sair ao sol.

O espaço debaixo da árvore onde Win iria me esperar está vazio. Eu olho para os lados, fora da abertura da caverna. Ele não está em lugar nenhum.

Os Executores, digo a mim mesma, reprimindo o pânico. Os que vieram do tempo de Jeanant. Ou eles repeliram Win pelo paradoxo ou ele pressentiu que estavam próximos e saiu do alcance deles. Agora que eles se foram, ele poderá voltar para cá. Só preciso esperar.

Um pássaro vermelho, com penas absurdamente longas na cauda, pousa num dos pedregulhos da fileira irregular ao meu lado. Um galho estala. E, então, uma vibração metálica zune pelo ar em algum lugar à minha direita.

Hesitante, olho ao redor. Alguém está se deslocando pesadamente por entre os arbustos... escuto uma ordem gritada. Lanço-me para o lado oposto, em direção à fileira de pedras. Arranho os ombros enquanto me esforço para passar e me esconder por trás deles e escuto outro grito. Galhos estalam sob o peso de pés, muito perto de onde estou. Agacho-me, tentando ouvir além do intenso martelar do meu coração. Será que me viram?

Uma voz frágil grita palavras que eu não entendo. É a voz da mulher pálida. Meus músculos se retesam. Não sei se ela está tentando falar comigo ou com os seus companheiros. Ela diz outra coisa, mas ainda naquela toada entrecortada e arrastada de sua língua alienígena.

A placa que Jeanant deixou pesa no meu colo. Não posso deixar a mulher pegá-la.

Olho em torno de mim. Há um ruído nos arbustos a poucos metros de distância, perto da entrada da caverna. A ponta de um chapéu de palha e um rosto infantil se revelam através das folhas largas. Um par de olhos assustados me encara e depois ele corre rapidamente de volta à área em frente da caverna. Onde eu acho que a mulher pálida está parada.

É o menino que nos seguiu antes. Nós não o despistamos, afinal de contas. Ele deve ter vigiado a caverna depois que me viu entrar, determinado a conseguir sua prova de nossa traição. Ele não poderia esperar que as coisas fossem dar nisso. E dá para ver que ele não faz a mínima ideia de como vai escapar dessa, tanto quanto eu.

Em seguida, outra voz ressoa, de um ponto qualquer mais longe.

— Por que você não nos deixa ir pacificamente? Nós não fizemos nada de errado.

É Win. Engulo o grito de alívio que sobe na minha garganta.

— Fique onde está — continua ele. — Eu vou.

Ele está falando em inglês. Só para ter certeza de que eu vou reconhecer a sua voz ou porque ele quer que eu entenda o que ele está dizendo? Será que o que disse por último é uma instrução para mim? Para eu ficar onde estou. Ele vem... me buscar? Considerando que é ele quem tem o 3T, isso me parece um plano razoável.

Se a mulher pálida não me pegar antes.

— Vamos prender você — ela ameaça, mudando de idioma automaticamente para responder a Win. Seu sotaque é mais forte, quebrando as palavras em fragmentos distintos. — Pode ser do jeito fácil ou difícil, você decide. Eu preferiria levar vocês dois de volta vivos, mas só precisamos de um.

A voz dela parece mais próxima do que antes. Ajusto meu peso sobre os joelhos, para que eu possa me impulsionar para a frente se precisar correr. Olhando para o menino, levo o dedo aos lábios, esperando que ele entenda o gesto. Mas ele nem ao menos está olhando para mim. Seu rosto está rígido de medo.

— Eu prefiro nenhum — Win retruca. Ele soa quase como se estivesse acima de nós. Olho na direção de onde sua voz pareceu vir e vislumbro um lampejo de pele marrom-dourada em meio ao emaranhado de cipós que se derrama pela laje de pedra sobre a caverna.

— Se você realmente quer proteger este planeta, deixaria que nós o levássemos — diz a mulher, seus passos soando mais próximos. — Você está brincando com a História aqui, tanto quanto qualquer outra pessoa.

Folhas ondulam sobre a entrada da caverna. Win está quase na borda da laje acima da cabeça do menino. Mas ele ainda está muito longe e a mulher parece que está apenas a alguns passos de me alcançar. Eu me inclino para a frente, preparando-me para correr ao encontro dele, e o olhar do menino se volta para cima.

Ele deve ter visto Win rastejar em direção a ele. Um grito irrompe de sua boca. *Ele* sai correndo para fora dos arbustos, em direção ao abrigo da caverna. Direto para a linha de visão da mulher pálida.

Estendo o braço para fora, como se houvesse alguma chance de detê-lo. Ele passa por mim, os pés descalços deslizando rapidamente no chão pedregoso. Eu salto bem no momento em que o terrível zunido metálico corta o ar. Um fluxo de energia atinge as pernas do menino e ele cai de quatro, sobre as mãos e os joelhos.

— É um habitante local — um homem diz, do outro lado da clareira. — Ele nos viu. — A mulher pálida, de pé a poucos metros da caverna, já está regulando uma chave em sua arma.

— Eu sei — ela responde e puxa o gatilho antes que meu protesto chegue aos meus lábios.

Este tiro não apenas zune, ele guincha. A descarga atinge a cabeça do menino, fazendo seu corpo inteiro convulsionar antes de desabar pesadamente no chão. A lateral de seu rosto está enegrecida, de seu olho esquerdo nada restou além de cinzas, e sua pele parece plástico superaquecido. Ele não faz mais do que se contorcer novamente.

Eu registro tudo isso durante o segundo que leva para a mulher pálida se virar na minha direção. Win salta do mato na base do penhasco, correndo os últimos metros que nos separam.

— Não! — tento dizer enquanto ele joga o 3T em torno de nós, mas a minha voz está tão rouca que mal consigo me ouvir. Tudo que nos rodeia é arrebatado num turbilhão de cores e zunidos de vento.

19.

O 3T se agita abruptamente em torno de mim. A imagem do corpo carbonizado do menino estremece com ele, impressa nas minhas pálpebras fechadas. Estremece e depois desaba. Estremece e depois desaba. Vivo e então, num instante, completamente inerte.

Reduzido a carvão. Bile sobe na minha garganta. A mulher nem pestanejou. Ele era um nativo. Ele viu sua tecnologia. Ela o matou.

Ela nem mesmo estaria ali, se não fosse por mim e por Win. *Ele* estava ali apenas porque nos seguiu. Onde ele deveria estar, naquele dia, antes de chegarmos?

— Skylar — Win está dizendo. O ar do lado de fora do tecido parou de zunir. — Skylar, estamos a salvo agora. Conseguimos.

— Ele está morto — digo, tremendo. — Ele está morto por nossa causa.

— O quê? O garoto? Isso é o que os Executores fazem. Aquela mulher, Kurra, já ouvi histórias sobre ela. Aparentemente, ela tem um temperamento ainda mais brutal do que os outros.

Você está brincando com a História aqui, tanto quanto qualquer outra pessoa, ela disse.

Ajusto o meu olhar sobre a paisagem desfocada para além do 3T, tentando escapar dos pensamentos que correm por minha mente. Mas é verdade. Uma verdade que acompanha a sensação de *errado* que ressoa através de mim. Ele não era apenas um garoto. Era parte da História. Não apenas naquele dia, mas também no dia seguinte e na semana seguinte, no ano seguinte e assim por diante.

— A vida de um terráqueo não significa nada para eles — Win argumenta. — Mesmo a vida de um kemyano não importa muito. É por isso que temos que...

— Mas não é só ele — eu interrompo. — Ele não teria morrido se não estivéssemos lá para ele seguir... ele teria crescido e teria tido os seus próprios filhos e esses filhos teriam tido filhos e... Mil anos. Mil anos de gerações e todas essas pessoas sumiram. Eles desapareceram por *nossa* causa.

Centenas de rostos, de vidas, desapareceram no esquecimento com um único disparo da blaster de Kurra. Ceifadas da longa cadeia de História tão facilmente quanto o apertar de uma tecla "Delete". Eu desabo no chão da tenda do 3T.

— Skylar, você não tem como saber ao certo — argumenta Win, mas ele parece menos convicto agora. — Ele poderia ter morrido naquela tarde, na batalha, ou amanhã ou depois de amanhã, de alguma outra forma. Com praticamente nenhuma diferença.

— Ou talvez com uma diferença enorme — retruco. — Talvez... talvez ele ou um dos seus descendentes crescesse para ser um brilhante líder ou cientista, ou... — A miríade de possibilidades me esmaga. Basta a perda de uma única pessoa em algum lugar ao longo de uma genealogia influente e não apenas centenas, mas bilhões de vidas são reescritas. O alarme de *errado*, *errado*, *errado* retumba em meus ouvidos. Cubro o rosto, mas não consigo silenciá-lo. Não posso desligá-lo porque ele está vindo de dentro de mim.

— Não é culpa sua — Win tenta me consolar, parado de pé ao meu lado. — Não havia nada que você pudesse fazer. Kurra o matou, não nós. E precisamos nos apressar, Skylar. Se eles estiverem nos rastreando, temos que ficar longe deste lugar, antes que decodifiquem o sinal.

Sacudo a cabeça e ela simplesmente gira mais. As palavras continuam saindo da minha boca.

— Eu deveria saber. Deveria ter percebido que ele ainda estava nos seguindo e tê-lo afastado. Eu deveria ter visto...

Win inspira fundo, produzindo um som semelhante a um rosnado. Um movimento de sua mão traz de volta o brilhante painel de dados.

Fico olhando para os meus joelhos, a placa de plástico de Jeanant pressionada contra a barriga, enquanto o mundo exterior esvanece e retorna. Esvanece e retorna. Dia, noite, edifícios, campo. Cada solavanco faz minhas entranhas se contraírem com mais força. Não importa quantos deslocamentos façamos, quão longe nos desloquemos através do espaço e do tempo. O menino ainda vai estar lá caído, morto na entrada de uma caverna perto do rio Bach Dang, em algum momento do ano 938 d.C. Não sei se um único mundo entre os mundos lá fora se parece com o que era o meu. Não sei nem se posso retornar ao exato tempo e lugar que eu chamo de lar. Porque ele poderia estar agora completamente diferente.

Esse pensamento me envolve e sufoca, e não suporto ficar parada por mais tempo. Win está prestes a tocar a tela mais uma vez e eu me ponho de pé imediatamente.

— Pare — eu digo. — Já chega. Pare.

Nem espero para ver se ele me escutou. Empurro a placa de Jeanant em direção a ele e saio cambaleando por entre as abas da tenda.

Irrompo numa paisagem que se esparrama por colinas ondulantes e saio andando com mato na altura dos joelhos. O capim alto e grosso assobia enquanto tropeço por ele. Pequenas nuvens pontilham o céu, *uma, duas, três, quatro*... meu coração está batendo tão forte que meus braços estão sacudindo... uma cerca de madeira quebra o mar de grama na colina além da que estou. Uma floresta cerrada de sempre-vivas se alastra na distância. Minha garganta queima com um refluxo ácido. Há três construções de telhados vermelhos enfileiradas ao longo da colina, à minha esquerda. Cinco cavalos se alimentam no pasto ao lado delas. Um preto, dois marrons, dois malhados cinzentos. Ainda não consigo respirar.

Minha pulseira está na minha mão. Não me lembro de tê-la tirado da bolsa. Sequer me lembro de ter iniciado o ciclo de três, mas o meu polegar já está na quarta conta e meus lábios se movem na previsível e metódica recitação dos números: *Três vezes 243 é 729. Três vezes 729 é 2187.* Não é o suficiente para acalmar o ruído na minha cabeça. Meus dedos giram mais forte as contas. E então sinto um estalo seguido de um afrouxamento e as contas de vidro escapam dos meus dedos.

Tento segurá-las tarde demais. Um dos fios de cânhamo arrebentou. Eu o arrebentei. Paro e giro ao redor, pronta para tatear a grama, e quase bato a cabeça na de Win. Ele está agachando no meio do capim. Eu não sabia que ele estava atrás de mim.

— Aqui está — diz ele, erguendo a mão. Ele está me estendendo a conta perdida, a branca salpicada de azul turquesa. Eu a pego e olho para a pulseira. Não dá para prender a conta de novo. Terei que esperar até voltar pra casa para poder tecer uma pulseira totalmente nova. *Se* algum dia eu voltar pra casa... *se* o que chamo de casa ainda guardar qualquer semelhança com o que eu deixei ao partir...

Win se levanta e toca o meu ombro. O contato suave interrompe meus pensamentos em sua espiral descendente para o pânico.

Eu disse a ele para não me tocar. Entretanto, ele não está me empurrando, nem me arrastando, nem me guiando neste momento. Ele apenas está lá, sua palma enviando um pouco de calor extra através do tecido da capa de Jeanant.

— Acho que todos esses deslocamentos sucessivos vão confundir um pouco os sinais — ele reflete. — E, como eu estava escolhendo pontos isolados, é improvável que tenhamos alterado qualquer coisa perceptível. Mas, se eles encontraram uma maneira de decodificar o misturador de sinais de Isis, Kurra e os outros Executores ainda podem nos seguir até aqui. Precisamos sair de vista. Há uma construção que parece estar vazia do outro lado da colina. Você consegue ir até lá?

O guincho estridente do disparo da arma de Kurra me vem à memória de novo e minha mão se fecha ao redor da pulseira. Esta paisagem descampada, que se estende a perder de vista, só está fazendo eu me sentir mais perdida. Paredes, sólidas e seguras... Isso soa bem.

— Ok — digo.

Subimos pelo mesmo caminho que viemos.

— Lá — Win aponta quando chegamos ao topo da colina. Perto de um pomar com árvores espaçadas ordenadamente, há uma choupana rústica de madeira, com a porta pendendo das dobradiças. Concordo com a cabeça e nos pomos a descer o morro na direção dela.

É óbvio que a choupana foi abandonada por seja lá quem fosse o seu dono. Crostas de sujeira cobrem a única e pequena janela, e as dobradiças da porta estão cobertas de ferrugem. Um canto do telhado desabou, permitindo a visão do céu que escurece lá fora. No entanto, as paredes são sólidas o suficiente para nos esconder.

Win senta-se num amontoado de madeira coberto de musgo que parece que um dia sustentou um colchão, posicionando-se de modo que possa ficar de olho na colina através da janela suja. A colina de onde os Executores vão chegar se nos seguirem até aqui. Eu me deixo cair no chão. As tábuas de madeira do piso estão úmidas e cheiram a podre, mas o desconforto ajuda a me manter centrada. A me concentrar no aqui e agora. Longe de imagens fragmentadas de morte e linhagens destruídas e...

— Não foi culpa sua — me conforta Win, seu olhar passando rapidamente de mim para a janela e voltando novamente. — Eu também não sabia que o garoto estava nos seguindo e era eu quem estava do lado de fora da caverna. Fui eu quem o surpreendeu e o fez correr.

— Eu vi o garoto escondido lá. Se eu tivesse dito alguma coisa, se eu tivesse feito com que ele saísse discretamente antes de eles o notarem...

— O que você poderia ter dito? Ele não teria entendido você!

Ele tem razão. Eu sei disso. Entretanto, o sentimento de culpa está firmemente arraigado em meu peito.

— Eu poderia ter encontrado um jeito. Se estivesse prestando bastante atenção, percebendo tudo o que eu precisava...

— Skylar...

— Você não pode me dizer que eu não poderia ter feito nada! — explodo. — Eu estava lá. E não evitei aquilo. Assim como...

Uma onda de emoção, uma mistura de arrependimento, tristeza e raiva, me invade. Minha voz vacila. *Assim como foi com Noam.* Era o que eu ia dizer. Entretanto, isso não tem nada a ver com Noam.

Só que, de alguma forma, tem. De alguma forma, essa angústia muito mais antiga engoliu tudo o que eu estava sentindo, como se ela fosse o centro da questão, o tempo todo.

— Assim como? — Win pergunta.

— Não faz sentido — respondo. — Foi uma situação completamente diferente. Eu só... Meu irmão, Noam. Ele fugiu quando eu tinha 5 anos. Eu estava sentada lá assistindo TV e ele saiu com a mochila e todo o dinheiro que tinha guardado no banco, e eu nem me toquei de que ele não estava indo apenas até a loja de conveniência. Mas isso não importa.

Win faz uma pausa. Seu olhar se lança para a janela e volta, me lembrando de que não estamos realmente seguros aqui. No entanto, ele não se mexe.

— Talvez importe — ele fala, cuidadoso. — Se isso for parecido com o que aconteceu com aquele menino, se é por isso que você está tão chateada, acho que é importante sim.

— Estou chateada porque alguém *morreu* — respondo atravessado, antes que possa me conter.

— Eu sei — ele diz. — Mas parece que é mais do que isso.

— Acho que sim. — Esfrego a testa. — Será mesmo que temos tempo para isso?

— Você realmente acha que consegue voltar lá para fora agora? — Win pergunta, apontando para a porta.

Olho para a faixa de pasto além da porta pendurada. Um arrepio me percorre. Há tanta coisa que poderia estar *errada* que eu ainda nem percebi...

Aperto a pulseira na mão.

— Não — respondo. — Está bem. Noam. — Eu reoriento os meus pensamentos para aquela ocasião, aquela tarde em que ele fugiu, aquela noite de preocupação, para a crescente constatação nas semanas seguintes de que ele nunca mais voltaria para casa. — Quando ele foi embora, eu soube que deveria ter percebido que algo estava errado. Se eu tivesse feito isso, quem sabe poderia ter dito algo que o teria feito mudar de ideia. Talvez ele pensasse que eu nem me importava que ele estivesse indo embora.

— Ou talvez isso não fizesse diferença — Win considera. — Ele já tinha tomado a sua decisão. Acho que é como o menino na caverna. Provavelmente não havia nada que você pudesse ter feito.

— Eu tive várias oportunidades para perceber — argumento. Minha garganta está seca. Eu nunca falei tanto sobre Noam para ninguém, eu sequer me permitia pensar no assunto; entretanto, agora que comecei, parece que vou sufocar se não colocar tudo para fora. — Eu falei com ele quando ele estava me levando para a casa dos nossos avós, depois da escola, e o vi atender ao telefone quando eu estava tomando o meu lanche. Mas, quando ele estava saindo, quando me disse que iria me trazer alguma coisa da loja de conveniência e então disse adeus, eu sequer olhei para ele. Eu só prestei atenção naquele programa idiota de TV. Três chances e eu não aproveitei a última. Eu a perdi e ele nunca mais voltou.

— A terceira vez dá sorte — diz Win.

— O quê? — Olho para ele.

— Você disse isso antes — Win responde. — E três... é o seu número especial. É o que você costuma multiplicar quando está chateada. Certo?

Oh.

— Eu nunca pensei nisso. Era o que... Noam é que sempre dizia isso. Eu peguei isso dele.

Eu nunca tinha pensado nisso porque estava sempre me esforçando para superar o meu sentimento de culpa por Noam, porém, quando ouvi Win fazendo essa conexão, me pareceu óbvio. Três vezes. Três oportunidades. A conexão que nunca fiz, porque eu não estava multiplicando na época. Será que eu tinha aquelas sensações de *errado* antes de Noam partir? Franzo a testa, buscando por minha primeira lembrança de tal sensação. Meu segundo dia de aula na primeira série, menos de seis meses depois. Algo sobre uma árvore no canto do playground. Eu chorei no recreio e não consegui explicar o motivo para a professora.

Win disse que eu percebo as mudanças porque sou mais sensível do que a maioria das pessoas. Mas eu nem sempre fui assim. Eu *comecei* a perceber.

Um flash do passado me vem: eu, com 5 anos de idade, parada no quarto de Noam, os punhos cerrados, jurando a mim mesma que vou prestar mais atenção em tudo dali em diante. Com a esperança infantil e distorcida de que isso compensaria magicamente qualquer erro que eu tivesse cometido e traria Noam de volta. Se eu pudesse perceber cada detalhe da forma como deveria ter feito naquele dia, a partir dali, para todo o sempre...

— Tudo tem a ver com ele — constato, sem fôlego. — Eu pensei que, se prestasse mais atenção a tudo ao meu redor, eu poderia evitar que algo tão horrível assim acontecesse novamente. E, depois disso, as sensações começaram.

E ficaram mais intensas. Cada sensação de *errado* me deixava mais desesperada para me tornar consciente, para perceber de fato o que estava errado, o que só me tornou mais sensível às mudanças. Eu criei minha própria disfunção.

— Se você pensar bem, é uma coisa boa — Win observa. — Se você não notasse as mudanças, não teria sido capaz de nos ajudar.

— Eu sei — admito. — Mas também não é bom por vários motivos. Uma pessoa normal teria ficado triste pela morte daquele menino e com raiva da mulher por matá-lo, sem ter um ataque de pânico devido ao sentimento de culpa por isso, não é? Que risco estou nos fazendo correr agora por causa disso?

E não vai parar. Cada vez que saltamos para uma nova época, isso quase me sufoca. Perdi a tira de alarme, a nossa proteção contra os Executores, por causa disso. E depois do que acabamos de ver, só de pensar em Viajar para qualquer outro lugar me dá um choque de terror.

— Nós escapamos. Estamos bem. — Ele verifica a janela. — Ao menos, por enquanto.

— E se isso acontecer novamente? — pergunto. — Você sabe que foi pelo menos parcialmente por nossa causa que aquele menino morreu. Não podemos deixar que ninguém mais se machuque.

— Estamos fazendo o melhor que podemos — incentiva Win. — Estamos tentando deter algo monstruoso. É verdade que não conseguimos evitar alterar algumas coisinhas ao longo do caminho, mas, por outro lado, estamos mudando as coisas para melhor.

Uma vida que poderia ter levado a uma cadeia de outras vidas não me parece algo tão pequeno.

— Nós não poderíamos voltar e dar um jeito para que ele não nos siga...?

— Quanto mais interferirmos com os moradores, mais alterações vamos acabar provocando — adverte Win. — Estaríamos apenas aumentando as consequências.

Claro. Eu tive a minha chance e agora ela se foi. Assim como com Noam. Pelo menos, com o menino, eu sei exatamente o que aconteceu, onde as coisas deram errado. Com Noam, é a incerteza que é mais difícil de aceitar. Ninguém achava que ele era do tipo que pensasse em fugir. A polícia nunca conseguiu localizá-lo. Era como se houvesse desaparecido no ar.

Meu coração para. Espere um pouco. É possível, não é? Eu mesma desapareci no ar apenas algumas horas atrás, com o 3T de Win. Por que Noam não poderia ter desaparecido exatamente da mesma maneira?

Tudo se encaixa tão perfeitamente que estou sem fala. Talvez seja realmente por minha culpa que Noam tenha ido embora... talvez tenha sido eu a pessoa que o levou. Não sei por que eu teria feito isso, mas que outro viajante do tempo pensaria que Noam era importante o suficiente para raptá-lo? Talvez isso fique claro quando eu chegar lá. No entanto, essa é a única coisa que faz sentido em doze anos de especulações. Um círculo perfeito, começando com o desaparecimento de Noam e me levando de volta para ele de novo, como meio de trazê-lo de volta para casa.

— Parece que você teve uma ideia — nota Win, oferecendo-me um sorriso hesitante.

Mordo o lábio para não sorrir. Eu posso fazer isso. Eu já fiz, certo? Vou pegar Noam e trazê-lo para algum lugar seguro, até que eu acabe de Viajar com Win e então decidiremos o que fazer a seguir.

Mas eu tenho o pressentimento de que Win não vai gostar desse plano. Expiro lentamente. Eu não preciso pedir tudo de uma vez. Posso pedir apenas o favor no qual já estava pensando quando vi pela primeira vez quão longe o seu 3T poderia nos levar.

— Eu quero ver o meu irmão — digo. — Quero voltar para o dia em que ele fugiu. Então vou saber ao certo o que aconteceu.

O sorriso de Win murcha.

— Isso não vai fazer você se sentir pior?

— Não. Acho que vai me ajudar a lidar melhor com a perda. O não saber é o que realmente mexeu com a minha cabeça. — E, quando estivermos lá, Win vai concordar com o que quer que eu faça. Porque Noam já desapareceu, então só pode ter acontecido assim. Certo?

— Eu não sei... — Win começa a falar.

— Eu não preciso de muito tempo — interrompo-o. — Eu fiz tudo o que você me pediu para fazer até agora. Eu só estou pedindo a *você* uma única coisa.

— Mas Jeanant... — Ele levanta a aba da bolsa para olhar as duas placas agora guardadas lá dentro. — Você falou com ele? E o restante da arma? O que ele disse que devemos fazer?

— Ele me disse aonde temos que ir — respondo. *Onde as árvores foram derrubadas.* Presumo que a mensagem da segunda placa vai preencher o resto. Meus dedos se deslocam até a bainha da capa de Jeanant. *Ele* entendeu como essa jornada tem sido difícil para mim. Acho que ele entenderia por que eu preciso fazer isso. O fato de eu finalmente saber que Noam está bem significará que eu conseguirei ajudar Win a terminar esta missão sem outros episódios de pânico, e isso é o melhor para todos.

Win repara na minha mão sobre a capa.

— Ele lhe deu isso — observa. É difícil saber se a frase foi uma afirmação ou uma pergunta.

— Eu estava com frio — explico. — Ele disse que eu precisava dela mais do que ele. Olhe, Win, mesmo que você não entenda por que isso é importante para mim, você não pode simplesmente acreditar em mim? Se você quer que eu seja seu instrumento, poderei fazer um trabalho muito melhor se estiver com a cabeça no lugar.

Seus ombros se enrijecem. Ele lança à janela um último olhar.

— Você não precisa colocar as coisas nesses termos — ele retruca, com voz áspera. — Nós vamos. É justo. Qual é a data?

20.

Win ajustou o 3T para nos levar a um ponto a várias quadras da casa dos meus avós, para nos dar alguma distância se os Executores rastrearem o deslocamento. Nós tratamos de nos apressar naquela tarde de sexta-feira gelada, no início de março, três meses antes do meu aniversário de 6 anos. Com exceção dos flocos de neve que caíam em torno de nós, nada está se movendo. Parece que adentrei uma lembrança, onde o mundo está congelado, imutável.

A minha versão de 5 anos de idade terá acabado de se sentar à mesa da cozinha, enquanto minha avó enche meu copo com suco de maçã. Noam terá acabado de entrar no quarto de hóspedes com seu telefone celular. Em cerca de cinco minutos mais, estarei enroscada no sofá, assistindo desenhos animados engraçados enquanto ele atravessa a porta azul desbotada, para nunca mais voltar.

Mas ele vai retornar. Só tenho que fazer isso acontecer.

Win olha fixamente para o céu, piscando, enquanto flocos de neve errantes grudam em seus cílios. Sua boca se curva em um sorriso maravilhado. Nada de neve também numa estação espacial. Deixei-o para trás entretido com aquilo, apertando o passo quando viramos na rua dos meus avós. Apenas três quarteirões de distância agora. É difícil acreditar, ter Noam tão próximo, depois de tanto tempo.

— Espere, Skylar! — Win grita, mas eu continuo caminhando. Desta vez, é a minha missão, não...

Pow. A sensação me atinge da cabeça aos pés, como se eu tivesse batido numa parede de concreto... ou melhor, como se uma parede de concreto tivesse batido em mim a trezentos quilômetros por hora. Cambaleio, minha testa doendo e meus ouvidos zunindo, uma dor aguda em cada junta como se tivesse levado dezenas de choquinhos pelo corpo todo, ao mesmo tempo. O grito produzido pelo susto fica preso na garganta. Pressiono a mão contra as laterais da cabeça, meus nervos todos retinindo, lutando para ficar em pé.

Consigo abrir os olhos devagar e meu equilíbrio oscila. Onde estou? Esta não é a... Não, espere, é a rua certa, sim. Só que... a poucos quarteirões de distância de onde eu estava um momento atrás. Lá está Win, por incrível que pareça, à minha frente, correndo até mim.

A palavra que explica tudo me ocorre: paradoxo. Então é esse o efeito. Não quero passar por isso de novo. Agulhadas de dor ainda estão ocorrendo nos lugares mais estranhos: nas raízes dos meus dentes, nas bases das minhas unhas. Fixo a consciência no meu entorno parado e frio. Isso não é apenas uma lembrança. Este é um lugar real, um tempo presente genuíno, mesmo que seja também o meu passado.

— Eu tentei avisar — Win fala quando me alcança, ofegante.

— Eu sei — digo, esfregando o último dos formigamentos nos meus braços sob a capa de Jeanant. — Eu não estava pensando. Eu me acostumei a não ter uma de suas "bolhas".

— Seu eu mais jovem está naquela casa, não é? — pergunta Win. — Encontrar consigo mesmo é o maior paradoxo que existe.

— Bem, vamos voltar lá, o máximo que der. Noam vai sair em breve e eu não sei para que lado ele está indo.

Estamos novamente quase no ponto onde eu estava ao sentir os efeitos do paradoxo quando uma figura emerge para a calçada, adiante. Uma figura trajando calça jeans preta e uma jaqueta azul-marinho com capuz que reconheço imediatamente. Ele vira em direção a nós, tomando a rota habitual para a loja de conveniência. Bem, se eu estiver certa, ele nunca teve a intenção de ir a qualquer outro lugar.

Noam vira a esquina, muito perto da casa para eu segui-lo diretamente. Vou ter que interceptá-lo mais abaixo.

— Vamos dar a volta — falo para Win e sigo em disparada até a rua paralela à que está Noam. Enquanto corro, Win rapidamente fica para trás, com a respiração irregular. Isso é bom. Significa que ele terá menos chance de interferir.

Eu contorno o quarteirão. Um instante depois, Noam aparece lá adiante, à minha frente. Eu abrando o ritmo para o de uma caminhada decidida.

— Noam!

Ele se encolhe antes de se virar. O que é estranho, mas não tenho tempo para pensar sobre isso, porque, a essa altura, já cobri a curta distância entre nós, e estou olhando para o rosto do meu irmão pela primeira vez em doze anos.

Ele parece estranhamente jovem. Tenho agora a mesma altura que ele, e vê-lo desse ponto de vista é desconcertante para mim; não me lembro de ele ter tantas sardas em sua pele clara ou do jeito como ele inclina a cabeça como se estivesse tentando dar a impressão de ser durão. Mas é realmente ele. Preciso me controlar para não tocá-lo.

— Sim? — ele responde, franzindo a testa.

Abro a boca e paro. Por alguma razão achei que as palavras certas me ocorreriam na hora. Porque elas devem ter vindo da primeira vez. Em vez disso, estou com a língua presa. Os passos de Win batem forte ao virar a esquina atrás de mim. Tenho que desembuchar antes que ele estrague tudo.

— Noam — continuo —, isso vai ser difícil de entender, mas preciso que você me escute. Sou eu. Eu sou...

No instante em que tento expressar meu nome, minha garganta se contrai e meus pulmões se apertam, como se todo o ar houvesse sido sugado do espaço ao meu redor. Um formigamento corre ao longo da minha mandíbula e do meu peito. Eu suspiro e fecho a boca.

Os olhos de Noam se desviam de mim e voltam a me encarar.

— Você está bem? *Quem* é você?

Respiro fundo.

— Sei que isso vai parecer loucura, mas eu sou...

A mesma sensação me percorre novamente, todos os ossos do meu corpo oscilando com ela, e dessa vez eu sei, sem sombra de dúvida, que se eu forçar a barra assim serei deslocada para o outro lado da cidade pelo efeito do paradoxo. Droga, droga, droga.

— Ei! — Win chama com voz rouca, quase aqui, e eu falo a primeira coisa que me vem à cabeça.

— Não vá embora, Noam. Não fuja de casa. Se você vier comigo, poderei ter certeza de que tudo está bem.

Seu olhar se torna incrédulo.

— Do que você está falando? Por que eu *fugiria* de casa? Quem diabos é você?

— Desculpe — Win se esforça para falar quando ele me alcança, agarrando-me pelo cotovelo. — Ela não sabe o que está dizendo, não está bem. Siga em frente com o que você estava fazendo.

Ele começa a me arrastar para longe e os protestos irrompem dos meus lábios automaticamente.

— Não! Noam, você precisa entender... — Meus dedos se atrapalham antes de eu conseguir abrir a bolsa. — Olhe!

Eu lhe estendo a pulseira. Noam já estava começando a se afastar, mas ele para a esse gesto meu. E está olhando para a pulseira.

— Você reconhece as contas, não é? — digo. — Eu tive que mudar os fios, mas elas ainda são as mesmas.

Mal essas palavras saem da minha boca e Win já está puxando a minha mão de volta.

— Já chega — ele interrompe, em voz baixa. E então, mais alto, para Noam escutar: — Você precisa parar de incomodar esse cara. Vamos lá, está na hora de irmos andando.

O olhar de Noam se eleva até o meu e, só por um instante, vislumbro um lampejo de reconhecimento em seus olhos.

Então ele começa a sacudir a cabeça.

— Eu não sei o que está rolando com vocês dois, mas não posso lidar com isso agora. Sinto muito. — Segurando a mochila pela alça, ele atravessa a rua correndo.

Faço menção de sair correndo atrás dele, mas a mão de Win segura firmemente o meu cotovelo. Eu giro para encará-lo.

— O que você pensa que está *fazendo*? — ele começa, antes que eu possa falar. — Não era você que estava reclamando por mudar o passado? O que você acha que vai acontecer se você continuar falando com seu irmão assim?

— Eu não estou tentando mudar coisa alguma — respondo. — Estou tentando fazer acontecer o que devia ter acontecido. Você o escutou. Ele não está pretendendo fugir de casa. Eu devo ter levado o meu irmão para algum lugar. Com você, no 3T.

Win pisca para mim e, de repente, a lógica que fazia todo sentido para mim minutos atrás parece precária. Sua expressão suaviza no que parece ser pena. Meu estômago se revira.

— Isso não funciona assim, Skylar — diz ele. — Não percebe? Você não pode sentir os efeitos de uma mudança que ainda não tenha criado. Se tivesse havido um tempo em que seu irmão não desapareceu, para começo de conversa você não iria me conhecer doze anos depois, porque você não teria começado a perceber mudanças e eu não teria notado você. Então, você não pode tê-lo levado para longe. Ele realmente foi embora.

— Mas... — Ele solta o meu braço e eu esfrego a testa. Noam está correndo para fora de meu campo de visão, ainda se dirigindo para a loja. Eu não posso perdê-lo de vista. Começo a andar atrás dele. Win não desgruda de mim.

— Nunca funciona dessa maneira? — pergunto debilmente. — Você nunca vê algo por causa de uma mudança que você vai fazer depois?

— A ideia de que o tempo é estático e tudo o que vai acontecer já aconteceu é um pensamento agradável — observa Win. — Mas é coisa de seus filmes e livros, e não ciência real. Se *fosse* realmente dessa forma, não haveria nenhuma mudança que você pudesse sentir, porque tudo sempre teria sido da mesma forma.

Eu entendo o que ele está dizendo, claro. Mas a ideia de que Noam desapareceu comigo através do tempo me parecia tão *certa*. E ainda agora, ele parece genuinamente sincero ao se espantar por eu acusá-lo de estar prestes a fugir.

— Você sabia que iria fazer isso quando me convenceu a trazê-la aqui — conclui Win. — Mas você não me disse.

— Assim como você não se deu ao trabalho de me contar toda a verdade antes de sair por aí me arrastando por centenas de anos? — retruco.

Ele franze a testa para mim.

— Pelo menos eu sabia o que estava fazendo.

— Sim, bem... — A minha raiva some tão rapidamente quanto apareceu. Ele tem razão. Eu só não queria admitir isso. — Ele é meu irmão. Passei esse tempo todo querendo saber onde ele está, me culpando por não ter percebido os sinais... pensei ter visto a chance de resolver tudo isso, então eu a aproveitei. E ainda não entendo. Se eu não o levei embora e ele não pretendia fugir... o que aconteceu com ele?

Win suspira.

— Olhe — ele fala quando alcançamos o trecho comercial com a loja de conveniência na esquina. — Eu tenho um irmão também. Se *ele* desaparecesse, e eu não soubesse como ou por quê... acho que eu também não iria me conformar com isso. Estamos aqui agora. O plano era descobrirmos o que aconteceu com ele. Presumo que você ainda queira isso, certo?

Algo dentro de mim se recusa.

— O que poderia tê-lo impedido de voltar para casa? E se...

Eu não sei como terminar a frase. Tudo o que tenho é um vago sentimento de pavor.

— Podemos descobrir ou podemos deixar pra lá — Win diz, com uma delicadeza que eu não esperava. — Você só tem que prometer que não vai se envolver. Espero que a breve conversa que aconteceu não tenha mudado nada detectável.

O medo me invade, antes que eu tenha tempo de me lembrar de que se Noam desapareceu antes de eu Viajar até aqui, então, nada que eu tenha feito agora pode ter provocado isso. Se eu não tinha nada a ver com isso, os Executores também não.

— Se alguma coisa vai acontecer com ele, se ele vai desaparecer de qualquer maneira, *não poderíamos* levá-lo em vez disso? — pergunto. — Quero dizer, isso não mudaria nada, realmente, não é? Ele teria desaparecido de qualquer maneira.

— E o que você acha que poderíamos fazer com ele se o levássemos? — Win pergunta.

Eu não tinha pensado nisso pra valer antes. Apenas presumi que a solução me ocorreria da mesma forma que as palavras certas, na primeira abordagem.

— Nós poderíamos trazê-lo de volta para o meu presente. — Mesmo enquanto digo isso, tenho noção de como parece ridículo. — Embora... está certo, ele ainda teria 15 anos, o que seria realmente estranho e provavelmente mudaria um monte de coisas.

Win concorda.

— E os Executores não vão ignorar a história sobre um menino que desaparece e retorna doze anos depois, com a mesma idade.

Tem que haver *alguma coisa* que eu possa fazer. Mas não posso armar um plano antes de saber exatamente o que acontece.

— Ok — consinto. — Vamos apenas assistir e ver o que acontece. Eu tenho que saber.

Não há sinal de Noam através da vitrine da loja de conveniência. Quando desvio os olhos, vejo-o saindo do edifício do banco, meio quarteirão adiante. Enfiando um bolo de notas em sua mochila.

Eu me encho de desânimo. Suas economias. O que ele vai comprar com seiscentos e cinquenta dólares, se não pretende sair da cidade?

Noam corre na direção oposta. Depois de alguns minutos, ele chega ao parque onde no meu presente eu pratico cross-country. Envereda por um dos caminhos que partem ali da rua.

Quando chegamos à orla do parque, ele está esperando em um banco debaixo de um enorme carvalho. Um flash de lembrança me vem à cabeça: eu correndo por ali ao lado de Bree, o farfalhar de seu rabo de cavalo, o barulho dos nossos pés. Eu me escondo atrás do banheiro público quando Noam olha em nossa direção.

— O que você acha que ele está fazendo aqui? — Win murmura ao meu lado.

— Eu não faço a menor ideia.

Abraço a capa de Jeanant, tentando ignorar os flocos de neve que salpicam o meu rosto. Poucos minutos depois, um cara que me parece vagamente familiar entra em foco. Eu me inclino para a frente, tanto quanto possível.

— Ei, Darryl — Noam grita. Ah. Darryl: o amigo de Noam que aparecia lá em casa principalmente quando os outros amigos de Noam, os caras do beisebol, não estavam por perto. Lembro-me de meus pais conversando sobre ele de uma forma que me deu a impressão de que não gostavam muito dele.

Darryl se aproxima de Noam:

— Você conseguiu? — pergunta ele, e quando Noam acena que sim, ele abaixa a cabeça, passando a mão sobre seu cabelo louro escorrido. — Eu não sabia a quem mais recorrer — Acho que foi o que ele disse.

Noam faz alguns comentários, num tom de voz tão baixo que tudo que eu consigo pegar é algo sobre uma "ideia idiota". Estou morrendo de vontade de me aproximar, porém Darryl continua olhando ao redor. E assim que ele percebesse eu me aproximando, Noam também perceberia.

Depois de uma breve conversa, eles se calam, Noam chutando a camada de geada que cobre a grama, Darryl verificando seu celular. Finalmente, um velho Miata vermelho, com a pintura manchada, para no meio-fio em frente a eles. As costas de Darryl se enrijecem.

Uma dupla de caras que parecem ter a minha idade sai do carro. O mais baixo estufa o peito por baixo da sua jaqueta branca de treino, como se estivesse tentando compensar suas bochechas infantis e o queixo cheio de espinhas.

— Tudo bem, vamos lá — diz Babyface com uma grosseria afetada.

— Ir para onde? — pergunta Darryl.

— Nós não vamos falar sobre isso aqui, retardado. Venha, vamos dar uma voltinha.

— Mas eu pensei...

— Você está ligado de que está preso na mesma escola que nós pelo resto do ano, certo? — insinua Babyface. — Posso fazer dos seus dias um verdadeiro inferno, se eu quiser.

Darryl faz uma cara de desânimo. Noam parece inseguro, mas dá de ombros.

— Vamos acabar logo com isso. — Ele caminha até o carro. Darryl hesita e depois o segue.

Enquanto Noam se aproxima da porta do carro, dou um passo à frente instintivamente, meus batimentos cardíacos acelerados. Win estende o braço na minha frente.

— Nós estamos apenas observando — ele me lembra, inclinando-se. — Mas podemos segui-los. Tudo bem?

Fico tensa quando os dois se acomodam no banco de trás. Apesar das palavras de Win, meu desejo é correr até lá, para interromper a situação de alguma forma. Mas o de *alguma forma* me detém. De que modo? Tentando arrastar Noam para fora do carro? Como se com isso fosse conseguir outra coisa a não ser parecer mais louca aos olhos dele do que ele já achou que eu fosse. Eu ainda não entendo o que está acontecendo. Esses caras são apenas garotos do ensino médio também, como isso poderia ser tão ruim?

— Então, vamos para os pântanos? — o cara mais alto pergunta a Babyface quando chegam à calçada.

Babyface confirma com a cabeça, com um sorrisinho sinistro que eu não gosto nem um pouco.

— É isso aí.

Eles pulam para os bancos da frente do carro conversível. Eu engulo um protesto quando as portas se fecham. O motor é ligado. Em seguida, o Miata se afasta da calçada rugindo, distanciando-se de nós.

21.

—Você conhece esses caras? — Win me pergunta.

— Não — respondo, forçando-me a arrastar o olhar do ponto onde o carro sumiu de vista. — Você disse que podemos segui-los?

— Podemos chegar antes deles aonde quer que estejam indo. O que são "os pântanos"?

— É uma espécie de reserva natural ao longo da costa, a leste da cidade — explico. Não é muito movimentado nesta época do ano. E talvez seja precisamente essa a questão. — É muito grande... mas só existe uma estrada que percorre a região. Poderíamos esperar por eles lá e ver onde eles vão parar.

— Tudo bem — diz Win. — Apenas lembre-se de que, se ficarmos no local para onde nos deslocarmos, para evitar sermos vistos, os Executores podem aparecer praticamente em cima de nós. Então, vamos ter que sair, não importa o que esteja acontecendo.

— Eu sei.

Ele estende o 3T em torno de nós. Os caracteres piscam na tela de dados. Depois de um momento, ele faz um sinal com a cabeça e sua mão se desloca para as minhas costas, da mesma forma como ele me firmou no lugar antes. Eu me esquivo de seu toque automaticamente. Ele se afasta para trás, apertando os lábios.

Parte de mim quer dizer que está tudo bem, segurar a mão dele e aliviar o estresse que ainda paira entre nós. Afinal, ele me trouxe aqui; e está fazendo isso porque eu pedi. Entretanto, ele não se desculpou, por *coisa alguma*: nem pelo beijo experimental, nem pelos comentários paternalistas, nem por me arrastar por aí como um cachorrinho na coleira. Pelo que sei, ele pode estar concordando em fazer isso apenas por estar preocupado em manter a sua ferramenta de comunicação com Jeanant funcionando direitinho.

Em vez disso, abraço a capa de Jeanant em torno de mim.

— Vamos.

Win pressiona o painel. O 3T balança, minhas entranhas dão um nó e aterrissamos do outro lado da rua do parque.

Win franze o cenho. Fecho os olhos enquanto ele pressiona o painel um pouco mais. O 3T zumbe ligeiramente e o ar no interior da tenda se agita.

— Vamos lá — Win murmura, cutucando alguma coisa na parede oposta. — Acorde!

Quando ele pressiona o painel novamente, o chão se eleva e o mundo gira. Abro os olhos e dou de cara com uma rodovia de quatro pistas, que se estende à nossa frente. Pousamos no cascalho do acostamento.

À nossa direita, moitas de caniços e juncos silvam à brisa que lhes faz cócegas, soprando por entre as árvores recurvadas. A neve aumentou e pequenos flocos caem em piruetas, dissolvendo-se no chão úmido. À distância, dá para avistar o brilho cinzento do mar aberto, do mesmo tom do céu nublado.

Como eu esperava, não há ninguém por aqui hoje. Muito frio e triste.

— Se o carro deles passar por nós, podemos simplesmente Viajar atrás deles? — pergunto. — Como podemos acompanhá-los de perto?

— O sistema de navegação é baseado em coordenadas — esclarece Win. — Entretanto, consigo estimar onde estamos agora e fornecer uma distância e uma direção. Se o 3T se comportar, dá para eu não perdê-los de vista.

Troco o meu peso de um pé para o outro, tentando ser paciente. Tentando não ficar ansiosa, temendo que eles nem apareçam por aqui, para começo de conversa. Finalmente, um brilho vermelho aparece na estrada que sai da cidade. Eu estremeço quando o Miata passa por nós zunindo, apenas a alguns metros de distância. Ele passa a estrada voando, cruzando a placa azul do centro de informação da reserva natural, onde eu estive em excursões escolares.

— Aqui vamos nós — alerta Win.

Saltamos de novo e de novo, sempre atrás do carro, perto o suficiente para mantê-lo à vista. Acabo de recuperar o equilíbrio após o quinto deslocamento, quando o Miata estaciona, fora do acostamento, num trecho de grama abrigado entre dois aglomerados de pinheiros.

Descanso as mãos na parede da tenda. De onde estamos, posso identificar a jaqueta de Noam quando ele sai do carro com os outros três garotos. Babyface e seu amigo alto conduzem Noam e Darryl para o pântano além das árvores. Não consigo ouvir uma única palavra do que eles estão dizendo.

— Podemos chegar mais perto?

— Vamos ver... — Os dedos de Win se movimentam velozmente sobre o painel. Aterrissamos com um solavanco em um trecho de terra entremeado com caniços partidos, a uns seis metros de onde os dois garotos mais velhos estão agora encarando o meu irmão e Darryl.

— Tudo bem — diz Babyface. — Cadê?

Noam abre a mochila.

— Eu tenho seiscentos e cinquenta.

— E eu tenho mais oitenta — acrescenta Darryl, puxando um maço fino do bolso.

O cara alto gargalha. Babyface cruza os braços sobre o peito e levanta o queixo na direção de Darryl.

— Isso não é nem um terço do que a erva que você roubou nos custou, bunda mole.

Oh, meu Deus. Então, é disso que se trata. Noam está aqui tentando ajudar o seu amigo a sair de uma enrascada, uma enorme enrascada, realmente uma ideia idiota, como ele havia dito a Darryl.

— Ainda é pior do que a gente pensava! — o cara alto cacarejou. — É hora de dar uma lição em vocês.

— Isso é só pra começar — Darryl se apressa em dizer. — Eu falei pra vocês que preciso de mais tempo para conseguir o restante.

— Sim, da mesma forma que você conseguiu essa merreca? Você está se escondendo atrás do seu amigo aqui como o bunda mole que é. — Babyface se vira com uma espécie de gingado, tateando em busca de algo atrás dele, sob a jaqueta. Seu tom de voz muda, como se ele tivesse ensaiado as próximas frases: — Você precisa aprender a ter um pouco de respeito. Talvez isso te ajude a ver que estamos falando sério.

Ele puxa uma pistola. Darryl se encolhe e Noam dá um passo atrás, deixando cair a mochila e erguendo as mãos no ar. Eu paro de respirar.

— Fiquem de joelhos! — Babyface ordena, acenando com a arma, enquanto o cara alto treme de excitação.

— Olha — diz Noam, com o rosto pálido —, você não tem que...

— Eu vou fazer o que eu quiser — retruca Babyface. — Eu sou o chefe aqui. — Ele se atrapalha com a pistola, com mãos inexperientes, mas eu escuto um clique que só posso supor que seja o da arma sendo destravada. — Andem! De joelhos!

Não vejo como uma cena assim possa acabar bem. Minha mão salta em direção às abas da tenda, mas Win me bloqueia a passagem.

— Apenas observar — ele relembra, com a voz tensa.

— Nós não podemos deixar isso acontecer! — protesto. — Nós temos que detê-los.

— Eu juro que entrego logo o restante pra você — Darryl choraminga.

Ele estende as mãos suplicantes para Babyface, que as afasta com a arma. Os ombros de Noam se retesam.

— "Logo" não rola — rosna Babyface. — Amanhã. Você tem uns bagulhos em casa pra vender, não tem? TV, computador... Se você queria manter essas coisas, não deveria ter bagunçado com as minhas.

— Nós não podemos simplesmente aparecer na frente deles, do nada — observa Win. — E não podemos mudar o que vai acontecer sem alterar sabe-se lá quantas outras coisas mais...

Darryl funga e enxuga o nariz.

— Eu não sei onde... Talvez este fim de semana? Você tem que...

— Eu não me importo! — grito, tentando passar por Win à força, no mesmo instante em que Babyface ergue a mão com a arma.

— Eu não *tenho* que fazer nada pra você — ele rebate, e acerta o rosto de Darryl com a lateral da pistola. — Você deveria ter pensado nisso antes de decidir armar pra cima de mim, babaca.

Quando ele começa a erguer a mão novamente para acertar outro golpe em Darryl, Noam avança para a frente.

— Para com isso! — meu irmão intervém. — Ele disse que vai fazer isso, ele só...

Um grito escapa da minha garganta, mas não faz nenhuma diferença. Babyface tenta empurrar Noam, mas Noam agarra o braço dele, puxando-o para baixo. E o estampido de um tiro ecoa através do pântano.

— Não!

Enquanto Noam desaba no chão, eu me contorço para driblar Win e agarro com as unhas as abas de pano.

— Não, não, não, não, não. — A palavra sai repetidas vezes da minha garganta. Meus dedos deslizam ao longo do tecido liso que endurece ao meu toque. O pano se transformou numa superfície contínua, impenetrável.

— Me deixa sair! — imploro, girando ao redor. Win me agarra pelos braços.

— Você não pode — ele diz. — Você simplesmente não pode, Skylar.

— Eu não me *importo*. Faça o que quiser, mas me deixa sair!

Eu bato em Win com os punhos e ele me liberta. Mas o 3T, não. Eu me jogo contra a parede translúcida, sinto uma dor penetrante no ombro, mas ela nem ao menos treme.

Eu tenho que sair daqui. Eu tenho que chegar até ele.

Mas não posso.

Tudo o que eu posso fazer é assistir enquanto Darryl se encolhe para longe da silhueta imóvel de Noam. Enquanto Babyface deixa cair a arma, com os olhos esbugalhados e boquiaberto, seu amigo alto tagarela algo sobre como o pai dele vai ficar uma fera com isso. Enquanto Noam simplesmente jaz ali, a cabeça pendendo para o lado, os olhos abertos, sem piscar. Babyface cutuca as costelas de Noam com a ponta do pé para ver se ele está mesmo morto e o retira rapidamente ao perceber que a jaqueta azul de Noam está manchada de vermelho.

— Ele está mesmo...? — fala o amigo alto.

— Parece — Babyface conclui com voz trêmula.

— Ah, meu Deus... — Darryl geme. — Ai, caramba... Ele está... chame uma ambulância! Ligue para a polícia! Temos que...

— Cala a boca! — Babyface grita. — Seu idiota. Médicos não vão ajudá-lo. Ele está morto. E se você meter a polícia nisso... nós dois vamos dizer que a arma era sua.

— Nós não podemos simplesmente *largá-lo* aqui — diz Darryl, e fecha a boca imediatamente quando Babyface o fulmina com os olhos.

— Ninguém precisa saber — sugere o amigo alto. — Certo? Nós apenas... não conte a ninguém. Podemos colocá-lo na água.

Babyface coça a lateral do rosto.

— Tudo bem. Tudo bem. Não podemos fazer mais nada por ele. Certo? — Ele dirige a última frase a Darryl, antes de se abaixar para pegar a arma caída.

Darryl olha para ele, empalidecendo.

— Sim — ele gagueja. — Sim, claro, como você disser.

Bato meu punho contra o 3T e grito, mas seja o que for que Win tenha feito tornou o tecido à prova de som também. Através de um borrão de lágrimas, vejo Babyface e seu amigo erguerem Noam pelos pulsos e tornozelos e levá-lo para águas mais profundas. Bile sobe pela minha garganta, eu não aguento e desvio o olhar. Então, apenas ouço-os patinhar pelo terreno lamacento, catar algumas pedras perto de uma das árvores, levá-las até o corpo de Noam e depositá-las em cima dele produzindo leves respingos. Uma pedra e outra e mais outra. Quando olho de novo, eles estão observando o local onde Noam desapareceu no pântano.

Babyface estremece. Então, ele se vira para Darryl:

— Se você abrir a boca sobre isso para alguém, vai desejar que fosse você ali no fundo.

Darryl balança a cabeça concordando, com os olhos avermelhados. O amigo alto pega a mochila de Noam. Darryl caminha aos tropeções atrás deles. Por trás das árvores, as portas do carro rangem. O Miata vermelho dá uma guinada para a estrada e se afasta roncando o motor. E só então Win toca o painel e me liberta.

As abas da tenda se abrem. Eu caio fora e afundo as pernas até as panturrilhas na água gelada do pântano. Meu estômago embrulha. Eu me dobro, vomitando o que restou do mix de frutas secas sobre um amontoado de ervas daninhas. Eu engasgo e cuspo, enquanto avanço cambaleando por entre os juncos até o local onde Noam tombou morto.

Nada restou dele, a não ser uma mancha de sangue que já está sendo absorvida pelo solo molhado. Rastejo ao lado dela, porém, não tenho certeza de onde, exatamente, os garotos o afundaram. Meu corpo todo estremece com calafrios e as lágrimas começam a rolar de novo. Cubro o rosto com as mãos sujas pela pegajosa terra úmida. Os soluços sacodem o meu peito com tal violência que parece que estão arrancando minhas tripas de dentro de mim.

Todo esse tempo... Todo esse tempo eu me senti magoada, traída e até mesmo com raiva dele. E ele estava apenas tentando ajudar um amigo. Um amigo que não era um amigo de verdade, pois, do contrário, não teria arrastado Noam para isso. Por que eles não atiraram em *Darryl*? Por que Noam tinha que se importar tanto?

Depois de um tempo, meus soluços abrandaram, no entanto ainda sinto uma pontada dolorosa nos pulmões a cada respiração. Win está de pé ao meu lado, suas calças de Viajante encharcadas até os joelhos. A brisa sopra sobre nós trazendo uma nova rajada de neve. Eu puxo as pernas até o peito.

— Agora você sabe — Win diz calmamente. — Não foi culpa sua. Você não poderia ter evitado que isso acontecesse, não importa o quanto estivesse prestando atenção.

Tenho o ímpeto de contra-argumentar, mas ele está certo. Não consigo imaginar nada que eu pudesse dizer aos 5 anos de idade que impedisse Noam de sair pela porta esta tarde em sua missão de proteger o amigo. No entanto, as coisas poderiam ter sido diferentes de muitas outras maneiras.

Se Noam apenas tivesse dado o dinheiro a Darryl e ido embora antes que os outros caras aparecessem. Se eles tivessem se recusado a entrar no carro. Se o rapaz — o garoto, na verdade — com a arma não quisesse tanto mostrar como poderia ser durão. Se Noam não tivesse tentado evitar que Darryl apanhasse. Se a arma estivesse apontando apenas alguns centímetros para o lado.

Tantas chances de Noam ter continuado vivo.

— Nós temos que voltar — falo, balançando-me para me manter aquecida. — Hoje cedo... ou ontem... Eu tenho que convencê-lo a não se encontrar com Darryl.

— Você não pode — afirma Win.

É claro que ele iria dizer isso.

— Por que não? — exijo saber. Com mais força do que eu pensei que houvesse me restado, eu me ponho de pé para que possa olhá-lo nos olhos. — Desde que eu apareça em algum momento em que minha versão mais jovem não esteja por perto, não vai haver paradoxo. Vou pensar em algo para dizer que funcione. Eu sei que uma vida humana não parece importante para você, mas eu não posso simplesmente deixá-lo morrer. Não desse jeito.

— É importante para mim — diz Win. — Entretanto, isso não mudaria... — Ele para e abana a cabeça. — Você está abalada... deve estar congelando... Vamos apenas...

Estou me preparando para declarar que não vou deixar este lugar até que Win concorde em me deixar fazer o que eu preciso fazer, quando meu olhar é capturado por um ponto no ar perto do acostamento da estrada atrás dele. O ar que está oscilando com o contorno translúcido de um enorme cone metálico, várias vezes maior do que a tenda de tecido de Win e, de certa forma, quase familiar...

— O que foi? — pergunta Win, sem tirar os olhos do meu rosto, no mesmo instante em que a silhueta desaparece. Percebo que, de qualquer forma, ele não seria capaz de ver aquilo; é a minha sensibilidade novamente. Mas ele parece ter descoberto o que a minha reação deve significar. Ele murmura um palavrão e tira da bolsa o 3T para formar a tenda.

O que é uma coisa boa, pois o cone não foi embora. Enquanto Win lança o pano sobre nós, uma passagem se abre no ar aparentemente vazio onde antes o cone havia se formado. Quatro figuras saem rapidamente pela abertura. Uma blaster brilha numa mão erguida. Antes que eu possa fazer mais do que soltar um gritinho de alarme, os dedos ágeis de Win entram em ação e estamos nos deslocando do lugar do descanso final de Noam.

Fazemos três saltos bruscos antes de pousamos numa cidade estranha, mas estou cambaleando de tal forma que quase não reparo em nada.

— O que... era aquilo? — consigo dizer.

— Você viu a transportadora? — Win pergunta, sua mão pairando sobre o painel.

— Eu vi alguma coisa. Grande... como um cone de cabeça para baixo. — Gesticulo e Win confirma com a cabeça.

— Quando os Executores precisam trabalhar em grupo e trazer equipamentos, eles usam as transportadoras para Viajar — ele explica. — Menos manobráveis do que os 3T, porém mais espaçosas. — Ele franze a testa para os caracteres brilhantes. Então ele fecha os olhos, a palma da mão pressionando a testa, como se estivesse com dor de cabeça.

O gesto me traz de volta a cena que presenciamos. O garoto com cara de bebê golpeando Darryl na cabeça com a arma. E tudo que aconteceu depois. O horror me invade novamente. Um pensamento claro perfura a neblina na minha mente.

— Isso não importa — digo. — Estamos voltando para lá. Vou salvar Noam.

22.

inhas pernas fraquejam e Win avança para me firmar. Eu me afasto, mas, de repente, não tenho certeza se posso sustentar o meu próprio peso. Ele mantém sua mão na lateral do meu braço, timidamente.

— Skylar — ele diz, com uma voz tão exaurida quanto eu me sinto —, eu sei o quanto isso significa para você. Mas os Executores estão apenas a alguns passos atrás de nós. Ninguém nos viu no pântano. Para eles terem nos encontrado lá, com certeza *devem* ter quebrado as proteções de Isis para o sinal do 3T. Não há dúvida de que estão nos rastreando diretamente. E nós estamos exaustos, molhados e com frio, então nenhum de nós está pensando claramente agora. O passado ainda estará lá daqui a duas horas. Vamos encontrar um lugar seguro... mais seguro... e nos dar uma chance de assimilar tudo, e depois vamos conversar sobre isso. Eu prometo.

Eu não gosto do que ele está falando, mas está fazendo sentido. Minha cabeça está tão entorpecida quanto as minhas pernas. Engulo, notando a secura da minha boca.

— Está certo. Tudo bem. Você tem mais daquela água azul?

A postura de Win relaxa.

— Claro.

Ele me passa uma das garrafas e eu bebo dela enquanto ele confere os dados na tela.

— Bem — ele fala —, acho que isso deve funcionar. Pelo menos, nos dá um bom ponto de partida, de qualquer forma.

Uma vez mais, saltamos, aterrissando num beco em frente a um edifício comprido e branco com multidões entrando e saindo por suas portas, ao sol do meio da tarde.

— Los Angeles — anuncia Win. — Union Station.

E então uma luz amarela começa a piscar atrás do painel do 3T, acompanhada de um sinal eletrônico. Win fica tenso.

— O que é isso? — pergunto.

Ele leva alguns segundos para responder, como se estivesse esperando que a luzinha fosse parar de piscar e ele não precisasse mais responder.

— Esse é o indicador de alimentação — ele esclarece, parecendo duas vezes mais cansado do que antes. — Viajar consome um bocado de energia. Os 3T só podem fazer algumas Viagens antes que precisem ser recarregados.

Minhas roupas úmidas de repente parecem mais frias.

— Então quer dizer que o 3T está ficando sem bateria?

— Este é apenas o primeiro alerta. Vamos conseguir fazer pelo menos mais algumas Viagens. Creio que quatro ou cinco saltos... mais do que isso, se a maior parte deles for curta. Vai dar tudo certo.

Numa situação ideal, nem precisaríamos de tantos. Um para voltar e salvar Noam. Um para seguir as instruções que Jeanant me deu e obter as duas últimas partes da arma. Um para trazê-las de volta para os companheiros de Win. Mas isso não deixa muito espaço para erros. Ou para fugir, se Kurra nos alcançar.

A bebida clareou minha mente um pouco, entretanto ainda tenho dificuldade para me concentrar.

— Então, o que vamos fazer?

Win respira fundo, lentamente.

— Continuar. E só nos deslocar quando for absolutamente necessário. Eu já estava planejando isso, uma vez que cada salto dá aos Executores outra oportunidade para nos rastrear, então acho que não muda muito. Venha.

Nós saímos da tenda. Win vai na frente, enquanto atravessamos a rua e entramos na estação de trens, buscando a bilheteria. Vislumbro a data numa tela de computador: é o domingo antes de eu conhecer Win.

Em algum lugar do outro lado do país, há uma outra versão de mim que ainda não sabe nada disso tudo. Estremeço com tal pensamento.

— Nós vamos pegar um trem? — pergunto.

— Assim vamos nos afastar um bocado e bem rapidamente — diz Win. — Isso nos dará algum tempo para descansar e conversar, enquanto permanecemos em movimento. Eu tenho dinheiro americano suficiente para comprar passagens para uma viagem longa.

— E eles não vão descobrir o que fizemos? Verificando os registros de bilhetes ou algo assim?

— Eu vou comprar outro bilhete antes, para outra direção. Será a alteração que eles vão conseguir rastrear: a primeira. Qualquer coisa depois disso, não terão como saber se somos nós ou só uma ondulação provocada.

Fico perto dele, tentando não vacilar, enquanto ele reserva a passagem falsa e depois uma cabine privada no próximo trem costa a costa, que partirá em apenas alguns minutos. Corremos no meio da multidão para a plataforma e embarcamos.

Nossa cabine fica num corredor estreito na parte de trás do trem. Os beliches ainda não foram abaixados. Desabo no amplo assento estofado e Win afunda na outra poltrona em frente a mim. Um apito soa. A máquina é ligada. Com um sacolejo, o trem começa a zunir ao longo dos trilhos.

Escorrego pela poltrona, espiando para fora da janela, mas não registro de verdade nada além do vidro. Minha cabeça pende para a frente. E antes que eu perceba o que está acontecendo, a exaustão me leva a nocaute.

Eu acordo sobressaltada com um guincho de rodas de metal contra os trilhos. Win ainda está sentado em sua poltrona, com a cabeça recostada contra o encosto inclinado, os olhos fechados. Do lado de fora da janela do trem, a noite cai. Estive apagada por horas. Como posso ter dormido, quando...

Já era fim de tarde quando eu deixei o meu tempo presente com Win. Entre a França, o Vietnã e o meu passado, o tempo real que se passou foi equivalente a como se eu tivesse passado a noite inteira acordada, até a manhã seguinte. Mesmo se eu tivesse passado esse tempo todo em minha casa, eu teria tido dificuldade para me manter desperta.

Meu estômago ronca. Tiro da minha bolsa o restante do mix de frutas secas e coloco alguns punhados na boca. Isso consegue dar uma enganada no estômago.

Minha mente retorna aos pântanos. Para a cena que se desenrolou diante dos meus olhos apenas algumas horas e doze anos atrás. Sinto o estômago se contrair. Guardo o restante do mix.

O que será que Darryl está fazendo agora, no presente? Como é que ele consegue se olhar no espelho todas as manhãs? E aqueles caras, Babyface e seu amigo: será que sentem ao menos um pouquinho de culpa?

Formas e cores passam rápidas como raios pela janela. Vejo o rosto pálido e determinado de Noam, o balanço de uma arma, a água ondulando em torno de uma jaqueta manchada de sangue. Depois de alguns minutos, baixo a cortina, mas o vazio bege não me traz conforto. Começo a imaginar aquele cone cintilante, que Win chamou de transportadora, ao lado dos trilhos do trem, os Executores escorregando para fora. Eu nem sequer saberia...

Suspendo a cortina. Não há nada além de prédios industriais dispersos e trechos de grama amarelada passando do lado de fora. Win disse que não precisaríamos nos preocupar. No entanto, continuo sobressaltada.

Mesmo que nada me pareça *errado*, eu recorro à minha pulseira, com cuidado para evitar que o fio de cânhamo se rompa em outro ponto. As demais contas giram sob os meus dedos e a multiplicação por três começa a rolar pela minha cabeça. O padrão me mantém centrada, aqui nesta pequena cabine, com o ruído das rodas do trem contra os trilhos e o cheiro plástico de ar reciclado, mas isso não me acalma. Meus nervos ainda estão em frangalhos, meus músculos, tensos.

Já não suporto mais fazer isso: apenas aguentar firme, esperar o pior das emoções passar. Não importa quantas vezes eu gire as contas, não importa quantos ciclos de três eu multiplique, Noam ainda vai estar morto.

Win disse que poderíamos conversar quando estivéssemos em algum lugar mais seguro, quando tivéssemos tido tempo para pensar. Eu não sei onde vamos encontrar um local mais seguro e já pensei bastante.

— Win? — chamo-o.

Ele levanta a cabeça. Eu me preparo. Tenho que colocar tudo pra fora o mais claramente possível, não lhe dando espaço para discutir.

— Eu sei que não podemos simplesmente pegar Noam do jeito que eu pensei — começo. — Mas não precisamos fazer isso. Só temos que fazer um pequeno ajuste qualquer para impedi-lo de acabar nos pântanos, para começo de conversa. Parece que eu não conseguiria falar com ele sobre o futuro corretamente, mas... talvez, se eu escrevesse uma carta, sem muitos detalhes, e a entregasse quando ele estivesse saindo do colégio, eu poderia dizer a ele que quando Darryl telefonasse, seria só para pregar uma peça, que ele deveria ignorá-lo e ficar em casa. E se mesmo assim ele saísse para se encontrar com Darryl, nós não poderíamos apenas, tipo, segurá-lo por meia hora até que os caras tenham ido embora com Darryl e não houvesse nenhuma maneira de eles levarem Noam também? Nem precisaríamos envolver mais gente nisso, nem a polícia, nem meus pais, seria apenas a vida de Noam que estaria sendo alterada.

A boca de Win se retorce.

— Você está falando sobre reverter a morte de alguém. É claro que isso afetaria outras pessoas.

— Bem, depois — argumento. — Mas você reverteu a morte de toda a minha turma outro dia, apenas para distrair os Executores. Jeanant vem fazendo todo tipo de pequenas alterações para distraí-los também, certo? Não tem como eles saberem que essa seria significativa. E mesmo que eles fossem verificá-la, não ficaríamos por aqui para eles nos pegarem.

— Não foi isso que eu quis dizer — Win fala. — Eu estava falando de *você*. Se o seu irmão não desaparecer, o seu passado será completamente diferente.

— O quê? — me exalto. — Isso é um problema? Eu cresceria com o irmão que deveria ter. Ele terminaria o ensino médio e a faculdade e conheceria uma garota com quem gostaria de se casar e faria todas as outras coisas que normalmente faria. Meus pais não teriam que desperdiçar tanto tempo se consumindo, tentando descobrir o que eles fizeram para afastá-lo. Eu não me sentiria tão culpada que...

Eu vacilo. Tinha esquecido uma parte da equação. O que me fez procurar a resposta para o desaparecimento de Noam, para começo de conversa. Saber o que aconteceu, saber que ele estava bem, para que eu pudesse colocar minha cabeça no lugar.

— Se ele não desaparecer, eu não vou ficar obcecada prestando atenção aos detalhes — concluo. — Eu não vou notar as mudanças.

Minha mente retrocede pelo longo encadeamento de surtos de pânico, momentos embaraçosos e desculpas que constituíram uma boa parte da minha existência até agora. Qual teria sido a minha vida, reescrita sem isso? Como ela seria com Noam nela?

A voz de Win me traz de volta.

— Se você não perceber as mudanças, eu não vou reparar em você. Nós nunca iremos conversar.

Oh. Claro.

— Eu não vou ter condições de ajudá-lo a seguir as mensagens de Jeanant — constato. — Eu não estaria aqui agora. — Esta cabine, esta janela, esta poltrona, o balanço do movimento do trem, tudo apagado da minha vida, mesmo que tudo pareça tão real agora. Esse pensamento me atordoa.

Quem *eu* seria sem os doze anos de culpa e compulsões?

Entretanto, trocar a certeza de quem eu sou por Noam vivo, por meus pais, por uma vida normal... não pensaria duas vezes.

— E daí? — digo. — Talvez você não fosse para Paris e nem começaria a recolher as partes da arma, mas Thlo e o restante do seu grupo acabariam descobrindo tudo sozinhos, não? Você não *precisa* de mim, eu só estou... apressando as coisas.

— Nós não temos como saber — observa Win. — Se as coisas acontecessem de forma diferente, os Executores poderiam apanhar os outros, ou a mim, antes de chegarmos tão longe. E mesmo se a coisa toda funcionasse mesmo sem a sua ajuda, eu *conheci* você, Skylar, e agora você, eu, Jeanant, as partes que ele deixou para que nós encontrássemos, as partes que já recolhemos, está tudo interligado. Você tem interagido com pessoas de várias épocas diferentes, com Viajantes de diferentes presentes. Se você se subtrair da linha do tempo, todo o resto pode não se encaixar de volta no lugar perfeitamente. Certas coisas simplesmente poderiam deixar de existir.

Eu fico olhando para ele.

— Isso é algo que realmente acontece? Ou você está apenas inventando isso porque não quer fazer o que estou dizendo?

— Já aconteceu — Win responde categoricamente. — Não com muita frequência, mas... você já ouviu falar de casos em que aviões ou barcos simplesmente desaparecem e nunca mais são encontrados? Até mesmo pessoas? Às vezes, isso é algum erro em nossos cálculos, muitas mudanças que se sobrepõem na mesma área, ao mesmo tempo. Ninguém faz a menor ideia de quantos objetos muito insignificantes para serem reparados podem ter desaparecido devido a uma pequena margem de erro. Quando se apaga e reescreve partes do mundo várias vezes, alguns pedaços acabam sumindo.

Lembro-me da metáfora que ele usou antes: a cópia da cópia da cópia. O vídeo se tornando cada vez mais granulado, o som mais difuso, a cada cópia. Até alguns detalhes, algumas palavras, você já não pode distinguir de jeito nenhum. Eu puxo as pernas sobre o assento, abraçando-as através do tecido úmido do meu vestido.

— Você realmente acha que as mensagens, ou as partes da arma, poderiam simplesmente... deixar de existir? Ou...

Até mesmo pessoas, ele disse. Eu? Win? Jeanant?

— Eu não sei — diz Win. — Mas o que temos feito é tão descontrolado em comparação com qualquer mudança oficial... E tirar você da história seria simplesmente a maior mudança que alguém já fez. Eu não tenho a mínima ideia do que poderia acontecer.

Ele olha para as mãos.

— Entendo por que você quer salvar o seu irmão. Sinto muito. Gostaria que pudéssemos, mas não posso concordar em fazer isso, porque significaria arriscar *tudo*.

A razão pela qual eu estou aqui. O plano de Jeanant para destruir o gerador do campo temporal. Possivelmente, a única chance que temos de libertar a Terra do controle de Kemya... a única chance em milhares de anos.

Eu sei, eu *sei*, não se pode remover um número de uma equação sem invalidar toda a sequência.

Eu não me importaria, se eu voltasse e protegesse Noam, que minha vida fosse reescrita. Eu viveria como todo mundo, sem fazer a menor ideia de que o mundo à minha volta está sendo alterado, que estão fazendo experiências com ele diariamente. Eu poderia dar de ombros para os sacrifícios de Jeanant e de Win e para o destino de todas as outras pessoas no planeta, desde que eu e minha família pudéssemos viver em feliz ignorância.

Eu me sinto péssima só de pensar nisso. E, mesmo assim, uma parte de mim ainda acha essa possibilidade atraente.

— Não é justo — reclamo, sabendo muito bem como isso soa infantil. — Por que é tão fácil acabar com a vida de um garoto, mas não podemos salvar alguém?

— Sinto muito — diz Win novamente.

Eu pressiono o rosto contra os joelhos, fechando os olhos com força. Novas lágrimas começam a se juntar bem atrás de minhas pálpebras. Eu estava lá, eu vi Noam, eu falei com ele. Como poder ajudá-lo pode estar tão fora de alcance?

— Não existe mesmo nenhum jeito? — eu pergunto, sem levantar a cabeça. — Não há nenhuma brecha que você não tenha mencionado?

Eu não espero que ele responda. Win fica em silêncio pelo que me parece um longo tempo, enquanto os trilhos correm abaixo de nós e o condutor anuncia a próxima parada. Então, ele fala:

— Talvez haja uma coisa.

Eu endireito o corpo de um salto.

— O quê?

— Eu não sei exatamente como iríamos fazer isso — ele começa a dizer lentamente —, mas, quando algo está fora do campo temporal, alterações não podem afetá-lo. Assim que tirarmos do planeta as partes da arma e as levarmos de volta à nossa nave, não importa o que aconteça aqui na Terra, nós ainda as teremos. Então, em seguida, teoricamente, você poderia voltar e ajudar o seu irmão a sobreviver sem que percamos nada.

— Então, temos apenas que conseguir encontrar as duas últimas partes da arma e depois poderíamos fazer isso?

— Eu não posso prometer que vai funcionar — Win adverte. — A logística pode ser complicada, e... Thlo teria que concordar. Mas eu tentaria.

Tentaria. Não me parece o bastante para seguir em frente, deixando Noam cada vez mais para trás, sem um plano definido para voltar e salvá-lo. Eu deveria estar muito feliz por haver uma maneira, afinal de contas, no entanto a esperança que cresceu dentro de mim começa a murchar. Talvez eu esteja apenas muito cansada para falar de logística e complicações. Esfrego os olhos.

— Eu quero que você saiba — Win começa e pausa. Ele me encara com aqueles olhos azuis-escuros, seu rosto tão cansado que eu me pergunto se ele chegou mesmo a dormir. Ocorre-me que, não importa o que ele tenha feito, não importa como ele tenha me tratado, uma enorme parte do que temos enfrentado também é nova e inquietante para ele. Que não sou só eu que estou lutando com a incerteza.

— Você não precisa ficar aqui me ajudando com Jeanant e a arma se você não quiser — ele continua. — Você já fez muito. O que eu lhe disse antes, que eu a levaria para casa se você quisesse, ainda está de pé. Se isso está começando a ser demais para você, eu a levo de volta e você pode ter um tempo para pensar no que quer fazer, enquanto eu pego as duas últimas partes da arma. E, então, eu vou buscá-la e nós poderemos resolver essa questão sobre o seu irmão, se for possível.

Casa. O pensamento me enche de saudade. Poder me aconchegar na minha cama tão familiar, cercada por coisas familiares.

Será que continuam a ser familiares? Eu quase me esqueci do medo que me invadiu depois que o menino morreu na entrada da caverna. Meu passado não parece ter mudado muito, mas tudo o que eu posso dizer com certeza é que meu irmão e eu fomos para a casa dos meus avós depois da escola naquele dia e ele desapareceu. E quanto aos meus pais? Aos meus amigos? E se eu mudei algo enquanto seguíamos Noam?

— Se você simplesmente me contar aonde Jeanant disse que precisávamos ir — Win está dizendo —, eu posso terminar o resto sozinho.

210

— Ele disse... — Fiz uma pausa, tentando me lembrar de suas palavras exatas. Faz menos de um dia que eu conversei com Jeanant na caverna, mas parece que se passaram semanas. — Nós temos que ir a algum lugar próximo à minha região do país... "pouco antes de o sangue ser derramado onde as árvores foram derrubadas".

Win fecha a cara.

— Onde as árvores foram derrubadas? Só isso?

— Ele parecia pensar que era tudo o que nós precisamos saber. Mas também havia uma mensagem na parte da arma que ele deixou na caverna.

Fico observando Win enquanto ele remexe em sua bolsa em busca da segunda placa de plástico alienígena. Esta missão se tornou tão minha quanto dele. Mas ele está certo, eu já ajudei mais do que qualquer um de nós esperava. Eu o deixei a um passo de completá-la. Pode ser até que, na próxima etapa, nem haja mais nada em que eu possa ser útil. Talvez eu apenas atrapalhe e seja melhor para nós dois que eu vá para casa agora.

Claro que ele também poderia decidir que sua brecha é muito arriscada e não voltar para me ajudar. Não apenas eu não teria condições de salvar Noam, como também nunca saberia se Win obteve êxito. Se as mudanças vão acabar.

— "Lembra quando falamos sobre os que vieram primeiro, perdendo suas vidas para aqueles que vieram depois, por causa da ganância de um lado e inação do outro?" — recita Win, lendo em voz alta o que está escrito na placa. — "Revisite a ironia e a tragédia. Comece por seguir o caminho da raiva." — Ele vira a placa, em busca de mais inscrições. — Eu não sei o que isso significa. "A ironia e a tragédia." Eu já ouvi Thlo usar essa expressão. Acho que ela saberia a que ele está se referindo.

— Jeanant pensou que eu estava trabalhando com Thlo — observo. — Porque foi isso que você me falou para dizer a ele.

— Bem, se o local é perto de onde você vive, isso reduz o nosso campo de possibilidades — considera Win. — Você deve conhecer um pouco da história local... alguma dessas indicações, as árvores, a ganância e a inação a faz se lembrar de alguma coisa?

— Talvez... — Tento recordar as minhas aulas de História dos Estados Unidos, mas não consigo me lembrar dos nomes e das datas. — A parte sobre "os que vieram primeiro, perdendo suas vidas para aqueles que vieram depois" poderia significar os americanos nativos e os colonos europeus. Mas eu não tenho certeza sobre o que ele quis dizer com os diferentes lados.

Win tira da bolsa o 3T.

— Posso tentar procurar. Entretanto, não sei se vai ser fácil encontrar alguma coisa com base em informações tão vagas.

Enquanto ele desdobra o pano, tenho a sensação de que o tempo está se esvaindo entre os meus dedos. Assim que ele descobrir o que procura, terei que me decidir para onde eu vou.

A resposta que Win precisa estava provavelmente em algum lugar no meu livro de História, mas eu não o tenho mais. Embora...

— Espere — digo e Win ergue os olhos para mim. — Minha amiga, Lisa, está fazendo História dos Estados Unidos este ano, porque ela tinha conflito de horários, antes. As aulas falam sobre os nativos americanos logo no início. Se voltarmos para o meu presente, eu poderia perguntar a ela sobre isso. — Lisa não é a mais estudiosa no nosso grupo, mas, mesmo que ela não se lembre... — Eu posso dar uma olhada no livro dela para ver se algo me parece *errado*. Isso funcionou com a França.

A viagem para casa vai me dar mais tempo para decidir. Será mais fácil se eu souber o que me aguarda por lá.

— Sim, funcionou — confirma Win. Ele hesita. — E então, você vai querer ficar lá, na sua época?

— Eu não sei — admito. — Ainda estou tentando descobrir isso.

— Bem, vamos lá — decide Win, mais animado. — Parece que é mais provável isso funcionar do que eu garimpar menções sobre árvores através de milhares de anos de história.

23.

O 3T começa a apitar em sinal de alerta novamente quando Win o abre em forma de tenda no exíguo espaço da cabine de trem. A luz atrás do painel pisca seu aviso. Hesito.

— Você tem certeza de que está tudo bem fazermos um deslocamento extra se o 3T está quase descarregado?

Win já está buscando as coordenadas exatas.

— Não é tão longe e o lapso de tempo é praticamente insignificante. Só precisamos ter cuidado onde pousar.

Tremo só de pensar nos Executores rastreando os meus amigos.

— Certo. — Olho para mim mesma, para o meu vestido todo sujo de tinta e lama, ainda úmido e grudado nas minhas pernas. E só Deus sabe como devem estar o rosto e o cabelo. — Eu provavelmente deveria ir para casa e tomar um banho.

Win acena com a cabeça.

— Programarei para nos transportarmos para um ponto próximo ao meu hotel e seguiremos a pé de lá. Se os Executores tiverem descoberto que eu estava hospedado lá, vão presumir que é para onde estávamos indo e terão olhado lá primeiro.

— Muito inteligente — digo, porém não tenho certeza se ele ouviu o elogio. O 3T decolou naquele momento, produzindo o som de um guincho. Minha respiração fica suspensa, minha barriga dá um nó e eu abro os olhos para uma rua dolorosamente familiar. A poucos quarteirões do Garden Inn, a menos de dez minutos da casa em que passei a maior parte da minha vida, se nos apressarmos.

Eu me abaixo para sair da tenda à luz clara da tarde, quase com medo de olhar em volta. No entanto, nada em que bato os olhos me parece *errado*. As casas de alvenaria, os pequenos gramados, as árvores com sua folhagem de outono, tudo me parece exatamente como eu me lembrava. A tensão que começava a crescer dentro de mim, embora eu ainda não tivesse me dado conta dela, começa a ceder.

— Quanto tempo faz desde que partimos daqui? — pergunto a Win, enquanto nos pomos em marcha descendo a rua e dobrando na primeira esquina, para ficarmos fora de vista no caso de os Executores nos rastrearem. — Quero dizer, no tempo presente?

— Cerca de dez minutos — responde Win.

Pelo menos uma hora antes de eu ter que começar a me preocupar com os meus pais chegando em casa, então. Eu passo a caminhar ainda mais rápido. Viramos outra esquina e estamos na minha rua, a apenas dois quarteirões da minha casa, quando uma melodia eletrônica soa ao meu lado.

Win olha em volta, procurando a origem do som, enquanto me apresso para abrir minha bolsa.

— O meu celular — informo, puxando-o para fora. O display me avisa que é Angela.

— Oi — atendo, levando o telefone ao ouvido. É uma luta aparentar naturalidade. — Alguma novidade?

— Não muito — responde Angela, em seu tom alegre habitual. Parece que faz anos desde a última vez que ouvi a voz dela. — Eu ainda estou na escola, trabalhando. Você lembra onde você e Bree esconderam as lâmpadas pintadas? Eu procurei por toda a sala de arte. Talvez eu esteja ficando cega.

Lâmpadas pintadas... Certo. "Esta" tarde, na hora do almoço. E séculos e séculos atrás. Onde foi que nós as colocamos? Eu pressiono a base da palma da minha mão contra a têmpora. Eu deveria ser capaz de me lembrar de detalhes como esse... e lembraria mesmo, se não houvesse acumulado tantas outras lembranças malucas na minha cabeça, nesse meio-tempo.

— Eu acho que... — um pote de plástico vermelho, enfiado numa prateleira. — Verifique no armário do canto, perto da roda de oleiro.

Há um som de passos enquanto Angela caminha até o armário, e, depois, o ranger de uma porta se abrindo.

— Ahá! — ouço do outro lado da linha. — Sabia que eu podia contar com você. Obrigada! Prometo nunca mais encher você com essas coisas do baile!

— Não faz mal — respondo. E então, lembrando-me da principal razão de estarmos aqui: — Por acaso Lisa está por aí com você?

— Não — diz Angela. — Ela, Evan e Bree não estavam indo para o Pie Of Your Dreams? Eu achei que você estivesse com eles.

— Ah — eu me recordo, minhas bochechas corando. Para Angela, isso aconteceu apenas meia hora atrás. Eu devo parecer uma maluca. — Sim, eu tive que resolver uns assuntos e acho que fiquei tão distraída que esqueci que ela mencionou isso. Bem, acho melhor eu deixar você voltar à sua decoração. Vai ficar tudo maravilhoso, Ange.

— Tomara! Até amanhã!

Amanhã. A palavra fica rodando em minha cabeça enquanto eu largo o telefone de volta na bolsa. "Amanhã" me parece um conceito estranho agora.

Paramos em frente à minha casa. Uma dor se espalha pelo meu peito. Deixei as chaves na minha bolsa escolar no meu quarto, mas as sobressalentes estão onde devem estar, sob o fundo falso da caixa de correio. Abro a porta.

O hall de entrada e as escadas têm a mesma aparência, assim como o meu quarto, com o edredom ligeiramente amassado no local em que me sentei para tirar o esmalte, a minha calça jeans jogada por cima do cesto de roupa suja. Deixo escapar um suspiro junto com uma risada.

— Eu vou me lavar e trocar de roupa rapidinho, e depois vou ver Lisa — informo Win. — Você espera lá embaixo?

Seu aceno parece hesitante, mas ele vai, sem dizer uma palavra. Eu vasculho o meu armário, tentando decidir o que vestir. Algo que não seja muito estranho para eu estar vestindo aqui e, ao mesmo tempo, não muito estranho se eu Viajar com Win também... Essa possibilidade está me parecendo mais distante a cada segundo que eu passo aspirando o cheiro familiar de brisa oceânica do amaciante de roupas da minha mãe.

Afinal, puxo uma saia camponesa ligeiramente amarrotada que Angela me incentivou a comprar, mas que no fundo eu nunca achei que combinasse com o meu estilo, e uma camiseta lisa. A capa de Jeanant pode disfarçar minha metade superior se eu deixar esta época novamente. Tiro a capa e percebo que o seu tecido é tão fino que, se eu dobrá-la bem, consigo espremê-la na minha bolsa. Carrego o restante das roupas para o banheiro, para que eu possa me lavar antes de me vestir.

O rosto que me olha de volta no espelho é pálido, exausto e manchado de sujeira. A ponta de um caniço está emaranhada no meu cabelo. Uma lembrança me volta: Noam estatelado no solo do pântano, seu cabelo esparramado contra a grama amassada. O sangue. Sua jaqueta se empapando de vermelho...

Pressiono as palmas das mãos contra a testa. Não vou pensar nisso. Não vou pensar sobre a textura viscosa do caniço que retiro do cabelo, exatamente como a daqueles que afastei enquanto me arrastava através do pântano. Não vou *sentir* tudo isso de novo. Vou é consertar tudo, assim que puder, e depois essa morte não importará.

Engraçado como parece que uma enorme tragédia aconteceu, quando, na verdade, nada mudou. O que eu vi era a realidade o tempo todo. Eu só não sabia.

De certa forma, esse é o pensamento que me derruba. Caio no chão de cerâmica, amassando o meu lenço contra o rosto na tentativa de sufocar as lágrimas. Elas brotam de mim em pequenos arquejos.

Faz doze anos. Nesta época, agora, no meu tempo presente, Noam está morto e jogado fora como um saco de lixo há doze anos inteiros. Não está por aí vagando no meio da multidão, em algum lugar. Não está vivendo uma vida distante, porém feliz. Simplesmente não está vivendo.

E eu estava lá e não pude evitar.

Mas irei. Irei. Repito isso a mim mesma e os soluços diminuem. Preciso me recompor e encontrar a informação de que Win precisa, e, depois disso, terei a minha chance.

Ponho-me de pé outra vez e tiro minhas roupas, jogando água no rosto e nas axilas. Não há tempo para um banho. Tenho certeza de que Lisa teve aula de história hoje. Se eu conseguir alcançá-la junto com os outros ainda no Pie Of Your Dreams, poderei perguntar a ela e verificar o seu livro, se precisar, e pronto.

Com o cabelo penteado e roupas limpas, pego um pedaço de papel e uma caneta da escrivaninha e meto-os na bolsa, no caso de eu precisar anotar um monte de detalhes. Então desço a escada apressada até o andar de baixo. Win está sentado no sofá de couro, correndo os dedos para a frente e para trás sobre o braço do móvel, sua boca curvada num sorriso torto.

Nada de couro em sua estação espacial, também? Deve ser estranho: nada de chuva, nada de árvores, nada de ar livre... essas coisas que parecem ser novidades tão prazerosas para Win e que para mim são tão normais que nem dou muita bola para elas. O pensamento me causa uma sensação que quase se assemelha a carinho por ele. Quando ele olha para cima, sou atingida por um choque de lembranças: a culpa em seu rosto após o beijo experimental, a suavidade da sua mão me firmando após Noam...

Tenho outras coisas em que me concentrar agora.

— Tudo bem — digo. — Vamos resolver esse enigma.

Caminhamos em silêncio em direção à Michlin Street, dando preferência a ruas laterais menos cheias. O olhar de Win nunca para de checar nosso entorno, mas não há sinal dos Executores, até agora. Quando voltamos para a via principal, em meio ao vaivém dos clientes vespertinos e com o letreiro em cores vivas da loja de tortas destacando-se a uma quadra e meia de distância do outro lado da rua, eu paro.

— Você não pode ir comigo — falo para Win, sentindo-me subitamente sem jeito. — Lisa e Evan viram você ontem, na escola. Não quero ter que inventar uma história sobre isso também.

Win dá de ombros.

— Não tem problema. — Ele olha com saudade o café onde conversamos pela primeira vez, mas acho que esperar ali seria muito arriscado, uma vez que os Executores já identificaram o estabelecimento anteriormente. Em vez disso, ele aponta para a loja de móveis pela qual acabamos de passar. — Eu vou fuçar por lá até você voltar.

— Tudo bem — concordo, embora minhas pernas se recusem novamente a andar quando faço menção de me afastar. Não posso deixar de perguntar a Win: — Você vai me esperar? Não vai embora sem falar comigo?

Ele toca o centro de seu peito e diz aquela frase curta em sua própria língua que ele usou quando jurou que iria me levar para casa se eu assim pedisse a ele, quando me convidou para embarcar com ele nessa jornada.

— Eu prometo que vou estar aqui.

Ele cumpriu a primeira promessa. Abro um pequeno sorriso e me viro.

— Skylar — ele chama baixinho, antes que eu me afaste. Ele faz uma pausa até eu olhar para ele. — Eu... eu tive um professor, um dos Viajantes veteranos, que supervisionou o último segmento de nossos estudos. A cada lição, lá vinha ele com um pequeno discurso sobre como não poderíamos esperar que os terráqueos correspondessem aos padrões de Kemya, porque as constantes alterações os tornaram defeituosos e eles simplesmente não têm o mesmo tipo de pensamento ou emoções que nós... Entretanto, eu acho que ele não deve ter passado muito tempo aqui. Ou talvez nunca tenha realmente prestado atenção.

Ele ainda está sustentando o meu olhar, como se fosse importante para ele que eu entendesse. Não sei como responder, mas suas palavras caem em mim como um bálsamo. Se isso é o mais próximo que ele consegue chegar de um pedido de desculpa, vou aceitar.

— Obrigada — digo. Ele me dá um aceno de cabeça e sigo ao encontro de meus amigos.

Vou costurando ao longo da calçada movimentada, rodeada por lojas e cafés pelos quais passei ou em que já estive dezenas de vezes. O cartaz de "Precisa-se de Garçonete" ainda está na vitrine do restaurante vegetariano. Da lanchonete de rede sai outra música pop a todo volume. O estúdio de yoga do outro lado da rua...

O letreiro pisca diante de meus olhos, como se uma pós-imagem houvesse sido colocada sobre ele. Um logotipo com duas figuras estilizadas em vez de uma. Uma tremedeira acompanhada da sensação de *errado* me percorre, mas, quando pisco, tanto a tremedeira como a pós-imagem desaparecem.

Isso foi... estranho.

Continuo andando, atravesso a rua e passo pelo brechó. Meu olhar é capturado pela vitrine. Eu tropeço e paro. Costumava... costumava haver nela... quase posso ver... um antigo gramofone com caixa de mogno, bem ali... Não. Agora há uma luminária estilo anos 70, com uma cúpula franjada. Ou ela sempre esteve lá? Esfrego os olhos e a luminária permanece, só que o mesmo acontece com a sensação de que vislumbrei outra coisa.

— Sky! — Uma voz grita. Ergo os olhos e vejo Lisa me acenando da porta do Pie Of Your Dreams. — Oi!

— Oi, Lisa. — Ando mais rápido, tentando afastar minha inquietação.

No interior da confeitaria, Bree e Evan estão sentados numa mesa bem na frente da loja.

— Eu vi você pela vitrine — confessa Lisa, gesticulando enquanto volta a se sentar na sua cadeira ao lado da vitrine. Eu afundo na cadeira vaga.— Eu pensei que você tinha um relatório do laboratório para fazer — lembra Bree.

Certo. A desculpa que eu dei. Finjo o melhor que posso uma cara envergonhada.

— Depois que eu cheguei em casa percebi que só preciso entregá-lo na aula seguinte à próxima. Eu só perderia uma torta dessas se fosse absolutamente necessário!

— Você quer o resto da minha torta de nozes? — pergunta ela, empurrando para mim o seu prato com uma fatia quase inteira. — Eles cortam uns pedaços grandes demais... acho que meu estômago vai explodir se eu comer mais um pouco.

— É bom para você colocar um pouco de carne sobre os ossos — sugere Lisa com uma piscadela, apontando a silhueta esbelta de Bree e o próprio corpo, muito mais cheio de curvas. Bree revira os olhos, mas está sorrindo.

— Obrigada — digo, pegando uma garfada da torta. Meu próprio estômago está roncando novamente, com o cheiro de nozes açucaradas.

— Nós estávamos fazendo planos para as férias de inverno — Lisa me informa, enquanto engulo alguns bocados doces e pegajosos. — Acho que podemos convencer nossos pais de que uma viagem até Miami Beach seria bom para as nossas almas. Só que Evan quer esquiar de novo.

— Você sabe o que eles vão pensar se eu falar em Miami — Evan protesta. — Festas, bebida, drogas. Basta um só pai paranoico para melar a coisa toda. E aí eles vão suspeitar de qualquer coisa que sugerirmos. Se você começar a sonhar muito alto pode estragar tudo.

— O que eu quero saber é: existe alguma coisa em seus "antecedentes" que nós não conhecemos, Evan, e que justifique que seus pais levantem essas suspeitas? — Bree pergunta, arqueando as sobrancelhas. — Porque a minha mãe confiaria que eu não fosse fazer nada de muito idiota.

Evan resmunga algo sobre alguns pais terem a mente mais aberta do que outros, Lisa o empurra com o ombro, com ar brincalhão, Bree abana a cabeça com um sorriso, fazendo seus cabelos cacheados balançarem, e eu... apenas fico ali sentada. Eu deveria entrar na conversa, continuar a gozação, oferecer a minha própria opinião. No entanto, de certa forma, mesmo estando ali com eles, eu me sinto um pouco fora de sincronia. Como se eles estivessem disparados à minha frente e eu não pudesse alcançá-los. Minha última garfada de torta virou uma massa grudenta em minha boca.

Eu a engulo, forçando um sorriso, de modo a parecer que estou participando. Deve ser essa pergunta incômoda no fundo da minha mente, cuja resposta é fundamental para uma missão sobre a qual nenhum dos meus amigos tem a menor ideia. Se ao menos eu obtivesse a resposta, aliviasse a pressão, talvez eu pudesse ser capaz de relaxar.

Pouco antes de o sangue ser derramado onde as árvores foram derrubadas... Os que vieram primeiro, perdendo suas vidas para aqueles que vieram depois, por causa da ganância de um lado e inação do outro...

— Lisa — falo rapidamente quando há uma pausa na brincadeira. — Na aula de História dos Estados Unidos, vocês já estudaram as batalhas com os nativos americanos?

Bree me lança um olhar de surpresa.

— Sim — responde Lisa. — Por quê?

— Eu, hum, isso vai soar um pouco estranho, mas achei que talvez você pudesse me ajudar com uma dúvida — respondo. — Houve algum incidente em que nativos americanos tiveram problemas com dois diferentes grupos de colonos, ao mesmo tempo? Pressão de ambos os lados? Talvez alguma coisa a ver com árvores sendo cortadas?

Lisa ri.

— Ok, isso soa estranho. De onde você tirou *isso*?

Eu faço um gesto vago.

— Eu estava lendo um livro que faz referência a isso de passagem, sem quaisquer detalhes, e fiquei me perguntando do que o trecho estava falando.

— E eu tenho certeza de que Lisa presta muita atenção na aula — Bree provoca. Entretanto, a expressão de Lisa tornou-se pensativa.

— Eu acho que houve algo sobre os nativos americanos terem ficado entre dois lados — ela relembra. — Nós assistimos a um documentário há algumas semanas e depois tivemos uma grande discussão sobre as diferentes alianças. Os britânicos deveriam estar ajudando os nativos americanos contra os soldados americanos que tomavam suas terras. Mas, então, houve uma batalha em que os nativos chegaram a pedir proteção a um forte britânico e os britânicos disseram de jeito nenhum.

Ganância e inação...

— Parece que é isso mesmo — digo, com meu coração aos pulos.

— No entanto, não me lembro de nada sobre árvores sendo cortadas — ela observa, encolhendo os ombros.

— Não precisa ser "cortadas", acho. Basta que tenham caído.

— Ah, isso... Talvez o nome da batalha tenha a ver com árvores caídas? Porque houve uma tempestade que derrubou um monte delas onde eles estavam lutando ou algo assim.

— Você se lembra onde isso aconteceu? — pergunto. — A batalha?

Ela ri.

— Nós não falamos *tanto* assim sobre isso.

Bree ainda está me observando, com as sobrancelhas ligeiramente arqueadas.

— Você provavelmente poderia pesquisar agora, se precisa saber mais, certo?

— Sim — respondo, recostando-me de volta. Isso deve nos dar detalhes suficientes para Win encontrar a batalha certa no computador do 3T.

— E, agora, de volta a tópicos mais importantes — Lisa muda de assunto, inclinando-se para Evan. — Como podemos fazer essa viagem à praia acontecer?

Enquanto eles falam de sol e praia, minha mente se desloca para um campo de batalha imaginado: árvores derrubadas por uma tempestade, nativos lutando com soldados americanos, britânicos observando à distância...

Armas disparando. Derramamento de sangue. Corpos tombando.

Neste momento, sinto-me ainda mais distanciada dos outros. Aqui estou eu, saindo com os meus amigos, como se não houvesse nada de errado no mundo, como se Jeanant não estivesse correndo pelo passado tentando salvar nosso planeta, como se alguma nova mudança não pudesse reescrever todas as nossas vidas a qualquer instante.

— E você, Skylar? — Bree quer saber, afastando meus pensamentos. — O que você acha? Vamos ter que trabalhar em conjunto nessa questão.

— Sim — consigo responder. — Ah, talvez, se escolhêssemos uma praia diferente, que não fosse exatamente Miami?

— Mas ainda perto o suficiente para que pudéssemos dirigir até lá e nos divertir um pouco — Bree complementa, agitando o indicador no ar. — Genial!

O que importa Miami quando os átomos em torno de nós estão se desintegrando? O comentário de Bree faz ecoar as palavras de Jeanant na gravação: *Trabalhando juntos... poderemos nos tornar algo tão incrível que faremos nossas vidas tomarem um rumo completamente diferente.* Eu era uma parte disso, ao me "consertar", ao consertar o mundo inteiro.

Entretanto, como Win disse, já fiz muito. Por que não posso considerar que já corri riscos o suficiente e apenas aproveitar o fato de que voltei para casa a salvo? Lisa solta um assobio baixo, espiando pela vitrine.

— Uau. Nunca vi ninguém descolorir tanto o cabelo e ainda fazer com que pareça natural.

Sigo o seu olhar e minhas costas ficam rígidas. É Kurra. Com seu cabelo louro-platinado quase todo coberto por seu capuz, passando pela calçada da loja de tortas com ar determinado. Ela provavelmente teria me visto se tivesse olhado a vitrine, já que estou a pouco mais de um metro do vidro. Entretanto, ela está concentrada num quadrado metálico na sua mão magra.

— Talvez seja natural — Evan está dizendo —, ela pode ser albina.

Kurra ergue os olhos brevemente, olhando para a rua, e acelera o passo para uma corridinha. Em direção à loja onde deixei Win. Num segundo, perco-a de vista.

— Os albinos não têm olhos cor-de-rosa? — indaga Lisa. — Os dela me pareceram cinzentos.

Sinto meus pulmões se contraírem. Sem a sua tira de alarme, Win não tem como saber que ela está indo atrás dele. E a qualquer segundo um de seus colegas poderia passar por aqui e me ver. Eu aqui com Bree, Lisa e Evan, que ignoram o perigo e poderiam facilmente virar "danos colaterais".

Eu arrisquei a vida de todos ao meu redor e tudo o que tenho tentado ajudar Win realizar, por um pouco de conforto que nem sequer consegui desfrutar.

— Acho que são os camundongos que têm os olhos cor-de-rosa — diz Bree, enquanto eu empurro a minha cadeira para trás.

— Desculpa, gente — falo. — Eu, hum, acabei de me lembrar de uma coisa que prometi para a minha mãe que faria antes que ela chegasse em casa...

Estão todos me encarando perplexos, mas isso já não importa mais. Ergo a mão, dou um adeusinho geral acompanhado por um sorriso nervoso, e saio correndo pela porta.

24.

Eu hesito quando chego à calçada, recuando em direção à porta da loja. Kurra está a meio quarteirão de distância agora, quase na loja de móveis onde Win disse que iria me esperar. Ela faz uma pausa em meio ao fluxo de pedestres e, em seguida, caminha a passos largos, passando reto pela loja. Presumi que ela o estivesse rastreando de alguma forma, mas quem sabe ele encontrou uma maneira de despistá-la...

Ou será que ele foi embora?

O aperto em meu peito aumenta. Assim que Kurra desaparece virando a próxima esquina, eu corro pela rua. Invado a loja de móveis, sem fôlego. Um jovem casal vagueia por entre as mesinhas de centro. Dois funcionários com seus nomes na camisa estão sussurrando perto do balcão, o mais velho de cara fechada, como se estivesse repreendendo o mais jovem. E nenhum sinal de Win.

Será que ele foi embora no segundo em que saí? Talvez ele tenha decidido, por causa dos meus colapsos nervosos e exigências, que era mais problemático me manter por perto do que valia a pena.

Mesmo invadida pelo medo, descarto essa possibilidade. Lembro-me da maneira como ele me prometeu, a forma como me olhou nos olhos. Posso censurá-lo por qualquer coisa, menos por ter quebrado suas promessas.

Então onde está ele?

O funcionário mais velho se afasta, liberando o mais jovem para circular pela loja. Corro até ele.

— Com licença — digo —, por acaso você viu um cara aqui, cabelos pretos, roupas marrons, carregando uma...

A boca do rapaz se contorce.

— Você está com ele? Quando você o vir, diga-lhe que saídas de incêndio são apenas para emergências. E ele tem sorte de que a cadeira que derrubou não quebrou.

Meu olhar dispara para uma pequena placa nos fundos da loja, sobre os contornos de uma porta. Ele escapou por trás. Como na cafeteria, no outro dia. Ele deve ter ficado vigiando pelas vitrines da frente e visto Kurra ou um de seus colegas se aproximando.

— Obrigada! — agradeço e saio correndo porta afora. Dou a volta no quarteirão e entro no beco atrás das lojas.

Win não está ali também, mas eu não esperava mesmo que estivesse. Ele disse alguma coisa, quando os Executores nos perseguiram antes, sobre ficar "fora de alcance". Se Kurra está rastreando Win, acho que a tecnologia que está usando funciona mais ou menos como a tira de alarme. Não me detectou, então deve captar... somente alienígenas. Ela provavelmente precisa estar perto para pegá-lo. E, por isso, ele deve ter tomado alguma distância.

Prossigo no beco em direção à parte de trás da loja de móveis. Win não vai a nenhum lugar que os Executores já conhecem, como a cafeteria ou o hotel. E ele não voltaria para a minha casa, correndo o risco de atraí-los para lá. No entanto, não posso simplesmente ficar parada aqui esperando que ele volte: um dos Executores poderia aparecer a qualquer momento.

Uma mancha colorida me chama a atenção na calçada em frente à porta: uma pequena poça de líquido azul. Um tom de azul que reconheço da garrafa de bebida de Win. Eu paro e testo-a com a ponta da minha bota. O líquido se espalha ao meu toque. Fresco.

Corro mais pelo beco. Outro pequeno respingo atingiu a quina de uma lavanderia automática. Ele me deixou um rastro. Então, ele foi para a direita, a partir daqui.

Meto apenas a cabeça para fora da parede da esquina para verificar se há Executores à vista e depois saio correndo pela rua. Estou começando a pensar que cometi um erro, que as manchas são só coincidência, quando avisto outro respingo azul na calçada, formando uma linha, como se ele estivesse correndo para atravessar a rua quando derramou o líquido. Na calçada em frente, um pouco mais. Sigo correndo.

Mais adiante, um traço de azul mancha o degrau da frente de uma enorme construção de tijolos aparentes. Observo as janelas inferiores fechadas com tábuas, a maltratada placa de "Vende-se", o buraco vazio onde a maçaneta da porta deveria estar. O lugar parece abandonado. Será que Win entrou ali... para se esconder? O prédio tem vários andares, talvez por isso ele tenha pensado que poderia se distanciar da rua o suficiente para evitar ser rastreado pelos Executores.

Qualquer dúvida se desfaz quando um rosto aparece numa janela do quinto andar. Win levanta a mão para mim com um sorriso tenso e sinaliza para que eu suba. Um sorriso se abre no meu rosto quando eu aceno de volta. Ele está bem.

Atravesso a rua correndo e empurro a porta sem maçaneta. Ela range suavemente e depois ouço um sussurro atrás de mim tão fraco que poderia muito bem ter me escapado se eu não estivesse tão ligada. Olho para trás.

O ar está brilhando na calçada em frente à porta. Recuo e me escondo atrás de um balcão de recepção empoeirado enquanto Kurra emerge de um 3T lá fora.

Agacho-me ali, com o coração disparado. Ela passa por mim e caminha em linha reta, em direção a algo à esquerda. Uma escada. Seus passos ecoam pelos degraus.

Droga. Levanto-me, vacilando sobre os pés. De alguma maneira, ela descobriu que Win está aqui. Talvez os Executores disponham de uma tecnologia melhor até do que a que Win conhece. E agora ela está entre mim e ele. Lanço um olhar rápido para a porta, mas, pelo que sei, há mais Executores esperando lá fora.

Win me viu entrar. Se eu prosseguir em direção a ele, talvez ele possa escapar de Kurra e chegar até mim, como fez na caverna.

Eu rastejo para a escada através de uma sala ampla com piso de lajotas baratas, que contém os esparsos restos de uma área de trabalho: algumas mesas e cadeiras de plástico laminado, um cubículo divisor derrubado, uma pichação de tinta spray vermelha na parede. Devido à porta quebrada, nós obviamente não somos os primeiros a fazer uso ilícito do espaço. Subindo vagarosamente as escadas, não consigo ouvir Kurra acima de mim. Ela já deve ter deixado a escada e começado a vasculhar um dos andares superiores.

Se eu tiver sorte, ela não sabe exatamente em qual deles Win se encontra e posso esgueirar-me e passar por ela em direção a ele, sem ser detectada.

Continuo subindo rumo ao quinto andar o mais rápido e silenciosamente que consigo. Acabo de passar o patamar do segundo andar, quando escuto um berro lá de cima. Outra voz responde, muito abafada para que eu possa decifrar. Forço-me a prosseguir, a respiração presa. Há outra troca de palavras e, em seguida, um som que eu reconheceria em qualquer lugar. O guincho desafinado da blaster de um Executor, perfurando o ar.

Congelo. Escuto outra frase gritada, alta o suficiente para que eu possa entender as palavras.

— Você deveria estar protegendo Kemya — Win está dizendo. — Por que não está lá, em vez de se preocupar com o que acontece na Terra?

Sua voz é rascante, como se ele estivesse reunindo todas as suas forças apenas para projetá-la. Ele já está cansado da recente corrida até aqui, de fugir de Kurra, e talvez dos colegas dela também. Por que ele está falando, afinal de contas? Sua voz vai atraí-los direto para...

Oh. É para mim. Para *me* chamar para ele. Engulo em seco. Ele está se colocando em perigo ainda maior para que eu possa encontrá-lo.

A voz afetada de Kurra grita de volta:

— Por que *você* está se preocupando com o que acontece aqui? — Ela faz uma pausa. — Você está praticamente sem saída, cercado. Eu posso vê-lo, um pequenino ponto na minha tela. Você poderia muito bem se entregar.

Continuo a subir a escada sorrateiramente. Sua tela, como ela diz, é o seu dispositivo de rastreamento. Entretanto, ela ainda não sabe que estou aqui. Provavelmente, sequer suspeita que a garota que ela viu com Win é humana. Afinal, Viajar comigo é proibido. Acho que isso é uma pequena vantagem.

— Você está arriscando a sua vida por pessoas que são apenas sombras — fala Kurra. — Por que eles merecem a sua lealdade mais do que Kemya?

— Fomos nós que fizemos isso com eles — argumenta Win. — E o que fizemos, o que ainda estamos fazendo, não é certo.

— A maioria em Kemya discordaria de você — retruca Kurra. Sua voz está vindo de algum lugar do outro lado do quarto andar. Ela deve ter interceptado Win quando ele estava descendo para se encontrar comigo.

Do patamar do quarto andar, não consigo ver nem Win, nem ela, nem qualquer outro Executor. Há muito mais móveis aqui do que lá embaixo. Uma confusão de mesas cinzentas e baias divisórias bloqueia minha visão da maior parte da sala. Fosse qual fosse a empresa antes instalada no edifício, parece que chegou à conclusão de que iria custar mais para transportar os móveis do que deixá-los. Eu me espremo entre duas baias que foram empurradas e agora formam um ângulo entre si, forçando meus ouvidos e os olhos na penumbra.

— Eles não estiveram aqui — diz Win, em algum lugar à minha esquerda. — Eles não entendem. Se eles soubessem... — Sua voz treme e se perde. Entro em pânico durante o tempo que ele leva para recuperá-la. — Ninguém em nosso planeta gostaria que suas vidas fossem controladas dessa maneira.

Eu me viro em direção a ele, mantendo-me agachada e pisando cuidadosamente por entre os cacos de vidro de um computador despedaçado. Meu tornozelo, o que eu machuquei no Vietnã, dói.

Kurra dá uma risada rouca.

— Você não acha que temos a nossa vida controlada, de uma forma ou de outra, em Kemya? Você fez todas as escolhas em sua vida completamente livre? — A voz dela ecoa pelas paredes e pelo teto baixo, confundindo-me, mas creio que vem da minha direita. Bom. Eu ainda posso ter esperança de chegar até ele primeiro.

— Não é a mesma coisa — declara Win.

Eu contorno uma escrivaninha tombada e passo por cima de um monte de impressos desbotados no que parece ser o meio da sala. Vários deles estão manchados com nódoas amarelas. O cheiro de xixi antigo de gato paira no ar.

— Não — Kurra concorda. — Porque a Terra *pertence* a nós. Os colonos que se voluntariaram a se estabelecer neste planeta insignificante sabiam o que isso significava. Tudo o que você está fazendo é denegrir o sacrifício deles.

O quê? Eu paro a meio caminho de uma passada, recuperando o equilíbrio e me segurando no assento rachado de uma cadeira.

— Talvez os colonos originais tenham concordado em participar — diz Win. — Mas não foi dada uma escolha aos seus descendentes. Por que essas pessoas continuam pagando pelas decisões que seus antepassados tomaram centenas de gerações atrás?

Os colonos originais... Centenas de gerações atrás... Ele não pode estar falando que...

Contorno outra mesa rapidamente. Em algum lugar perto de mim, ouço passos raspando o piso. Kurra? Ou um de seus comparsas?

A resposta dela soa tão clara que ela não pode estar a mais de dez metros de distância.

— Todos nós vivemos com o que *nossos* antepassados fizeram para Kemya. Nós continuamos a pagar por seus erros. Pelo menos, os primeiros terráqueos vieram por opção e não por causa de um acidente descuidado.

Eu não quero ouvir mais nada disso. Esforço-me para continuar. Tenho que encontrar Win. Nada mais importa agora.

Duas baias inclinadas uma em direção à outra formam uma passagem estreita. Eu passo por baixo delas. A voz de Win soa logo à frente.

— Então, nós perdemos uma chance e eles só têm uma.

— Estou protegendo o meu povo; isso é tudo que eu preciso saber — Kurra responde.

Rastejo para a frente mais alguns passos. Ouço uma respiração difícil e uma inspiração profunda, e a voz trêmula de Win volta a ser ouvida, tão próxima que parece vir do outro lado da divisória perto de mim.

— E eu estou protegendo *todos* os nossos povos.

Não me permito pensar em outra coisa, nem sobre o que ele está dizendo, nem no que ela disse, o que significa tudo isso. Temos que sair daqui. Meus lábios se abrem, mas, no mesmo instante, o som de papel amassado sendo pisado soa atrás de mim. Muito perto. Eles vão me ouvir.

Estendo a mão e bato os dedos levemente contra a superfície plástica da baia. Um, dois, três. Se me ouvirem, pode ser que pensem que é Win.

— Skylar? — sussurra Win.

Mais uma vez: um, dois, três. Hesito com a minha mão contra a parede. A pessoa atrás de mim pisa mais perto.

— Fique onde está! — Uma voz masculina grita. O homem que vi com Kurra antes irrompe de trás da mesa para a passagem improvisada. Eu me encolho com um grito, os olhos fixos na arma em sua mão. O ar borra entre nós. Win afasta uma aba do 3T e lança de sua mão uma espécie de bola de gude metálica.

Ela explode na cara do Executor com uma chuva de faíscas. Ele se protege com os braços e revida com sua blaster. Seu raio de luz crepita contra os painéis fluorescentes apagados no teto, fazendo desabar uma chuva de fragmentos plásticos em cima de nós. Um deles acerta a minha testa.

O homem continua vindo. Win se lança sobre mim, protegendo-me com o corpo e puxa o 3T sobre nós. O Executor está esfregando os olhos e levantando a arma quando o escritório abandonado escurece e se desvanece como uma pintura na chuva.

O 3T zune e guincha e nos deposita em frente a uma fileira de casas brancas com telhados vermelhos. Consigo apenas um vislumbre delas antes de sermos novamente sacudidos em meio a uma série cada vez mais frenética de alertas do painel sobre a baixa energia que nos resta. Os dedos de Win movem-se velozes sobre o painel de dados. Ele retira o braço que me ampara para comprimir a mão contra a lateral de seu corpo. A luz amarela que pisca dá à mancha escura em sua camisa um tom cor de tijolo.

Ele está sangrando. O sangue escorre de seu flanco, por entre seus dedos.

25.

O 3T pousa no chão e Win cambaleia. Eu o detenho quando ele se volta para o display.

— Win, você tem que parar! Você está ferido.

Ele está ofegante. Revelando não apenas a fadiga que ouvi antes em sua voz, mas dor.

— Eu vou ficar bem — assegura ele. — É apenas um corte. Droga de vidro!

Sua mão desliza e eu vejo o que ele quer dizer. Um grosso caco, com borda brilhante e afiada, está se projetando da carne logo abaixo de suas costelas através de um rasgão em sua camisa. O tiro que ouvi quando estava subindo a escada ou um outro, anterior, deve ter acertado uma das mesas de vidro quando ele estava perto dela. O sangue está brotando ao redor do caco, empapando a cintura de suas calças agora. A náusea me invade.

— Você não está bem! Temos que ir a um hospital. Você precisa que alguém cuide disso *agora mesmo*.

Ele está sacudindo a cabeça negativamente. O idiota. Ele se deixaria sangrar até a morte na minha frente, se pudesse. Ele quase o fez, vagando por aquele escritório com Kurra seguindo-o quando poderia ter usado o 3T para escapar. Eu me enfio entre ele e o painel de dados, puxando a capa de Jeanant da minha bolsa.

— Num hospital... há registros... eles poderiam nos rastrear... — ele murmura, enquanto tento enrolar o tecido fino em torno de seu abdômen. Ele olha para o próprio flanco. Para seus dedos ensanguentados. Diz, com esforço, gaguejando: — Não parece tão grave. Ok?

— Eu não me importo para onde vamos. Contanto que seja um lugar onde você possa conseguir ajuda.

Ele ainda está examinando a ferida. Eu afasto a mão dele e prendo a capa no lugar. O sangue imediatamente começa a infiltrar-se através do tecido, mas já é alguma coisa.

— Ela vai ficar uma fera — Win considera, trêmulo. — Bem... ela já deve estar uma fera. E o 3T...

Eu não sei do que ele está falando. Ele passa por mim para alcançar o painel.

— Para onde estamos indo? — pergunto.

— Para um lugar bom — garante ele. — Tudo vai ser corrigido. Eu prometo.

É noite quando pousamos numa rua de paralelepípedos ladeada por prédios atarracados de madeira. As janelas estão escuras, mas a luz da lua quase cheia reflete nas poças e manchas úmidas nas pedras do calçamento. O cheiro de podridão macula o ar. Eu tiro o 3T das mãos de Win, enquanto ele tenta metê-lo em sua bolsa com uma só mão. A outra mão está em seu flanco, sobre a mancha vermelha que se expande na capa, e eu não quero que ele a tire dali.

— Para onde vamos daqui? — murmuro.

Win movimenta a cabeça em direção ao final da rua e começa a andar, com um gemido de dor a cada passo. Sua mandíbula está cerrada. Ele dobra a esquina, na primeira rua transversal, e pega uma ruazinha estreita. Quando seus joelhos oscilam, eu agarro seu cotovelo. Seus lábios se contorcem numa careta. Ele continua andando, com o meu apoio, para além de um pátio, contornando um estábulo. Entretanto, suas passadas se reduziram a um manquetear.

— Só mais um pouco — ele responde, com dificuldade. — Não poderia deixar os Executores nos rastrearem muito perto.

Se fosse forte o suficiente, eu o carregaria o restante do caminho. Do jeito como está, receio chegar mais perto, temendo fincar ainda mais fundo o caco de vidro em seu flanco. Intensifico meu aperto em seu braço quando nos deparamos com um trecho particularmente irregular do calçamento. Ele se detém, seu olhar à deriva, e, em seguida, continua.

— Lá — ele aponta.

Contornamos os fundos de uma casa e paramos diante da pequena porta de madeira do que parece um galpão. A maçaneta me parece comum, mas quando Win faz algumas coisas com ela, empurra um ponto e puxa outro, gira-a e sacode, em algum lugar ali dentro um mecanismo cede e a fechadura se abre. Ele empurra a porta e se afasta de mim, pondo-se a descer os degraus de pedra do outro lado.

— Feche a porta depois de entrar — ele murmura. Eu obedeço, preparando-me para a escuridão, mas, no instante em que a porta se encaixa no umbral, o ferrolho se tranca sozinho e um tênue raio de luz artificial emana do teto inclinado.

Win já chegou à base dos degraus, onde há uma outra porta quase idêntica à anterior. Só que essa nem tem maçaneta. Ele arrasta as unhas ao longo de uma reentrância no meio e abre uma fina portinhola na madeira, revelando um quadrado preto metálico. Limpando a garganta, ele pressiona o polegar contra o quadrado.

À frase curta que ele pronuncia em seu idioma alienígena, a porta emite um zumbido abafado, seguido de um som parecido com um suspiro. Em seguida, ela desliza para dentro da parede. Win cambaleia para a sala do outro lado.

Corro atrás dele. A porta se fecha atrás de mim com idêntico som de suspiro, tão rapidamente que eu me encolho. No segundo em que a porta se fecha, três luzes fortes passam a brilhar acima das nossas cabeças.

O recinto é menor do que o meu quarto lá em casa e sem janelas, com um beliche estreito numa das paredes, dois largos armários na outra e uma poltrona diante de um grande cubo prateado na parede oposta à porta. Embora o lugar pareça desabitado, o ar ali dentro é fresco e não há vestígio de poeira. Tudo — dos colchões sem costura do beliche à poltrona e o piso de lajotas — possui um brilho duro de metal, em tons suaves de cinza, pêssego e marrom. Mas a sensação que a superfície sob os meus pés me dá é de linóleo e, quando pouso a mão na borda do colchão superior do beliche, o que sinto é a textura mais quente e ligeiramente arenosa de plástico, como se fosse alguma síntese de aço e polietileno. O que aposto que deve mesmo ser.

Win se desloca lentamente pelo cômodo.

— É um esconderijo seguro. Usado apenas para totais e absolutas emergências. Há suprimentos. Pegue o que quiser. — Ele manca até a poltrona e afunda nela com uma careta de dor, estendendo a mão para algum ponto além do braço dela.

Deve haver algum controle ali que não posso ver, porque, no instante seguinte, um brilho cintilante flui para fora do bloco da base da poltrona, encapsulando-o. O brilho parece se condensar no ponto acima de seu ferimento. Ele remove a capa de Jeanant com um estremecimento e inclina a cabeça para trás, fechando os olhos.

Através do rasgo irregular na camisa de Win, posso ver as bordas da pele rasgada, o sangue escorrendo ao redor do pedaço de vidro que se projeta. Seu corpo parece muito frágil. Frágil e humano. Pele humana rasgada num corpo humano, com sangue humano escorrendo de veias humanas.

Colonos. Antepassados.

A lembrança da conversa que entreouvi me oprime. Entretanto, eu não posso perguntar a ele sobre isso agora.

Enquanto o brilho continua a se concentrar sobre a ferida, o caco de vidro começa a se desintegrar e, em seguida, é pulverizado para longe, como se a luz de alguma forma o estivesse sugando. O sangue de Win borbulha mais rapidamente enquanto a obstrução se dissolve. Dou um passo em direção a ele, temendo que algo esteja errado, mas um segundo depois o sangramento diminui. A pele se estende sobre a carne exposta. O brilho se intensifica de tal forma que machuca meus olhos, forçando-me a fechá-los. Quando olho de novo, à medida que a luz diminui, o abdômen de Win está liso e íntegro novamente. Até mesmo o sangue em suas roupas foi removido.

Win continua deitado ali, completamente imóvel e em silêncio, a não ser pelo chiado da respiração em seu peito. O brilho tremeluz e rodopia, e eu suponho que esteja curando tudo o que foi ferido internamente. Sento-me na cama de baixo, observando. Os minutos se arrastam.

E se ele estiver muito ferido e isso não conseguir curá-lo completamente? Meus dedos coçam e eu busco a minha pulseira na bolsa, no entanto a superfície lisa das contas de vidro não me proporciona nada do consolo habitual. Para me distrair, levanto-me do beliche e caminho para os armários.

A primeira porta se abre para revelar seis prateleiras, duas delas repletas de garrafas como as que Win levava em sua bolsa, mas de cor verde em vez de azul, e as outras guardando caixas cheias de pacotes do tamanho de sanduíches que me parecem encerados ao meu toque. Win disse que eu poderia pegar qualquer coisa, mas quem sabe o que há lá dentro?

As garrafas me parecem mais seguras. Eu pego uma e giro a tampa para abri-la. Quando levo a garrafa aos lábios, o líquido é ligeiramente efervescente. Beberico um pouquinho, cautelosa, e em seguida tomo algumas goladas, lavando os vestígios da torta de nozes que azedaram em minha boca. O líquido verde tem o mesmo sabor adocicado do azul, mas com uma pitada de algum tipo de aromatizante também... como canela, mas não exatamente.

Abaixo a garrafa, sentindo meus batimentos cardíacos acalmarem, meus músculos relaxarem. Talvez haja alguma coisa lá dentro que não seja apenas água e aromatizante.

Minha calma recém-descoberta não me impede de estremecer sobressaltada ao escutar um farfalhar inesperado atrás de mim.

— Ei — Win diz suavemente, endireitando-se na poltrona. O brilho se dissipou. Ele torce o tórax e depois se inclina para a frente, para descansar os cotovelos sobre os joelhos, o corpo inclinado um pouco para a esquerda, como se o seu lado direito ainda estivesse sensível. Em seguida, ele espirra, duas vezes.

— Você está bem? — pergunto.

— Sim. — Sua voz está fraca, mas longe daquele estado lamentável quando ele estava se esvaindo em sangue. — Sabe de uma coisa? Acho que em algum ponto nessa Viagem eu acabei pegando um... como é mesmo que vocês chamam? Um resfriado. — Ele funga algumas vezes a título de experiência e dá uma risada. — Nós estamos vacinados contra tudo que é sério, mas até mesmo nós não conseguimos descobrir uma vacina adequada para um vírus em constante mutação. A única coisa que esses assentos medicinais não conseguem curar.

— Não são muito bons, então, não é? — digo sem pensar e Win cai na gargalhada. Ele aperta a ponte do nariz.

— Bem, ele conserta todo o resto. — Ele aperta um pouco mais o nariz e, em seguida, põe-se de pé, com o olhar repentinamente intenso. — Você conversou com a sua amiga? Ela a ajudou a descobrir o significado da mensagem de Jeanant?

Depois do que acabou de passar, ele ainda se preocupa mais com a missão do que com qualquer outra coisa. Ele prefere morrer a falhar, penso com uma pontinha de remorso. Ainda que o planeta que estamos salvando seja o meu. Ele tem se arriscado muito mais do que eu e eu estava pensando em cair fora.

— Aconteceu uma batalha — respondo. — Entre os colonos americanos e os nativos, perto de um forte britânico, em algum lugar onde um monte de árvores havia caído por causa de uma tempestade. O nome provavelmente tem algo a ver com isso, com árvores caídas.

— Isso é suficiente — ele determina, com um sorriso atravessando seu rosto. — E Jeanant disse que iria deixar lá as duas últimas partes da arma para nós, não é?

— Ele realmente não teve muito tempo para entrar em detalhes — conto. — Mas, quando pedi para nos dar tudo de que precisávamos, ele me disse para ir para lá.

— Esse deve ser o plano dele, então. Passe para mim o 3T, por favor? Creio que agora tenho condições de encontrar a data exata facilmente.

Pego o 3T onde o larguei, embolado sobre o beliche. Quando eu me viro, Win inclina a cabeça para tossir, parecendo tão cansado, apesar de seu alívio, que fico com medo de que ele vá cair da poltrona. Tão... vulnerável.

Tão humano.

Fico olhando para o rosto dele. Acompanhando o formato de seu queixo, o ângulo da testa, a curva das maçãs do rosto. Eu nunca questionei isso, simplesmente presumi que fosse um disfarce. Entretanto, ele nunca pareceu falso, eu nunca o senti falso... e, naquele momento na chuva, tampouco o *provei* falso, e sim, o *gosto* dele era real.

Win ergue os olhos para mim. Sua testa franze quando ele surpreende o meu olhar. Exatamente como faria um ser humano.

— É verdade, não é? — pergunto.

O sulco em sua testa se aprofunda.

— O quê?

— Eu ouvi a sua conversa com Kurra — respondo. — A maior parte, de qualquer forma. Sobre... colonos de Kemya vindo para a Terra?

— Ah — ele diz e sua cabeça se inclina novamente —, eu esqueci que você não sabia.

Os meus dedos se enrijecem em torno do 3T.

— Bem, eu não sei — retruco. — Você não me *contou*.

— Você já parecia tão desorientada quando eu estava explicando por que viemos para cá — ele explica. — E isso realmente nem importa. Quando o campo temporal for destruído, quando Kemya não tiver mais nada a ver com a Terra, isso poderá não ser verdade. Nós seremos dois povos separados.

— Mas não somos — falo. — Nós não somos... vocês não são...

Ele balança a cabeça, concordando, com os seus lábios formando uma curva de vergonha. Toda vez que ele faz uma expressão tão distintamente humana, minha consciência disso se aprofunda dolorosamente.

— A história que eu lhe contei antes era verdade — esclarece ele. — Exceto que não havia na Terra qualquer espécie totalmente consciente, no sentido de conhecer valores e mandamentos morais, quando a descobrimos. Todas as plantas e animais que você conhece, sim, alguns bastante semelhantes ao que tivemos em Kemya, mas... nenhum ser humano. E precisávamos de pessoas aqui para participar dos experimentos, para testar as nossas estratégias de sobrevivência, para nos certificar de que, mesmo se toda a tecnologia que tínhamos parasse de funcionar antes que o restante de nós desembarcasse, ou se sofrêssemos um acidente, ou qualquer outra coisa que pudesse dar errado, ainda poderíamos sobreviver. Para experimentar diferentes técnicas e situações diversas, para ver o que funcionava melhor. Seria a nossa única chance de fazer as coisas direito...

— Então, enviaram alguns de vocês para cá.

— Algumas centenas de kemyanos se ofereceram. Eu não sei o quanto revelaram a eles... essa parte normalmente é enfeitada quando falamos sobre a nossa história; tudo gira em torno do valente sacrifício deles. Você ouviu o que Kurra pensa disso. Eles foram enviados para cá, sem tecnologia, sem meios de se comunicarem com os cientistas lá em cima, preparados para enfrentar o pior e deixar as suas experiências orientarem o restante de nós. Mas eles devem ter pensado que, depois de uma década ou duas, todo mundo viria para cá também. Assim que estivéssemos confiantes de que poderíamos lidar com qualquer problema que o planeta apresentasse.

Ele faz uma pausa, com uma expressão de infelicidade. Eu sei o resto da história:

— Mas, então, seus experimentos começaram a arruinar a Terra e ela já não era boa o suficiente para o restante de vocês. — Eu deveria estar horrorizada, porém, estou praticamente anestesiada. Como que me recusando a assimilar a ideia.

— E as pessoas que deixamos aqui tiveram descendentes e os descendentes tiveram descendentes e eles lentamente se esqueceram de sua história, de onde vieram — conta Win. — Você pode perceber ecos disso em alguns dos mitos...

Nós todos somos apenas alienígenas que se esqueceram de que são alienígenas. Eu começo a rir, porém o riso fica preso na minha garganta. Não. Alienígenas, não. Seres humanos que não sabem que não pertencem à Terra.

— Há fósseis — relembro. — Eu sei que os arqueólogos têm encontrado... Há vestígios da nossa árvore evolutiva, que remontam a *milhões* de anos.

Win dá de ombros.

— Falsificações. Como eu disse, já havia alguma similaridade entre as espécies daqui e as que tivemos em Kemya. Os cientistas plantaram eles perdidos quando notaram que vocês estavam procurando. Para ver como vocês reagiriam. Para apagar qualquer dúvida persistente. Não tenho plena certeza das razões.

— Mas...

Que argumento tenho que refute o vasto alcance da tecnologia kemyana? Um povo que pode viajar no tempo e pelas galáxias, curar uma ferida quase fatal com luz. Por que eles não poderiam ser capazes de fazer a leitura de um crânio acusar milhões de anos de idade?

— Eu sei que é horrível — observa Win. — Eu nem mesmo consigo explicar como todos simplesmente continuaram com isso por tanto tempo...

— Vocês agora nem nos consideram mais parte de seu povo — declaro. A maneira como ele falou comigo quando nos conhecemos. A forma como Kurra se referiu a nós. *Sombras.* — Porque nós estamos desaparecendo, assim como a nossa história. Por causa do que vocês fizeram.

O que eles nos fizeram não como alienígenas olhando para uma espécie menos avançada, da forma como os cientistas da Terra experimentam com ratos, o que já seria bastante horrível. Eles realizaram seus experimentos e brincaram com as nossas vidas como um conjunto de seres humanos manipulando outros. As figuras que eu imaginava lá em cima, olhando para o seu aquário aqui embaixo a partir de um satélite em órbita, pensam e sentem quase da mesma forma que eu. E, mesmo assim, eles puderam fazer isso.

— É fácil ver outras pessoas como "não pessoas" quando você as observa à distância — Win argumenta calmamente. — Quando elas vivem de forma tão diferente de você. Quando você foi treinado desde que nasceu para pensar nelas como algo à parte. Terráqueos fazem isso o tempo todo, uns com os outros. Quantas de suas guerras foram travadas porque um grupo entre vocês decidiu que tinha o direito de conquistar outro grupo, para escravizá-lo ou liquidá-lo?

Quantas dessas guerras foram iniciadas por causa da interferência kemyana? Quero perguntar. Entretanto, a questão morre antes de eu abrir a boca. Eu pude ver os revolucionários na França, os soldados no Vietnã, os meninos dominando Noam e Darryl no pântano. Os seres humanos sempre souberam machucar uns aos outros. Talvez tenhamos sido impelidos em novas direções ao longo do tempo, mas ninguém forçou guerra ou opressão, genocídio ou terrorismo sobre nós.

— Alguns de nós estão tentando consertar as coisas, pelo menos — Win acrescenta. Ele esfrega o rosto.

— Tudo vai realmente ficar bem? — pergunto. — Vocês vão explodir o gerador de campo temporal e aí? Vão procurar algum outro planeta novinho em folha para explorar enquanto ficamos aqui? — Fico buscando um conceito que poderia ser aplicado à situação... Restituição? Compensação? Entretanto, a extensão do dano feito a este mundo é tão imensa que é difícil abrangê-la. Tenho medo de perguntar quanto tempo vai levar para nos recuperarmos. Milhares de anos?

Win ergueu o olhar.

— Eu só sei que será melhor para vocês se o campo temporal desaparecer. Faz tanta diferença para você que nós não sejamos tão alienígenas quanto deixei você pensar? Você teria decidido ficar em casa e não ajudar se soubesse?

Faz uma enorme diferença. A simples visão dele me acerta um "jab" de traição. Porque ele é um deles, parte dessa armação toda... E não. Tudo começou há tanto tempo. Ele não teve mais escolha na forma como o seu povo veio para a Terra do que eu própria.

E ele também tem razão. Eu ainda estaria aqui. As Viagens, o grande experimento, isso ainda precisa ser parado.

— Você *queria* ficar em casa? — Win pergunta de repente. — Naquela situação, não houve a chance de eu perguntar, quando você veio ao meu encontro, lá na sua cidade. Eu ainda posso levá-la de volta, agora que estou... — Ele aponta para o seu flanco curado.

— Não — respondo. — Eu decidi que quero continuar. Para acompanhar tudo isso até o fim, para ter certeza de que você conseguiu todas as partes da arma. Então, eu vou saber, com certeza, que tudo terminou. — Faço uma pausa. — E eu ainda estaria aqui, mesmo se soubesse. Eu só queria que você tivesse me contado antes.

— Eu sinto muito — diz ele. — Eu... eu acho que foi, principalmente, porque eu não queria ver você olhar para mim do jeito que está olhando agora.

Eu mordo o lábio, fechando os olhos. O choque continua reverberando através de mim. Eu não tenho mais nada a dizer.

O silêncio se estende entre nós. Há um ruído de tecido quando Win deixa a poltrona.

— Você está machucada. Sua testa...

Eu ergo a mão e encontro o ponto onde o caco da luminária de teto do escritório me acertou. Uma faixa pegajosa de sangue coagulado logo abaixo da linha do meu couro cabeludo. Dói quando eu toco. Eu estava tão preocupada com Win enquanto fugíamos que não havia percebido isso antes.

— Eu sinto muito — repete Win, baixando a voz, desapontado. — Eu pensei que pudesse evitar os Executores completamente se me movesse rápido o suficiente... eu não tive a intenção de levá-la direto para eles. Eu teria voltado para você, se você não tivesse encontrado a trilha que eu deixei.

— O que você estava pensando? — repreendo-o abruptamente, com raiva. — Eles estavam atirando em você, você estava sangrando mortalmente, você deveria ter saído de lá.

O olhar que ele me dá é de perplexidade, como se eu houvesse sugerido que ele deveria ter afugentado os Executores dançando uma jiga.

— *Você* estava lá. Eu não sabia o quanto estava perto. Não sabia com que rapidez eles também sairiam de lá se eu fugisse. Eu não podia simplesmente abandoná-la lá com eles.

Só que ele poderia ter fugido. Teria sido fácil. Entretanto, sua preocupação com o meu pequeno arranhão é tão palpável que não posso falar isso.

— Eu estou bem — asseguro-o, em vez disso. — Não é nada.

— Eu tenho outro... — Ele se abaixa, cambaleando, e pega a sua bolsa. Com a mão trêmula, pesca um curativo igual ao que ele me deu para o tornozelo. — É o meu último — revela ele, num tom de desculpa —, mas provavelmente há mais disso aqui que eu posso pegar, se necessário. — Ele levanta as mãos em minha direção e depois hesita. — Posso?

Concordo com a cabeça e a abaixo, puxando o cabelo de lado. Minhas palavras de hoje, mais cedo, ecoam na memória: *Não* ouse *me tocar de novo*. Fecho os olhos enquanto seus dedos roçam minha têmpora, colando o curativo no lugar com leve batidinhas. O contato, na verdade, é calmante. Uma imagem mais recente me ocorre: Win escondido, deslocando-se através do labirinto de mesas e divisórias, tentando me encontrar antes que Kurra o fizesse, tão concentrado na minha segurança que nem percebeu o corte profundo que o vidro fizera em seu corpo. Ele nem sabia se eu tinha encontrado a resposta. Mas ele havia prometido me esperar. Havia prometido não ir embora sem mim.

— Obrigada — agradeço, enquanto ele abaixa as mãos.

Ele me dá um sorriso constrangido. Em seguida, espirra e tropeça, e eu preciso segurá-lo pelo ombro para impedi-lo de cair.

— Teoricamente, é necessário um descanso após o uso do assento medicinal — ele murmura. — Mas eu vou ficar bem. O 3T, porém... Se nós vamos Viajar novamente, precisamos carregá-lo.

Ele pega o 3T das minhas mãos e fica de cócoras, balançando sobre os pés. Um fio pequeno e brilhante se desdobra de um ponto próximo ao topo do arco. Ele o espeta num buraco de tamanho similar na base do armário. Então, como se não pudesse evitar, ele se inclina para a frente, de modo que sua cabeça fique apoiada contra a porta do armário, sustentando-o.

— Vai demorar horas para carregar completamente. Mas nós só precisamos de um pouco. E então podemos ir.

— E então você *deveria* mesmo descansar — retruco. — Você obviamente precisa. Acha que estamos realmente seguros aqui?

— Por um tempo — confessa ele. — Este é um esconderijo geral, mas Thlo conseguiu reservar secretamente um período de tempo, e Isis colocou outro código criptográfico nele... Mas sabemos agora que os Executores podem quebrá-los se se esforçarem bastante. Só vou descansar um pouco. — Ele volta a se colocar de pé e caminha os poucos passos até o beliche antes de desabar na cama de baixo.

— O quanto você precisar — digo. Os Executores levaram dias para começar a rastrear Win, depois que ele chamou a atenção deles ao impedir a explosão do tribunal. Certamente temos, pelo menos, algumas horas aqui. Eu me sento no chão, ao lado da cama, apoiando as costas contra a lateral do beliche.

— Veja se dorme. Eu vou ficar atenta... para qualquer coisa errada.

Ele balança a cabeça contra o colchão, concordando. Sua mão pende na minha direção, agitando-se.

— Skylar — ele murmura. — Você não é apenas uma ferramenta.

Olho para ele, porém seus olhos estão fechados. A respiração pesada sopra de seus lábios entreabertos. Ele parece tão profundamente adormecido, que eu me pergunto se apenas imaginei-o falando aquilo. Tenho o desejo de tomar aquela mão estendida e apertá-la, mas isso pode acordá-lo.

Ele tampouco é apenas um serviçal em seu grupo rebelde. Win merece cada pedacinho do respeito que ele está tentando ganhar. Está doente, cansado e sem forças... mas nada o impediu de trabalhar por sua causa.

De manter sua promessa de me proteger.

Não foi certa a maneira como ele me tratou a princípio. Entretanto, ele não estava pensando apenas em sua missão. Os riscos que correu, o perigo em que se colocou não faz nem uma hora, tudo isso foi por mim. Para que eu pudesse decidir se queria ir com ele. Para que os Executores não me machucassem da forma como eles já o tinham machucado. Observando sua silhueta adormecida, sinto dentro de mim uma pequena contradição, como se, fosse qual fosse a mágoa com que ele rasgara meu peito, tudo houvesse sido costurado e emendado novamente com o fio do perdão.

À medida que os minutos passam, as luzes no teto diminuem a intensidade. Puxo os joelhos em direção ao peito e cruzo as minhas mãos na frente deles. Meu estômago ronca de fome e meu tornozelo lateja com uma dor surda, porém ignoro a ambos. Depois de um tempo, as minhas próprias pálpebras começam a pesar. Abro-as de repente. Alguém tem que vigiar.

Levanto-me e vou examinar os armários novamente. Bebo um pouco mais da água esverdeada que acalma os meus nervos. Cutuco os outros pacotes e decido que ainda não estou suficientemente curiosa para me arriscar a abrir um deles.

No segundo armário, o que eu não tinha inspecionado antes, há pilhas de trajes de Viajante dobrados, pacotes de curativos alienígenas e outras coisas que eu não reconheço. Puxo uma das camisas, segurando-a contra mim. É mais ou menos do tamanho certo. Se vamos voltar alguns séculos no passado dos Estados Unidos, ela provavelmente vai parecer melhor do que a minha camiseta moderna. Visto-a pela cabeça.

Quando volto a me sentar no chão ao lado do beliche, pego a bolsa e busco pela pulseira instintivamente. Meus dedos roçam o papel dobrado que guardei ali para fazer anotações. Não precisei usá-lo, no final das contas.

Talvez ele possa servir a outro propósito. Mais uma parada, e, então, quem sabe eu possa voltar para salvar Noam. Preciso descobrir o que escrever para ele; no que ele acreditaria.

Pego a caneta e o papel, colocando o último no chão.

Noam, escrevo. O "m" sai tremido. Paro, olhando para a folha em branco, e mordo a ponta da caneta. *Quando chegar em casa, Darryl vai ligar para você. Ele vai parecer desesperado, mas é só brincadeira. Uma peça que ele está pregando em você.*

É o suficiente? Se eu tentar explicar como sei disso, provavelmente vai parecer uma história mal contada.

Estou elaborando a próxima frase na minha cabeça quando escuto passos fortes do lado de fora da porta.

26.

As luzes do teto aumentam de intensidade quando eu me ponho de pé num pulo.

— Win — sussurro, agarrando o ombro dele. — Win!

Win se encolhe e acorda, rolando para fora da cama e se pondo de pé. Enquanto ele cambaleia, esfregando os olhos, eu enfio na minha bolsa o bilhete parcialmente escrito e corro para pegar o 3T. E a porta interna sibila e se abre.

O cara que entra no recinto com passos largos só se detém quando já está dentro do cômodo, e a porta se fecha atrás dele. Suas sobrancelhas se arqueiam. O comentário que ele faz no idioma kemyano parece divertido. Faço uma pausa, ainda agachada ao lado do 3T no chão. Win está tenso, mas se limita a encarar o sujeito, e pela sua expressão está mais desconfortável do que assustado.

Será que eles se conhecem? O cara não parece muito mais velho do que Win. Ele é alguns centímetros mais alto, bem constituído, com um cabelo preto lustroso, e está vestindo um traje de Viajante semelhante.

— O que você está fazendo aqui? — Win pergunta na minha língua, sua voz tão rígida quanto a sua postura.

— Thlo programou o esconderijo para enviar um sinal se alguém o usasse durante esse tempo — o cara responde, passando a falar em inglês, com um sotaque americano quase perfeito. À menção do nome familiar, minha pulsação frenética diminui para algo mais próximo do ritmo normal.
— Ela me pediu para checar. — Ele ri, os dentes brancos resplandecendo contra sua pele morena. — Então, quer dizer que você conseguiu se meter em apuros, mesmo no século XXI, *Darwin*?

Darwin? Oh. Win vem de Darwin. Nossa conversa sobre o codinome me vem à lembrança.

— Galápagos — eu murmuro, e o olhar do recém-chegado volta-se para mim. Seus olhos se estreitam e o tom jovial desaparece. Ele faz uma pergunta num tom ríspido, de volta ao seu idioma alienígena.

Win enrubesce.

— *Ela* se chama Skylar — diz. Ele abafa um espirro e se desloca um pouco à minha frente, como se para me proteger. — E é graças a ela que eu tenho feito o seu trabalho por você, Jule.

O cara, o tal de Jule, lança-se no que parece o início de um sermão, erguendo o braço no ar. As mãos de Win se retesam ao lado do corpo. Ele corta Jule antes que ele vá muito longe.

— Se você quiser discutir a questão, fale em inglês, para que ela também saiba o que está acontecendo — exige ele. — Do contrário, eu não vou falar sobre isso.

Os olhos de Jule faíscam e naquele segundo ele parece quase tão perigoso quanto Kurra. Então, ele suspira, dá uns passos à frente e se inclina contra o beliche, cruzando os braços sobre o peito.

— Quanto você disse a ela?

— Ela sabe de tudo — revela Win. — Ela precisava saber.

— Não vou revelar os seus segredos — eu falo. O olhar de Jule se desloca rapidamente para mim e volta para Win.

— Eu acho que é melhor você explicar isso diretamente para Thlo — sugere Jule. Ele puxa para a frente uma bolsa de couro um pouco maior do que a de Win e tira dela o seu próprio 3T.

Win está balançando a cabeça.

— Você não entendeu. Nós já encontramos quase todas as partes da arma, Jule. Só precisamos ir a mais um lugar.

— Ah, claro — debocha Jule. — *Você* conseguiu decifrar o significado das mensagens de Jeanant junto com uma garota terráquea, enquanto o restante de nós ainda está lutando para entender o primeiro detalhe. Eu sabia que crescer nessa sua família de fracassados deixou você com o miolo meio mole; mas que diabos! Será que você cheirou muito as tintas de seu pai antes de vir para cá?

— Não, e eu posso pensar muito melhor do que um folgado que vive da fama e das realizações que seu avô conquistou — Win retruca. — Olhe. O que você acha que é isso?

Ele tira uma das placas de plástico de Jeanant de sua bolsa, segurando-a perto de Jule o suficiente para que ele possa ler os caracteres gravados ao longo dela. Quando Jule faz menção de pegá-la, Win a puxa de volta.

— Basta olhar.

A expressão de Jule vai de cética a perplexa de tal forma que eu acho isso imensamente gratificante depois de ele ser tão sarcástico com Win. Fico empertigada quando ele se aproxima.

— Você realmente conseguiu — reconhece Jule, em voz baixa, e ri. — Como diabos...

— Foi Skylar — Win declara, apontando para mim. — Você sabe que nós falamos no treinamento sobre como provavelmente havia terráqueos sensíveis o suficiente para serem perturbados pelas mudanças, e ela é um deles. Ela descobriu exatamente para onde Jeanant foi na França e, então, me ajudou a seguir as indicações depois disso. É por causa dela que temos quase tudo que precisamos e sabemos para onde ir, onde conseguir o resto, para que possamos terminar a missão e ir para casa.

— Ainda assim foi uma idiotice, Win — insiste Jule. — Você sabe que as regras existem por uma razão. Temos que contar isso para Thlo. É ela quem deve decidir.

— Quer dizer que as regras são mais importantes para você do que conseguir a arma? — pergunto.

Ele olha para mim, um pouco mais pensativo desta vez, e sua boca se curva em um meio sorriso.

— Não é nada pessoal, terráquea. A maioria de nós sabe que há uma boa razão para seguir as precauções de segurança. — Ele hesita, e seu olhar desliza para Win novamente. Seu sorriso desaparece. — A menos que você estivesse pensando em seguir o protocolo-padrão para comprometimento de dados.

Protocolo padrão? Win aparenta estar perplexo por um segundo inteiro antes de sua pele marrom-dourada adquirir uma palidez quase esverdeada de raiva.

— Claro que não! — ele responde ultrajado.

— O que é... — eu começo a perguntar e, então, concluo. Comprometimento de dados. *É um habitante local. Ele nos viu.* O disparo de Kurra. Meu estômago embrulha. — Win...

— Antes de alguém machucar você, eles teriam que me matar primeiro — diz Win, mais ameaçador do que já o ouvi, porém, seu braço que segura a placa de plástico treme. De repente, eu me lembro da maneira como ele evitou o assunto de entrar em contato com os outros, de deixar que eles soubessem o que estávamos fazendo, quando eu o trouxe à baila antes. Eu pensei que a desculpa fosse o seu orgulho, a sua necessidade de provar a si mesmo. Mas, se o protocolo-padrão é eliminar qualquer terráqueo que veja um Viajante em ação... talvez ele estivesse evitando o assunto não porque as suas razões para não entrar em contato com eles fossem egoístas. Talvez ele simplesmente não quisesse me dizer que ele estava com medo do que os outros poderiam querer fazer comigo se soubessem.

Eu toco as costas de Win, querendo expressar de alguma forma que estou com ele.

Jule revira os olhos, mas o seu desconforto se revela quando ele ameniza o tom de voz.

— Não estou dizendo que *eu* acho que este seja um bom plano.

— E Thlo? — pergunta Win. — O que ela pensaria?

— Eu tenho certeza de que ela é inteligente o suficiente para encontrar algumas alternativas — Jule responde, mas ele não me parece muito convincente.

Aparentemente Win pensa o mesmo que eu.

— Posso me certificar disso se formos pegar o restante da arma antes. Depois que tivermos tudo, não haverá mais nenhuma missão para pôr em perigo.

— Eu não posso deixar você fazer isso — anuncia Jule. — Você espera que eu volte para Thlo e diga a ela que eu o deixei fugir com uma terráquea? Ou que eu minta para ela?

— Isso é pelo bem de Thlo também — intervenho. — Os Executores... eles conseguiram rastrear o nosso 3T. Se saltarmos para onde quer que Thlo e os outros estejam, estaremos levando os Executores direto para eles.

— Então, iremos no meu 3T — determina Jule, ainda se dirigindo a Win.

— Ele só comporta duas pessoas — contesta Win. — Nós não podemos simplesmente deixar Skylar aqui.

— Aqui é tão seguro para ela quanto para qualquer um de nós. Desde que... Ela é do século XXI? Você checou o que ela está carregando, certo?

— O quê?

Jule se vira para mim.

— O que há nessa bolsa?

Dou um passo para trás, minhas mãos se apertando em torno dela.

— Nada de importante.

— Certo. — Ele avança, como se fosse tomá-la de mim e Win se mete na frente dele. Jule levanta o braço para empurrar Win para o lado. Win se prepara para lutar, porém Jule é maior e, provavelmente, mais forte, e Win estava quase morto algumas horas atrás.

— Parem com isso! — eu grito e entrego a minha bolsa para Jule. Ele se afasta de Win imediatamente, aceitando a bolsa com graciosidade surpreendente.

— Obrigado — diz ele. Em seguida, ele remexe dentro dela, puxa o meu telefone e joga-o no chão.

— Ei! — eu grito, mas ele já está esmagando-o sob o calcanhar. Ele dá uns bons pisões na tela, até que o vidro seja estilhaçado e o resto rachado, com as entranhas se derramando para fora. Em seguida, ele recolhe os pedaços mutilados e os enfia no que parece ser um duto de ventilação na parede. Há um chiado elétrico. Acho que eu nunca mais verei esse telefone novamente.

— Você não precisava fazer isso — Win protesta.

— Se você quer que ela permaneça viva, *você* deveria ter feito isso — brada Jule, esfregando as mãos e entregando a minha bolsa de volta para mim. — Você não sabe como são esses tipos do século XXI? Telefonemas, mensagens de texto, fotos e vídeos, só Deus sabe o que ela já registrou que nos mete em apuros...

Não havia me ocorrido tentar isso, mas percebo que ele tem razão. Eu fiquei dizendo para Win que não importava o que eu soubesse, porque ninguém iria acreditar em mim. Mas, se eu tivesse fotos, vídeos, provas concretas... seria outra história.

Olho para o duto de ventilação, meus dedos se contraindo. Entretanto, se desistir do meu telefone irá convencer o restante do grupo de Win de que sou segura, posso lidar com isso.

— Tudo bem — Jule fala. — Vamos.

— Não vamos, não — Win começa, e o lamento de uma sirene o interrompe.

Eu estremeço quando ela volta a soar pelo cômodo novamente. As luzes do teto piscam em amarelo. Win passa por mim abaixado para pegar o 3T, desconectando o fio por onde ele estava carregando.

— Não é tão seguro — ele afirma para Jule. — Como Skylar disse a você, eles já estão nos rastreando. — Ele hesita. — Nós temos que ir. Mas poderíamos trocar os 3T. Você poderia fazer alguns deslocamentos no nosso, entreter os Executores numa perseguição, enquanto Skylar e eu buscaríamos o restante da arma, e, em seguida, todos nós podemos nos reunir no local combinado.

Por um segundo, Jule parece estar considerando a ideia. Mas, então, esse segundo se tornou dois, três, e seu rosto endurece. Posso ver a sua resposta estampada lá. Win toca o meu braço.

— Esqueça — diz Win. Ele corre para a entrada, passando por Jule, e eu corro atrás dele. Jule gira, tentando segurar Win quando a porta se escancara. Mas não é rápido o suficiente. Nós subimos os degraus velozmente. Win arranha a porta externa e ela também se abre. Eu a bato na cara de Jule antes de correr para a rua, atrás de Win.

Win inclina-se para um lado, e, em seguida, gesticula me indicando uma praça com um pequeno chafariz. Quase alcançamos as sombras de uma cocheira do outro lado, com os passos de Jule trovejando atrás de nós, quando Kurra nos embosca, saindo de trás da lateral da construção.

Win escorrega até parar, oscilando, enquanto ela ergue sua blaster. Ele saca da bolsa o 3T. Há um grito atrás de nós... Jule? A cabeça de Kurra se vira para a esquerda, e, sem pensar, apenas reagindo em pânico, tento girar a minha bolsa e acertar a mão com que ela empunha a arma com o máximo de força que consigo.

Bem no alvo. Entretanto, a outra mão de Kurra arrebata a alça da bolsa. Ela me puxa em sua direção. Win estende o 3T em torno de nós, enquanto eu faço força para trás, e a alça arrebenta.

— Não! — minha pulseira... as contas de Noam...

A bolsa desaparece por entre as abas do 3T. Eu quase arremeto tenda afora para tentar recuperá-la, mas o braço de Win está ao meu redor, enquanto escuto sua súplica em voz áspera:

— *Skylar!*

Eu me detenho um pouco antes de saltar para fora. O 3T dá uma guinada, e a noite, os paralelepípedos úmidos de chuva, Jule e Kurra, tudo se perde na distância.

27.

Win tosse, tão alto que eu consigo ouvi-lo mesmo em meio ao zunido do ar em turbilhão à nossa volta. Ele cambaleia quando pousamos, segurando-se na parede da tenda do 3T. A luz do dia que nos chega revela nele um rubor febril. Ele limpa a garganta.

A perda da bolsa... e da minha pulseira... ainda me consome, porém a minha preocupação com ele supera isso.

— Você está bem? — pergunto. E se o pouco que ele dormiu não foi o suficiente? E se o confronto com Jule e a curta corrida foram demais para ele? Ele pode estar sangrando de novo, internamente, e eu não tenho como saber.

Win funga e responde:

— Eu vou ficar bem. O pior agora é o resfriado. Por um momento, foi fascinante, mas agora acho que já estou pronto para abrir mão dessa nova experiência.

Sou obrigada a reprimir um sorriso pela petulância irritada em sua voz. Ok, então ele não está morrendo.

— Boa sorte com isso — digo. — Vai durar pelo menos uma semana.

Ele parece tão chocado ao ouvir o prognóstico que eu não posso deixar de rir. Pelo visto, a curiosidade científica não vale o sacrifício.

— Se os terráqueos podem sobreviver por esse tempo, suponho que eu também possa — pondera ele, o canto de sua boca curvando-se. Ele se inclina para a frente, espiando através do tecido da tenda. Nós estamos num gramado, e edifícios cintilantes e modernos espreitam por sobre as copas das árvores próximas. — Não tive tempo de pensar muito sobre o nosso destino. Acho que devemos descobrir onde foi travada aquela batalha antes de Kurra nos alcançar novamente.

— Aquele cara, Jule, você acha que ele vai vir atrás de nós?

— Ele não pode — Win garante, animado. — Ele não tem ideia de onde estamos indo. E ninguém no nosso grupo tem tecnologia de rastreamento como os Executores. Não vamos vê-lo novamente, a menos que a gente queira.

Acho que existem alguns benefícios na falta de recursos. Jule não provoca o mesmo terror em mim do que Kurra, mas também não é nada agradável tê-lo por perto.

— Obrigada — falo por impulso. — Por... me defender dele.

Win olha para mim.

— Você faz parte desta missão tanto quanto o restante de nós agora — reconhece ele. — Você merece ver o desfecho dessa missão. E... Eu falei sério no que disse a ele. *Ninguém* vai machucá-la, não importa o que eu tenha que fazer.

Apesar de sua mão pousada ao lado do painel de dados estar trêmula, há um brilho de determinação em seus olhos. Ele está doente e, obviamente, ainda está fraco, mas, naquele momento, não tenho nenhuma dúvida de que ele vai nos conduzir até o fim da missão. Um calor estranho se espalha pelo meu peito.

— Obrigada — repito. Isso não parece ser o suficiente, porém, não consigo pensar em outras palavras, mais adequadas. Toco a parte de trás do seu ombro, suavemente, como fiz quando ele me protegeu de Jule. Um tímido sorriso anima os seus lábios. Ele estende a mão para descansá-la no meu ombro, em retribuição. Desta vez, não tenho a menor vontade de recuar.

— Tudo o que precisamos fazer é cumprir essa última etapa e você estará segura para sempre — Win garante. Ele se vira para a tela. — Soldados americanos e nativos, forte inglês, árvores caídas, certo?

— É isso aí — respondo. — Em algum lugar do nordeste.

Ele navega rapidamente através dos caracteres brilhantes.

— Ah — diz depois de um tempinho, com um ruído de aprovação. — Lá vamos nós. A Batalha de Fallen Timbers. Ohio, perto do Forte Miami, 20 de agosto de 1794 d. C..

Quando saímos do 3T para a floresta, em Ohio, o manto de calor úmido que desaba sobre nós é um choque. Ele enche os meus pulmões e gruda na minha pele. A folhagem intensamente verde das árvores filtra a luz do sol, que nos chega tênue. Enquanto olhamos ao redor, uma brisa preguiçosa sopra sobre nós, não forte o suficiente para resfriar as gotículas de suor que já brotam na minha pele. Estou louca de vontade de tirar a camisa de Viajante que coloquei sobre a minha própria, mas tenho certeza de que vou parecer um peixe fora d'água com a minha camiseta.

— Os guerreiros nativos vão entrar em confronto com os americanos em cerca de uma hora — informa Win, repetindo a informação que a tela do 3T lhe passa. — Isso deve nos dar tempo para localizar o ponto que Jeanant escolheu, antes *"de o sangue ser derramado onde as árvores foram derrubadas"*. — As árvores caídas estão daquele lado — ele gesticula — à beira de um rio. E daquele lado — ele gesticula de novo — está o Forte Miami. Para onde os nativos vão correr quando se sentirem sobrepujados e lhes negarão abrigo.

Não é como os outros períodos que Jeanant escolheu. Na França, no Vietnã, o mais fraco iria vencer, afugentando o adversário opressor. Nesta batalha... Os nativos serão derrotados, e derrotados novamente sucessivamente em todo o país, até desistirem de quase todas as terras que outrora consideravam seu lar.

Talvez Jeanant desejasse fazer lembrar aos seus seguidores isso também. De que enfrentar um poderio maior nem sempre é fácil, e nem sempre se pode ganhar.

O pensamento me abate um pouco. Eu me abraço, apesar do calor.

— Por qual caminho você acha que devemos ir?

— A mensagem diz: "Siga o caminho da raiva". É como se um monte de gente por aqui fosse ficar com raiva. — Win franze a testa. — Talvez o forte? Eu ficaria muito chateado se meus aliados virassem as costas para mim.

— Podemos verificar — sugiro.

Começamos a nossa caminhada, pisando com cuidado por entre os troncos finos das árvores. Apenas alguns arbustos e tufos de grama brotam aqui e ali, em meio às folhas mortas que cobrem o chão. Win ofega um pouco depois de escalar mais um tronco, mas o terreno não é muito difícil. Esta floresta é muito menos densa do que a selva do Vietnã. Faz-me lembrar o Parque Estadual que meus pais e eu costumávamos visitar... aquele da pintura que Win admirou.

Porque, como Jeanant disse, este lugar é muito próximo da minha parte do país. Pelo que sei, eu poderia esbarrar com os meus próprios antepassados aqui... ou com os de Bree ou de Lisa... ou de quase qualquer um dos meus colegas de classe ou vizinhos, na verdade.

Sinto um sobressalto. E se isso acontecer? E se mudarmos alguma coisa aqui? O que *isso* irá fazer com o meu presente? Angela deve estar a salvo, pois seus pais nasceram nas Filipinas, mas não sei nada sobre os outros. Será que eu poderia tirar alguém da existência acidentalmente? Meus amigos? Noam? *Eu?*

Forço-me a voltar meus pensamentos para o mundo em torno de mim. Meus dedos anseiam pela pulseira que não tenho mais. Enrolo-os nas dobras da minha saia.

Cinco buracos de pica-pau pontilham o tronco desse bordo. Raízes entrecruzadas formam triângulos e pentágonos na terra.

Estou aqui *por* todas essas pessoas, pessoas cujas vidas estão ligadas a este lugar. Estou aqui para protegê-las das alterações, não para fazer outras novas. Preciso me concentrar nisso.

255

Win diminui o ritmo e aponta para um trecho de terra desmatada adiante. Nós avançamos furtivamente em direção à borda da clareira.

No meio do campo há uma muralha de terra, rodeada embaixo por um trecho sombreado que percebo ser um fosso. Ela é delimitada pelas pontas pálidas de estacas pontiagudas. A visão delas me faz recordar dos trabalhadores afiando suas varas de bambu nas margens do rio Bach Dang. Eu pisco e as barricadas de terra e pedras nas ruas de Paris atravessam a minha mente.

Há outros soldados por trás dessa muralha, ao longo da murada de madeira do forte. O sol nascente reflete em seus altos capacetes pretos e nos canos das suas armas. O brilho ofusca os meus olhos e milhares de anos de história colidem. O ribombar crescente de tiros de canhão, o guincho metálico da blaster de Kurra, o estalo de uma pistola em um pântano.

Aonde quer que formos, seja qual for a época, é sempre a mesma coisa.

Aperto o galho ao meu lado, absorvendo as depressões, saliências e espirais da casca. Estamos quase terminando. Apenas mais um pouco e, então, poderei voltar a viver num só lugar, uma única vez. E eu saberei também que ninguém mais estará vagando por aí, mudando a nossa história.

— Forte Miami? — forço-me a dizer.

Win confirma com a cabeça.

— Não me parece fácil entrar nele ou mesmo se aproximar. Não acho que Jeanant fosse escolher um lugar onde seria tão provável sermos vistos. Você percebeu alguma mudança?

Eu aperto os olhos, examinando o fosso, os soldados patrulhando a murada, e balanço a cabeça negativamente.

— Bem, vamos olhar um pouco mais de perto e, então, seguiremos adiante. — Ele dá um passo à frente, para contornar um agrupamento de arbustos.

Aparentemente, as sentinelas já nos viram, apesar da nossa posição abrigada. No segundo em que Win se desloca para uma posição mais desguarnecida, um rifle é apontado e um tiro ecoa pelo campo. Win se joga para trás e eu salto para ajudá-lo. A bala se aloja no tronco de um amieiro, a poucos metros de distância. Nós nos embrenhamos mais profundamente na floresta.

— Tão amigável... — Win zomba, tossindo.

— Acho que é melhor evitá-los por completo — falo. Não sei por que os soldados estariam atirando em nós. Sei que devemos parecer um pouco estranhos com essas roupas... ou nós dois juntos, eu clara e Win mais moreno... ou eles poderiam ter escutado algo que dissemos sobre entrar no forte e tomaram isso como uma ameaça.

É fácil ver outras pessoas como "não pessoas" quando você as observa à distância.

— Para as árvores caídas, então... — Win aponta para a esquerda.

Rumamos para lá, as folhas secas crepitando debaixo de nossos pés.

— Não vamos nos apressar — Win continua. — O exército nativo estará esperando bem perto do local onde a tempestade atingiu as árvores, esperando que os destroços retardem o exército americano.

— E eles provavelmente não serão mais amigáveis do que aqueles soldados — concluo para ele. Entendo que Jeanant tinha um tema que estava tentando enfatizar, mas não posso deixar de pensar que seu povo, ele próprio, eu, toda esta missão, estaríamos mais seguros se ele não estivesse nos enviando constantemente para campos de batalha. Talvez o caos torne mais fácil encobrir alterações e ofereça mais ação para distrair os Executores que o perseguem. Mesmo assim, teríamos muito mais possibilidade de sairmos disso vivos e de executar o seu plano se ele decidisse esconder as partes da arma em algum lugar e época mais pacíficos.

— Você acha... — Eu começo, olhando ao redor, e minha voz falha. Alguma coisa nas árvores... o ângulo de um galho, a cintilação de uma folha?... Envia uma sensação de *errado* sobre mim. Meu estômago se contrai.

— O que foi? — Win quer saber.

— Acho que algo foi mudado — revelo. — Não sei o quê. Lá.

Aponto, a sensação de *errado* tremendo sobre a minha pele. Um arrepio me percorre.

Preciso me controlar, mesmo sem as contas da pulseira, o meu truque habitual. Fecho os olhos, imaginando Noam sentado no sofá comigo, quando eu tinha 5 anos, na casa dos nossos avós, em vez de sair pela porta. Imaginando o gerador que orbita acima de nós explodindo em chamas.

O sentimento recua.

Win inclina a cabeça.

— Você acha que é Jeanant ou os Executores?

— Eu não sei.

Ele sai andando na direção que indiquei e eu vou atrás dele. Damos apenas alguns passos e uma figura se torna visível entre as árvores à nossa frente. Não, três figuras: três pessoas nos trajes marrons dos Viajantes, que quase se mimetizam com os troncos, vindo em nossa direção. Por entre as sombras, vislumbro um reflexo de pele pálida como gelo e sufoco um grito.

Win já está abrindo a bolsa, murmurando um palavrão. Kurra dispara para a frente, gesticulando para seus companheiros com uma das mãos, enquanto a outra eleva a silhueta negra e delgada de sua blaster. Corro para perto de Win e ele estende o 3T em torno de nós. Os Executores desaparecem numa névoa de movimento para além das paredes da tenda.

Justo quando Win faz aparecer o display, aquele conhecido e horrível ruído metálico atinge meus ouvidos. Uma descarga de luz faísca contra a parede da tenda, bem diante de mim. Eu grito e o 3T nos leva dali. Win pragueja novamente, quando batemos no solo.

Eu giro em volta. Ainda estamos na floresta. Tudo o que eu consigo ver são as formas ondulantes de árvores em torno de nós, porém ouço nitidamente o barulho de galhos sendo partidos sob os pés de alguém em algum lugar próximo. Win toca o painel, toca-o novamente e o 3T não se move um centímetro.

— Win? — digo, com voz trêmula.

— Vai demorar alguns minutos para que os circuitos se realinhem — explica ele, parecendo aflito. — Sinto muito. O 3T nos deslocou cerca de vinte metros, mas vamos ter que...

Do ponto de onde veio o barulho dos galhos quebrados, soa uma voz penetrante, pronunciando uma palavra que, embora eu não conheça, posso entender claramente. É uma chamada à ação.

Win agarra a minha mão.

— Corra!

Ele arrasta o 3T consigo e põe-se a correr em disparada, e os meus pés o seguem automaticamente. Enveredamos pela vegetação rasteira, curvando-nos para passar sob um galho baixo e nos desviando de uma pilha de pedras cobertas de musgo. Win respira com dificuldade. Está apertando o braço contra o flanco, o lado que estava sangrando não faz muito tempo. Ainda deve estar doendo. Ele continua correndo, conduzindo-nos em ziguezague, de modo a dificultar um tiro certeiro para os Executores, mas estou assumindo a dianteira.

Não consigo ouvir nossos perseguidores por causa do barulho de nossas próprias passadas, no entanto, não me atrevo a olhar para trás. Meu tornozelo está começando a latejar e preciso usar todo o meu poder de concentração para manter os passos firmes. O ar denso queima minha garganta. Win tropeça em uma raiz e eu o ajudo a recuperar o equilíbrio. Ele produz um som como se ele estivesse tentando falar, mas as palavras se perdem em meio às suas respirações ofegantes.

Nós contornamos uma moita de mudas. O 3T, que Win não teve tempo de dobrar, esparrama-se sobre o seu braço. Não podemos parar até termos certeza de que ele vai funcionar, pois, assim que pararmos, nos tornamos alvos fáceis novamente.

Avisto um imenso carvalho à nossa frente, grande o suficiente para nos proporcionar abrigo por um instante para checar as condições do 3T. Outra descarga da arma zune atrás de nós, seguida do silvo de seiva escaldante. Win me empurra para a direita. Saltamos um riacho raso e passamos por trás de uma bétula. Meu tornozelo oscila debaixo de mim. Cerro os dentes, puxando Win em direção ao carvalho. Acho que um lampejo de reconhecimento cruza o seu rosto. Minha mão aperta seu antebraço.

E, no instante seguinte, nada tenho em minha mão além de ar. Meus dedos se convulsionam e eu tropeço. Cambaleando, vejo-me sozinha no meio das árvores.

Não, não estou sozinha. Ao longe, uma figura encapuzada vem a toda na minha direção. Kurra estreita os olhos gelados e levanta a arma. Eu giro ao redor. Mais cinco metros até o carvalho. Isso é tudo de que eu preciso.

O guincho metálico corta o ar enquanto eu me afasto correndo, e eu perco o pé na passada. Estendo os braços para a frente, para amortecer a queda, e caio sobre um tufo de ervas daninhas na base do tronco do carvalho. Um choque de dor sobe minha panturrilha, partindo do tornozelo já dolorido. E, então, não há nada. Nem dor. Nenhuma sensibilidade. Como se minha perna agora terminasse no joelho.

28.

Rolo no chão e fujo rastejando rapidamente, arrastando o pé dormente. Ele solavanca sobre o terreno irregular, enviando choques estranhos até a minha coxa. Kurra me persegue através do mato, mais lenta agora. Ela baixou a blaster para a lateral do corpo.

Ela atingiu minha perna de propósito. Por quê? Faz uma pausa para vasculhar a floresta em torno de nós e eu me lembro: ela está ciente de que não estou sozinha. Ela também não sabe para onde Win foi. Kurra pode até suspeitar de que há outras pessoas além de nós dois. Se ela me matar imediatamente, não terá como descobrir. Entretanto, não creio que ela planeje fazer um interrogatório educado.

Um dos outros Executores atrás dela lhe grita uma pergunta e ela o manda fazer o levantamento da área com um movimento do braço. Em seguida, concentra sua atenção de volta em mim.

Eu me arrasto para trás, tateando em busca de algo que eu possa usar para me proteger, para tentar afastar Kurra. Ela me aponta a blaster novamente, berrando uma ordem qualquer na linguagem de Kemya, que, a julgar por sua expressão, provavelmente significa "Pare senão eu atiro". Meu corpo congela e meus braços estão trêmulos.

Sou um alvo indefeso. Não há abrigo para onde eu possa correr, ferida assim como estou, antes que ela possa me acertar de novo mais umas dez vezes. Entretanto, eu ainda tenho três membros funcionando perfeitamente. Se ela chegar perto o suficiente, vou ter que tentar...

Perto o suficiente.

Kurra caminha por entre as árvores em minha direção, sacando alguma coisa da manga de sua mão livre, e minha mente se fixa num pensamento. Win desapareceu... por causa do paradoxo. Porque alguém de outra época deve estar nas imediações. Se esse alguém ainda estiver lá, a mesma coisa vai acontecer com Kurra, não vai? Se ela chegar um pouco mais perto.

Eu vou ficar parada e esperar, ignorando as câimbras em meus ombros. Kurra para ao lado de uma bétula. A bétula pela qual Win e eu passamos? Ela está quase no ponto exato.

Mas, em vez de continuar em direção a mim, ela permanece onde está, a cerca de uns cinco metros de distância. Alternando o olhar entre mim e seja lá o que for que tirou da manga. Seu olhar frio penetra minha pele. Sua boca se retesa, formando rugas finas em torno dos lábios na pele branca como mármore.

Ela diz outra coisa, uma série de sílabas, que poderiam ser uma pergunta. Eu fico olhando para ela. Ela deixa a mão pender, revelando o quadrado metálico que está segurando. A superfície do objeto é agitada por débeis ondulações luminosas. Ela produz um som de escárnio na garganta, uma mistura de surpresa e horror.

— *Terráquea* — diz ela, não da maneira casual como Jule usou o termo, mas como um insulto. Foi quando eu entendi. A coisa em sua mão deve ser o dispositivo que ela estava usando para rastrear Win no edifício de escritórios. O que quer que seja que ela disse há pouco, era um teste, para confirmar o que seus olhos estavam dizendo e ela não podia acreditar.

— Que imprudência... — ela prossegue, num inglês arrastado, carregado de sotaque, fragmentando a palavra. — O seu "amigo", seja ele quem for, quando o Conselho souber. — Ela abana a cabeça. Ela ergue o braço com a arma e mira.

Protocolo-padrão, penso eu, e meus pulmões apertam. No entanto, ela não atira. Ainda deve querer saber o que eu posso lhe contar sobre Win.

O que me dá tempo. Tenho que fazê-la se aproximar, e rápido, para que não perceba a sensação do paradoxo se aproximando a tempo de evitá-lo. Eu preciso de algo para provocá-la.

Meus dedos cavam a terra, me firmando.

— Essa tela de vocês está com defeito, então? Ou talvez sejam os seus olhos? Desde quando terráqueos Viajam?

Ela dá um passo em minha direção.

— Desde que nossos revolucionários fracotes se superam em desonra, ao que parece — ela zomba. — Você não é de Kemya. Eu deveria ter percebido quando a vi pela primeira vez.

— Talvez você não seja tão inteligente quanto pensa — eu retruco, ignorando meu coração disparado. — Eu soube que você era um monstro no momento em que a vi.

Outro passo. Seus lábios se entortam com nojo.

— Débeis palavras. Quem mais está com você?

— Ninguém — respondo. Será que eles viram Jule perto do esconderijo?

— Há alguém — insiste ela, devagar e com firmeza. — Quem é Noam?

Eu congelo, boquiaberta. Como ela pode...? De onde ela tirou o nome dele?

Kurra sorri com o meu desconforto.

— Você estava escrevendo uma mensagem para ele. Ele ou ela é mais um de seus "amigos"? Conte-me sobre ele e talvez você viva um pouco mais.

Oh, meu Deus. A carta que eu comecei. Estava na minha bolsa... a bolsa que Kurra pegou. É claro que eles a leram.

— Ele não é ninguém. Ele não tem nada a ver com isso.

Ela encolhe os ombros.

— Isso é você quem vai me dizer.

Não posso deixá-los ir atrás de Noam. Depois de tudo o que já aconteceu com ele...

Não posso protegê-lo, a menos que eu saia dessa.

Minha mente viaja até a conversa que entreouvi entre ela e Win. Sua repulsa pela Terra. Minha raiva sobre o que o seu povo tem feito conosco. Agarro-me a isso e a raiva impregna o meu tom de voz.

— Vocês não têm mais o que fazer? Ou será que vocês estragaram Kemya de tal forma que não têm outra escolha a não ser vir para cá, perseguir sombras?

O rosto dela se contrai.

— Você não sabe nada.

— Eu sei que esta sombra aqui tem feito você de boba há dias — retruco. — Você, obviamente, não é tão boa nesse "trabalho" quanto pensa que é.

— Eu não vou ficar ouvindo... — ela tenta interromper, mas eu grito mais alto.

— Não é à toa que você foi mandada para cá! O Conselho deve saber que você é tão cheia de defeitos quanto este planeta.

— Basta! — rosna Kurra, seu polegar passando rapidamente ao longo de um interruptor em sua blaster. Ela salta para a frente e a imagem do menino incinerado na caverna pisca em minha mente. Meus braços posicionando-se atrás do corpo instintivamente, o calcanhar tocando o solo para me impulsionar para longe, em direção ao carvalho, como se isso pudesse me salvar agora. Encolho a cabeça, antecipando aquele horrível guincho metálico...

E só há silêncio. Nem mesmo o som de seus passos.

Olho para cima. A floresta em torno de mim está vazia. Algo como um gemido escapa da minha boca. Funcionou. Ela se foi.

Relaxo os músculos tensos em meus braços. Deito-me de costas. Lá em cima, as folhas se agitam no ar úmido.

Não tenho tempo para comemorar. Kurra estará duas vezes mais furiosa agora e ela sabe onde estou. Preciso me mexer.

Virando-me ao redor, avisto um grande galho no chão ao lado de um arbusto, a vários metros de distância. Arrastando-me como um caranguejo, chego até lá e testo-o com as mãos. Forte o suficiente, acho.

Firmo-o contra o solo, como uma alavanca, e ponho-me de pé. Meu corpo oscila quando puxo minha perna meio dormente para baixo de mim. Ainda é um peso morto, com exceção de um misto de dor e formigamento que sobe pelos meus nervos a partir do tornozelo. Se ele não estivesse completamente torcido antes, agora com certeza está.

Quanto tempo demorou para a dormência passar da última vez? Quarenta e cinco minutos? Uma hora? Eu não tenho todo esse tempo. Eu giro, esquadrinhando a floresta. Não sei onde Win foi parar devido ao paradoxo. Mas sei que nós estávamos correndo nessa direção quando aconteceu. O que significa que, se Jeanant está por perto, que se foi por causa dele que Win sofreu o efeito do paradoxo, eu deveria ir por esse caminho para encontrá-lo. Se eu tiver o restante da arma comigo quando retornar para Win, poderemos deixar os Executores para trás para sempre.

Usando o galho como uma bengala, ultrapasso o carvalho manquitolando. É impossível caminhar silenciosamente com o pé arrastando, por isso eu me concentro na velocidade. Preciso encontrar Jeanant antes de ele partir, se quero saber onde ele escondeu as outras duas partes da arma. E... seria *tão bom* vê-lo mais uma vez, para sentir a onda de certeza que a sua presença irradia.

A luz do sol brilha mais forte lá adiante. Depois de mais alguns passos penosos, percebo que as árvores estão rareando. O gorgolejo distante de água corrente atinge meus ouvidos. Caminho em direção a ela, mais rápido, e uma figura sai de trás de uma árvore próxima. Um homem com a pele acobreada e longos cabelos escuros, um rifle pendendo de seu braço. Paro, sobressaltada.

Claro. Win disse que o exército de nativos americanos estaria esperando perto do rio.

O olhar do guerreiro nativo passeia sobre mim, sustentando o meu apenas um segundo antes de se desviar para longe. Examino toda a paisagem por trás dele, porém, não consigo avistar nenhum de seus companheiros. Ou eles estão bem disfarçados ou estão mais longe. Talvez ele seja um batedor, postado à frente da emboscada, pronto para dar o alarme.

Estendo os braços, equilibrando o meu peso sobre a perna boa, num gesto que — espero — transmita que estou desarmada e não pretendo causar nenhum mal. Estou vindo da direção oposta à da força americana que eles estão esperando, e sou uma adolescente com uma lesão óbvia. Isso deve me valer alguma simpatia.

A testa do homem se franze.

— De onde você vem? — ele pergunta em voz baixa, caminhando em minha direção. — Para onde você vai?

— Venho... do Forte — é o que consigo falar. Não tenho sotaque britânico, mas, se ele acreditar que eu estou com os ingleses, então, tecnicamente, estou do lado dele. — Eu saí ontem e me perdi. Estou tentando encontrar o caminho de volta.

Ele parece cético.

— O forte fica para lá — indica ele, apontando a direção correta com o seu rifle. — Vá. Não é bom para você ficar aqui.

Não há nada que eu possa fazer a não ser fingir seguir as suas instruções.

— Obrigada — digo, com gratidão sincera. Fico feliz apenas por não ser alvo de tiros.

Ele balança a cabeça com ar severo, esperando para se certificar de que eu fui mesmo embora. Viro-me e saio mancando em direção ao forte, contando cada passo desajeitado até já não conseguir ouvir a água. Quando olho em volta, já não consigo ver também o batedor. Espero ter me distanciado o suficiente para que ele não perceba a minha mudança de rumo. Virando-me, prossigo caminhando paralelamente ao local por onde o rio deve correr.

Em algum lugar por aqui estão as árvores derrubadas de que Jeanant falou, troncos desenraizados e galhos arrancados deixados na esteira de uma tempestade. Onde será derramado sangue. Aquele homem que acabei de conhecer, pode ser que ele próprio esteja morto até o final do dia.

Quando nós falamos sobre batalhas como esta nas aulas, eu me lembro do professor, do nosso livro, fazendo-as parecer grandes vitórias para os Estados Unidos, a conquista desta terra para nós. Entretanto, é difícil para mim ver aquele homem como um inimigo. Agora eu posso imaginar muito claramente como é descobrir que o mundo que você pensou que era seu, no final das contas não é, que há pessoas com mais poder do que você jamais sonhou e que o tirarão de você alegremente.

Talvez ele devesse ter atirado em mim. Ele é tão humano quanto eu e tem muito mais direito de estar aqui. Ele está apenas protegendo o seu povo, como eu venho tentando proteger o meu. Por que ele não deveria querer protegê-los de mim? Eu trouxe os Executores para cá; posso estar alterando a história neste exato momento. Qualquer tragédia adicional que aconteça aqui será por culpa minha e de Win. Nossa culpa por ficarmos no caminho.

E de Jeanant também, acho, por nos conduzir até aqui. O pensamento me deixa pouco à vontade, no entanto não posso negá-lo. Por que ele não podia ter deixado instruções mais claras?

Eu nem tenho certeza de que estou indo na direção certa agora. Faço uma pausa, examinando a floresta. Enquanto eu estiver perto dele, Kurra e seus companheiros não podem chegar perto de mim. Então, talvez o que eu precise fazer é atraí-lo para mim.

— Jeanant? — grito, tentando regular minha voz para ser captada por ele, mas não tão alta que os guerreiros perto do rio possam ouvi-la. Nada. Arrisco levantar a voz um pouco mais. — Jeanant?

Ao não obter resposta alguma depois de alguns segundos, eu continuo andando, vigiando cuidadosamente para ver se meu chamado não atraiu ninguém indesejado em minha direção.

Um galho range em algum lugar à minha esquerda. Eu me abaixo, escondendo-me atrás de um arbusto carregado de frutinhas vermelho vivo. Espio por entre os galhos finos. Ouço uma pedrinha rolar. Então, vislumbro uns cachos de cabelos negros e uma pele bronzeada por entre as árvores.

Ergo-me novamente, sorrindo de orelha a orelha. Notando o movimento, Jeanant se detém e, em seguida, retribui o meu sorriso. Entretanto, o calor em seu rosto não é suficiente para disfarçar suas olheiras e o jeito como ele estende as pontas dos dedos para a árvore ao seu lado, como se precisasse recuperar o equilíbrio.

— Jeanant — digo, correndo até ele. — O que há de errado?

— Nada — ele responde. — Estou feliz que seja você, Skylar. Não sabia se iria vê-la novamente.

Ele caminha na minha direção, fazendo-me lembrar daquele momento na caverna, quando ele pensou que eu poderia ser uma alucinação. Há um adesivo ao longo de seu queixo, que percebo se tratar de uma daquelas ataduras alienígenas, escondendo algum machucado. Ele parece mais magro do que eu me lembrava, com as maçãs do rosto mais proeminentes, seus olhos escuros mais duros. Quanto tempo terá se passado para ele desde o nosso último encontro?

Aperto a mão dele entre as minhas. O contato de sua pele me envia um formigamento de determinação.

— Estou aqui — asseguro. — Ainda completamente real.

A postura dele se relaxa, de volta para a sua habitual autoconfiança. A dor que estava se formando em meu peito também cede. Depois de tudo que ele fez pelo meu planeta, por *mim*, é bom pensar que a minha presença lhe proporciona um pouco de conforto.

— Alguém machucou você — ele percebe, franzindo a testa e apontando para a minha bengala improvisada e a minha perna.

— É, foi... Não importa. Eu estou bem — afirmo. Tenho vontade de despejar sobre ele os meus medos: o garoto na caverna, Noam e Kurra, a frágil superfície da história que estamos percorrendo agora mesmo, mas não posso suportar adicionar ainda mais peso ao cansaço ainda evidente em seus olhos, por trás de sua preocupação. Ele vem carregando um fardo muito maior do que o meu.

E, agora, eu posso aliviá-lo disso.

— O restante da arma — digo. — Onde está? A gente não estava totalmente certo do que você queria dizer com "caminho da raiva" e tudo mais.

— Ah — ele fala. — Eu pensei que Thlo iria se lembrar.

— Bem, é complicado. Você já escondeu as partes? Você ainda está com elas?

Jeanant me dá outro sorriso, mas esse é menor, mais triste.

— Eu estava escondendo a terceira, apenas a terceira. Você sabe que há mais uma depois dessa?

— Mas você não está com ela agora? — pergunto. — Você sabia que viríamos aqui... Você me disse... Se você simplesmente me entregar as duas, tudo isso estará terminado.

Ele faz uma pausa.

— Eu entendo por que você estava achando isso. Eu tenho pensado muito sobre essa questão, desde a última vez que eu a vi. Entretanto, não posso me arriscar entregando-lhe tudo.

29.

Por um segundo, não consigo fazer nada a não ser ficar olhando perplexa para Jeanant.

— O que você quer dizer? Não é mais arriscado levarmos *mais* tempo para encontrá-las?

— Eu já fiz tudo isso antes — revela ele, sem se alterar, naquele mesmo tom equilibrado. — Antes de Thlo vir e encontrar você e você me encontrar. Se eu fizer algo diferente agora, toda a cadeia de eventos poderia ser alterada.

Eu balanço a cabeça.

— Não. Foi a sua mensagem que trouxe Thlo aqui, a mensagem que você já programou para ser enviada, certo?

— Mas há muitos outros fatores. Muitas variáveis que não posso prever ou controlar. Se eu não seguir o mesmo caminho, não posso ter certeza de que não deixarei alguma pista que vá levar os Executores até o restante do grupo. E qualquer coisa poderia acontecer com os habitantes locais... Eu só sei que os passos que planejei já funcionaram, então a única garantia que tenho é segui-los o máximo possível.

Eu compreendo o que ele está dizendo, mas, ao mesmo tempo, não posso aceitar.

— Eu estou *bem aqui* — protesto. — E se o próximo lugar para onde formos me matar ou matar o cara com quem estou Viajando, ou Thlo, antes de conseguirmos chegar à última parte?

— Eu não quero que isso aconteça — murmura ele. — Mas tudo o que tenho é o que sei: que o que eu planejei antes estava certo. Não tenho mais nada no que me apegar, Skylar.

Então eu percebi em sua voz, sob a calma forçada. Ele está tão apavorado quanto eu. Apavorado de mudar o caminho que tomou. Apavorado de reescrever tudo o que aconteceu para um final muito mais infeliz.

O que aconteceu com o cara da gravação, o cara que falou sobre correr riscos, romper velhos padrões? Sobre como trabalhar juntos para fazer algo incrível acontecer?

— Você já não está mais fazendo tudo isso sozinho — explico. — Você tem que deixar a gente fazer parte desse plano, para poder garantir que a arma fique em segurança. Isso não vale o risco?

— Você ainda não percebeu... — esclarece Jeanant. — A linha entre o sucesso e o fracasso é muito tênue. Após aquele erro, quando eu estava me aproximando do gerador do campo, os Executores poderiam ter explodido minha nave em pedaços antes de eu conseguir entrar na atmosfera. Foi questão de um segundo.

— Mas você teve aquele segundo. Você *conseguiu*. — A raiva que eu não havia percebido que estava lá borbulha. — Você por acaso sabe o quanto está arriscando se continuar a fazer mais alterações, deixando essa trilha para seguirmos?

O meu presente, o meu futuro, o mundo que eu conheço.

— Está tudo no plano — continua Jeanant, porém com um tom de súplica na voz. — Eu decidi exatamente o que faria antes de vir, no caso de eu ter que fugir quando chegasse aqui: os detalhes que seriam perceptíveis, mas superficiais. Eu garanto a você que fui o mais cuidadoso possível, ao equilibrar o encobrimento de meus rastros e a proteção da arma. Nós já causamos danos demais à Terra. — Sua mão roça a lateral do meu braço e cai.

— Eu sinto muito por isso. E fico feliz por ter tido a chance de conversar... isso tornou o tempo de espera muito mais suportável. Por favor, você poderia dizer algo à Thlo por mim? Diga a ela que, quando a arma for reconstruída, ela precisa ter certeza absoluta de que é o momento certo antes de acioná-la.

Há um tom de despedida em suas palavras que faz meu coração apertar.

— Por que você mesmo não pode dizer a ela? Para onde você irá quando terminar de esconder a arma? Você só tem que esperar até que o seu presente seja o mesmo que o dela; eu sei que é um bocado de tempo, mas depois ela poderá encontrar *você*.

Aquele sorrisinho triste retorna.

— Isso não pode acontecer.

— Por que não?

— Skylar — ele diz —, eu não quero falar sobre isso. Apenas diga a Thlo o que pedi. Você não precisa se preocupar comigo.

Por acaso existe uma forma melhor do que essa de fazer uma pessoa se preocupar?

— *O quê?* — exclamo. — O que vai acontecer? Por que você acha que não pode encontrá-la?

Ele suspira e fecha os olhos.

— Eu sabia como isso iria acabar quando saí de Kemya — responde ele. — Estou pronto para isso. Se eu tivesse conseguido destruir o gerador, os Executores teriam destruído minha nave imediatamente depois. Da forma como aconteceu, eles a destruíram assim que eu saltei para a Terra, então eu não tenho um jeito de escapar com segurança até Thlo chegar. Eu não posso esperar ter sucesso em ludibriar os Executores por anos a fio. E eu não posso deixá-los me levar de volta para me interrogarem, porque ninguém é forte o suficiente para resistir eternamente. Não posso deixá-los descobrir os nomes dos outros, o plano, tudo que há em minha mente. Então, tenho que ter certeza, quando chegar a hora, de morrer, em vez de deixá-los me levar.

Ele fala isso com tanta naturalidade que fico com um nó na garganta.

— Não — pronuncio. Ele não pode dizer isso. É realmente o futuro que é inevitável? Ou ele tem certeza disso do mesmo jeito que tem certeza de que não pode deixar de seguir fielmente seu plano e terminar a missão agora?

Agarro a mão dele novamente, apertando-a com força. Tentando lembrá-lo de que este momento é tão real quanto o seu plano, tão real como os temores em sua cabeça.

— Por favor — peço. — Aproveite a oportunidade. Me deixe pegar o restante da arma e diga para *mim* um lugar para encontrá-lo, na minha época. Vou levar as peças para Thlo e, então, voltar para casa e encontrá-lo. Vou ajudá-lo, tanto quanto você precisar. Isso tudo pode acabar dessa outra forma, não como você pensa.

Se ele disser que sim, juro que vou fazer isso acontecer.

Por um segundo, acho que ele pode mudar de ideia. Vislumbro um lampejo no fundo de seus olhos que poderia ser esperança. Ele abre a boca, mas depois puxa a mão e a coloca na lateral do seu braço. Contra o contorno da tira de alarme que ele ainda está usando.

— Eles me acharam — comunica ele.

Antes que eu possa falar, ele me empurra em direção ao abrigo de um matagal.

— Espere aqui — ordena ele, com pressa. — Você vai encontrar a parte, onde eu planejei: além da colina, ao lado do tronco... Tudo segue o mesmo plano. Eu tenho que segui-lo, Skylar. Por Kemya. Pela Terra. Eu não vou desapontá-la.

Mas você está me desapontando, tenho vontade de dizer. *Você está, neste exato minuto*. Entretanto, ele já está longe.

Enquanto me recosto na amoreira-silvestre, uma raiva surda queima dentro de mim. Ele está tão ocupado tentando ser nobre e estoico que não consegue enxergar como está estragando o seu próprio plano. Deixando mensagens tão vagas que até mesmo a mulher que o conhecia melhor ficou perplexa por semanas. Decidindo que preferia *morrer* a aproveitar a chance de terminar tudo isso agora. Ele diz que odeia o que seu povo tem feito com a Terra, mas o que ele está fazendo não difere muito do que os outros fizeram, não é? Com tanto medo de errar e se desviar um milímetro dos dados disponíveis, mesmo que a sua teimosia possa significar que nunca encontremos o restante da arma. Não é apenas a sua vida que ele está arriscando, mas a minha, a de Win, a de Thlo, de Jule e de todos os que o seguem. Que acreditaram nas coisas que ele disse sobre trabalharmos juntos e dar um novo rumo às nossas vidas.

Minha mão aperta a bengala improvisada. Vou *fazê-lo* ver...

Eu me levanto e ouço o mato em algum lugar atrás de mim ser pisado. Eu volto a me abaixar.

Um instante depois, duas pessoas aparecem, parcialmente escondidas nas profundezas da floresta. Ambas têm cabelo escuro e curto, o que me permite, por um breve momento, torcer para que sejam apenas mais batedores nativos americanos. Entretanto, eles se aproximam um pouco mais de onde estou e a luz do sol bate no tecido de suas roupas, revelando aquele mesmo material semelhante à lona do qual são feitos todos os trajes de Viajantes.

Um deles, uma mulher, vira a cabeça em direção a mim. Eu me reteso, mas seu olhar passa reto por mim, focando ao longe, na floresta.

Estes devem ser os Executores que disparam a tira de alarme de Jeanant, aqueles que o perseguem desde sua própria época. Estão indo na mesma direção que ele tomou. Respiro fundo, observando-os serem engolidos pela floresta novamente. Ele partiu há algum tempo. Provavelmente, já conseguiu fugir.

Levando a última parte da arma com ele.

O pensamento de ter que fazer tudo isso — decifrar suas pistas, lidar com os habitantes locais, a chocante noção de estar fora da minha época — mais uma vez me inunda com uma onda de frustração. Então eu me lembro da expressão em seu rosto quando eu pensei que ele iria concordar com a minha proposta.

Ele não quer morrer. Ele não quer que isso seja tão difícil. Mas, sinceramente, não vê outra maneira. Lembrando-me do jeito como ele falou na gravação, tenho a certeza de que ele acreditava realmente em tudo o que disse na época. Isso não muda o fato de que ele é o produto de uma cultura alienígena que tem se dado por satisfeita em se sentar e esperar por milhares de anos, em vez de se arriscar a construir um novo lar. E também não muda o fato de que ele está sozinho, perseguido constantemente, e não tem nada de sólido para se agarrar em seus dias, talvez semanas, exceto o caminho que traçou para si mesmo. Se fosse eu em seu lugar, não tenho certeza nem se ainda conservaria a sanidade mental.

É incrível que ele tenha conseguido isso até agora.

Parece que os Executores já se afastaram bastante, pois não os ouço mais. Levanto-me com dificuldade, testando minha perna amortecida. Meu joelho se dobra e uma onda de dor irradia dele. Meus dedos do pé estão formigando, mas tudo, do calcanhar até a parte superior da panturrilha, ainda está dormente.

Eu odeio estar incapacitada desse jeito.

De onde estou, consigo divisar à minha frente um morro baixo coberto de vegetação nova. Deve ser esse o monte ao qual Jeanant se referiu.

Quando me viro em direção a ele, o ar parado é sacudido com um guincho metálico e um estalo. Um grito ecoa por trás da elevação, uma breve frase naquela linguagem alienígena. Meu coração para. É a voz de Jeanant.

Antes que eu tenha tempo para pensar, já estou mancando em direção à encosta tão rapidamente quanto minha precária condição permite. Será que eles o acertaram ou ele conseguiu fugir? Por que ele ainda estava aqui?

Acabo de alcançar a base da encosta quando a voz de uma mulher chega aos meus ouvidos. Eu paro, preocupada com o som das minhas passadas. Há um pinheiro grosso à minha frente, no que parece ser a crista da elevação. Subo até ele sem fazer barulho, apoiando minha bengala e pisando o mais suavemente que consigo, inclinando-me contra os seus ramos baixos e cheios. O pungente aroma de suas folhas espetadas invade os meus pulmões. Quase engasgo sem fôlego.

A inclinação mergulha vários metros a partir da base do pinheiro, numa pequena clareira cercada por bétulas e bordos. A grama brilha à luz do sol do início da manhã, salpicada de delicadas flores roxas. Seria uma cena bonita, se Jeanant não estivesse estirado no meio dela. Uma de suas pernas está estendida diante dele em um ângulo estranho e sua bolsa, que guarda o 3T, encontra-se a poucos metros do alcance do seu braço esticado.

Os dois Executores que vi anteriormente estão parados ao lado dele, apontando-lhe suas blasters. Jeanant esforça-se para erguer um pouco o tronco, e dá para ver pelo modo como sua perna está largada no chão que ele não consegue movê-la. E agora eles estão falando com ele, primeiro a mulher, depois o homem, no idioma kemyano, num tom ríspido.

Jeanant os encara. Seu belo rosto parece ainda mais abatido do que alguns minutos atrás, entretanto seus olhos são desafiadores, o queixo firme, como se fosse ele que estivesse no controle da situação. Eu engulo em seco. Como essa inabalável autoconfiança pode salvá-lo agora? Eles o pegaram.

Ele diz alguma coisa para eles, com uma estranha torção do corpo, afastando-se da elevação, como se estivesse tentando sutilmente direcionar a atenção deles para outro lugar. Meu olhar se desvia dele e vai até a borda da clareira, logo abaixo de mim. Uma árvore caída encontra-se no chão da floresta ali. Seu tronco irregular está se desintegrando, a casca despedaçada está coberta de líquen. Uma camada de folhas mortas recobre o chão ao lado dela. Exceto em um ponto, perto do meio do tronco, onde parece que foram varridas para o lado, para limpar o solo.

Porque realmente foram. A compreensão do fato me atinge com um solavanco nauseante. *Ao lado do tronco*. A terra naquele ponto parece remexida, como se alguém houvesse cavado nela e depois coberto o buraco. Alguém que não tivera tempo para colocar as folhas de volta sobre o ponto para escondê-lo.

Ele ainda está aqui, porque não tinha terminado. Se ele não tivesse sido tão teimoso...

O Executor masculino olha ao redor da clareira. Se eles começarem a verificar a área, não vai demorar muito até encontrarem o tronco e será o fim de tudo. Eles pegarão a parte da arma e eu perderei tanto essa como a última, para a qual ela contém pistas. Tudo que Jeanant fez, tudo que Win e eu fizemos, poderá ter sido em vão.

Começo a me esgueirar até lá quando caio em mim e retorno. Não posso me expor assim: eu acabaria levando outro tiro e seria levada para interrogatório. Isso não ajudaria Jeanant.

Tenho que distrair os Executores de alguma forma, dar a Jeanant uma chance de pegar o seu 3T. Então, eles irão segui-lo e eu poderei chegar à terceira parte da arma. Tateio o solo e meus dedos se fecham em torno de uma pedra do tamanho da minha palma. A mulher Executora ainda está falando com Jeanant, erguendo a voz. Jeanant sacode a cabeça negativamente. Eu aperto a pedra, lanço o meu braço para trás e a atiro.

Ela quica num arbusto a uns seis metros de distância. Os Executores ficam em alerta, mas sem tirar os olhos de Jeanant. Quando o som para, eles parecem decidir que não era importante. A mulher faz outra pergunta.

O batedor nativo. Ele e o seu exército não estão muito atrás de mim. Se eu pudesse convencê-los de que os americanos estão chegando, de que eles estão *aqui*, e enviá-los num ataque... Isso bem que poderia ser verdade. Win disse que a batalha iria começar em uma hora, e isso já faz um tempo. O exército americano não pode estar longe.

Entretanto, não é para eles serem surpreendidos por um ataque de guerreiros nativos nesse exato momento. Se eu perturbar a emboscada, alterar o tempo da batalha, como isso afetará o resultado? Quem ganha? Quem morre? Se há um jovem por lá, que deverá dar origem a uma linhagem que se estende por todos os séculos até o meu presente... um passo errado e eu estaria matando todas essas pessoas, pessoas *que eu conheço*...

Meus pensamentos se embaralham e dispersam. *Errado*. O suor congela na minha pele.

Isso ainda não aconteceu. Eu não fiz isso, todo mundo ainda está a salvo. Vou mantê-los dessa maneira, como prometi a mim mesma que faria.

Antes que eu possa chegar a uma estratégia alternativa, a mulher na clareira faz um comentário que parece decisivo. Os Executores dão um passo em direção a Jeanant, suas blasters apontadas para os braços dele.

Para entorpecê-los também. Assim, ele não terá condições de resistir, para que possam levá-lo para Kemya, indefeso, para o interrogatório que ele temia enfrentar.

Estendo minha mão para a frente, como se eu pudesse detê-los daqui. No mesmo instante, embora ele esteja olhando em direção à extremidade oposta da clareira, Jeanant chama o meu nome.

— Skylar! — ele grita, tão alto que espanta um pardal de uma árvore próxima. — Cuidado!

Os Executores desviam o olhar para longe, como se esperassem ver a pessoa com quem ele está falando. E, aproveitando-se de sua distração momentânea, Jeanant ataca.

Ele agarra o homem pela mão, a mão que segura a blaster, visando algo na base dela. Por um instante, percebo como isso poderá funcionar perfeitamente bem: ele vai girar a arma, acertar a mulher, em seguida, girar a arma para o homem que a segura e, então, escapar. *Isso!*

Só que ele não faz.

O homem se afasta com um grito, mas não é rápido o suficiente. Um clique oco ecoa através da clareira e Jeanant puxa a mão do homem em direção à sua própria cabeça. Um raio de luz ofusca a minha visão, chocando-se contra a têmpora de Jeanant.

Seu corpo estremece. Então, seus braços se esparramam sobre a grama.

Sua cabeça pende para o lado, revelando uma mancha negra de pele chamuscada. Seus olhos, que brilhavam com tanto propósito apenas alguns segundos atrás, fixam inexpressivamente o céu.

30.

A voz de Jeanant — meu nome — ainda está soando em meus ouvidos. Fico olhando para ele, como se ele pudesse rolar, passar a mão em seu 3T e fugir dali. Mas ele não pode. Seu corpo está lá, inerte e flácido, enquanto o Executor cuja blaster ele agarrou se ajoelha e pressiona um pequeno dispositivo contra o pescoço de Jeanant. O homem se levanta e parece chateado ao relatar o resultado para a mulher. Ela o acusa de alguma coisa e os dois começam a brigar. De quem é a culpa? Como eles vão explicar isso?

E Jeanant não se mexe. Não pisca. Não respira.

Pressiono a mão sobre a boca. Meus olhos estão inundados. Ele me chamou e eu não...

No entanto, não tinha como ele saber que eu estava olhando. Seu olhar nunca pousou na minha árvore. *Cuidado*, ele disse. Ele não estava gritando por ajuda. Era um aviso, sabendo que eu provavelmente estava perto o suficiente para ouvir. E uma distração, para criar uma oportunidade de pegar a blaster.

Ele *tinha* o controle da blaster. Por que não tentou fugir?

Fecho os olhos, rememorando a cena em minha mente. Suas mãos sobre a blaster, enquanto o Executor ainda a segura. A mulher ao lado dele já começando a reagir.

Era apenas uma pequena chance. De ele atingir a mulher a ponto de tirá-la de combate, de conseguir tomar por completo a blaster do homem e atingi-lo também, antes que um deles o detivesse... Apenas uma pequena chance, contra a única chance que teria para evitar ser levado para interrogatório. Já posso imaginá-lo raciocinando frente às suas opções, assim como ele tentou argumentar comigo há apenas dez minutos e decidindo que o risco de ser forçado a entregar Thlo e os outros e estragar tudo era maior do que o risco de perder apenas algumas partes de sua arma.

O eco de suas palavras me volta à lembrança. *Eu sabia como isso iria acabar quando saí de Kemya.* Ele estava tão certo de que esse era o seu destino, de um jeito ou de outro. E talvez ele esperasse que, se estivesse morto, os Executores estariam muito concentrados nisso para vasculhar a área e encontrar a parte da arma enterrada ao lado do tronco.

Se foi mesmo assim, ele estava errado. Enquanto eu enxugo as lágrimas na manga da minha camisa de Viajante emprestada, os Executores param de discutir. O homem revista as roupas de Jeanant, enquanto a mulher revira a bolsa dele. Com uma exclamação, ela puxa dali um cilindro cinzento do comprimento e largura do meu antebraço. Dá para ver pela forma como o homem arregala os olhos que deve ser a última parte da arma. Droga.

A mulher guarda o cilindro numa grande bolsa presa em seu quadril. Então ela começa a rodear o corpo de Jeanant, vasculhando o chão, as árvores. A cada volta que dá, ela se aproxima mais da borda da clareira. Do tronco e da terra revirada ao lado dele.

Meu corpo fica rígido. Não posso deixá-los pegar a outra parte da arma. Se eles se apoderarem dessa também, Jeanant teria sacrificado a vida por nada. Eu não sei se as duas partes que já foram recolhidas seriam suficientes.

Um sentimento de determinação me inunda. Ainda estou trabalhando com Jeanant, mesmo que ele sempre tivesse achado que estava sozinho.

Apenas algumas árvores e um par de arbustos espalhados pela encosta estão entre mim e o tronco. Não há cobertura suficiente para me esgueirar até lá sem que os Executores me vejam. Preciso que eles saiam de lá.

Meus pensamentos voltam para a ideia que eu tive há alguns instantes, antes do grito de Jeanant e do disparo. O exército de nativos americanos. Se eu enviá-los para cá, os Executores terão que dar o fora, pelo menos por tempo suficiente para que eu possa desenterrar o que quer que Jeanant escondeu.

O homem se afasta uns poucos passos do corpo de Jeanant e a mulher grita o que soa como uma ordem, enquanto continua seu trajeto circular cada vez mais amplo pela clareira. Não há tempo para pensar, tenho que fazer isso *agora*.

Minha perna dói quando eu me viro. Segurando a bengala, desço a encosta mancando. Enquanto eu estava agachada lá, a dormência diminuiu um pouco mais. A cada passo, um formigamento afiado irradia do meu tornozelo. Mas, assim que julgo não poder mais ser ouvida pelos Executores, ponho-me a correr uma corrida assimétrica, auxiliada de um lado pela bengala, rangendo os dentes de dor. Uma nova camada de suor brota em minha pele.

Não foi muito longe daqui que eu falei com o batedor nativo, foi? Dou uma guinada em direção ao rio, tentando não me perguntar quão perto os soldados americanos estão agora, e qual o tamanho da catástrofe que causarei desviando os nativos de sua emboscada. A imagem caótica de uma massa de figuras cortando e atirando atravessa a minha mente.

Errado.

O pânico toma conta de mim. Faço uma pausa, arfando.

E se eu bagunçar tudo, e se alguém que não deveria morrer de fato morrer, e se eu reescrever a árvore genealógica de cada pessoa em ambos os exércitos...

E se eu não fizer isso?

Eu gostaria de acreditar que poderia salvar a todos. Não deixar morrer nem mais uma pessoa. Entretanto, estava tão errada quanto Jeanant que pensava que poderia obter um resultado perfeito se mantivesse todas as variáveis perfeitamente no lugar. Não é assim que a vida funciona. Depois de tudo que vi nos últimos dois dias, a conclusão a que cheguei é que a vida é desordenada, imprecisa e injusta, tão cheia de variáveis que eu jamais conseguiria levar em conta sequer a metade delas. É aterrorizante, mas duvidar disso é apenas enganar a si mesmo.

Se Jeanant tivesse me entregado o restante da arma quando o encontrei aqui, ele não estaria estendido lá na clareira, morto. Eu não estaria arriscando a vida de todos em meu presente ou arriscando a minha própria vida, se eu me deparar com Kurra novamente. Ele estava tão certo de que seu jeito era o melhor jeito, o único jeito. Eu acho que ele estava errado sobre isso também.

Não houve *cuidado* suficiente que o protegesse. E talvez não haja *cuidado* suficiente que possa proteger a mim, minha família e amigos. A mudança que eu fizer agora poderia me apagar da existência. Eu poderia estar matando dezenas de pessoas que conheço. No entanto, se eu não fizer isso, o povo de Win poderia decidir acabar com bilhões a qualquer momento, se o campo temporal estiver funcionando. Tudo vai estar *errado* até que o próprio mundo acabe, esteja eu por perto ou não para ver isso.

O discurso de Jeanant continua sendo verdade mesmo que ele próprio tenha se esquecido dele. Por isso, *eu* irei aproveitar essa oportunidade.

Meus batimentos cardíacos ficam mais regulares enquanto eu corro. Viro a cabeça, absorvendo formas, cores, folhas, cascas, e lá adiante...

Um rosto. Eu paro. O batedor que encontrei antes está de pé em seu posto, ao lado da mesma árvore. Ele franze a testa quando nossos olhares se encontram. Perco a voz.

O que estou prestes a fazer não é apenas um jogo de xadrez, em que peças são movidas num tabuleiro. As pessoas neste presente também importam. Este é um ser humano cuja vida estou planejando alterar.

Um ser humano cuja testa está franzida enquanto ele aponta a floresta atrás de nós com o queixo:

— O que você está fazendo aqui de novo? — pergunta ele, asperamente. — Saia daqui. Este é um lugar perigoso.

— É perigoso para você também — retruco, sem me dar conta do que vou dizer. Lembro-me dos comentários de Win sobre a batalha. Sobre a força nativa quase derrotada recorrendo aos seus aliados e sendo deixada na mão.

— Há tantos deles vindo... muitos de vocês podem ser mortos.

— Nós sabemos — responde ele. — Eles vão nos matar de qualquer maneira. É melhor morrer de pé. Vamos ficar aqui o tempo que pudermos. Agora vá!

Ele dá um passo para a frente, aproximando-se como se para me impulsionar na direção do forte. Eu cambaleio para trás. E percebo que essa é a sua escolha também. Sua escolha de ficar aqui de qualquer jeito, defendendo seu povo.

De quem os ameaça.

— E se eu disser que vi alguns... americanos, soldados, vindo para cá? — arrisco.

Ele agarra meu pulso, tão apertado que espreme os meus ossos.

— Soldados? Onde?

— Lá. — Aponto a direção com a bengala. A imagem dos exércitos se confrontando atravessa outra vez a minha mente, fazendo meu coração acelerar. Reprimo o pânico.

Espere. Isso não tem que ser assim. Só porque eu estou aproveitando essa chance não significa que deva jogar tudo para o alto. Os Executores são tão humanos como esse homem e seus companheiros. Não é preciso um exército inteiro para contê-los.

— São apenas dois — apresso-me a acrescentar. — Eu acho que eles querem... espioná-los e informar aos demais. Você só precisa de algumas pessoas para pô-los pra correr.

Ele hesita, provavelmente se perguntando se isso é algum truque elaborado. A essa altura, os Executores já poderiam ter encontrado o lugar ao lado do tronco e estar cavando para encontrar a última parte da arma. Se vou fazer mesmo isso, tenho que ser rápida. Por isso, deixo escapar mais uma coisa.

— Eu acho que eles mataram um de seus homens.

É quase verdade. Sei de que lado dessa batalha Jeanant estaria.

Os dedos do batedor apertam o meu pulso e então ele me libera, empurrando o meu braço. Por um penoso momento, acho que não obtive sucesso. Ele ergue o rifle.

— Dois?

Confirmo com a cabeça. Ele se vira e grita algo abafado por entre as árvores. Mais quatro homens com rifles emergem a uma curta distância. O batedor sinaliza para os homens se juntarem a ele e lhes dá uma explicação numa língua que não conheço. Os outros homens olham para mim. Um deles franze os lábios em minha direção e diz algo que não soa gentil, mas o meu batedor o interrompe com uma brusca reprimenda.

— Eu vou mostrar a vocês — digo, na esperança de pô-los em movimento, e começo a caminhar em direção à encosta.

Depois de alguns passos cambaleantes, ouço-os me seguindo. Eles me ultrapassam, suas expressões sisudas, fazendo menos ruído entre os cinco do que eu sozinha. Não falta muito para eu avistar o cume do morro e seu pinheiro eriçado. Sinto câimbras no estômago.

Estou realmente fazendo isso. Não tem mais volta.

— Lá — sussurro, indicando a inclinação. O batedor reúne os seus companheiros para uma breve discussão. Em seguida eles rastejam para cima, com seus rifles a postos. Fico para trás.

Os guerreiros nativos fazem uma pausa no topo da encosta por não mais do que um segundo. Então, o batedor solta um grito e eles descem a colina a toda. Os rifles espocam. Eu me encolho, subitamente com pavor de ouvir aquele terrível guincho metálico.

Ele não vem. Ouço os guerreiros nativos adentrando a clareira. Os Executores devem estar fugindo.

Esta é a minha chance.

Escalo a encosta com dificuldade, alcançando o pinheiro bem a tempo de ver o último dos guerreiros nativos correr para a floresta do outro lado da clareira. Não há sinal dos Executores. O corpo de Jeanant ainda está tombado na grama. Vê-lo de novo, tão inerte e inexpressivo, faz minhas pernas travarem. Eu me forço a ir em frente.

Estou a meio caminho para o tronco quando ouço o estampido de outro tiro e a resposta do fogo inimigo ecoando através da floresta. Não o ruído metálico produzido pelas blasters dos Executores. Tiros normais.

Eu paro, perscrutando o outro lado da clareira. Seriam os americanos? Já tão perto? E enviei os guerreiros nativos direto para as suas fileiras.

Tiros de fuzil ribombam por entre as árvores. Mordo o lábio. Não há jeito de eu protegê-los agora. Só posso concluir a minha própria missão.

Desço aos trancos e barrancos o restante do caminho através de folhas mortas e seixos até parar ao lado do tronco. O trecho de terra revirada parece estar exatamente como antes. Os Executores ainda não o haviam achado, então. Ofegante e trêmula, caio de joelhos. Talvez eu tenha apenas um minuto antes de eles decidirem que já é seguro voltar.

A terra suja minhas unhas enquanto cavo. Meu nariz e boca formigam com o pungente cheiro de matéria orgânica em decomposição. Vou colocando de lado, um após o outro, os punhados escavados. Então, meus dedos batem contra uma superfície dura.

Outro espocar de tiros alcança os meus ouvidos, mais próximo agora. Tateio ao longo da borda do objeto duro que comecei a desencavar. Forçando o meu polegar em torno de sua quina, consigo soltá-lo.

É uma outra placa de material semelhante a plástico, só que essa é marrom escuro, em vez de transparente. E maior, aproximadamente do mesmo tamanho do meu livro de cálculo, com uma costura próxima ao topo que sugere que pode ser aberto.

Um tropel sacode o solo em algum lugar na floresta, perto demais para me deixar mais apreensiva. Meto a caixa debaixo do braço. Alguém berra, outra arma dispara e uma voz grita.

Fiz o que tinha que fazer, digo a mim mesma enquanto escalo a encosta de volta ao topo, cambaleando. Mas, naquele momento, o latejar do meu tornozelo não é nada em comparação com a culpa que queima o meu peito.

Os tiros ecoam pela floresta em rápida sucessão agora, misturados com gritos, gemidos e ocasionais relinchos ansiosos. Não sei se a batalha deveria começar agora, de qualquer maneira; não sei o quanto precipitei a história. Só sei que, se uma dessas balas me encontrar antes de eu entregar essa caixa, não haverá bem para eu equilibrar o mal que possa ter cometido. Então, corro o mais rápido que o meu tornozelo permite, a casca da minha bengala me arranhando a palma da mão.

A qualquer momento, mesmo que ninguém atire em *mim*, uma mudança, uma nova morte, poderia alterar toda a genealogia da minha família através da história. Será que eu simplesmente desapareceria, se isso acontecesse?

Tenho que encontrar Win primeiro. Isso é tudo com o que posso me preocupar agora.

Os sons da batalha vão ficando para trás até se tornarem menos audíveis do que o batimento acelerado do meu coração. Meu pé acaba de esmagar um graveto quando um pensamento me ocorre: não preciso ficar atenta somente a Win. Kurra e seu bando de Executores também estão à espreita por aqui. Agora que deixei Jeanant e seus Executores para trás, não posso contar com o paradoxo para afastá-los.

Desacelero, esquadrinhando a floresta. Os sons fracos de tiros e gritos atrás de mim não irão encobrir os ruídos da minha passagem. Eu evito pisar em gravetos e pedras soltas e me desvio de arbustos que podem enganchar na minha roupa.

Para onde Win pode ter ido, a fim de me encontrar depois que foi afastado devido ao paradoxo? Onde é que ele acha que eu iria procurá-lo?

O forte. O único ponto de referência realmente notável que vimos juntos. É uma boa possibilidade, vale uma tentativa.

Meu olhar bate numa árvore coberta de hera que me parece familiar. Caminho silenciosamente em direção a ela. Agora que não estou correndo que nem uma desesperada e tenho oportunidade de observar melhor a paisagem à minha volta, outros detalhes que devo ter absorvido vão surgindo: um toco apodrecido, um pedregulho coberto de musgo, um arbusto com flores amarelo-claro desabrochando.

A trilha de lembranças fragmentadas me conduz por um caminho errático através da floresta. Depois de alguns minutos, descubro a marca de um salto de bota num trecho de terra fofa, apontando na direção oposta. Minha, ao que parece. Devo ter passado por aqui quando estávamos fugindo de Kurra, o que também foi para longe do forte. Estou indo no caminho certo, então.

286

Enquanto prossigo mancando, a umidade fica opressiva com o aumento do calor ao longo do dia. A superfície da caixa desliza em contato com minha pele úmida. Nesse ritmo, vou deixá-la cair, se precisar correr novamente. Olho para mim. Dou um jeito de enfiar a caixa entre a camiseta, que visto por baixo, e a blusa de Viajante. Dobro a barra da camiseta por cima da caixa, como um envelope, e enfio a barra da blusa por dentro da cintura apertada da saia. Fica desconfortável, mas parece bastante seguro.

Poucos minutos de caminhada depois, avisto o telhado do forte através da folhagem à minha frente. Paro, lembrando-me de como os soldados britânicos nos receberam da última vez. Win não teria se aproximado tanto do forte, para evitar ser visto por eles novamente. Se ele estiver mesmo aqui, onde ele esperaria? Se eu gritar chamando-o, a probabilidade de ser ouvida por Kurra é a mesma.

Saio mancando ao redor da borda da clareira, prestando atenção em cada folha balouçante, a cada gorjeio dos pássaros, para ver se encontro uma pista. Estou acompanhando a curva em torno da extremidade norte do campo, quando uma voz afiada corta o ar.

Kurra. Eu me abaixo, girando para tentar determinar a direção de onde vem a voz. Ela está falando em kemyano, tão baixo ou distante que eu provavelmente não seria capaz de distinguir a maioria das palavras, mesmo se entendesse a língua.

Vejo um de seus companheiros antes de avistá-la: um homem forte, com pele bronzeada e cabelo castanho trançado na altura do ombro. Escondo-me atrás da base do tronco de uma bétula. Ele se afasta de mim, gesticulando para alguém fora de vista.

Kurra fala novamente. Estou tão acostumada com seu tom ameaçador, que é estranho ouvi-la soar assim tão... agradável. Entretanto, se seus comentários são dirigidos a Win, ele não está respondendo.

Eles parecem estar se afastando de mim. Isso quer dizer que Win também está lá longe? Se Kurra o está rastreando novamente, eu deveria segui-los. Eu me desloco furtivamente de uma árvore para outra. O homem que eu consigo ver gira nos calcanhares. Eu me abaixo atrás de um plátano.

Ouço a voz de Kurra de novo, agora mais alta. Os passos parecem se aproximar e, então, param. Quase não dá para ouvir, mas, ao que parece, estão conversando baixinho. Eles seguem adiante. Acho que estão vindo na minha direção, agora.

Atrevo-me a me inclinar um centímetro para fora da árvore. Meu coração dispara. Agora, consigo ver três Executores, Kurra no meio. No final das contas, eles estão indo em direção ao forte.

Enquanto observo, eles fazem um ligeiro desvio. Devagar, mas sem parar, eles passam por meu esconderijo, me deixando para trás.

Meu olhar se desloca para um ponto acima de suas cabeças e cada músculo do meu corpo fica tenso.

Win está de pé em cima de um grande galho de um castanheiro, talvez a seis metros de distância e, pelo menos, outros tantos metros acima de nós. Está encostado no tronco, meio escondido pelas folhas, suas roupas marrons confundindo-se com a casca, o capuz puxado para cima para cobrir seu cabelo escuro. Eu nem teria percebido sua presença, não fosse a mancha oleosa do 3T apertado em sua mão.

Tem a cabeça baixa, seguindo os movimentos dos Executores. Eles estão entre nós agora, indo direto para ele. Devem estar rastreando-o pela tela do dispositivo.

Eu endireito o corpo e aceno para ele com o braço, mas o foco de Win não se desvia dos Executores. Ele não sabe que estou aqui. Não posso chamar a atenção dele sem chamar a atenção deles também.

Por que ele simplesmente não desaparece? Ele está com o 3T bem ali... No entanto, por quanto tempo vem fazendo isso? Saltando de um esconderijo para outro, com Kurra em seu encalço? Talvez ela tenha atirado no 3T novamente e ele esteja funcionando mal. Ou quem sabe ele esteja descarregado outra vez. Várias podem ser as razões para ele estar preso lá. Esperando por mim.

As pernas de Win vacilam. Ele se apoia, seus olhos se fecham. O medo me invade. Ele está doente, ele foi ferido quase mortalmente apenas algumas horas atrás e agora ele deve estar ainda mais exausto.

Kurra hesita, a poucos metros da árvore dele, franzindo a testa para o dispositivo em sua mão. *Vamos lá*, eu penso enquanto a observo, *continue andando*. Ela se vira, estudando o solo. A qualquer momento vai olhar para cima.

Ela murmura algo para o Executor com o cabelo trançado e um dos pés de Win desliza.

Ele estende a mão para um ramo menor nas proximidades, recuperando o equilíbrio, porém, o sapato raspa contra a casca. O ramo que ele agarrou estala. A cabeça de Kurra gira ao redor, sua mão erguendo a arma automaticamente para acompanhar o seu olhar.

Não.

Eu não posso ver isso acontecer. De novo não.

Corro para a frente antes de completar esse pensamento, atirando para o lado a minha bengala. A dor na perna traz lágrimas aos meus olhos, mas eu não me importo. Win provavelmente me diria para ficar onde estou, que é muito perigoso interferir, mas eu tampouco me importo com isso. Eu não sou uma sombra; sou um ser humano, que passou os últimos dois dias lutando para libertar o meu planeta e não vou deixar isso acabar assim.

Os outros Executores viram a cabeça para mim e a atenção de Kurra é desviada de Win. Ela dá um passo para o lado, fazendo menção de erguer a blaster para me acertar, mas estou arremetendo em direção a ela com todas as forças do meu corpo. Colido com ela. A descarga da arma zune ao lado do meu ouvido.

Um dos outros Executores sibila um palavrão. Kurra me dá uma cotovelada no flanco, contorcendo-se debaixo de mim. Tento me livrar de seus golpes enquanto o terceiro Executor aponta sua arma. Não sou suficientemente rápida. Um jato de luz queima o meu ombro. Eu cambaleio e a dormência se alastra sobre o meu peito.

Tô ferrada, penso, atordoada. Enquanto luto para respirar, Kurra arrebata meu cotovelo e encosta a blaster na minha cabeça.

E, então, ela tropeça para o lado, quando Win a empurra com uma pancada de seu 3T. Eu me atiro para ele e ele puxa o tecido por cima de mim. Kurra dá um grito, seus olhos claros enlouquecidos. Ela aponta a arma. Mas, a essa altura, Win já acionou o painel.

Quando a descarga deixa o cano, o rosto furioso de Kurra e o resto da floresta desaparecem num turbilhão.

31.

O mundo fora do 3T entra em foco e se dissolve novamente conforme Win bate os dedos contra o painel de dados. A luz amarela do alerta de energia pisca em torno de nós. Luto para recuperar o fôlego, tossindo e arfando. Embora meu tornozelo esteja doendo infernalmente, minhas pernas ainda estão me sustentando. Entretanto, uma extensa faixa de carne, a partir da base do meu queixo, descendo por todo o lado direito do tronco e ao longo do braço, está sem sensibilidade. É como se eu tivesse um buraco na frente do meu corpo. Um buraco onde os órgãos vitais deveriam estar.

— Você ainda pode respirar — Win grita mais alto do que o zunido do deslocamento. — Tudo dentro de você ainda está funcionando, mesmo que você não sinta. Apenas tente não pensar nisso.

Mais fácil falar do que fazer. Sugo o ar para o fundo da garganta, mas não consigo senti-lo descendo para os meus pulmões. De alguma forma, um instante depois, o ar é expelido na expiração. Fecho os olhos, tentando deixar tudo acontecer automaticamente. Ouvindo os batimentos cardíacos pulsarem em meus ouvidos, uma confirmação de que o meu coração continua batendo.

O zunido para e o 3T fica imóvel.

— Skylar? — Win chama, com a voz rouca. Meus olhos se abrem.

Nós aterrissamos numa escadaria mal iluminada. Eu me forço a sair do 3T depois de Win. Ele começa a descer os degraus e eu o sigo, segurando o corrimão. Descemos três lances e, em seguida, desembocamos num corredor escuro. Meu pé roça um pedaço de plástico amassado no canto.

O corredor tem uma série de portas abertas. Win atravessa uma delas e eu o sigo, mancando. O espaço do outro lado parece ser um apartamento de condomínio vazio: paredes nuas e brancas, bancada de mármore na cozinha americana, altas janelas com esquadrias de aço, debruçadas sobre uma varanda de concreto que ainda não dispõe de um parapeito.

— Eles estão terminando este lugar... ninguém mora aqui ainda e os operários já foram todos embora — explica Win, ofegante. Ele baixa o capuz para trás, atrapalhando-se um pouco durante o processo, como se não pudesse contar com a precisão de suas mãos. Ele tosse algumas vezes contra o cotovelo.

— Você achou Jeanant? — pergunta ele. — Antes de você me encontrar de novo?

Faço que sim com a cabeça, não muito confiante para falar.

Ele sacode a cabeça com uma risada áspera.

— Eu não posso acreditar que conseguimos escapar.

Acho que conseguimos. Não perfeitamente, não sem... perda, mas nossa missão terminou.

Não há mais nada a fazer.

A enormidade disso me oprime. Manco para a frente, em direção ao sol de fim de tarde brilhando no céu azul para além das janelas. O calor formiga sobre cada parte minha, exceto no vazio entorpecido em volta do centro do meu corpo. Quando estendo a mão para tocar o vidro, a caixa entre minhas blusas espeta a pele ainda sensível da minha barriga. Usando a única mão que está boa, puxo a camisa de Viajante até conseguir retirar a caixa. Torrões da terra na qual ela estava enterrada aderem aos meus dedos.

Win vai levar as partes para Thlo, e, com sorte, essas três serão suficientes para o seu grupo destruir o campo temporal. Nós vamos fazer a vida de todos, em dois planetas, tomar um rumo completamente diferente.

Incrível.

A palavra ressoa na minha cabeça com a voz de Jeanant. O cheiro da floresta permanece na caixa e na minha roupa, argiloso e úmido. Levando-me de volta ao último grito de Jeanant, ao seu corpo esparramado na clareira.

— Essa é a terceira parte que Jeanant deixou — falo. Minha voz sai rouca e não apenas porque não consigo sentir minhas cordas vocais.

Win pega a caixa, corre o polegar ao longo da costura e franze a testa. — Apenas a terceira? Mas...

— Ele não quis mudar nenhum detalhe do seu plano original — esclareço. — Ele disse... Ele disse que, se mudasse algo, nos dando o restante da arma de uma só vez, ele poderia descartar alguma coisa e alterar a cadeia de acontecimentos. Fazer com que os Executores de seu tempo apanhassem Thlo ou que ela perdesse a sua mensagem ou... Tentei convencê-lo.

Achei que quase consegui. Mas... e se ele estava certo, afinal de contas? Será que os Executores o alcançaram finalmente e provocaram sua atitude por causa desses pequenos momentos em que sua trajetória na Terra foi alterada? Os momentos que se demorou comigo? Talvez em algum passado anterior, no que eu morri no tribunal, Jeanant conseguiu fugir correndo no segundo em que escondeu cada parte, não foi interrompido ao deixar a última parte, escapou e continuou vivendo por, pelo menos, um pouco mais de tempo.

É claro que, nesse outro passado, talvez Thlo e Win e os outros nunca teriam conseguido decifrar completamente todas as pistas muito cuidadosas de Jeanant, nunca se manteriam um passo à frente dos Executores, nunca terminariam a sua missão. Eu não sei. Não tenho como saber. Vai ver não havia mesmo nenhum jeito de sua jornada terminar bem.

Dobro o braço que está bom sobre o peito. Isso era o que mais importava para Jeanant: este exato momento. Conseguir colocar em nossas mãos o máximo de partes possível. Ele preferia morrer por isso do que viver sem conseguir completar sua missão... *isso* eu sei.

Win olha para o objeto que dei a ele e depois para mim. Nesse instante, ele parece tão cansado que temo que suas pernas não irão sustentá-lo.

— Ainda não terminamos — diz ele.

— Sim, terminamos — anuncio, e faço uma pausa quando minha voz falha pela emoção. — Jeanant... Os Executores de seu tempo, eles o pegaram. Ele fez com que o matassem para que não o levassem para interrogatório. Ele está morto. Eles descobriram a última parte, a que ele ainda estava carregando. Temos tudo que podemos obter.

— Oh! *Oh*! Você viu tudo... Você está bem?

A preocupação em seus olhos azuis-escuros não é a consideração analítica ou a impaciência ansiosa com que já me acostumara, apenas preocupação verdadeira. Ele não está surtando porque perdemos a última parte ou exigindo saber por que eu não fiz melhor. Ele só quer ter certeza de que estou bem. De certo modo, isso me faz *sentir* quase bem, pela primeira vez desde a discussão com Jeanant na floresta.

— Sim — respondo. — Quer dizer, queria ter conseguido evitar isso. Gostaria que não tivéssemos perdido nada. Mas... as coisas são como são, não é?

— É. Deve ter sido difícil, até mesmo para conseguir esta parte. Desculpe não ter podido ajudar mais. — Ele guarda a caixa em sua bolsa. — Há uma boa chance de três serem o suficiente. Thlo e Isis poderão avaliar melhor, assim que derem uma olhada. É hora de ir falar com elas. Tenho certeza de que Jule já inteirou Thlo do básico. — Ele faz uma careta. — Eu só queria combinar antes o que vamos dizer sobre voltar para salvarmos o seu irmão. Supondo que você ainda queira fazer isso.

Noam. Meu plano: voltar para aquele dia, encontrá-lo na escola, o bilhete...

O bilhete.

A voz de Kurra me volta à lembrança, a intensidade em seus olhos frios. *Quem é Noam?* Meus dedos apertam onde a minha bolsa costumava ficar.

— Win — digo, afobada. — Kurra sabia... eu tinha começado a escrever o meu bilhete para Noam quando estávamos no esconderijo... ele estava na minha bolsa... Ela me perguntou quem ele era. E se eles já voltaram para procurá-lo?

— Caramba! — exclama Win. — Quanto ela sabe? O que você disse no bilhete?

— Não me lembro. Eu tinha acabado de começar. A única coisa que ela mencionou foi o nome dele.

— O sobrenome também ou apenas o primeiro nome? O ano? O *seu* nome?

Eu sacudi a cabeça.

— Apenas "Noam", e eu estava começando a contar a ele sobre Darryl...

— Então, ele está bem — Win garante com firmeza. — Quantos Noams você acha que deve haver em toda a história deste planeta? Eles não têm qualquer lugar perto o suficiente para levá-los a ele. Nós não mudamos nada enquanto estávamos lá, ninguém sequer nos viu, exceto ele. Não há nenhuma maneira de eles poderem determinar...

Ele se interrompe e, de repente, a ficha também cai para mim. A forma como tudo se conecta, como uma longa linha de fatores na mais cruel das equações.

— Não há nenhuma maneira, a menos que eu volte — concluo, com amargura. — De uma hora para outra, um garoto que morreu aparece vivo. Isso é uma coisa que chamaria atenção no monitoramento deles. Um garoto chamado Noam.

Win baixa os olhos.

— Nós poderíamos distraí-los disso fazendo outra mudança antes — sugere ele. — Tentar esconder essa alteração como uma "ondulação secundária", como fizemos com as passagens de trem. Mas... eles vão estar procurando por esse nome. Investigando qualquer mudança associada a ele. Especialmente nos períodos de tempo em que nos rastrearam antes. Seria difícil que não percebessem.

O reconhecimento dessa verdade parece implacável. Quase inevitável. É claro que posso mudar cada passado que existe, menos aquele que é o mais importante.

— O que eles fariam, depois que reparassem? — tenho que perguntar.

— Pesquisariam o passado dele, sua família, seus amigos — responde Win. — Eles encontrariam os seus registros.

— E Kurra me reconheceria.

— Talvez não. Se você mudasse tudo, de maneira a nem mesmo estar aqui comigo agora... Acho que iria depender de ela estar dentro ou fora do campo temporal quando você fizesse isso. Mesmo assim, ela teria enviado relatórios. Os Executores ainda saberiam que Noam era importante. E eles teriam uma descrição da garota que estava Viajando comigo.

— Eles nos matariam, não é? — murmuro. — Eles matariam Noam, para colocar as coisas de volta do jeito que eram antes, e em seguida me matariam, porque não poderiam ter certeza se eu viria a me encontrar com você ou não futuramente. Posso salvá-lo, e eles simplesmente irão matá-lo de novo.

Uma gargalhada engasgada me sacode. Cubro a minha boca. É como se eles já o tivessem matado. No instante em que Kurra arrancou a minha bolsa do meu ombro, ela matou qualquer chance que eu tinha de salvar Noam.

Ele já estava morto. E talvez fosse errado da minha parte querer fazer uma mudança para o benefício de ninguém além dele, de mim e da minha família. Talvez eu tenha sido egoísta por não ter me importado com as consequências que isso poderia ter. Isso não importa agora. O risco é muito grande, ao se pesarem as vidas de todas as pessoas ligadas a ele que ainda estão vivas contra a vida de um garoto que já morreu há anos. Não há escolha aqui.

Afundo no chão, apoiando as costas contra a janela. O sol aquece o meu cabelo. A pele ao redor das bordas do meu núcleo congelado está começando a formigar. Fico olhando fixamente para a parede. Então é isso, acabou. Apesar de tudo que consegui realizar, não pude salvar a vida das duas pessoas que eu mais queria.

— Se houvesse uma maneira... — diz Win.

— Eu sei — interrompo, antes que ele prossiga. Eu sinceramente acredito que ele faria tudo o que pudesse para me ajudar, se fosse possível.

— Mas não há. Acho que você poderia muito bem me levar de volta para a minha época. — De volta para descobrir o que mais poderia ter mudado, depois da minha intervenção na história. *Eu* própria poderia não estar nem mesmo lá. Poderemos chegar apenas para eu ser expelida da realidade no exato segundo em que minha vida se alinhar com o seu adequado presente.

Eu abraço os joelhos. Bem, vou ter mesmo que acabar descobrindo, mais cedo ou mais tarde.

— Você poderia até dizer para Thlo que reconheceu que Jule estava certo e você não deveria ter me trazido com você, e que me levou de volta antes de ir atrás da terceira parte — continuo a falar, uma vez que o próprio Win nada diz. — Talvez ela fique menos zangada, não? Você pode mostrar o quanto pôde fazer por eles, sem eu estar lá para distraí-lo da missão.

— Você não seria uma distração — afirma Win. — Você faz parte disso tanto quanto qualquer um de nós. Na verdade, é mais importante. Eu não teria chegado a lugar nenhum sem você.

— Ninguém mais precisa ver isso dessa maneira.

— Você realmente acha que eu levaria o crédito por tudo que você fez?

Dou de ombros. E por que não? Conquistar o respeito de seus companheiros é muito mais importante para ele do que para mim.

Win se agacha e pousa a mão sobre a minha. Sólido e quente, e com um ar de determinação que me faz lembrar abruptamente de Jeanant. Olho para ele. Seu rosto oscila através das lágrimas que enchem os meus olhos. Entretanto, ainda posso ver sua expressão, tão séria que dói sustentar o seu olhar. Ele engole a saliva de forma audível.

— Skylar — diz ele, sopesando cada palavra com sinceridade crua —, o jeito como eu a tratei, no início... A maneira como falei com você... O que eu *fiz*, sem levar em consideração os seus sentimentos... Eu não tinha metade do respeito por você que deveria ter. Foi errado da minha parte. Eu poderia vir com um monte de desculpas, mas a questão não é essa. A questão é que eu fui um idiota e sinto muito. Sinto muito de verdade. Você foi... você foi espetacular.

Depois de todo esse tempo, eu tinha desistido de esperar um pedido de desculpas pra valer. Eu havia me conformado que chegaríamos ao fim da missão sem isso.

A boca de Win se contrai, dolorosamente, e eu me dou conta de que não respondi: ele acha que não foi o suficiente, que eu ainda estou com raiva. E se havia mesmo algum restinho de raiva dentro de mim, ela se derrete.

— Está tudo bem — falo. — Só não deixe que isso aconteça novamente.

Um pequeno sorriso ilumina os meus lábios, o melhor que consigo neste momento. Apesar de tudo, ainda há motivos para sorrir.

Win capta o sorriso e devolve-o, duas vezes mais largo. Enquanto eu encaro os seus olhos azuis-escuros, algo em meu peito vibra. Algo que parece mais real do que a alteração dos batimentos cardíacos que ele me provocou quando nos conhecemos, quando eu ainda não estava acostumada com a *presença* alienígena dele. Quando eu ainda não o conhecia de verdade.

— Eu acho que você deveria conhecê-los, Thlo e os outros — propõe ele. — Eles já sabem que você existe. E... e só você falou com Jeanant. Thlo provavelmente terá perguntas.

A vibração se desvanece quando a minha mente viaja de volta à conversa entre ele e Jule sobre o "protocolo-padrão".

— Até que ponto ela vai estar zangada? — pergunto.

Win hesita.

— Sinceramente — ele diz —, eu não estou bem certo de como ela reagiria se tivesse descoberto o que estava acontecendo no meio das coisas. Mas agora tudo terminou. Se eu tentar esconder você, isso fará Thlo pensar que há algo de suspeito... e ela sabe o seu nome e em que época eu conheci você, e Jule reconheceria o seu rosto. Se ela quisesse encontrá-la, poderia. Se nós simplesmente formos até ela, Thlo verá que não precisa se preocupar. Que, afinal de contas, ela pode confiar em você. E a coisa mais segura para todos nós será você voltar para a sua vida como se nada tivesse mudado, para que os Executores nunca descubram quem você é.

Parte de mim se recusa. No entanto, o que ele está dizendo faz sentido. E Jeanant confiava nessa mulher, acreditava nela. E não faria isso, se ela fosse uma pessoa cruel a ponto de encarar a minha eliminação como uma solução razoável, não é?

— Além disso — Win acrescenta, um pouco timidamente —, há uma preocupação de ordem prática. Eu não sei se a carga que resta no 3T seria suficiente para mais duas Viagens.

Oh, que novidade, não? Se eu não estivesse tão cansada e abalada, reviraria os olhos.

— Bem, quando você coloca dessa forma, parece uma grande ideia.

Win ri e me ajuda a me levantar do chão.

O 3T aterrissa no lugar que Win diz ter sido organizado pelos rebeldes como ponto de encontro:

— Isis programou as coisas de forma que apenas as pessoas com o código certo pudessem Viajar para cá — ele me assegurou. — Isso vai retardar os Executores.

Estou esperando algo como o interior de um esconderijo. Em vez disso, o aposento é estranhamente normal, pelos padrões da Terra. Ele transmite a sensação de um escritório moderno e elegante: mais ou menos do tamanho do primeiro andar da minha casa, com um conjunto de sofás e poltronas quadradões numa extremidade e, na outra, uma comprida mesa de ébano rodeada de cadeiras combinando. O piso de madeira clara sobre o qual estamos é liso e envernizado. As únicas janelas são claraboias inclinadas embutidas no teto alto, lançando ilhas de sol em todo o piso.

Afundo no braço de um dos sofás, descansando meu tornozelo, enquanto Win dobra o 3T. O nervosismo pelo encontro provoca cócegas sob a minha pele. A dormência diminuiu o suficiente para que eu possa sentir meu peito subindo e descendo novamente, e um pequeno nó no fundo da garganta. Mesmo depois de tudo que vi, eu não me sinto completamente preparada para isso.

— É melhor você deixar a camisa de Viajante aqui — pede Win. — Não pode levar nada de nossa tecnologia de volta com você.

— Quantas pessoas virão? — pergunto, enquanto tiro pela cabeça a camisa, ficando apenas com a minha camiseta, e largo-a no sofá.

— Cinco — responde Win. — Supondo que todo mundo esteja bem. Thlo, Jule, Isis, Pavel e Mako.

Ele se aproxima de mim quando escutamos o farfalhar de um 3T atrás de nós. Quando nos viramos, duas figuras emergem de um 3T que brilhou e se materializou no meio da sala.

Uma delas é Jule. Ele fuzila Win com os olhos por um instante antes de se esparramar numa das poltronas.

— Bem, isso vai ser interessante. Espero que tenha pensado numa boa explicação, *Darwin*.

As costas de Win se enrijecem, mas ele ignora o outro cara. Ele cumprimenta com uma inclinação da cabeça a mulher curvilínea que saiu do tecido junto com Jule.

— Olá, Ice.

O sorriso dela faz surgir duas covinhas nas bochechas morenas, enquanto ela remove o gorro dos cabelos com mechas vermelhas, que está preso num coque frisado. Um penteado para se misturar à multidão, creio eu... Será que ainda estavam na França, procurando?

— Win — ela responde, retribuindo seu cumprimento. Seus olhos castanhos batem em mim e parecem avaliar que não sou nenhuma ameaça. Gostaria de saber quanto da história Jule contou a ela.

Com um sussurro, as abas de mais dois 3T se abrem nas proximidades, um depois do outro. Uma mulher magra com cabelos e pele caramelo, que aparenta ter uns trinta e tantos anos, e um homem da mesma idade, um pouco gordinho e com uma expressão carrancuda saem do primeiro. Mako e Pavel, presumo. Porque a mulher que sai em passadas largas do 3T ao lado deles não pode ser outra senão Thlo.

Apesar de sua baixa estatura, cada parte dela, da firmeza de seus passos até a dureza de seu queixo quadrado, emana força. Como todos os kemyanos que conheci, ela não se encaixa completamente em nenhum grupo étnico da Terra: de um ângulo, o seu rosto parece chinês, de outro, sul-americano. Seu cabelo preto brilhante está penteado para trás em ondas curtas, salpicadas de grisalho. Apenas isso e algumas linhas finas ao redor dos olhos e dos cantos da boca revelam que ela é muito mais velha do que seus companheiros.

Seus olhos, de um castanho tão escuro que são quase negros, se fixam em mim imediatamente.

— Esta é Skylar — Win anuncia, antes que outra pessoa diga qualquer coisa. Ele dá um passo, postando-se entre mim e eles, enquanto encobre uma tossida. Naquele momento, sob o peso daqueles cinco olhares, estou indescritivelmente grata por sua tentativa de proteção. — Eu não sei o que Jule lhe disse, mas ela...

— Win — Thlo o interrompe. Ela nem mesmo olha para ele; seu olhar ainda está fixo em mim. Seu tom é tão comedido e gentil que me faz tremer. — Ela não deveria estar aqui. Ela não faz parte desta conversa. Isis, Pavel. — Ela acrescenta uma ordem em kemyano.

A mulher que Win chamou de "Ice" e o homem mais velho deslocam-se em minha direção. Eu recuo de encontro ao sofá. Win estende o braço para bloqueá-los.

— Não — ele protesta. — Ela merece estar aqui. Nós não teríamos nenhuma parte da arma se não fosse por ela. Nós não saberíamos o que Jeanant queria. Ela *falou* com ele.

Essas últimas quatro palavras foram o que quebrou a postura cautelosa de Thlo. Um lampejo de surpresa atravessou o rosto dela e desapareceu.

Win não havia mencionado essa parte a Jule.

— Espere — diz ela, com a mesma calma de antes. Pavel e Isis param no meio do caminho.

— É verdade — eu reforço, antes que ela mude de ideia. — Eu falei com Jeanant. E ele me pediu para lhe dizer uma coisa. — Gostaria de ter elaborado melhor a frase e não ter soado tão gaguejante, mas estou tendo dificuldade para me concentrar sob o olhar de Thlo, que me avalia de forma tão ostensiva que minha vontade é que se abra um buraco no chão para eu me enfiar nele.

Win escancara sua bolsa. Ele tira dali a placa menor, emoldurada por seu retângulo de plástico e oferece-a a Thlo.

— Estava no Museu do Louvre, escondida numa pintura, durante a Revolução de Julho — conta ele.

Thlo a examina e depois passa-a para as mãos de Isis.

— Sistema de orientação — Isis dá o veredicto, arregalando os olhos enquanto pega a placa.

— O que mais? — Thlo quer saber.

Ele entrega a ela a segunda placa, que Isis identifica como um processador. E, em seguida, a caixa. Thlo a abre cuidadosamente, enquanto alguns torrões de terra da floresta remanescentes caem no chão. Ela tira um livro improvisado de páginas encadernadas com uma textura brilhante, na superfície das quais posso ver gravadas figuras e diagramas mecânicos.

— Os esquemas — murmura Isis, com as sobrancelhas arqueando-se ainda mais. Suas mãos tremem enquanto ela vira as páginas. Sem fôlego, ela dá uma explicação sobre o conteúdo em sua própria língua.

— A quarta... não conseguimos recuperar — explica Win. — Os Executores a pegaram de Jeanant antes que ele pudesse escondê-la.

— Eu a vi — intervenho. — Se isso for útil para ajudar a descobrir o que está faltando.

Entretanto, Thlo parece ter congelado na última frase de Win.

— Eles... Acho que é melhor você começar do início.

Então Win passa a descrever como ele descobriu minhas habilidades, encobrindo um pouco como a sua impaciência acabou chamando a atenção dos Executores e nossas Viagens juntos, até a nossa fuga final das garras de Kurra. Jule bufa uma vez, com a menção da Viagem para o Coliseu, mas, depois disso, precisa usar todo o seu poder de concentração para evitar parecer impressionado. Ninguém mais faz um som sequer.

Em face da admiração dos outros, Win se empertiga e sua voz se torna cada vez mais confiante, mesmo que ele seja forçado a interromper o relato algumas vezes para espirrar. Ele vai deixando espaços para eu preencher com as partes da história que só eu sei, o que faço da forma mais sucinta possível. Na parte final, eu me enrolo um pouco, resumindo minha discussão com Jeanant. E, depois, sua morte.

— Ele não queria de maneira alguma correr o risco de os Executores o interrogarem — explico hesitante. — Ele me disse que a coisa mais importante era proteger todos vocês. Deve ter sido mais importante para ele do que perder a última parte da arma.

— Como era ela, a que eles pegaram? — Isis pergunta.

— Era uma espécie de tubo, desse tamanho — gesticulo.

Isis olha para Thlo, apontando para algo no livro de plantas e diagramas mecânicos.

— Aposto que era o combustível do raio. Não precisaria de muito, porém, ele estava usando... — Ela diz uma palavra que eu não entendo. — Vai ser difícil, mas nós provavelmente poderemos encontrar uma maneira de conseguir mais.

Thlo concorda com um aceno de cabeça, ainda em silêncio. Ela pega cada uma das peças da arma novamente, uma de cada vez, e lê as mensagens gravadas no seu revestimento. Na terceira, seus olhos se enternecem.

— Todos nós começamos no mesmo lugar — ela murmura. — Alguns ficaram e alguns partiram para novas terras. Aqueles que chegam depois sempre querem tomar o que os seus antepassados construíram.

— "Visite o dia do crocodilo perto da teia de aranha"? — Mako lê ao lado dela, quando Thlo para.

— Argélia, 2157 a.C. pelo calendário da Terra — Thlo elabora. — Foi o primeiro lugar para o qual Viajamos como colegas.

Todos nós começamos no mesmo lugar. Posso ouvir a voz de Jeanant nessas palavras. Ele não estava falando apenas sobre a última localização... ele estava falando sobre Kemya e a Terra.

Thlo deixa a caixa de lado. Ela se aproxima de mim e toma o meu queixo em sua mão. Tenho que resistir à tentação de recuar. Por alguns segundos, ela apenas me encara, como se pudesse ler as minhas intenções nos meus olhos. Não posso deixar de piscar, mas consigo não desviar o olhar.

— Eu não vou contar a ninguém sobre Kemya ou o que vocês têm feito aqui — falo, quando ela deixa a mão pender. — Eu sei que seria tão perigoso para mim como para qualquer outra pessoa. Tudo o que me importa é saber que as mudanças vão parar.

Ela não diz nada sobre isso. Os cantos de sua boca se contraem e ela fala:

— Jeanant tinha outra mensagem para mim?

Há uma ponta de esperança na pergunta. Jeanant era o mentor dela. Pelo jeito como ele falava sobre ela, as mensagens que lhe escreveu, eles eram amigos íntimos também, se não algo mais. E, então, ele desapareceu de sua vida dezessete anos atrás, sem sequer lhe dizer aonde estava indo. E tudo o que eu tenho para ela é um conselho vago e impessoal, ainda sobre a missão. De repente, sinto-me duas vezes mais desconfortável.

— Sim — respondo. — Ele disse... ele me pediu para lhe dizer... para você ter cuidado quando for reconstruir a arma. Para você se certificar de que é o momento certo antes de tentar destruir o gerador. Ele achava... que se movimentou rápido demais e que foi por isso que os Executores o pegaram.

Minha voz vacila e ela parece esperar uma continuação.

— Eu sinto muito — acrescento. — Isso foi tudo.

Seu rosto endurece. Por um segundo, eu acho que ela vai me bater. Então, ela diz:

— Ah — junto com um suave suspiro e o momento passa.

— Ele foi o melhor de nós — observa ela. — Você tem sorte de tê-lo conhecido. — E eu posso ouvir em sua voz, tão claramente como se ela o dissesse em voz alta: ela o amava. De repente, sinto-me envergonhada por ter sentido tanto medo dela.

Somando tudo, eu convivi com ele menos de uma hora. Ela estava com ele há anos. Minha dor não é nada se comparada à dela.

— Eu sei — respondo.

Ela vira a cabeça para o lado como se estivesse cansada de olhar para mim.

— Obrigada — ela acrescenta —, por ajudar Win e transmitir a última mensagem de Jeanant. Não vamos mantê-la afastada de sua vida por mais tempo.

Então, ela fala para os outros:

— Devemos partir antes que os Executores tenham tempo de quebrar esse código também. Isis, você poderia entrar em contato com Britta?

Isis corre para um canto da sala, puxando um pequeno aparelho de sua manga. Win limpa a garganta.

— Se não for problema, gostaria que eu mesmo levasse Skylar para casa. Só que eu vou precisar usar um dos outros 3T.

— Sim — Thlo concorda, agora já recomposta da emoção e retomando sua postura decidida. — Claro, mas seja rápido. — Ela me olha nos olhos mais uma vez. — Eu realmente lhe sou muito grata. E contamos com sua discrição.

Ela entrega a Win o 3T que ela própria estava usando e se vira para encarar os outros, sem acrescentar mais nada. Eles se reúnem em torno dela. E, então, somos só Win e eu novamente.

32.

Há um instante, enquanto nos transportamos do elegante escritório, em que eu fecho os olhos bem apertados para tentar me preparar para um presente que eu não reconheceria, do qual talvez eu nem mesmo faça parte. Como se eu fosse chegar a ter consciência disso se deixasse de existir num piscar de olhos.

Eu ainda estou lá quando chegamos à Terra numa entrada de garagem coberta, a poucas quadras da minha casa. Ainda não consigo me sentir aliviada. Mantenho os olhos na calçada, enquanto descemos a rua apressados e em silêncio, não querendo ver como as coisas podem ter mudado, quantas mais sensações de *errado* poderei sentir além daquelas poucas pontadas da última vez que eu voltei.

Lembro-me de meus pais e Noam, Angela e Lisa, Daniel e Jaeda. Minhas impressões de todos eles me parecem normais, sem alterações, tudo certo. No entanto, será que por acaso eu tenho ideia se seus papéis em minha vida foram reescritos desde antes de eu nascer?

A chave de casa sobressalente está em seu esconderijo habitual. Entro e piso o capacho cor de vinho ao lado da sapateira de plástico estreita. Meu casaco roxo com a parte derretida na manga, lembrança do meu primeiro encontro com Kurra, está pendurado onde eu o deixei. O leve aroma salgado da sopa da noite passada permanece no ar, misturando-se com o cheiro de cedro do armário do hall. Através da janela da cozinha eu posso ver as folhas cor de âmbar do bordo no quintal.

Inspiro fundo, emocionada demais para falar. Está tudo bem. Estou aqui. Eu viajei pelo mundo e por séculos de história, e minha vida está exatamente como a deixei.

Talvez os seres humanos nunca devessem habitar este planeta. Talvez nosso lugar seja a apertada estação espacial junto com o povo de Win. No entanto, eu não posso imaginar qualquer outro lugar que não este para chamar de *lar*. Ele é nosso agora.

Estando aqui, os últimos dois dias parecem um sonho. Nem foram propriamente dias... talvez meia hora tenha se passado desde que desapareci do meu quarto no andar de cima. Mas este tem sido um sonho muito longo e cansativo. A dormência do tiro do Executor em meu ombro se desvaneceu e Win pegou uma atadura no escritório que agora está em torno do meu tornozelo, mitigando a maior parte da dor com seu contato frio, então tudo o que eu sinto é cansaço. Estou morrendo de vontade de rastejar para o meu quarto, cair na cama e dormir por uma semana inteira.

Win tosse levemente onde está, parado ao lado da porta de entrada, o que me faz lembrar que ainda não posso fazer isso. Viro-me para ele e um canto de sua boca se curva num meio sorriso. Ele ainda é muito vividamente presente e real contra os contornos embaçados do hall. Entretanto, esse mundo não vai mais desaparecer agora. Juntos, cuidamos para que os experimentos, as mudanças e as regravações cheguem ao fim.

Quero lhe dizer algo assim, algo profundo, mas o que realmente sai da minha boca é:

— E então, Darwin?

Um leve rubor colore as suas bochechas.

— Não fui eu quem escolheu o meu nome — protesta ele. — É culpa dos meus pais. E eu *realmente* preferiria que você continuasse me chamando de Win.

Há muita coisa que eu gostaria de perguntar sobre escolher para os filhos nomes de figuras históricas de um planeta completamente diferente, mas obviamente esse é um ponto sensível para ele. E acho que isso não deveria importar para mim. Muito em breve eu nunca mais vou vê-lo para chamá-lo seja lá de que nome for, e tê-lo conhecido vai parecer um sonho também.

Uma dor brota dentro de mim. Até esse momento, eu não havia me dado conta de como seria difícil vê-lo partir. Como dizer adeus para sempre a alguém que estava lá ao seu lado nas coisas mais horríveis e incríveis que você já experimentou? E cuja vida você salvou e que também salvou a sua vida? E que viu você desmoronar e ficou ao seu lado para ajudar você a se levantar novamente? Ele tem sido o meu companheiro constante nos últimos dois dias... e onze séculos. Eu não sei se posso chamá-lo de amigo e, ainda assim, ao mesmo tempo, o termo *amigo* não parece descrever metade disso.

— Obrigada — digo. — Você cumpriu sua promessa. Aqui estou eu, de volta ao lar, em segurança.

— Eu é que tenho que agradecer — ele responde. — Farei tudo para garantir que você fique segura. Voltaremos para destruir o campo temporal assim que nos for possível.

— Você acha... — Começo a perguntar, e então me lembro de que não há a menor chance de que isso aconteça *tão* cedo assim. Não este mês, não este ano. Assim que for possível a eles é em algum momento dentro de, pelo menos, dezessete anos, a partir de agora.

— No futuro, no seu tempo presente, as coisas não pioraram muito por aqui, não é? — deixo escapar.

— Você não precisa se preocupar com isso — assegura ele. — A Terra ainda estará bem. E, graças a você, ela não sofrerá mais nenhum dano.

Concordo com a cabeça, tentando deixar as palavras dele acalmarem os meus nervos.

— E então o planeta poderá começar a se recuperar.

— Se recuperar? — questiona ele.

— Começar... a juntar os pedaços novamente — esclareço, gesticulando vagamente.

Ele hesita.

— Ah. Skylar, eu não tive a intenção de fazer com que você pensasse... O dano que já foi feito não é algo que possa ser revertido.

Fico olhando para ele. Percebendo novamente a definição embaçada e desbotada do hall atrás dele, a marca dos danos, e um calafrio corre pela minha pele.

— Não pode?

Eu deveria ter adivinhado. A gravação de uma gravação de uma gravação. Você não pode trazer de volta o detalhe, uma vez perdido. Talvez eu apenas não tenha desejado me deixar pensar sobre isso.

— O planeta ainda será totalmente sustentável — Win se apressa em dizer. — E algumas das questões ambientais devem se ajustar com o tempo... como tudo acaba se ajustando. Sinto muito.

— Não — digo. — Não é culpa sua. É o oposto disso. — Apoio a mão contra a parede. Não importa o aspecto que tenha, ela ainda me parece perfeitamente sólida. Perfeitamente real. — Acho que não faz grande diferença, de qualquer forma. Isso é o normal para nós agora. O que realmente importa é que seremos livres e que isso não vai piorar.

Repito as palavras para mim mesma, desejando absorvê-las. Os terráqueos são um povo resiliente... Vi provas abundantes disso. Nós vamos sobreviver. Como sempre fizemos.

— Eu gostaria de poder dizer que nos veremos novamente, por ocasião do nosso retorno, mas não acho que haverá tempo para Viagens paralelas — confessa ele.

E, dezessete anos no futuro, no presente de Win, ele vai continuar a ter os 18 ou 19 anos que aparenta ter agora e eu vou estar... com 34. A dor em meu peito se expande. Eu reprimo isso, fechando minhas mãos em punhos. Eu não deveria fazê-lo se demorar, mesmo agora. Ele tem que voltar... Thlo recomendou que ele fosse rápido. No entanto, eu não disse o que preciso dizer. Não tenho palavras para expressar o que sinto.

Então, esqueça as palavras.

Dou um passo para a frente, estendendo as mãos para ele, e ele me encontra no meio do caminho, envolvendo-me nos braços. Minha cabeça se reclina em seu ombro enquanto eu o abraço. Ele me aperta de volta e uma de suas mãos alisa os meus cabelos. Ele cheira aos lugares em que estivemos juntos: como tinta de jornal e mata fechada, neblina de pântano e árvores no verão.

— Skylar — ele fala, com a voz rouca. Eu afrouxo um pouco o abraço para olhá-lo. Ele sustenta o meu olhar com os olhos brilhantes sob a luz fraca do hall, mas, seja lá o que fosse dizer, ele também não consegue encontrar as palavras.

— Se cuide também, ok? — peço.

Seu sorriso retorna.

— Vou trabalhar nisso. E... obrigado novamente. Por tudo. Estou feliz por ter conhecido você.

— Sim — eu pronuncio, e qualquer palavra que poderia ter acrescentado fica retida na minha garganta.

Aquele sorriso é a última coisa que vejo enquanto ele estende o 3T em torno de si, ondula e desaparece. Fico parada ali, assistindo, até ter certeza de que ele já não está mais ali.

— Adeus — murmuro para o hall vazio. Digo isso sem pensar.

Estou de volta à minha vida, minha vida real. Uma vontade incontrolável de garantir que tudo na casa esteja como deveria penetra a melancolia momentânea. Eu me viro e sigo pelo corredor.

Nem tudo está como deveria, não completamente. Há uma fotografia emoldurada de uma cidade de aparência hispânica na sala de jantar que desperta uma leve vibração de *errado* e, quando eu pisco, vejo os armários da cozinha pintados de azul-claro, em vez de verde-menta. Por incrível que pareça, uma imagem residual paira sobre a saboneteira do banheiro no andar de cima, a imagem de algo... mais arredondado? A sensação de *errado* passa tão rapidamente quanto a imagem se desvanece.

Por fim, arrasto-me para o meu quarto e giro em volta, preparada para descobrir mais alterações. Meu olhar recai sobre a fotografia da minha viagem de acampamento no primeiro ano do segundo grau. Eu caminho em direção à escrivaninha, para examiná-la. Eu, Lisa e Evan, com Angela fora de vista, por trás da câmera.

O espaço ao nosso redor parece muito vazio. Falta alguém? Mas sempre fomos nós quatro...

Bree. O nome atravessa a minha mente e meu estômago aperta. Um rosto sorridente enquanto corremos pelo parque. Gargalhadas sonoras quando fazemos piadas, comendo curry de tofu. Cachos escuros se agitando enquanto consertamos com um alfinete de segurança um pequeno acidente com o vestido, enquanto a batida da música do baile da escola nos chega através da porta do banheiro.

Os flashes de lembranças desaparecem antes que eu possa retê-los, deixando apenas débeis reverberações em minha mente.

Ela se foi. Alguma coisa que eu alterei ou algo que os Executores fizeram, em meio ao caos em Ohio a levou embora. A perda dói em mim, mesmo que eu mal me lembre de quem era ela.

Ela significava alguma coisa. Eu gostava dela. Ela se foi.

Tiro os olhos da foto, afundando na beirada da cama. O que foi que eu fiz? Talvez tenha sido apenas um ajuste em sua vida, alguma pequena alteração que significou ela ter acabado parando em outra escola ou numa cidade totalmente diferente.

Ou talvez eu a tenha apagado completamente.

O que eu poderia ter feito de modo diferente? Eu não sei.

A sensação de *errado, errado, errado* ecoa através de mim. Respiro fundo e me forço a rememorar: eu desenterrando a caixa, chocando-me com Kurra, observando Win colocar cada item que eu ajudei a encontrar nas mãos de Thlo. Eu lutei por essa garota. Enfrentei as pessoas que são as verdadeiras responsáveis por cada mudança, cada coisa *errada*. Eu venci.

Em quase tudo.

O sentimento de perda desaparece, juntamente com os fiapos de memória. De quem mesmo estou lamentando a perda? De repente, parece-me algo distante.

Eu tombo, enfiando a cabeça no travesseiro. A exaustão se apodera de mim de novo e, desta vez, não luto contra ela. O sono é um lugar que nada de *errado* pode alcançar.

Por alguns minutos, quando eu acordo na tênue claridade do amanhecer, o dia parece perfeitamente normal. Vou me levantar, ir para o meu treino de cross-country, assistir às minhas aulas. O treinador vai esculachar qualquer um que não bata seu tempo anterior, os professores vão rever a lição de casa e passar outras, os corredores estarão repletos com a conversa barulhenta de costume. Tudo bela e surpreendentemente normal.

Então, desço para tomar o café da manhã.

— Dia agitado ontem? — Minha mãe pergunta quando eu entro na cozinha. Ela boceja, enchendo a chaleira de água da torneira.

Eu congelo.

— O quê?

— O que quer que você tenha feito, deve ter se cansado pra valer — ela continua em seu costumeiro tom alegre. — Eu chamei o seu nome algumas vezes quando o jantar estava pronto e você nem se mexeu. Eu achei que, se você estava exausta daquele jeito, era melhor mesmo continuar a dormir e deixei pra lá.

— Ah, sim — digo. Jantar. Com todos aqueles deslocamentos... manhã para noite, noite para tarde... perdi qualquer noção de horário.

Mas não posso dizer exatamente isso.

— Eu, hum, acho que não dormi o suficiente na noite passada. Fiquei acordada até tarde escrevendo uma redação. E fizemos um treino puxado ontem de manhã.

Mamãe concorda com a cabeça, como se tudo isso fizesse muito sentido, o que realmente acho que faz. Só que não é verdade. Essas são as primeiras palavras que troco com mamãe em dias — ao menos, para mim — e tudo que falo são mentiras.

A maravilhosa sensação de normalidade parece recuar, me deixando com um sentimento desagradável.

Meu estômago parece completamente ciente de que perdeu o jantar. Ele se manifesta assim que abro o saco de pão, com uma pontada de fome que me deixa nauseada. Preciso me segurar no balcão da pia por um segundo, com medo de vomitar. Não que haja algo para vomitar.

Em dois dias de Viagem, mais ou menos, tudo o que comi foi um mix de frutas secas e alguns bocados de torta de nozes.

Consigo me recompor antes que minha mãe perceba e coloco duas fatias de pão na torradeira. Quando ela deixa a cozinha, preparo para mim dois sanduíches, enquanto espero as torradas ficarem prontas, um para o almoço e outro para depois do treino. Sinto-me como se pudesse tomar uns cinco cafés da manhã, mas, se eu me entupir antes de correr, aí sim vou vomitar.

Estou devorando minhas torradas com manteiga de amendoim quando mamãe retorna, segurando um caderno de espiral. Quando ela o abre, percebo que é um dos cadernos de Noam. Paro de mastigar.

— Depois que conversamos ontem à noite, fiquei pensando — diz ela, com os olhos no caderno. — Talvez a gente tenha ido longe demais, encaixotando todas as coisas de Noam e tirando tudo de vista, como se estivéssemos fazendo de conta que ele nunca esteve aqui. Pode ser bom emoldurar alguns de seus desenhos e pendurar pela casa. O que você acha desse?

Ela me mostra um desenho, feito em lápis de cor, de uma trepadeira sobre uma cerca de treliça, com uma flor vermelho vivo no meio das folhas pontiagudas. É uma de suas obras mais bem acabadas, deixada no esboço apenas em torno das bordas, enquanto no centro os diferentes matizes de verde produzem texturas e sombras, fazendo com que a vinha pareça saltar da página.

Engulo o bocado pegajoso em minha boca.

— Acho ótimo — concordo, e realmente é. Entretanto, tenho que esconder as mãos debaixo da mesa e fincar minhas unhas nas palmas para segurar as lágrimas que querem brotar em meus olhos. Imagine o que Noam poderia ter feito se Darryl não tivesse... Se aqueles garotos da escola não tivessem...

Minha mãe continua a folhear o caderno de desenho, absorta. Eu me lembro que nada mudou para ela. Noam ainda está tão distante para ela, uma lembrança de doze anos atrás, quanto estava para mim, quando nos falamos na terça-feira.

Ela não sabe. Na cabeça dela, ele ainda poderia estar vagando pelo mundo lá fora, sozinho, ou com novos amigos...

— Skylar? — ela chama e eu percebo que ela está olhando para mim agora. — Se isso incomoda você, querida, não precisamos fazer.

— Não — me apresso a dizer. — Claro que devemos fazer. É uma ótima ideia.

Ela sorri e caminha de volta para o corredor, talvez tentando decidir onde pendurar os desenhos. Tenho dificuldade para engolir o restante da minha torrada.

Eles precisam saber. Ela e meu pai... não é bom para eles não terem nada a não ser a incerteza... Não é certo que a vida de Noam tenha terminado sem que ninguém saiba. Não é certo que Darryl e os outros garotos nunca sejam responsabilizados pelo que fizeram.

Tenho que pensar numa maneira de meus pais descobrirem. Medito sobre isso, enquanto lavo os meus pratos. Os anuários de Noam estão naquela caixa lá em cima. Eu poderia descobrir o nome completo de Darryl... e talvez também o de Babyface e de seu amigo alto, se as suas fotos se parecerem bastante com eles como eram pessoalmente. Isso seria um começo.

Acho que talvez eu possa elaborar um plano, enquanto corro. O ritmo cadenciado habitualmente me ajuda a pensar. Entretanto, meia hora mais tarde, quando já estou percorrendo os caminhos do parque, um outro tipo de mal-estar toma conta de mim. Há um vazio na equipe, no espaço à minha volta, apesar de Marie estar correndo comigo, como ela sempre faz. A sensação de que algo está faltando, tão obscuro que me escapa, toda vez que tento defini-lo, e mal eu desisto e deixo a questão de lado, ele retorna.

Existe uma mudança, algo sobre o parque, sobre nós? Não consigo captar qualquer vibração específica de *errado*. Só que... sinto que algo não está exatamente *certo*.

Dou um jeito de não deixar essa sensação me perturbar durante as aulas de Cálculo e de Espanhol. No entanto, quando entro na cantina e Angela acena para mim de onde ela está, sentada com Lisa e Evan, a sensação retorna. A mesa está muito vazia.

É claro que não está. Eu me sento e nós quatro preenchemos o espaço, como sempre. Mesmo assim, essa apreensão não deixa de me incomodar. Olho por cima do ombro algumas vezes, meio que esperando ver alguém parado ali, esperando que nós percebamos. Mas não há nada, apenas a multidão habitual da cantina.

— Então, acho que está na hora de começarmos a planejar as férias de inverno — declara Lisa e Angela sorri.

— Você não perde tempo, não é?

— Nós não... — Eu começo e hesito. Eu ia dizer: *nós não conversamos sobre isso ontem?* Mas não fizemos isso, não é?

Tento rememorar a nossa conversa na loja de tortas, mas a lembrança é fugidia. Perguntei para Lisa sobre a batalha, disso eu me lembro. Mas... o restante é nebuloso. Relembro nós quatro sentados ao redor da mesa: Lisa, do lado da vitrine, Evan, do outro lado, e Jasmin, que tem saído com a gente algumas vezes, desde que cursamos as aulas de Inglês todos juntos, no ano passado...

Uma sensação me percorre. *Errado.* A imagem borra. Eu pisco, mas não consigo me concentrar em nada naquele momento.

Em torno de mim, a conversa se desviou para outra direção.

— Vocês todos *vão* ao baile, certo? — pergunta Angela.

— Claro! — respondo automaticamente e Evan faz uma gracinha:

— Acho que não temos escolha — e Angela e eu rimos, quando Lisa dá um soco no ombro dele. A sensação de *errado* passa, porém uma vaga inquietação permanece.

— Você tem que chamar alguém para o baile — proponho para Angela, tentando abafar o desconforto. — Tá na hora de uma nova paixão.

Suas bochechas ficam vermelhas e seu olhar se desloca em direção a Teyo, sentado a algumas mesas de distância... com a estudante de segundo ano que ele começou a namorar no mês passado. Um calafrio faz cócegas em minha pele.

— Vamos ver — diz Angela, virando-se para nós.

— Se você não escolher alguém, farei isso por você — Lisa anuncia. Angela grita em protesto. E eu simplesmente respiro.

Tudo está bem. Win, Thlo e os outros estão voltando para Kemya, a fim de montar a arma de Jeanant, e tudo aqui está bem, perfeitamente bem.

Nada parece *realmente errado*, no final das contas. Eu só estou sendo paranoica e me levando à loucura.

Minha cabeça continua latejando. Meus dedos anseiam pela pulseira perdida. Entretanto, ela não estava ajudando muito, de qualquer forma, no final. Fico me lembrando de como levamos as partes da arma para Thlo, pensando num raio explodindo o gerador do campo temporal sobre nossas cabeças...

Não pelos próximos dezessete anos.

Não consigo me desvencilhar desse pensamento. Meus nervos ainda estão zumbindo quando nos levantamos para ir para as nossas próximas aulas. — Até mais — despede-se Angela, virando no corredor, em direção à sua aula de Geografia, e o meu mal-estar explode num pânico súbito.

— Ang — eu deixo escapar...

Ela se detém, olhando para trás.

— O que foi? — ela pergunta. Aquele vinco de preocupação em sua testa, tão normal, aparece. O fato de eu a deixar preocupada deveria me incomodar, mas, de certo modo, fico aliviada por ver aquela ruguinha tão familiar.

Tenha cuidado, eu penso. *Fique segura. Não desapareça.*

Não que isso dependa dela, não é? Quem sabe quais mudanças os cientistas kemyanos lá em cima poderão fazer conosco em dezessete anos? Nas semanas, meses ou anos que o grupo de Win levará para encontrar o momento certo para destruir o gerador de campo temporal? Todas as nossas vidas serão reescritas centenas, talvez milhares de vezes...

Abro a boca, corroída por esses temores. Tudo o que consigo dizer é:

— O baile. Vai ser ótimo.

Ela sorri.

— Obrigada — responde.

Corro para a aula de Física. Um suor está brotando em minha pele. Eu me concentro nas fileiras de armários, nos números nas portas, na minha carteira lá no meio da sala de aula. Um zumbido de apreensão persiste em meus ouvidos. Cerro os dentes enquanto o professor começa a escrever no quadro, e fecho os olhos. *Três vezes três é nove. Três vezes nove é vinte e sete. Eu* imagino os números em sua espiral constante, enrolando-se em torno de mim como uma armadura.

Não importa o que os Viajantes e os cientistas que brincam com o nosso planeta façam, eles não podem mudar isso. Eles não podem impedir que três vezes três seja igual a nove...

Ou podem?

É uma ideia absurda, mas, a partir do momento que ela surge em minha mente, não consigo me livrar dela. Eu me forço a abrir o fichário e a copiar as anotações que o senhor Cavoy vai escrevendo no quadro-negro, porém, ela ainda está lá, no fundo da minha mente.

Eu não sei. Eu fiz muito, lutei tanto para proteger a todos que amo, e ainda não *sei* se qualquer um de nós está realmente a salvo.

Eu nunca vou saber. Dentro de dezessete anos a partir de agora, começarei a me perguntar se já aconteceu, se o aquário em torno de nós foi quebrado e as figuras que nos estudam de seu satélite finalmente voltaram para casa, mas nunca poderei saber ao certo. Não posso ajudar; não posso apressar as coisas; nada posso fazer a não ser esperar, como mais um peixinho sem noção.

Eu dei o melhor de mim. Mais do que qualquer outra pessoa na Terra jamais poderia imaginar. Então por que eu me sinto como se algo terrivelmente importante houvesse escorregado por entre os meus dedos?

A aula de Física passa em meio a uma névoa. Luto com as recitações em Espanhol, as quais tenho certeza de que sabia de cor alguns dias atrás. Graças a Deus, o relógio avança os últimos minutos rumo ao soar da campainha final. Os meus colegas guardam seus livros nas mochilas de forma ruidosa, aprontando-se para saírem.

Isso ainda não terminou, penso. Fico olhando pela janela, para a rua além do pátio da escola.

Como é que eu vou passar mais dezessete anos me sentindo assim?

Reprimo um estremecimento e estreito os olhos. As pedras do pátio. Sete bicicletas acorrentadas ao rack. Uma van verde barulhenta passando. Talvez, se eu pudesse absorver cada movimento, cada detalhe do que vejo...

Subitamente, o burburinho frenético dentro de mim silencia.

Win está lá fora. Parado do outro lado da rua, ao lado do abrigo de ônibus, voltado para as portas da frente do colégio, como se estivesse ali propositalmente.

A campainha toca. Sem qualquer pensamento consciente, estou me colocando em movimento. Pegando minha mochila, guardando meu caderno e me dirigindo rapidamente para a porta. Quando chego à escada, já estou correndo. Desço, atravesso as portas da frente, o pátio e a rua, em direção ao sorriso que se abre no rosto de Win quando ele me vê.

— Você voltou! — exclamo, sem fôlego, quando paro diante dele.

Os primeiros alunos estão saindo pelas portas da escola atrás de mim. Win recua para trás do abrigo de ônibus e eu o sigo.

— Sim — diz ele, e em seguida desanda a falar muito rápido: — Isso pode parecer completamente ridículo, mas achei que pode haver uma chance e eu ainda posso trazer você de volta de modo que você não perca nada por aqui, e...

— *O quê?* — eu o interrompo. A agitação que se apoderou de mim agora não é apreensão. É expectativa. — Win, não precisa explicar nada, vá direto ao ponto.

— Eu conversei com Thlo — explica ele, mais calmamente. — Acabei de falar com ela, não faz muito tempo, mas eu só vim hoje para que você tivesse tido tempo para pensar. Ela está de acordo. Você já nos ajudou tanto e eu pensei... que talvez você gostasse de ir para Kemya conosco. Para ver o plano de Jeanant ser posto em ação até o fim. Nós poderíamos dar um jeito de isso acontecer.

Ele ainda não me perguntou nada, mas a pergunta é óbvia. O restinho da minha ansiedade evapora. É isso. Era disso que eu precisava. Eu não poderia lidar com o fato de estar de volta, porque, na verdade, a minha luta ainda não terminou: pelo meu planeta, pelos meus pais, por Angela, Lisa e Evan. Eu não preciso ficar aqui.

E não me importo se tiver que ir para o outro lado do universo para fazê-lo. Estou indo para ver o gerador de campo temporal explodir. Vou saber que ele realmente foi destruído e para sempre.

Nunca nada me pareceu tão *certo*.

— Sim — eu digo.

— Sim? — Win repete.

— Sim, eu vou.

— Ah. Que bom! — Ele abre um sorriso tão largo que é deslumbrante.

— Então, vamos logo. Temos uma galáxia para atravessar.

Ele estende a mão e eu a tomo.

Agradecimentos

Tenho de reconhecer, com gratidão, os livros e autores que me ajudaram a descobrir minhas próprias regras de viagem no tempo (nem um pouco científicas): *Physics of the Impossible*, de Michio Kaku, *Time Traveler*, do dr. Ronald L. Mallett, e *Black Holes & Time Warps*, de Kip S. Thorne.

Muito obrigada ao Toronto Speculative Fiction Writers Group, que colocou a minha história nos eixos; aos amigos e críticos colaboradores Amanda Coppedge, Deva Fagan e Jenny Moss, que me ajudaram a levar o livro do rascunho ao romance finalizado; ao meu agente, Josh Adams, que encontrou para a trilogia não apenas um, mas dois lares; aos meus editores, Miriam Juskowicz e Lynne Missen, que me orientaram de modo a dar à história de Skylar maior clareza; a todos na Amazon Skyscape e na Penguin Canada que ajudaram a trazer este livro à vida; e à minha família e amigos pelo apoio contínuo, e sua paciência e compreensão quando fico enfurnada, escrevendo.

PRÓXIMOS LANÇAMENTOS

Para receber informações sobre os lançamentos da
Editora Jangada, basta cadastrar-se no site:
www.editorajangada.com.br

Para enviar seus comentários sobre este livro,
visite o site www.editorajangada.com.br ou mande
um e-mail para atendimento@editorajangada.com.br